有人喜欢这首歌

康城 著

江苏凤凰文艺出版社
JIANGSU PHOENIX LITERATURE AND ART PUBLISHING, LTD

图书在版编目（CIP）数据

有人喜欢这首歌 / 康城著. -- 南京 : 江苏凤凰文艺出版社，2019.3

ISBN 978-7-5594-3282-7

Ⅰ. ①有… Ⅱ. ①康… Ⅲ. ①长篇小说－中国－当代 Ⅳ. ①I247.5

中国版本图书馆CIP数据核字(2019)第017310号

书　　名　有人喜欢这首歌

著　　者　康　城
责任编辑　白　涵　刘洲原
监　　制　邓　理
策划编辑　杨　旋
封面设计　杨　平
内文设计　谭琼玉
封面绘制　Mochy
出版发行　江苏凤凰文艺出版社
出版社地址　南京市中央路165号，邮编：210009
出版社网址　http://www.jswenyi.com
印　　刷　北京盛通印刷股份有限公司
开　　本　880mm x 1230mm　1/32
印　　张　11.5
字　　数　323 千字
版　　次　2019年3月第1版
印　　次　2019年3月第1次印刷
标准书号　978-7-5594-3282-7
定　　价　34.80 元

目录

你会一直喜欢我吗？

楔子

孙心妍走近病房时，里面传来笑声。

空气里有淡淡的花香，六七个年轻人围坐在病床边。有个人下意识地朝门口看，眼睛瞬间一亮："你们快看看这是谁啊……"

众人回头。

孙心妍在众人的注视中走进去，怀中轻抱一束白色百合，她微笑着道："李老师，祝你早日康复。"

"心妍，好几年没见到你了。"

离病床近一点的一个年轻男人帮她接过花束，放置在床头。又有女人从旁边拉来一张方凳，亲切地说："心妍你坐吧，李老师刚刚跟我们提到你，你这就来了。"

大家继续聊往事，氛围温馨。其间，有几双眼睛却忍不住打量起这位迟来的女同学。孙心妍穿着灰色羊毛薄衫和修身牛仔裤，打扮比上学时还朴素。快十年了，她还跟上学时一样瘦，五官基本没变，给人印象最深的是脸颊上的两个梨涡，一抿唇就若隐若现，不笑也像笑。

学生时代的风云人物，那时惊为天人的长相，现在来看好像也只是比普通女人甜美一点。不知道从什么时候起，也许是在真正成为男人后，曾经的大男孩们对异性的审美说变就变。尽管如此，内心带着某种情结的男士们还是觉得移不开眼。

三人间的病房没有住满，只有一个病人，半躺在床上，被往日教过的学生围绕着。她是江城中学的语文老师，也是带过好几届学生的老班主任，名叫李爱珍。

“你们能来看我我就很高兴了，不要带什么花啊水果的，都没人吃，浪费钱。李老师看到你们心里就很高兴了。”李爱珍穿着有些宽大的病服半靠在床上，强撑着精神。

“李老师，您安心养病，不要想其他的。”

“就是，看着我们高兴，我们这几天就多来几趟，正好班上要聚会，您把身体养好了，也来跟我们一起热闹一下。”

“是啊，安心养病，您就什么事都别烦了。”

李爱珍执教近三十年，今年整整五十岁，正要退休，却在去年的体检中查出问题，不幸被确诊为肺癌。这些年她孤身一人，没成家，无儿无女，校方为她在校内组织过一次捐款。上个月她刚做完手术，现在正接受后期化疗，又是一大笔开销。

桃李不言，下自成蹊。

她的消息经学校发在内网后，很快被传到校友群，陆续有学生赶回来看望她。今天来的几个都是07届的学生。多年过去，看着学生带来的毕业照，她发现这班里的每个人她都叫得出名字。

也许因为他们是她带的最后一届学生，所以她对他们格外有感情。

探视结束，几个年轻人聚在楼梯口等电梯。

“真想不到这么多年了，李老师一直独身。”

“是啊，太不容易了。回头我们这边也组织一下，尽点力，也别告诉她，就直接放到她这个住院的账户上。”

众人点头。

五月天晴风暖。

几个年轻人一路说笑，聚在医院大门前不散。老友聚首，成熟的衣装下都透着当年的青涩劲儿。忍了两个小时的烟瘾，男人们迫不及待地散烟点火。

十七班老班长韩东借着看望李老师的由头，在五一假期里组织了这次高中同学聚会。今天是五月一日，在外地没事的几个提前回了，只是韩东人还在北京开会，明天坐高铁回来。

班级聚会定在假期最后一天，也就是五月三日晚上，于是大家打听着谁来谁不来，话像是说不完，临了要走，男男女女全都有些恋恋不舍。

“怎么来的，行李呢？”老同学李笛问孙心妍。

“打车，东西先放到酒店了。”

“走吧，送你过去，等下正好一起吃个饭。”

孙心妍点头：“也好。”

两人走到停车坪，刚上车，有人在外面轻叩她们的窗。李笛降下车窗，一个男人在窗外微笑着问：“你们等一会儿怎么安排？”

“干吗？”李笛问。

“我们几个晚上想回学校转转，你们要不要一起？”男人回道。

那男人身后有两男一女站在一辆红色奔驰旁边，冲这边喊：“李笛，一起去玩吧。”

李笛说：“三号不是要一起回去的吗？”

“那天去也是白天，咱们今天这是夜访。”男人兴致颇高。

李笛转过头问孙心妍：“他们要去学校，你想不想去？”

“我无所谓，你呢？”孙心妍朝窗外看去。

男人俯下一点身，在窗外冲孙心妍笑道：“一起去吧，大家都好多年没见了。我们今天就先小聚一下，我请。”

“进得去吗？”孙心妍问道。他们上学那会儿，江城中学的门禁一等一的严。

“这你们就放心吧，刚刚吴琼在那边已经打过电话找好人了。”男人临走前拍拍车顶，“就这么说了啊，李笛你把车开到东吴路上，那边有个如意酒家，找不到你打我电话。”

一行人到饭店时才下午四点，跟服务员要了两副扑克牌，组局掼蛋，后面又陆续来了两个在本市工作的同学。

饭点到了，正要收牌局，有人推门而入。男人身材英挺，一身休闲装，英俊帅气。大家立即起哄：“这是谁啊这是，陈军官啊！”

陈彦其看着成熟不少，目光扫过一圈人，他脸上的潇洒笑容一如当年：“不好意思啊各位，久等了，我这刚下火车。”

话音落下，他的目光碰到坐在角落的孙心妍，两人淡淡一笑。

七八个人坐满一桌，开席后有说有笑，没有一秒冷场。

中途孙心妍去洗手间，出来时看到陈彦其正在门口打电话，他夹烟的手垂在裤侧，烟头上蓄着一截烟灰。

孙心妍在心里算了算，他们也有四五年没见了。

陈彦其挂掉电话，看着孙心妍走过来，还没开口，两个人都友好而生疏地笑了笑。

“今年要毕业了吧？”陈彦其在旁边的垃圾箱上把烟头摁灭了。

“快了。”

“工作定下来没有？”

“没有，还在忙论文。”

“不急，慢慢找。”陈彦其看看她，“好几年不见，你都没怎么变。”

“你不也是。”孙心妍抿嘴微笑，“这几年在部队还好吧，陈军官？”

在这个熟悉的笑容和有些揶揄的语气里，陈彦其仿佛看到一丝她当年的神气。

陈彦其“呵”地干笑了一声。

又有人出来，两人没再说什么，笑着进了包厢。

不开车的人在席间喝了点酒，吃完饭一拨人热热闹闹地朝母校赶去。

江城中学是一所百年名校，既是市里最好的高中，也是省重点。每年高考，学校本二以上院校的学生录取率在全省都遥遥领先，上百名学生能进全国重点大学。

在江城中学的三年，孙心妍见识过真正的用功，也见识过真正的天赋。

现在正值假期，校园内灯光少，花草香气浓郁，显得格外静谧。几个酒足饭饱的老同学边走边聊，很舒心。

李笛穿的是一双高跟鞋，每走一步鞋跟都把水泥地敲得咚咚响。没一会儿，她和孙心妍便被大部队拉开了距离。

孙心妍低头看她脚上的鞋，鞋跟至少有七八厘米。李笛跟着她低头看，不禁莞尔，明知故问："看什么啊？"

孙心妍朝她竖大拇指："开车也能穿这么高，厉害。"

"这有什么，熟能生巧。"

她是孙心妍高中时最好的朋友，这份可贵的友谊也一直延续到现在。

高中时的李笛很不起眼，好在性格大大咧咧，人缘很好。今天，不少老同学看到眼前这个妆容精致、一头短发的时髦女人，都很难再把她和当初那个普通得不能再普通的女生联系到一起。

"妍妍，你几月份毕业来着？我现在日子越过越糊涂了。"

"七月。"

"只有两个月了啊。"

"嗯。"

"过得真快，你也算熬到头了。"

"可不是，你在广州都待这么久了。"

李笛高中时成绩中等，勉强考上了个一本的学校，一毕业就去了广州，进了家房地产企业，今年刚在寸土寸金的广州按揭买下房，也算小有成就。

前面没灯光了，说笑声渐止。

有人不确定地问："这个是不是新体育馆？"

操场上空空荡荡，尽头坐落着一栋建筑。建筑的风格和学校里其他楼宇不太一样，用了现在比较常见的钢网结构，屋顶的形状似两道延伸的曲线，像悬浮在半空的波浪，又像一双鸟翅，轻盈别致。

"还记不记得，我们那届进来的时候新体育馆刚建，请了国外的设计师，当时说建好后有室内篮球场、羽毛球场、国际标准泳池，吹得怎么怎么好。谁知道一直等到毕业都还没搞好。等我们走了，下一届人来了，它完工了。"

"不要说体育馆了，还记得我们的校服吗，刚好也是在我们下一届改版，我们那个跟它一比简直是麻布袋啊。"

怀旧的男男女女笑起来。

再往前没有东西了，说笑声在风中淡去，一群人又慢慢往回走。

然而走了一小段后，不知是谁第一个回了头。

人群像受到感染，在不经意间三三两两地回首、驻足。

离远了，视野豁然开阔。

校园远离城市灯光，夜空除了纯净的黑色，只有月亮。那低矮的建筑在淡淡月色下泛出迷人微光，像一座悬浮在空中的宫殿，有一种不真实的辉煌感。

比它更闪耀的，是曾经的拼搏与努力、微笑与眼泪，是以为会陪伴你一辈子却渐行渐远的亲情、友情与爱情，是那些多年后依然会梦见的场景……

往事淹没此刻与未来，像无声的烟花，在高旷的夜空下悄然绽放。

夜风吹拂脸颊，孙心妍微微笑着，湿了眼眶。

第一章

当风铃草遇上小白马

倘若时光倒流，昨日重现，你的故事会从哪里开始?

孙心妍考上江城中学是二〇〇七年，一个很热的夏天。

那年她十六岁，中考发挥得好，进入江城中学高一十七班时在班级排名第五，全年级排名第六十五。在省重点江城中学里，这样的成绩足以考上一所家喻户晓的重点大学。然而幸运是一闪而过的流星，入校后高一年级连续两次考试，孙心妍都未进入班级前十五，在浩瀚的年级排名里更是没了影。

孙心妍的父母是同一所小学的老师，爷爷奶奶和家中两个小姨也是老师。入学第一次摸底考成绩出来，面对她滑铁卢的成绩，孙家父母连续三晚没睡好，半夜还在讨论她的学习问题。

很快又到期中考，孙心妍铆足劲却也只考到第十七名。

孙心妍的爷爷奶奶住在江城下面的一个乡镇上。这周末，趁着学校办运动会，孙心妍得空跟父母回来看看老人。

合家团聚的饭桌上，一家子老师习惯性地探讨教育问题，结果就说到孙心妍的期中考成绩。

“主要是数学考得太差，太多粗心大意的地方。”说话的是孙心妍的父亲孙贺敏，市优秀教师，教的就是数学。他是个沉稳厚道的男人，像许许多多中国男人一样，平时话不多，对女儿的关心只放在心里。

孙心妍的爷爷夹菜到孙女碗里："一次两次没考好没什么的，刚上高中，不要弄得太紧张，估计还没找到状态。"

对面，女孩子细白的手握着筷子，来回轻拌着碗里的白米饭，一口也没吃。

孙心妍的母亲陈冰在一旁道："好了好了，吃饭的时候不谈成绩了，先吃饭。"

孙奶奶给孙心妍夹菜："就是啊，难得回来一趟。妍妍，大黄又怀孕了，你知不知道？"

饭碗里的菜堆满半边，孙心妍这时才抬眸，轻声问："什么时候的事？"

大黄是家里散养的一只大猫。孙奶奶说大黄上个月有两三天没着家，回来没几天肚子就大了。

陈冰看看女儿，有些宠溺地说："一听到小猫小狗什么的她最来神。"

成绩的话题一带而过，饭桌上的氛围又轻松了些。

作为女孩，其实孙心妍算是赢在起跑线上的。她从产房里被抱出来时就是双眼皮，别的婴儿皱巴巴的，她看着却水润润的。医生、护士、同一个产房的孕妇亲属都夸她漂亮，说没见过刚抱出来就长这么开的。

最让父母自豪的是她的成绩，不用任何督促，一直名列前茅，初中、高中，孙心妍全靠着自己的实力考上最好的学校。

进入高中后，她成绩大幅度下滑，孙家父母非常着急。

吃完饭，孙心妍去院子找猫玩。老猫性子野，跟人逗闹了一会儿就没了兴致，三两下地跳上围墙，沿着墙檐慢慢走，忽地一下跳入院外的绿色树丛中。

看着客厅里各自忙碌的家人们，孙心妍默默走出了院子。

午时的乡间有种安宁的氛围，空气里夹杂着饭香。走到家门前的小河沟旁，孙心妍漫无目的地看着周围风景。

身旁是一棵大槐树，细碎的阳光从树叶缝隙间落下，一地斑驳的树影。

她踢了踢脚下的一簇草，抬头看着树冠，手掌在粗糙的树干上摸了摸。

孙心妍从小就喜欢下乡玩，爷爷奶奶是村里有名的老教师，村里很多人认识她。以前家周围有很多同龄孩子，一到寒暑假大家就聚在一起四处疯。后来大家长大了，有的去了市里上学，有的还在村上，见了面也跟不认识一样。

从小在各种称赞声中长大，其实，孙心妍很怕父母失望。她是他们的孩子，也是他们心中的一名学生，他们对她寄予着超出常人的期望。孙心妍觉得，可能双教师家庭的小孩总有一种与生俱来的压力。

正在发呆中，身后忽然传来一阵动感的音乐，孙心妍循声回头。

今天不知道是什么日子，隔壁家门前一早就停了好几辆车，音乐是从其中一辆黑色汽车里传出来的。那辆黑色轿车正好停在邻家院门口，被一片树荫遮着。车窗全开，车里坐着个少年，黑衣服，皮肤白白的。

孙心妍看过去的时候，他刚好转头朝她看，目光冷淡。

正是对异性敏感的年纪，目光刚触碰到他，孙心妍就移开了眼，拍拍手上灰，转身回家了。

少年不在意地收回目光，往后仰了仰头，一只手垫到后脑下，继续听歌。点点阳光从前挡风玻璃上落下，“啪嗒”一声，他伸手掀下了挡光板。

过了一会儿，门口忽然出来了个满面赤红的中年人，他站在门口左右转转，看到车里的人后咧嘴一笑。他走过来弯身敲了敲车顶，一嘴酒气地道：“滨滨，怎么坐这儿来了，你爸找你呢……”

“找我干什么？”

“你去看看你爸那德行，一喝多就想他的宝贝儿子，走走走，一个人坐外头干什么……”

男人拉开车门，搂着少年的肩膀把他带回屋。

孙心妍回到家，孙贺敏和孙爷爷正坐在沙发上喝茶。看她进来，孙贺敏叫她过来吃点水果。

孙心妍在沙发上坐下来，拿起一瓣橙子：“今天外面停了好多车啊。”

孙爷爷说：“哦，隔壁老何家今天摆酒，他家小儿子把孙子又弄回来上学了。”

孙贺敏：“是吗？他家那个孩子多大啦？”

孙爷爷想了想：“好像跟妍妍同龄，你记得吧？”

“那也是高一，早几年不是说弄到北京上了，回来上干什么？那边政策多好，别人还想着往那边送呢。”

“谁知道，他们家没个人问孩子的。”

何家就在孙家隔壁，中间隔一户。这家人在整个村家喻户晓，四个儿女全是生意人，其中又属小儿子最能干。他早年做钢材，发迹后做外贸，后来在北京开了公司，越做越大，现在已经不知道他在做什么了。

这个小儿子很早就跟老婆离了婚，一个人在北京带着孩子过，也没再婚，前两年还出资帮村里修了一条路。听说这个小儿子还给何家老两口在市里买了套独栋别墅，老两口过去住了一阵子，觉得无聊就又回来了。

下午，孙心妍一家回城，两个老人送他们出门。

刚出院子，隔壁刚好出来一群人，各个面红耳赤，在说说笑笑地道别。何家两个老人混在人群里，看到孙家人出来，笑着打招呼。

“妍妍回来啦，有阵子没见着了。”老人慈爱地看着孙心妍。

孙贺敏说：“心妍，叫人了没有？”

“何爷爷何奶奶好。”

“越来越漂亮了。我们家滨滨今天也回来了，还有小三子的几个朋友，一起过来吃饭的。”老人回头叫了一声：“滨滨！”

门口，何滨正被一个喝多了的男人拉着聊天，乱哄哄的也没注意到有人叫他，直到何奶奶过来拉着他的胳膊往一边拽。

何滨眉头轻皱，没什么耐心地问：“又怎么了啊……奶奶……”等跟着走到这边来了，才看见孙家一家老少。

孙心妍站在父母旁边，看着他。

何滨愣了下，扫一圈面前的人，倒是主动开口喊人了：“孙爷爷孙奶奶，叔叔阿姨。”

少年一米八的大高个，身上套着件宽松的黑色连帽衫，脸上轮廓清晰，大小伙的样子已经出来了。孙贺敏好多年没见过他，只记得他小时候挺皮的，笑了笑：“都长这么高了。”

“还在蹿个子，长得就像我家小三子，简直一个样。”

“确实像。”

两家人在门口闲聊几句后分手。

孙贺敏开车，陈冰坐副驾驶，孙心妍坐后排。车是孙心妍上高中后刚买的，银色的福克斯，平时都是陈冰开。

车子发动，孙心妍隔着灰暗的车窗往后看，那帮人还聚在门口没有散。

黑色轿车被阳光照得有些反光，何滨站在其中一辆车旁，扶着车门，像是在跟何家两个老人说话。

画面在视野中模糊远去，孙心妍转过头。

陈冰感慨：“真是一眨眼，他家小何滨长这么高了。”

孙贺敏扶着方向盘：“我也几年没看到了，长得还挺精神的，”又道，“妍妍，还有没有印象，你小时候被他烫到那回……”

陈冰回头，看着面无表情的女儿，笑着跟孙贺敏说：“我估计她是不记得了。”

晚上简单吃完饭，孙心妍看了一会儿书，陈冰叫她先去洗澡。

澡洗到一半，碰到大腿上的旧疤，孙心妍想：怎么会忘啊？

长这么大，她只记过这一个人的仇。

他是隔壁家的小孙子，第一次见到他的时候奶奶让她叫“何滨哥哥”，后来她就一直叫他“何滨哥哥”。村里小孩也叫他“何滨哥哥”，大家都喜欢跟他玩。

小学二年级，孙心妍在乡下过暑假。两小无猜的年纪，何滨每天一到点就来家里带她出去和小孩子们玩。什么都玩，下田、爬树、钓龙虾、扒鸟蛋，孙心妍到现在还经常怀念那个无忧无虑的夏天，当然，不包括那个意外。

那是暑假尾声中的一天，何滨久久不来，孙心妍便去找他。他一个人在家，坐在大桌子旁，拿热水瓶往塑料饮料瓶里灌水。她走到旁边，静静地看他倒。他说今天要去一个远点的地方玩，要自备水杯，不然得渴死。看着滚烫的水慢慢倒入塑料瓶小口，孙心妍说，可我没有准备哎。他说，没事，我等一会儿帮你也灌一瓶。话还没说完，孙心妍忽然感觉腿上一片灼热，她尖叫着跳开，下一秒就是钻心的疼。塑料瓶遇高温变形，热水瞬间溢出，何滨本能地甩手，瓶子飞出去，热水全洒在了孙心妍的大腿上。

开学后整整一个月孙心妍都躺在医院。何滨被家人领着来到她病床前，低眉垂眼地跟她道歉。何家给她付了医药费，还送了很多水果、营养品。孙心妍出院后，他们家时不时地打电话询问她的伤情。

现在回想，八九岁时的事都模模糊糊，似乎只剩这件事印象深刻。他们最后一次说话是在他打来的电话里，他祝福她早日康复。

她怎么可能忘记这个人？

尽管后期做了植皮手术，到今天她腿上还是有一块拳头大小的疤痕，颜色发粉，摸上去比周围皮肤突出一点，穿短裙就会露出一小块。

后来孙家父母再也不敢把她放乡下，她和何滨也再无交集。

前两年过年时回乡，孙心妍和何滨也有过今天这样的匆匆一瞥。过了孩童期，孙心妍感觉他变了很多，五官倒还是小时候的样子，只是人长大了，给人的感觉也不一样了。

想了一圈乱七八糟的事，这晚，孙心妍睡得很早。

一觉醒来赖了一会儿床，到校时早读课铃声已响。踏着铃声、背着书包一口气跑向教室，晨光明亮的走廊上，班主任正在和一个同学谈话，孙心妍心下一沉。

班主任李爱珍年近四十，教语文，为人严谨，平时很少有笑脸。才相处两个多月，班上不少人已经很怕她。孙心妍讪讪地叫了声“李老师好”。

谈话被打断，李爱珍转眼看她，匆匆地跟身旁的学生说：“好了，你先进去上课吧。”

秋天来了，新生们对高中生活的新鲜劲像夏天一样一去不返。隔壁班两个迟到的学生从楼梯上来，鸽子一样“扑棱”一下从面前飞过，李爱珍的目光追了他们一截，又回到站在面前的女孩脸上。

“怎么迟到了啊？”

“起迟了。”

“你妈妈没有叫你吗？”李爱珍知道她父母都是老师。

孙心妍脸有点红：“叫了。”

“高中作息时间和初中不一样，知道起不来，闹钟就要定得早一点。”

孙心妍点头。

“数学老师跟我说，你这次数学考得很不好啊。”作为班主任，李爱珍关注着新班级的一切风吹草动。她对孙心妍的印象很深。

一来孙心妍的入学成绩很好，二来这个女孩子长得很有灵气，一入校就闹出了个不大不小的新闻。

军训时，后勤老师帮每个班拍了一些照片，发校园贴吧上展示新生风采。其中一张是他们十七班的抓拍。大太阳天，一群穿迷彩服的女生在地上坐成一排，双颊晒得通红，各个愁眉苦脸。只有靠中间的一个，手里拿着顶鸭舌帽扇风，笑着跟旁边人说话，一张脸白白净净，笑容纯美，十分打眼。

新兴的网络时代，校园贴吧是闹腾孩子的聚集地。这个帖子下，跟帖打听这个女生在哪个班、叫什么名字，没过几天就有了大几百条评论，成了热门帖。很快就有人说这是十七班的女生，叫孙心妍，不光长得漂亮，成绩还很好呢。一下子，很多新生都好奇地涌来十七班的场地偷看。开学后连高二高三的人都知道，今年新生里有个小美女，名叫孙心妍。

十七班男生私下讨论，说孙心妍单看五官没有多漂亮，只是组合起来比较有感觉。最加分的就是梨涡啦，微微一抿嘴，又甜又清纯，特别让人有好感。

为了这件事，李爱珍特意找了放照片上去的后勤老师，说他影响学生学习。

那个后勤老师是个小年轻，直喊自己无辜。他哪里想到学生们会这么调皮。

好在李爱珍发现，孙心妍还算是个能静下心的女生，是个好苗子。只是她这两次的考试成绩都不尽如人意，不知道是不是受外界因素影响。

走廊上，就着此次期中考成绩，李爱珍苦口婆心地对孙心妍进行了一番教育，孙心妍一直默默点着头。

话说得差不多了，李爱珍话锋一转："下下周艺术节就开始了，合唱的伴奏弹熟了没有？在家里多练练，我让你们音乐老师黄老师去帮你借了一条礼服裙，你上午下课前跟她拿一下，回去试试。"

"好的李老师，我知道了。"

江城中学一年一度的艺术节是办了二十多年的传统活动。高一高二每个班都要出节目。新生入学时，李爱珍翻学生履历时发现孙心妍会弹钢琴，当时就想着能在艺术节派上用场。钢琴伴奏大合唱，好歹算个小噱头。

上午最后一节课前，孙心妍按班主任说的去找音乐老师要裙子，结果音乐老师还没有帮她借到，让她过几天再找她。

一上午诸事不顺，中午吃完饭，孙心妍有些郁郁寡欢地趴在桌上休息。

学生们吃完午饭陆续回班，教室里人生嘈杂。李笛没回自己座位，坐在孙心妍前面的位置，跟她一起趴着闲聊："我昨天刚在网上看的，双鱼座这两天财运特别旺，也不知道我有没有机会发财。"

"天天在学校，能有什么机会发财。"孙心妍没什么兴致地说。

"那也说不定，要真是财运好，走路上还能捡钱。我真是穷死了，你知道吗，现在张亚迪她们都开始在网上买衣服了，开通网络银行就行……"

孙心妍说："我觉得不行，只看图，根本不知道是什么料子，也不知道穿起来的效果。"

"也是，不过网店都有模特的，你看着模特比对，找跟自己身材差不多的。"

开学两个多月下来，李笛和孙心妍走得最近。李笛第一眼看上去很文静，其实特别搞笑，也特别八卦，有时还爱幻想，人缘特好。

李笛忽然说：“对了，有个大新闻差点忘记和你说，刘嘉说我们班要来个新生了。”

“转学生？”

“嗯，还不知道是真的假的，不过刘嘉是听十三班的陈彦其说的，他爸不就是我们教导主任嘛。”

“陈彦其到底长什么样？”因为教导主任的缘故，孙心妍常听到这个名字。

“下回我指给你看，挺阳光，还挺帅的，至少比陈主任帅。”李笛回到之前的话题上，有点纳闷地道，“可是你说高中怎么转学呢？不用考？”

“可能有其他办法吧，听我爸以前说过，可以挂学籍什么的，我也不太懂，但肯定有办法。”

李笛咂嘴：“那多不公平啊……”

没一会儿，孙心妍前桌的女生来了，李笛自觉地回自己的座位。

正午阳光从窗外进来，金灿灿的。班上嬉闹声、说话声越来越小，住宿生带头趴桌上午休。孙心妍整理好上午几门课老师布置的作业，合上小本子，也准备休息。

书放进抽屉，手指忽然摸到一个盒子。

什么啊？她纳闷地拿出来。细长的首饰盒系着粉色蝴蝶结，长长的缎带垂在女孩白净的手上，光泽柔亮。

睡意全无。

孙心妍拿着东西在手里晃晃，有细微的响声。

她没破坏包装，小心地打开。

盒子里包裹着黑色的天鹅绒，上面静静地躺着一条细手链，中间缀着一颗立体小爱心。链子亮闪闪的，不知道是银还是铂金，很有质感。

里面的一张小卡片上写着四个丑字——“祝你开心”。

没有署名。

孙心妍知道是谁，是高二一个和她没有过任何交集的男生，从上个月起就不停地给她发短信，结尾都是“祝你开心”，她把他拉黑了。

班上的女生们帮她打听，说这个男生是校篮球队的，超级花心，看到一个喜欢一个。

这晚，最后一节晚自习课上到一半，全班都在认真写作业，走廊上忽然来了两三个男生，从漆黑的窗外朝十七班里看。坐在窗边的学生渐渐骚动起来。

在讲台边玩电脑的老师注意到下面的动静，往外看看，过了一会儿又去打开门，朝着外面问："你们哪个班的，不上课在这边干什么？"

几个男生讪讪地走了。

下了晚自习，孙心妍和同路的两个女生推着车说说笑笑地走出校门。

几个高个子男生聚在校门口，看见她们出来，其中一个被旁边的人拱了拱，骑车追了上去。

三个女生被一辆自行车打横拦住。

男生又高又瘦，皮肤有点黑，敞着校服，一只脚支地。看着怔在中间的孙心妍，他笑了下："能不能单独和你说几句话？"

两个女生不禁看向孙心妍。

"就和你说几句，不然明天早上在你们班车棚等你也行。你选一个。"男生的语气有点无赖。

夜色掩饰着红了的耳郭，孙心妍说："现在说吧。"

两个女生和她耳语："我们去前面等你。"

道路边不停有学生骑着车擦过。

路灯昏黄的光照着女孩不自在的表情，男生看着她："为什么拉黑我？"

孙心妍沉默着，从车篓的袋子里拿出那个粉盒子。他是怎么包的，她原封不动地又包好了。

"还你。"她说。

男生低头看一眼，不接："不知道你喜欢什么，乱买的。不喜欢？"

"下次不要再送了。"

男生油腔滑调地说："为什么不能送？这是开学礼物，你不要这么严肃好不好，我只是想跟你交个朋友。你们班的李雪峰、张佳成都是我的好朋友，你可以问问他们，我这个人其实挺好的。”

孙心妍不为所动，伸着手：“拿回去吧。”

他偏偏不接，嘴特甜地哄她：“这样吧，不收也行，你让你同学先走吧，你家在哪儿？我送你回去行不行？”

“喏，是你不要的……”孙心妍忽然撑住车，把东西放到旁边马路牙子上，“你记得拿走。”

“喂……”男生在背后叫。

长长的马尾辫被风吹得扬起，女孩骑着车，很快与前方同伴会合，在人流里远去。

可能是李爱珍在周一时的教育起了作用，这周接下来的几天，十七班没一个人迟到。

周四早晨，向来会在早读课前抓迟到的李爱珍没出现。第一节是她的课，正式的上课铃响了，人还是没来。没人管，学生们的玩闹声越来越大，都好奇着老师到底去哪儿了，这课还上不上了。

就在全班谈笑打闹，即将失控时，走廊尽头出现了熟悉的身影。后排男生们发出失望的嘘声，纷纷收敛形色。

忽然，后排不知谁说了一句：“哎，那个是不是我们班的转学生啊？”学生们纷纷好奇地往窗外看。

李爱珍身后果然跟着个男生。他落后她两步，很高，略有些颓废，穿一身黑色运动服，裤侧三道清晰的白杠。

“好像蛮帅的。”女生小声讨论起来。

孙心妍坐在窗边，好奇地望过去。两道人影从窗前晃过，她一愣，恍惚中，人已经进了教室。

十七班四十七双眼睛从未在上课时间像这样炯炯有神地望向黑板。

准确地说，是盯着站在黑板前的人。

少年的头发两鬓剃得很短，刘海微微有些凌乱，也不长，完全遮不到眉毛。他脸很小，五官的轮廓很深，皮肤白白的。

下面的男生女生只感到眼前一亮。看完脸再细看穿着，一身名牌。

何滨站在讲台上，看看下面黑压压的面孔，又随意地扫了眼教室整体环境，双手插兜，没有丁点儿初来乍到的拘谨。

全班交头接耳。李爱珍拍了两下讲台，骚动声不减。

“刘嘉，把你的嘴巴给我闭上！”一点名，班上霎时鸦雀无声。

冷厉的目光扫视一圈教室，李爱珍沉声道：“话多的就站起来讲，我把讲台让给你讲，谁要讲？”

教室里的空气犹如冰封了一般。

“不讲了？好，我来开始讲。这个是我们班新来的何滨同学，今天正式加入我们十七班这个大家庭。新同学有困难的地方，大家要互相帮助。希望我们可以一起度过有意义的高中三年。”

有人小声反驳：“怎么可能三年，高二不就要分班了。”

全班乱哄哄地笑起来。

李爱珍朝着发声源瞪过去，男生噤声。

“看来有些同学已经在想分班的事了，说到分班，就是因为想着分班分科，以至于现在有些人偏科极其严重，看看这次期中考试成绩，你们问问自己，你们自己满意吗？昨天我找了很多同学谈话，你们答应我的话、做出的那些承诺，今天做到没有？还是好了伤疤就忘了疼？！”

整个班又陷入安静。

静了片刻，李爱珍平和下来，看看何滨：“跟大家做一下自我介绍吧……”

不知道是什么时候，何滨注意到了靠窗位置的人。女生扎着马尾辫，穿着有些宽大的校服，双手搭在桌面上，一副恬静的模样。

从他进门起，孙心妍就有点儿心神不宁。她手里握着一支水笔，镇定地和他对视片刻，转过脸，和坐在隔壁小组的女生用表情交流。

歪头站着的何滨微微挑了挑眉毛。

“何滨，做自我介绍。”等了两秒，身边人丝毫没动静，李爱珍又提醒一遍。

“啊？”何滨回过神。

台下没绷住，哄笑一片。这新生又帅又逗的，刚刚的严肃氛围被一扫而空。

“大家好，我叫何滨。”

在大家的小声议论中，随着这道有些敷衍的声音，孙心妍再次看向讲台。诧异的情绪被逐渐消化，她这才意识到：他们居然变成同班同学了。

可想而知，那节课整个十七班的学生都心不在焉的。转学生何滨被李爱珍安排在最后一排靠门位置，于是整节课，学生们都得了“回头症”。

接下来一个多星期，转学生何滨成了十七班乃至整个年级当仁不让的话题人物。很多人说他长得帅、性格也酷，话不多，大多时候都冷着一张脸。他的一些课本和教辅还没配齐，以此为借口，上课时常常趴着睡大觉。

可这人看着不声不响的，没过几天，后排几个爱闹的男生却开始围着他转。更稀奇的是，十三班的“小太子”陈彦其也成了十七班的常客，一下课就准时出现在十七班走廊，天天和何滨泡在一起。这两个人往走廊上一站，跟天生带磁似的，班里爱玩爱闹的男生立马都被吸过去，聚在一起说笑打闹。

男生们霸占住外面，女生基本就不去了，全堆在教室里聊天。

这天下了课，李笛坐在孙心妍前面位置和她闲聊：“哎，陈彦其又过来找何滨了。”孙心妍往外看，陈彦其个头和何滨差不多高，五官端正，笑的时候嘴角有两道笑纹，挺阳光的。

李笛说：“小道消息，他们俩是初中同学，所以关系才这么好。何滨以前是市里实验中学的，初二转学去了北京一个学校。你知道班里那几个男生最近为什么天天跟在他后头转吗？听说他家特别有钱，而且人也大方。你看我们班那些人，全是势利眼。”

江城中学里两种学生最亮眼，一是成绩好的，二是家境好的，这两种人走在校园里全都自带光环。李笛说着，孙心妍就听着，不作表态。何滨转过来一个多星期，作为“旧相识”，他们还没说过话。

其实，孙心妍不知道该怎么界定他们的关系。他刚转来，人生地不熟，孙心妍大度地想，他要是找她帮忙，她就不计前嫌地帮一帮。结果这人来了没几天就混得风生水起，吃饭、打球都有人陪。她自然不会主动找他。

然而人生里的很多事都由不得自己做主。没过两天，孙心妍还是主动找了何滨。

那是一节体育课，还没下课大家都陆续回教室了。孙心妍是英语课代表，趁空整理收上来的英语卷子，只差一份就全齐了。她回头看看，最后一排空空荡荡。

几个男生在篮球场打球，等到离上课还有几分钟，几个大汗淋漓的人才从后门晃进来。何滨刚弯腰把球放到桌脚边，就感觉课桌边多出一道人影。

“你是不是卷子还没交？全班就差你一个了。”上方传来女孩子的声音。

他动作顿住，慢慢抬起头，脸被半湿的头发衬得很白。

“什么卷子？”他打量了一眼站在旁边的人。

孙心妍说：“英语。昨天晚自习时候发的那张。”

何滨没说话，不情不愿地弯下身，在书包里翻找。刚打完球，他一身热汗，只穿了件白色半袖衫，汗湿的一片衣料粘在身上，弯曲的脊椎骨微微凸起。

翻了一会儿没翻到，他把乱塞在抽屉里的迷彩外套拉出来。

片刻后，孙心妍终于看到他掏出了皱巴巴的试卷。卷子上没有一点笔迹。

何滨垂下眼，装模作样地拿在手里正反看看，就跟第一次见着这张卷子一样。

“什么时候要？”

“江老师现在就要。”孙心妍跟他商量，“要不等一会儿你自己去办公室交？”

“不早说……”他嘴里咕噜了句，抬起头，“你的借我抄下，两分钟。”

“……”

总体来说，孙心妍就是一个比较好说话的人。她顿了顿，看着面前人一副理所当然的嘴脸，心里愤愤的，却还是把自己的卷子给了他。

被何滨这么一拖，孙心妍晚了一节课才去交作业。办公室里，英语老师脸色不佳，微微指责："不是让你上节课拿过来，怎么拖得这么迟？不然上节课我都改好了。你看看被你这一耽搁。"孙心妍只得乖乖道歉，保证下次注意。

回班路上孙心妍不禁想：碰到这个人，果然就没好事。

课间，陈彦其来找何滨玩，两个人趴在走廊栏杆上聊天。孙心妍从喧闹的走廊那头过来，目不斜视地进了教室，在窗边坐下，整理书本。

十一月的天空透蓝，像海一样。

两个少年背靠栏杆，面朝教室，懒洋洋地站着。陈彦其目光随着人影移了一截，忽然问："她在你们班怎么样啊？"

"谁？"

"孙心妍，挺受欢迎的吧？"陈彦其朝窗口抬抬下巴。

陈彦其跟何滨是初中同班同学，这几年两个人一直保持联系。如今何滨到了江城中学，陈彦其自然担任他的向导。看何滨不知情，陈彦其绘声绘色地给他科普了孙心妍的贴吧事件，叫他回去查帖子。

陈彦其说得兴高采烈，却感觉身边这人的反应不对劲。按理说平时聊起漂亮女生，大家都兴致勃勃的。这人呢，歪着脑袋盯着人家女生，跟被欠了钱似的，一脸冷漠。

胳膊肘忽然被戳了戳，孙心妍停下手里的笔，疑惑地看向李笛。

李笛瞥了一眼窗外："哎，他们在看你……"

走廊上阳光微斜，两个男生被她发现也不害臊，一个笑嘻嘻，一个冷冰冰。陈彦其还跟她挥了挥手。

孙心妍不善于应付男生们的无聊玩笑，装作没看见，低下头继续订正作业。

外面，陈彦其朝何滨眨了眨眼，脸上一副逗到女生的小得意。

何滨白他一眼，懒得理他。

江城连续下了一周雨后，温度彻底降了，全校师生们大衣、棉袄齐齐上阵，骑电动车的人甚至穿起了羽绒服。

李笛带到学校的衣服不够多，里里外外套了几件秋装，一早上课直喊冷。

孙心妍说："我明天给你带件棉衣来吧，你先顶一下。"

李笛捧起她的脸："真是个小天使啊，"忽然又问，"今天中午吃什么，我请你吧，你还出黑板报吗？"

孙心妍点头。

高一年级每两个月评比一次黑板报，李爱珍要求五个小组的人轮流出，每个组的小组长统一安排，这个月刚好轮到孙心妍这组。

孙心妍负责在左上角位置画一个插图，每天那么多课，她只能在午休前去后面画一会儿。

李笛唉声叹气："那又不能去小跳蛙了。"小跳蛙是校门口的一间小餐饮店，每天一到吃饭时间学生爆棚，排队就要排好久。

孙心妍说："星期五去吃？"

"好吧。"

这天中午吃完饭，李笛去宿舍拿书，孙心妍早早地回班开工。

班上才来了几个人，孙心妍把自己的凳子搬到后排，在旁边的空桌子上调颜料。刚开始弄，何滨手插着口袋从后门进来了。

背后莫名有种压迫感，孙心妍一回头，发现他一声不响地站在她身后。

"不好意思，看你没来就先放了一下。"她赶忙把放在他桌上的东西拿走。

何滨没吱声，坐下后掏出桌肚里的面纸盒，"哗哗哗"地抽了几张，把她放颜料的地方擦了擦。

不一会儿，教室里陆续回来了几拨人。孙心妍站凳子上画了一会儿，不经意地回头，看见何滨趴在桌上，整颗头都埋在臂膀里。

同小组的女生从后门进来，站在孙心妍旁边看："真好看，要帮忙吗？"

"把地上那个洗笔的水给我吧。"

"好的。"女生在地上看看，拿起洗笔的筒，"这个水已经脏了，我去帮你换一下。”

“没事，我把颜色稍微洗淡点就好，等下我自己去换，正好要洗笔。”

后排三个男生不知道又在玩什么幼稚游戏，你撞我，我撞你的，又笑又叫。

女生和孙心妍同时看向他们。

女生说：“你们注意点，不要蹭到黑板上，颜料还没干。”

男生们玩在兴头上，哪里听得到她的话。

女生把东西递给孙心妍：“我先回座了，你要帮忙就叫我。”

“好。”教室里嘈杂一片，孙心妍背对着教室，专心致志地画着。

旁边的三个男生打打闹闹，其中两个忽然合力逗起另一个，一起笑着把他往孙心妍的方向拖，男生拼死反抗。注意到那边的动静，孙心妍状若无事地从凳子上下来，手上拿着笔筒和画笔，站远了一点看画的效果。

果然，那边几个男生也跟着停了下来。谁知道，就在被闹的那个男生放松警惕时，旁边两个一使眼色，忽然又从后背齐推他一把。

“啊！”身侧被人猛撞一下，孙心妍差点摔倒，趔趄几步，她扶住了后门。

手上笔筒里的水，随着惯性整个飞了出去。

半梦半醒间，何滨听到背后动静，被头枕麻的手臂轻轻动了动，感觉下雨了。

下雨了？弯弯的睫毛一颤，何滨睁开了眼睛。头皮、脖子上都凉凉的。他反手在脖子上摸了一把，湿漉漉的感觉。

孙心妍这边惊魂未定，只见前面的人忽然从座位上弹起，像被电到一样。桌凳发出巨大的刺耳声响。

何滨捂着脖子左右看看，最终，目光的焦点定在孙心妍身上。她站在原地，手上拿着笔筒。说是笔筒，其实就是一个剪掉了小半截的透明饮料瓶。瓶身和她的手上全是水，还在一滴一滴地往下掉。何滨看看她，再看看自己掌心的脏水，难以置信地拿另一只手又在头发上抹了一下，再看掌心，眉心紧皱。

感觉脖子上还有水在往下流……两只手都抹脏后，何滨彻底反应过来，迅速地去抽屉里掏纸。外套塞在最外面，他顿了下，手没有伸进去。

班上不明就里的人被吸引，小声地互相问：“怎么回事啊？后面怎么了？”

有人说：“孙心妍拿水把转学生给泼了。”

“啊？”这不像孙心妍会做的事啊。

几个始作俑者害羞的害羞、心虚的心虚，早溜了，就剩孙心妍一个人站在那儿，面对着这个尴尬的局面。

众目睽睽下，她一张脸早就涨红了：“对不起。”

何滨慢慢地转过头，盯着孙心妍看了一眼，他僵硬地点点头，大步走出了教室。孙心妍愣了下，然后匆匆忙忙回座位拿了纸巾追出去。

两个人出去后，班上瞬间炸开了锅，后排各种笑声、拍打桌面声。

孙心妍追到水房，看着何滨在水龙头下先是冲洗双手，又把整颗脑袋放进水槽里，捧着水往头上泼。

天气这么冷，看他这个洗法她真的挺内疚的。

“不要这么冲了，这天太冷了，会头疼的。

“你不是住宿舍吗，要不去宿舍洗吧，我帮你跟老师请假。

“对不起啊，我在那边画画，本来好好的，伊强忽然就撞到我身上了。”

……

仗着儿时的小情谊，她用好朋友的亲昵口吻和他交流，何滨不知道是洗头没听见还是故意装作听不见，一直没出声。

只有水流“哗哗”地响。

孙心妍自讨没趣，也站到旁边默默洗手。回想刚刚的场景，脑子里似乎一片空白，怎么泼着他的，她完全不知道。

等她回过神，才发现何滨已经彻底清洗完了，正绷着一张脸看着她。

他的皮肤是真的白，瞳孔黑漆漆的，蒙着层水雾。清水滴顺着他的刘海、眉毛、下巴往下掉。孙心妍抿了下唇，递给他纸，这回他总算接了，胡乱擦了擦。

“孙心妍。”何滨盯着她的眼睛，忽然冷冷地开口。

“嗯？”

“有件事，我不知道你觉不觉得……”

“你说。”

“我跟你一撞面，特容易倒霉。”

“啊？”孙心妍像是还没回过神，只会发出一些语气词。

何滨说：“你知道该怎么办吗？”

她看着他。

“我们俩应该注意保持距离，这样对大家都比较好，懂吗？”

没再等孙心妍做出反应，何滨把擦完的纸被捏成球，一个抛物线投进纸篓，头也不回地走了。

这晚回到家，孙心妍写好作业，无聊地到客厅闲转。书房门关着，门缝透出灯光，父亲孙贺敏在备课。母亲陈冰学校里有聚餐，到现在还没回来。

在琴凳上坐下，孙心妍轻轻地按下两个键，是《友谊地久天长》，她在艺术节要表演的曲子，每天回来太晚，只能在双休日里练习。她伸手打开墙壁斜上方的壁灯，小小的天使灯下方坠着几颗水晶，灯光昏黄而璀璨。她低头翻阅琴谱，柔软的黑发垂下来，轻遮半边脸颊。

灯光下，密密麻麻的音符飘在五线谱上，孙心妍走神了，脑海中不自禁地响起何滨说的话。

——我跟你一撞面，特容易倒霉。

——我们俩应该注意保持距离，这样对大家都比较好，懂吗？

她得罪过他吗？他来班上这么久，没给过她一个笑脸。按理也该是她跟他摆臭脸，怎么反过来了？

孙心妍觉得自己就是太好忽悠了，居然还傻得把卷子给他抄。

门锁忽然有动静，孙心妍的思绪被打断。

“妈。”

“怎么坐在这儿了？”陈冰回来了，她把包放上玄关柜，关门换鞋。

陈冰今天打扮得很漂亮，深色系的风衣配长裙，有风度又有气质，脸上还化了一点妆。

“怎么回来这么晚？”

“和你江阿姨她们吃饭去了。”

孙心妍站起来：“我回房间了。”

“早点休息啊，不要熬夜，对皮肤不好。”陈冰把外套挂好。

“知道了。”

天一冷下来，老师们没课时就喜欢窝在办公室吹牛、喝茶。

这天上午李爱珍在办公室改完学生的作文，和几个年轻的任课老师闲聊。聊到转学生何滨，几个老师说他上课听讲不认真，经常开小差、睡觉，怕他期末考会拖班级总分。

这恰恰也是李爱珍担心的。

李爱珍也不清楚何滨进来的门路，只知道他是单亲家庭，父亲生意做得挺大。校长私下和她打过招呼，说孩子本质是个好孩子，就是性子拗，希望她多多照顾，还不忘安慰她：“他原来的学校课程可能和我们这儿的不一样，你不要急，等孩子适应一段时间，肯定能赶上来。我想想给谁带都不放心，还是最相信你。”

说得委婉又坦诚，李爱珍听明白里面的意思，心里不禁愤愤：全年级那么多班，怎么就非要弄到她班上来?

带十七班数学的秦老师说：“这种孩子还是不能放任，要找个机会杀杀他锐气，不然会影响班级风气。家里要真有钱不在乎，干脆回家，带着做生意，还来上什么学。这些个家长，既不问孩子，又要面子，一点责任心都没有。”

几个老师连连点头，一个年轻些的女老师道：“这几年学校风气越来越不好，就是生源问题，一个两个地塞进来，最后全是害群之马，还容易带着好孩子胡乱攀比。”

一个男老师忽然笑道：“小彭老师，你这个话里有所指啊。不过你班上那个一般人也管不来就是了，辛苦你喽。”

女老师说：“她上一节课能照两百次镜子，校长说得轻巧，睁只眼闭只眼，可班上别的学生看了难保不会有什么想法。”

几个老师都知道她说的是班上的黄稚薇，这个女学生背景非同小可，放谁班里都没法管。说到最后，几个老师唉声叹气，从学校的事说到当下的教育制度，最后上课铃一响，又老老实实地各自夹着书本往教室去了。

周五上午最后一节数学课，教室门窗紧闭，室内温暖如春。坐在下面的学生手撑着头，一脸困倦。趁数学老师在黑板上出题的空档，一半人趴下小憩。

黑板前的人忽然转身，一个粉笔头砸下去。前排一个正在说话的男生“嗷”的一声怪叫，大家嘻嘻哈哈笑起来。

“笑什么？”向来幽默亲和的数学老师突然黑下脸，“还记不记得你们这次的期中考成绩，还笑，马上月考了，要是再考成那样，出去了千万不要说是我教的。也别说是十七班的，给你们李老师丢脸。”

学生们不怕他，还是小声笑。

数学老师回过身写题，粉笔一笔一画地落在黑板上：“都开始在纸上算了没有？我找个人上来做做看。”

下面霎时一片找纸找笔声。

“想想我上节课讲的内容，再想想期中考卷的最后一道大题的解法……”数学老师转过身。

下面所有的脑袋早就低下去了，笔尖在纸上“沙沙”游走，紧张之际，只听到台上的人淡淡地道：“好，就你吧……何滨！”

几十个脑袋齐齐向后转。后门边，趴在桌上睡觉的男生从胳膊里抬起脸，一撮刘海翘着，完全没搞清发生了什么。

何滨慢慢直起背，捋了下头发，看不少双眼睛还在看自己，就又装模作样地理了下右上角的书，握起一支笔。

学生们大笑。

数学老师的声音从笑声中传来，慢悠悠的：“造型摆好了没有？是不是要我帮你拍个照？”

隔壁小组的男生小声提醒何滨：“上黑板做题……”

何滨："……"

人影痞痞地从课桌旁走过，孙心妍停下笔，明澈的目光中带着一丝幸灾乐祸。

何滨站定在黑板前，比旁边的数学老师高出大半个头。一只手插口袋里，一只手动作迟缓地拿起一个很小的粉笔头。

"够写吗？造型摆得这么好，就不能挑支长点的粉笔？"数学老师在一旁道。

何滨斜眼看看他。

数学老师也看看他："看什么？"

下面又笑了，孙心妍也跟着笑。

趁着大家解题的时候，数学老师道："你们在进入江城中学的时候都是最好的学生，当然，也不乏有一些走了狗屎运，稀里糊涂地混进来的。但不管你们以前怎么样，现在大家都在同一起跑线上，都坐在一个教室里……"

学生们忙着解题，不知道这数学老师到底说了啥，只觉得他絮絮叨叨的，跟这函数题一样，让人头晕。

半张草稿纸用完了，孙心妍完全没摸到头绪，前面有两个人好像已经解好了，悠闲地转着笔，不无得意。

讲台上的背影放下粉笔头，蹭了蹭拇指肚上的粉笔灰。黑板上一个字也没有。

数学老师说："看来我们何滨同学遇到了点困难啊……这样吧，我来找个人帮帮他。"

几个解出答案的学生看着黑板，蠢蠢欲动。

"孙心妍，你来帮帮新同学。"

孙心妍："……"

于是这节数学课后，学生们在去吃饭的路上津津乐道着刚刚的一幕：解不出题的帅男靓女双双站在黑板前，将背后的函数题衬得黯然无色。

这数学老师是故意的吧。

中午，陈彦其跟何滨一道去了“小跳蛙”吃饭。店里人满为患，基本都是江城中学的学生。

几个包厢被抽烟的高年级男生占了，烟雾缭绕，陈彦其跟何滨进去转了一圈，看到有认识的，直接凑了一桌。

空调温度调得高，何滨刚脱掉外套，面前递过来一支香烟，发烟的男生皮肤黑黑的，他好像不认识，但模样看起来有点熟悉。

男生笑笑：“你是何滨吧，我叫沈凯，星期三一起打过球。”

“噢。”何滨把烟拿起来，扯了下嘴角。

陈彦其自己点燃烟，又给何滨点火，何滨摆摆手，烟在指间转着玩。

过了一会儿，桌上另外两个人忽然开始拱沈凯。陈彦其不明白什么情况，打听之下，朝包厢外看过去，又凑何滨耳边耳语几句，露出青春期男生别有意味的笑容。

顺着陈彦其的目光过去，何滨看到了熟悉的人影。孙心妍坐在墙边一张小桌子旁，额角有些碎发，大衣扣子解开了，露出里面的嫩黄色毛衣。对面的人被门挡着，是班上一个他叫不出名字的女生。

“红旗，你艺术节吹萨克斯？”一个高二的问陈彦其。

陈彦其笑了下：“这两天老子肺都要吹炸了。”

沈凯说：“就是，搞什么艺术节，本来星期六早上还要和一中比赛。”

另一个道：“行了行了，给你看美女不好？”

说到美女，几个人又心领神会地朝门外看看，嘻嘻哈哈地笑起来。

饭吃到一半，孙心妍和李笛正在聊天，几个男生从里面包厢出来，懒洋洋地从她们旁边走过。孙心妍发现其中一个是丑字男，路过自己身边时，他特意看了她一眼，跟在他后头的两个男生不正经地拖着声音说：“丫头……慢慢吃哦……”

几个男生笑哈哈地往外走，孙心妍的脸“唰”地就红了。

李笛说：“真是无聊……”再转过头，却发现何滨和陈彦其也从那个包厢里出来了，两个人边走边穿衣服，有说有笑的。

从她们身边经过时，陈彦其歪着嘴角朝孙心妍笑了一下，何滨理理身上的外套，径直往外走。

李笛嘟囔："他们怎么也跟那个沈凯混一块了？没一个好东西。"

这个周六天气晴好，江城中学艺术节开幕了。

十七班在艺术节的合唱曲目是英文版《友谊地久天长》。班上统一借了服装，男生白衬衫黑西裤，女生白衬衣黑短裙，几十个学生穿好往那一站，唱得好不好先不说，专业的架势还真有了。

排练什么的都很顺利，唯一头疼的是负责钢琴伴奏的孙心妍的小礼服。

想着音乐老师帮她借了，班上借衣服的时候就没安排她的。谁知道这音乐老师不靠谱，一直到活动前一天孙心妍又来问，才想起这事，匆匆帮她去借。

周六早上，学校要求各班提前去排练走位，孙心妍才在后台拿到衣服。

看到实物，问题又来了。演出服自然是有点夸张的。宝石蓝长裙，锦缎一样的料子，触感光滑，领口镶了一圈碎钻，闪闪的。不看背面，一切正常，可一翻过来，后面一大块是露背的。

这音乐老师拿衣服拿得匆忙，根本没仔细帮她挑。孙心妍里面穿着普通内衣，知道今天要穿礼服，她特意用了透明肩带。她再怎么也没想到，衣服后背露了一大块。

李爱珍知道后，情绪不佳地连人带裙子往音乐老师面前领。

李爱珍较真，音乐老师有点畏惧她，急忙四下里找人跟孙心妍换衣服，可是没有合适的，最后没办法，只能拜托衣服店的人加紧送来几件。

十七班的节目排在后面，演出开始后，李爱珍领着学生们回座观看。李笛陪孙心妍在后台等衣服。

半个小时后，衣服店老板带着三条裙子来了，音乐老师帮孙心妍挑了一条白色的长裙。

这时，第四个表演已经结束，前台掌声如雷。

江城中学的小礼堂是老楼，后台简陋，没有换衣服的地方。通往舞台的拐角处有一个大屏风，主持人换衣服都在那儿。音乐老师叫孙心妍不要跑远，就在屏风后面换，万一大小不合适，来得及再换另一条。

没有镜子，孙心妍手忙脚乱地换好，感觉腰部还行，胸那儿不大对，裙子一直要往下掉。

“笛子你快帮我看一下行不行，好像有点松……”孙心妍调整着裙摆，从屏风后出来。话还没说完，她一抬头，满面通红。

如果时光可以倒流五分钟，不，哪怕是走出屏风前的这短暂几秒，孙心妍是愿意为此付出许多代价的。

通往前台的小阶梯上，化好妆的学生两列排开。前一个节目刚开始，这边音乐老师就赶他们过来候台。

位置靠近前台，老师不让说话，嘈杂的背景音乐中，男男女女干站着正无聊，就撞上孙心妍衣衫不整地从屏风后走出来。

队伍里的男生们瞬间炸开锅。

“不松不松！”

“正好！”

“美！”

两声长长的口哨，后台在起哄声中沸腾起来，所有的光与热发自少年人心底，张扬而肆意。

孙心妍哪里见过这样的场景，觉得自己整个人羞得快烧起来了，可惜地上没有缝，只能慌不择路地躲回屏风后。连带着李笛也觉得抵不住这热浪，红着脸跟她一起躲进去。

两个正在那头忙的老师听到骚动，赶紧跑过来，对不受控的学生们瞪眼嘘声。

浑身血液加速流淌，孙心妍心口狂跳，双臂抱胸，肩膀也红了。李笛看着孙心妍的窘迫模样，片刻后，忽然无声地笑了。

“还笑……”孙心妍拍了下她的手臂，觉得自己快脑溢血了。

不知道在屏风后等了多久，像是短暂的几秒，又像是漫长的几分钟，终于，前台掌声如雷，下一个节目开始报幕了，外面一片纷杂的脚步声。

孙心妍低头看胸前：“怎么办，好像胸口有点松……”

“要换一件吗？”

“不知道来不来得及了。”

李笛帮她看看背后：“好像也还好，你等着，我找两个别针来试试。”

脸颊上的红晕还没消散，孙心妍一个人站在屏风后，双手捧住滚烫的脸，心中无尽懊恼。

此刻面红耳赤的女孩无法得知，多年后，这一幕成了她高中生活最鲜艳的一个注脚，午夜梦回，她的唇边总泛起淡淡的微笑。

而那些厚脸皮的闹腾男孩呢？他们偷偷地，将一个女孩十六岁的不完美形象定格在了二〇〇七年初冬的清晨。

像一朵白色小花，珍藏在所有关于青春的梦里。

长大后，他们一路向前、一路寻找，再次回望这份纯洁无瑕的不完美，内心依然充满最初的心动。

江城中学小礼堂背后是一堵围墙，墙边种着一排广玉兰。初冬，广玉兰的叶子没有掉，阳光在枝丫叶片间层层折射。

陈彦其演完节目后和何滨去小卖部买来两罐可乐，来到这里。

陈彦其还穿着演出服，带亮片的紫衬衫，脸上还涂了粉、画了眉，有种戏剧感。他从裤子口袋里掏出烟，跟何滨一人一支。

今天是个晴天，就是风大。何滨把帽衫上的帽子戴上，只露出一张脸。

十三班的表演刚结束陈彦其就听到了一个新闻，十二班的人正在后台排队等表演呢，十七班的孙心妍在后面换衣服，换到一半，忽然冒出来，内衣都被看到了。

陈彦其大笑着：“你说牛不牛？”

何滨听完先是没给反应，过了一会儿却皱着眉眼自个儿开始闷笑，憋着憋着差点被烟呛到。

陈彦其：“你的反射弧要不要这么长……”

何滨自顾自地继续乐。

陈彦其哪里知道，一听到孙心妍出丑，何滨是打心底觉得爽。如果小时候的烫伤事件给孙心妍留下的是生理上的阴影，对何滨而言，则是生理和心理上的双重阴影。

事情发生的当下，何滨确实心存愧疚。然而他爸是个暴脾气，在医院跟孙家做小伏低了一天，回来后就抽了裤子上的皮带，追着他满屋子打，皮带都差点被抽断了，幸亏他爷爷奶奶来拉。

这还没完，后来去医院、打电话，何滨把从小到大欠下的歉在她一个人身上给道完了。

那次之后，何滨压根不想再多看孙心妍一眼，一看到她就跟看到当年那个热水瓶一样，心里发毛。

不只她，她全家都像热水瓶。

阳光照得人暖洋洋的，两个少年心思散漫，各想各的。

陈彦其忽然问：“对了，你跟程雪上次介绍的那个，后来有没有联系？”

“干什么？”

“人家女生托程雪问的呗。”

女孩是市一中的高一生，性格开朗，见到何滨第一眼就觉得他帅，让中间朋友帮着介绍。后来女孩加了何滨QQ，也给他发过几次信息，第一条何滨回了个笑脸，后来就再没回过。

陈彦其说：“不是长得挺漂亮的？大眼睛、瓜子脸，个子也不矮。”

“一般吧。”何滨轻描淡写地说，“下巴不好看。”

陈彦其斜他一眼，“呵”地干笑一声。他沉默了一会儿，觉得又好气又好笑，低声笑骂道：“你怎么不拿个放大镜照……哎，我说，你在北京？”

旁边人的目光像冷箭一样射过来。

陈彦其目光越发探究地看着他，笑着问：“不是吧？”

肩被有力的臂膀一钩，陈彦其身体一歪，毫无防备地被何滨控住，随即肚子上被揍了一拳，他“嗷嗷”直叫，又趁何滨不备，立马还手。

两个少年在寒风里扭打玩闹了一阵，看时间差不多了，又回到礼堂。

台上，主持人正在报幕，下一个表演即将开始。走到门口，陈彦其忽然看到他爸正站在走道里东张西望，于是两个人没急着回座，就这么站在门边。

学生们排着队上台，何滨发现正好是自己班的节目。整个班的人站成三排，女生在前，男生在后，服装统一，都化了妆。

舞台最中间是充当指挥的音乐老师，舞台左边，女生坐在一架立式钢琴前，身上穿着一件露着肩膀的白裙子。

陈彦其碰了下何滨的胳膊，何滨靠在门框上，一开始还在和陈彦其说笑，随着歌声停下，唯剩轻灵而优美的钢琴声独奏，前排密密麻麻的人头忽然集体转向舞台一角，何滨和陈彦其也不自觉地跟着看过去。

发黄的灯光照着孙心妍的脸、脖颈和披在肩上的黑发，白裙子把她的发丝衬得像钢琴一样黑亮。

她的目光那么认真，时而平视琴谱，时而温柔低垂，有一种和平时不太一样的感觉。

在这动听的琴声中，何滨觉得舞台上的那个女孩既熟悉又陌生，她好像长大了。

学生们洪亮的歌声再次响起来，陈彦其又凑近跟何滨说话。原来，走道上的教导主任发现了他们，正向这边走来。

“快走，被我老子逮到肯定没完没了。”

何滨跟着陈彦其走了两步，又情不自禁地回头看了一眼。

“别看了，快点快点……”陈彦其拉着何滨狂奔而去。

台上一分钟，台下十年功。排练大半个月的演出，三四分钟便结束了。十七班的学生们排队走回后台，心情雀跃，回味着刚刚的表现。

孙心妍吸取教训，没再在后台换衣服，拎着不方便的裙子一口气跑到了三楼的厕所。背后别了好多别针，怕戳到自己，她一个人弄了很久。终于换好衣服，她抱着裙子出来，对面男厕刚好也有人出来，两人一撞面都顿住了脚步。

孙心妍看看何滨，何滨也看看孙心妍，两人十分默契地一句话没说，走到洗手池边洗手。

洗手池不宽，何滨往旁边一站，孙心妍的余光还能看到他的黑色外套。她往旁边移了移，何滨瞥她一眼。

洗完了，孙心妍掏出纸巾擦手。软软柔柔的白裙被塞在塑料袋里，袋子挂在她手腕上，边口露出一角白纱。

身边忽然响起声音："纸还有没有？"

孙心妍转过头看何滨，手里正握着纸巾。

何滨看着她手上的纸巾："给我一张。"

孙心妍没有动，她脸上是舞台妆，镁光灯下看着不明显，自然光下，一张脸雪白，两条眉毛又黑又浓，腮红打在颧骨上，红艳艳的。

看她不说话，何滨忽然歪着嘴角发出"呵"的一声干笑，想化解自己的尴尬："这妆谁给你化的？要去演猴子啊。"

孙心妍没搭腔，选择直接无视他，转身下楼。

热脸贴了个冷屁股，何滨脸上的表情僵了僵，捋了两下前额的头发，跟到她身旁说："借个纸，搞得跟要你一百万一样……"

"跟我借东西，不怕等一会儿又倒什么霉吗？"孙心妍毫不示弱。

身旁人被噎住，不说话了。

孙心妍抬头看他，笑了下："你说，我是不是为你好？"

四目相对，看着她小小的得意的面孔，何滨心中腾起一股莫名的焦躁感，他怀疑自己是不是出问题了，在这儿跟她瞎扯。戴上帽衫的帽子，他双手插兜，从她身旁快步走过。

何滨身高腿长，顺着楼梯急转而下，很快就没了踪影。

孙心妍伸头向下看看，不知道这个人今天又是坏掉了哪根筋。她一步步下着楼梯，拿纸巾慢慢地擦嘴上的口红。

对高中生们来说，一切生活都在围着考试转。艺术节这个小小插曲过后，大家又迎来月考。各科成绩在本周三陆续出来，这次，孙心妍考了班级第十二名，小有进步。不过这次的数学卷子比较简单，她算是讨巧了。比对成绩的时候，孙心妍忍不住关注了下何滨的成绩，居然不是倒数第一？

全班四十八个人，他排第三十七，比她想象中稍微好点。

这两天天气越发寒冷，校园大半的树都掉光了叶子。学生们没有过多沉浸在月考成绩中，心中都很拎得清，接下来的期末考试才是重头戏，它决定着一个寒假的安排。

这几天，孙心妍把全副心思都放在了复习上，连带着李笛也十分认真，午休时间大家也不说话，各自看书做题。中午，孙心妍看书看累了，趴在桌上休息。迷糊中，感觉有人轻轻碰了下她的胳膊。

她睁开眼，是班上一个和她接触不多的女生。

女生短发，大眼睛，蹲在她书桌边，压着声音说："有点事找你帮忙，能出来一下吗？"

教室窗帘拉着，很多人都在睡觉，很安静。

"什么事？"孙心妍小声问。

女生笑一笑："我们出去说吧……"

两个女生脚步轻轻地走到教室外。

带上教室门，女生拉住孙心妍的手，神神秘秘地说："其实我也不知道怎么跟你说，我们先不要站在教室门口……"

孙心妍被她拉着往前走："到底是什么事啊……"

不知不觉走到水房，两人刚进去，女孩忽然在孙心妍背后一推，自己跑了出去。

孙心妍站好了才发现放拖把的角落里有个人，瘦瘦高高的人影倚在墙上，朝她笑着。

外面，有人关上了门。知道自己上当了，孙心妍沉下脸，一言不发地去拉门。

其实水房的门根本不好上锁，然而孙心妍拉了两下却完全拉不动，说明外面有人在帮忙抵着。

她泄气地拍了两下，听见身后人说：“你别害怕，我就跟你说几句话。”

孙心妍一脸羞愤地回过头：“你让他们把门打开，不然我叫老师了。”

沈凯走过来：“我又不会在这儿对你做什么，就是有些话想跟你说。”

孙心妍：“你以前都是这么找女生说话的？”

沈凯说：“我真的是想跟你做朋友，你每次都不理我。”

他比她高，一走近，孙心妍无形中被他逼在了门后角落。

孙心妍心里既紧张又害怕，但一点不敢示弱，怕示弱了面前的男生反而得寸进尺。尽管她嘴上威胁着叫老师，可怎么可能呢，要真扯着嗓子喊，首先跑来的肯定是看好戏的同学。

冷静了下，孙心妍鼓起勇气说：“对不起，我不想跟你做朋友，请你以后不要再做这种事，我觉得很烦。”

男生盯着她看了一会儿：“我知道你跟别的女生不一样，你是个好女孩。我就是想照顾你。”

“你照顾好你自己吧，赶紧让他们开门！”

沈凯不以为意，厚着脸皮半开玩笑地说：“生气了吗？你不同意也行，那你跟我保证，在高中三年绝对不谈朋友，那我就不再找你。”

“我凭什么要跟你做这样的保证？”

门外，一个男生紧紧拉着门，还有一个贴在门上，仔细地听里面的动静。

带孙心妍来的女生问：“说什么了？”

“不知道，声音太小了。”

拉门的那个笑：“不会是没在说话，亲起来了吧？”

女生笑着轻拍他肩：“下流……”

瞥到走廊那头来的人，女生的笑容收敛了。两个男生一看，是何滨跟陈彦其过来了。

寒冬腊月天，两个人喝着冰可乐，一路晃荡过来。陈彦其看水房门口几个都是熟人，又见其中一个拉着门，鬼鬼祟祟的，笑着问：“玩什么呢？”

男生做了个噤声的动作："小点声，沈凯在里头办大事呢。"

"大事。"另一个男生做了两个字的口型。

陈彦其读出来了，也来劲了："跟谁啊？"

男生朝着旁边的女生抬了抬下巴："夏莉班上的孙心妍。"

"拉门干什么？"旁边的人忽然问。

几个人转眼看向何滨。

他们都互相认识，但不算熟，何滨一般不跟他们搭腔，很酷。这时候忽然开口，大家以为他也觉得这事有趣。

男生笑着说："沈凯吩咐的，怕她太害羞，跑了。"

"哦，不敢保证，这么说你就是看不上我。"沈凯的语气变得痞痞的，不再像之前那样温柔。外面还是听得不清楚，却终于听到个大概了，几个人全部静下来。

孙心妍声音也正常了些："我根本就不认识你，你不觉得你这样很奇怪吗？你快让外面的人开门，不然我真的要叫人了。"

说着她又试着拉了下门，还是拉不开，她泄气地重重拍了两下，喊着"开门"。

里面的人情绪不对了，门外的人跟着不知所措起来。

"把门打开。"何滨伸手拉门。男生的手握在门把上，有些为难地看看他："沈凯跟我们说好了的……"

何滨目光沉下，一把拉掉门上的手。

恰好此时里面传来声音："蒋震，开门吧。"

门被推开，孙心妍走出水房，才发现外面站着好几个人。她没想到，第一眼看到的人是何滨。她眼周有些红，看了看他，往教室走去。

走廊很亮，女孩的马尾辫一荡一荡的，像是抬手擦了一下脸，脚步越来越快，纤细的身影很快消失。

周围几个人盯着孙心妍的背影看了看，又都沉默地看向何滨。他们不知道为什么去看何滨，可能是因为他刚刚有些出人意料的反应，也可能是因为孙心妍最后看他的那个眼神。

沈凯神色恹恹地出来，反过身一脚踹在门上撒气，之后，几个人跟着他走了。

走廊上静下来，陈彦其看何滨还在发愣，拍了下他胳膊："你没事吧？"

何滨回过神，喝了口可乐，感觉透心凉。

孙心妍一回到班上就趴在了桌上。李笛刚午睡完，醒来时没看见她人影，这一回来又一副情绪低落的样子，便凑过来关心地问："怎么了？"

好半天孙心妍都没反应，过了一会儿她侧过脸，趴在胳膊上看着李笛，眼眶湿湿的。

李笛一愣："怎么了？好好的怎么哭了？"

孙心妍伤心地说："有的人好讨厌啊……"说着又有一滴泪珠顺着眼角掉下来，慢慢地渗入脸和手臂间。

李笛把凳子拉到她桌子边，下巴压在手上，也趴下来，柔声安慰："你刚刚去哪儿了？谁惹你生气了？快别哭了。"

李笛拿纸帮孙心妍擦眼泪。孙心妍把纸接过来，蒙在眼睛上，又忍不住流了几滴泪。

她把水房的事情告诉李笛后，李笛火了："夏莉怎么这么恶心，自己跟那些高二的玩就算了，还拖别人下水。"

"算了，我也不想跟他们再有什么牵扯。"孙心妍的情绪已经慢慢平静下来了。

"下次他们再这么闹你找老师吧，真的，越来越过分了。"

"嗯，我知道。"孙心妍点头。

快上课时何滨才回来，他走的是前门，人从孙心妍桌边走过，孙心妍如常地和前桌女生说话。

回到座位，何滨拉开外套拉链，后背靠墙，瘫坐着。目光无意识地层层越过前面，课间嬉闹声阵阵，女孩微笑着的侧脸时而被走动的学生遮挡。他歪了一下脑袋，头倚在墙上，刚看到一个正脸，上课铃却响了，大家纷纷回座。

这节课，李爱珍一上来就抽背古诗文，搞得全班紧张兮兮的。孙心妍被中途点到，站起来背诵。

何滨还是下课时靠墙坐的姿势，原本大脑昏昏沉沉，听到她的名字却是一惊，再看到她站起来的瘦弱背影，他的心跳忽然就加速了。

窗口进来一阵风，吹动了他桌上的一支笔。塑料笔翻滚着落地，撞击出几声脆响，前面的人回头，何滨仍旧一动未动。

这天下晚自习，孙心妍收拾东西慢了，和同路的两个女生约好车棚见。她背着书包走出教室，班上人已经走得差不多了。

刚下一层楼，忽然有人在拐角处叫住她。

“孙心妍……”

这一声不大不小，孙心妍吓了一跳：“啊？”

等到看清黑暗里的人，她继续往下走去。何滨不紧不慢地跟她下楼。她步伐不停。

“喂……”

走到楼下，孙心妍脚步变快，何滨伸手拉她书包。谁知道轻轻一拽，没把她人拉住，反而把她包上的什么东西给拽掉了。

背后一卡一顿，孙心妍停下，反手摸摸后面，回过头怒目看他。

何滨看看被自己拽下来的毛茸茸的吊坠，僵在原地。

一盏路灯亮在身侧的花坛边，淡淡投下两个少年人的影子。几个迟走的学生背着书包说说笑笑地从他们身旁路过。

孙心妍咬了下嘴唇，静静地看他两秒，走了。

这一回，身后人没有再追上来。

回家洗完澡，孙心妍穿着珊瑚绒睡衣，一动不动地躺在床上，回想今天发生的事。书桌上亮着台灯，灯光柔和，书包就在旁边，拉链上只剩钥匙扣的圆环和一截短绳。她翻身朝下，脸埋在柔软的被子里，叹息一声。

同样的夜晚，何滨洗完澡躺在宿舍的床上，头枕着手，头发还有点湿，头皮凉飕飕的。少年脸上棱角分明，无神的双眸盯着天花板。

八个人的学生宿舍，一到熄灯时间，男生们就各自躺在床上，聊篮球、聊女生，何滨向来不加入他们。这两天，宿舍里有个其貌不扬的男生跟一个女生好了，聊起女生，话里话外都有几分炫耀得意，好像他在这宿舍就高人一等了。其他几个听了不是滋味，熄灯后都默契地不再开口，被子一蒙头，直接睡觉。

何滨睁着眼，听到呼噜声，才意识到已经熄灯了。

房间幽暗，两片合拢的窗帘间透出一道细细的月光，悄悄地折射在墙上。

何滨从枕头下面掏出个东西，举到眼前，接着按亮了手机屏。屏幕亮起白光，于是他看见一只毛茸茸的咧嘴笑的小兔子，握在他的手心。

看着看着，何滨微微皱起一点眉：这兔脸怎么长得跟某个人一模一样？

时间过得飞快，很快到了十二月底，新年要到了。今年的跨年日是周一，加上忙着期末考，大家都各自在家看书。

晚上十二点，孙心妍还在熬夜看着书，手机忽然之间涌入数条短信，紧接着就听到外面的烟花声。

孙心妍放下笔，走到窗边，一边看烟花，一边看短信，她把认识的人都回了。

李笛：哈哈哈，二〇〇八一切顺利哦，最可爱的小天使。

孙心妍笑着回：二〇〇八，最先祝你期末考到全班第一名！

那边秒回：扫兴鬼！

烟花绽放在窗外夜海，光影映在玻璃上，浪漫而美丽。就像即将到来的二〇〇八年，充满神秘，令人期待。

清理短信的时候，孙心妍忽然发现，何滨居然也给她发了一条，内容是这样的：从前有一匹马，它跑着跑着就掉进了海里，所以，它变成了一匹“海马”。这匹马的另外一匹马朋友为了要去找掉到海里的马，结果也掉到了河里，后来，它就变成了“河马”。第三匹马是匹白马。它为了要找失踪的两个朋友，来到了交通混乱的城市。它连续被好几台车子碾过，使得身上出现好几道黑条纹。结果，它变成“斑马”了。

孙心妍皱着眉头把这条长长的短信从头到尾看了两遍，才确定他真的是发了一个冷笑话。

无聊。她想也不想就删了。

二〇〇八年注定是不寻常的一年。学生们没想到，新年第一天他们就收到一个坏消息。李爱珍在早读课上宣布，期末考时间定在一月二十二日。全班哀号。

天气预报说，今年冬天是百年一遇的寒冬，有大雪。学生们纷纷在心里祈祷，让暴风雪来得更猛烈些吧，猛到直接上不了课、考试取消。谁想一个星期后，天气真的开始发生巨变，凄风冷雨不停。

可能近来总是熬夜复习，孙心妍感冒了，上课时昏昏沉沉的，总想睡觉。

这天早上好不容易出了个大太阳，好久没打球的男生们连骨头都痒了，一下课就带着球奔到操场，打得热汗腾腾地赶回来上课。

中午，陈彦其饭都不吃了，跟何滨约了几个人直接在操场开战。一开始大家玩得挺开心的，打到一半，陈彦其不知道何滨发什么疯，老是盯住对家的一个人，位置、打法都不管了，人家拿到球他就截，人家投篮他就盖，明摆着在挑衅。

终于，对方成功被激怒，拿到球后猛地一摔：“你他妈的会打吗？什么意思啊？”

场上人早就看出端倪，眼明手快地上来劝，把两人分开：“好了好了好了……”

几个高一的过来劝何滨，陈彦其搭住他肩把他往旁边带，知道他情绪不对，要拉他走：“好了好了，不打了，结束了。”

何滨没说话，慢腾腾地被他拉着走。

那个男生也被几个人围着拉着，嘴里骂骂咧咧的。

没走几步，何滨停下，扯着衣领擦了把汗湿的脸，又往地上吐了口唾沫。

陈彦其又拖他走："走走走，搞个饮料喝喝去。"

就在众人放松警惕，以为事态已经平息时，何滨忽然甩开陈彦其，冲上去朝对方猛推一把。被众人围着的男生防备不及，踉跄几步，还没站稳，脸上又被挥了一拳。

陈彦其反应过来时已经一片混乱，他想都没想，下一秒就加入战局。

好好的打篮球就这么变成了打群架。

消息传到十七班时，这帮人已经全部被拉到教导处严厉训过，并由各班班主任暂时先领回去，处分的事校领导正在商议中。

在江城中学很多男生的印象里，打群架这种事好像还发生在初中。江城中学的学生很少打架，他们大多出生在中产家庭，做事随心不逾矩，思维比同龄孩子理智，但理智不代表心中没有少年意气。

十七班的人四处打听事情始末，一听是何滨带头和高二的干架了，个个热血沸腾。

平时就爱闹事的几个说，高二的要是敢报复，十七班的男生绝对一起上，班级一下子空前团结。

李笛把自己听到的告诉孙心妍后，又说："知道何滨是和谁打的吗？其实你听了估计还挺开心的。"

"谁啊？"

"沈凯。"李笛说，"他们说打球打得一言不合，何滨就把他给揍了，然后高二的就怒了，高一的也怒了，就全打起来了。"

孙心妍是在这天下午看见何滨的。下午第二节体育课下课前，她去办公室拿英语作业，远远地看见一个瘦削的人在走廊上被罚站。

何滨轻靠栏杆，垂着眼皮看下面的操场，余光注意到有人过来，转过头。

孙心妍看了他一眼，进办公室抱出一沓作业本，往教室走。

"喂……"

孙心妍回头："叫我？"

何滨："下课了？"

她摇头。

冬日天空晴朗，光线明亮，何滨脸上有两处明显的伤痕，一青一紫。孙心妍朝没什么人的办公室看看，想了想，走到他身旁。

"我过来拿作业。"孙心妍把本子抱在胸前，"这节是体育课，还有几分钟就下课了。"

不远处的操场上传来学生的欢笑声，她往下看看："你没事吧？"

何滨没回答，沉默了下忽然说："那天的事跟我不相干。"

孙心妍："算了。"

何滨看着她的发顶，眉头皱起来，语气不佳地说："什么算了，不都说了跟我不相干，老子纯粹是路过。"

"能不说脏话吗？"

"哪一句？老子？"

"……"沉默片刻，孙心妍抿抿唇，"其实我就是不想再提那件事了。"

何滨呼出一口气，懒懒地向后仰了下头，脖子发出几声关节响。他说："拉倒。不提就不提了。"

孙心妍说："不过我相信你了。"

何滨低下头。

雨后天晴的空气，夹着细细的阳光，一阵小风吹来，吹动女孩额角几缕绒发。

站了一会儿，孙心妍说："学校说怎么罚你们了吗？"

"没。"

"陈彦其也动手了？"

"你说呢？"

"那太好了，毕竟有他爸爸在。"

何滨乐得笑了下，她倒是会想。就怕陈彦其反倒是最惨的一个，人到现在还站在教导处门外。

“要下课了，我先回班了。”

“喂……”

刚走出几步，孙心妍回头：“又怎么了？”

“帮我个忙。”

“什么？”

“帮我去买个创可贴。”

目光在他脸上身上环视一圈，孙心妍没发现有什么要止血的伤口：“你不要紧吧？要不要去医务室看看？”

何滨说：“不用，帮不帮？”

孙心妍：“好吧。”

看到他从裤子口袋掏出张一百块，孙心妍赶忙说：“不用了，先去给你买吧，省得还要找我一堆零钱。”

然而等孙心妍买了创可贴再回来，何滨不在了，办公室外的走廊上已经换了一批人。

下了课的任课老师抱着书走来，看孙心妍在外面踟蹰着不进门，笑着问：“来找你们李老师的？她去会议室了。”

“谢谢老师。”

“不客气。”

回到班上，孙心妍看看最后一排的空座位，又看看在周围打闹的几个男生，把创可贴放进了书包。

下午最后一节课开始时，何滨回班了。全班人像他第一次来时一样，从他进门起就行注目礼。

何滨脸上挂着彩，面无表情地走进来，跟什么都没发生一样。一整节课后排男生都躁动不安，找各种小空隙问他前因后果。

下课后就是吃晚饭时间，孙心妍和李笛从食堂回来，何滨不在。等他回来了，却又被好几个男生围住，孙心妍想把创可贴给他，看看那个情形又作罢。

就这么一直到了晚自习第一节课下课，孙心妍看书看得头昏脑涨，铃声一响，她去走廊上透气。

“我的东西呢？”

听到声音，孙心妍转过头，何滨已经走到她旁边，手随意地搭在栏杆上，侧着脸看她。他身材颀长，脸型瘦窄，这样的光线下，眉目显得更深。

“啊？”孙心妍说，“在我书包里，你等下。”

她进去又出来，把创可贴给他。

“多少钱？”他拿在手里看看。

“几块钱，算了吧。”

“真不要？”

教室里又有几个男生出来了，孙心妍觉得和他站在这儿怪怪的，于是说：“不要了，我先进去了。”

何滨回头，淡淡地看了眼她的背影。拿着创可贴在手里轻轻翻转两下，他略挑了下眉，打开，撕开一片，随手往下巴上一贴。夜色下，对面的教学楼灯光明亮，他抬手摸摸后脖颈，嘴角浮起一丝笑。

第二章

我们再赌一个怎么样

群架事件的处理结果是周五出来的，学校处理得很轻，所有人都是警告处分。

周一的升旗仪式上，学校向全校师生通报了结果，事后就没人再提及了。学生们觉得这事有点雷声大雨点小。

人在少年时很难懂得，孩子们的爱恨情仇在大人们眼里一文不值，都是小儿戏。江城中学那年正在省内评文明校园，校领导一听说打群架，内心极其恼怒。虽然怒，却又不得不顾及大局，加上其中牵扯到学校中层干部的孩子，另外几个孩子家长又不停地打招呼，连记过都不肯，怕将来影响特招或出国。

这件事里，最无辜的算是陈彦其了，纯粹为了兄弟义气，最后被陈父好好修理了一番，连着半个月在学校大气都不敢出。

这天中午，陈彦其跟何滨在校外吃完饭，两个人坐在小花坛边上喝可乐。何滨眉骨上的瘀青还没全消，陈彦其看看他，忽然笑了：“哎，你发什么神经啊？”

也就是事情过去了他才这么问他。

何滨说：“看他不爽。”

陈彦其话里有话："干什么，好好的看人不爽，又没抢你对象。"

周围走动的都是江城中学的学生，三三两两，不乏一些小情侣。一对男女走来，女生身上穿着男生的棉外套，男生冻得像狗一样了还开心地和女生说说笑笑。

陈彦其罐子里的可乐喝完了，过来拿何滨的，何滨手臂一让，陈彦其掏了个空，不屑地"哼"了一声。

期末考试前，十七班有人过生日，周末请大家吃饭唱歌，孙心妍和李笛都受邀了。过生日的是个住宿生，平时和李笛关系不错。孙心妍周末要上数学小课，不想去，耐不住李笛劝说，上完课直接来到了火锅店。

寿星同学邀请了一桌人，饭桌上大家纷纷拿出礼物。男生送的大多是漫画、运动用品，女生送的则是CD、书籍一类。

孙心妍送的是一支钢笔，用细细长长的盒子装着。

寿星同学打开盒子，脸上绽开笑容："谢谢啊，我正缺笔呢。"

旁边的男生插嘴："你的字写得那么丑，别玷污钢笔行吗？"

众人大笑，孙心妍也笑了。

其实，孙心妍在班上的人缘不错，很多人都想和她亲近，特别是男生。但他们亲近她的同时，又难免把她向上捧着，于是中间总像隔着层什么，很难像和李笛一样自然相处。

吃完饭大家一起去唱歌，孙心妍不想去，又耐不住被李笛劝说。

寿星同学在KTV开了一个大包厢，刚开始唱，班上又来了两个人。沙发上，男女生之间泾渭分明，女生都靠点歌台这边坐着。大家点的都是些脍炙人口的歌，人人会唱，唱了一会儿就玩开了，每一首出来都有人要抢话筒。

孙心妍和几个女生坐在角落里，李笛去唱歌后，旁边的一个女生陪着她说话。

包厢门忽然开了，大家朝门口望去，何滨走了进来。他穿着休闲款的厚外套、黑色牛仔裤，脚下一双白色板鞋。像是刚洗过澡，他头发还有一点湿，手上拿着一个小盒子，目光在包厢里扫了一圈。

寿星同学拿着话筒说："小滨爷来啦，等你半个多小时了。"

何滨把礼物给他："生日快乐。"

几个男生愉快地凑过去跟他打招呼，何滨脱掉外套坐下。

李笛唱完歌回到孙心妍旁边，往那头看看，戳起果盘里的一块香瓜："还请何滨了啊。"

孙心妍坐着喝了不少水，有点内急："我要去洗手间，你去吗？"

"好啊，走吧。"

等她们上完厕所再回来，发现原来的座位被别人坐了。女生都挤在一头，只有中间空着，两个人便坐下。这么一来，李笛旁边坐的就成了寿星同学，她跟寿星同学说了一会儿话，越说越高兴，转过头跟孙心妍说："孙心妍你听，他还要跟我合唱呢，他那个公鸭嗓子。"

寿星同学叫嚣着："哪个是公鸭嗓，就来首《广岛之恋》怎么样？"

"《广岛之恋》就《广岛之恋》。"

众人在旁边哈哈笑着起哄，两个人便兴高采烈地一起去点歌了。中间两个人一走，孙心妍旁边立马空出了一大片座位，离得最近的人就成了何滨。

过了一会儿，有个男生挤过去跟何滨说话，他朝旁边移了下，两人之间的距离又缩小了大半。

孙心妍拿出手机看的时候，旁边的人问："怎么不去唱歌？"

她转过头，不知道何滨怎么就坐到身边来了。

孙心妍："你没来的时候唱过了。"

何滨说："再去点两首。"

"不想唱了。"孙心妍问，"你吃饭的时候怎么没来？"

何滨垂着眼回手机上的短信，回完了才说："我爸今天回来，晚上跟他吃的饭。"

孙心妍点点头："哦，你爸平时都不在这边？"

音乐声忽然提高，何滨没听清她刚刚的话，倾身凑过来一点："什么？"

鼻尖一股男生身上的沐浴露味，孙心妍脸上莫名一热，下意识地退开一点："我说，你爸爸平时不在这边吗？"

"哦，他各地跑，一个月回来一两次。"

"哦。"孙心妍端起杯子喝了一口水。

歌曲切换中，包厢忽然安静了一下，熟悉的旋律响起，孙心妍看向屏幕，是周杰伦的《星晴》，她喜欢的歌。

孙心妍今天披着头发，头上戴着一道细细的白色发箍，柔顺的发丝从两边垂落，遮住耳郭。不怎么明亮的光线下，何滨看见她嘴角忽然扬起了微笑。

他跟着看向屏幕。

然而歌唱到一半，忽然被切了。李笛和寿星同学拿着话筒走到屏幕前，开始了搞笑版的《广岛之恋》表演，掌声、欢呼声响起。

等这首《广岛之恋》结束，孙心妍看时间不早了，跟李笛说要先回去。李笛唱得一头汗，正玩在兴头上，想掐着宿舍关门的点回去。

孙心妍说："没关系，那你再玩一会儿吧，再晚我坐公交就不方便了。"李笛嘱咐她回去路上小心，到家后发短信。

寿星同学客气地挽留孙心妍，何滨忽然也站起来，拿起桌上的钱包手机："我也走了，你们慢慢玩。"

几个正在耍宝的男生停下，看看他们："不是吧，都走了？何滨，你这刚来一会儿，再玩玩吧。"

"你们玩。"何滨拎起沙发上的外套。

孙心妍看看他，想着可能他爸爸今天回来，他也要早点回去。

出了包厢后，孙心妍看看何滨："你先走吧。"

"怎么了？"何滨穿起外套，身形显得更加挺括。

"我要上个洗手间。"

"那你去吧，我在外头等你。"他的目光绕到她背后，"包要不要帮你拿？"

孙心妍摇头："不用了，那你等我一会儿。"

走廊上是摩登的镜面装饰，墙上挂着一幅油画。画上是一株植物，绿色的茎上结着像风铃一样的白色花朵，清新可爱，和周围的环境格格不入。何滨闲着无聊，盯着看了一会儿，一回头孙心妍就出来了。他才注意到她今天穿的是一件长款的白色羽绒服。

他们一起走出KTV，往公交站走。马路上车来车往，喧嚣不止。

“你也坐公交？”孙心妍问。

“嗯。”何滨说，“你家现在住哪儿？还住不住教师大院？”

“不住了，现在在明月园，前两年就搬了。”

孙心妍一家原先一直住在父母学校分配的房子里。她上初中后，孙贺敏按揭买了现在的房子，一百三十多平方，比原来的两室一厅多出了间大书房。

“你跟姜坤玩得很好？”姜坤是今天的寿星。

“还好吧，李笛跟他玩得更好一点，他这个人挺搞笑的，好像跟女生关系都不错。”孙心妍忽然说，“其实我有个事一直挺好奇的。”

“什么？”

“你不是在北京上学的吗？为什么回来，不是说那边高考更简单吗？”

“谁说的，你考过？”

孙心妍白他一眼：“那总不会比江苏还难吧。”

何滨没说什么，走了几步忽然冒出一句：“吃不吃烧烤？”

孙心妍往那头看，路边果然一排烧烤摊，风把油烟吹得满街都是。

孙心妍摇头：“吃了火锅了。你不是在家吃了晚饭吗？”

“过去看一下。”何滨说着就往旁边走，孙心妍叫了他一声，他却已经走到了一旁的小推车前。

小推车上挂着一个灯泡，黄黄的灯光下摆放着各式各样的烤串。车旁边有两张简易小桌子，一个客人也没有。小贩一看到何滨过来，立马热情地问：“小老板，看看吃点什么？”

孙心妍走过来的时候，何滨已经点好几样，转过头问她：“你吃什么？”

晚上一桌人围着一个火锅，其实孙心妍没吃着什么，这个点确实有点饿了。她看看时间：“我要赶十点的末班车。”

“知道了，吃起来快得很，你吃什么？”

“鱿鱼须。”

“点了。”

“鸡翅？”

“点了。”

“咦，这儿还有炸串啊，那来个炸包菜吧。”

何滨说：“老板，再来两串包菜。”

“好嘞，你们先坐下来等，好了我给送桌上去。”小贩把串子往油锅里一扔，“噼里啪啦”响。

孙心妍一坐下就说：“你快点吃，吃不完我不等你。”想想又补上一句，“九点四十我肯定要走。”

戴着机械表的男生忽然把手腕伸到她面前：“才九点。”

他从筷桶里拿出两双一次性筷子，给了她一双，又揪下一截餐巾纸擦桌面。

“你有洁癖？”孙心妍问。

“没有。”

看他奋力擦桌子的样子，孙心妍皱起一点眉：“这样还不是洁癖？”

擦完了，何滨把纸团往旁边一扔，看看她。

他有一双很漂亮的眼睛，不大，却有窄窄的双眼皮，被高眉骨和挺直的鼻梁衬托着，显得深邃有神。

何滨把胳膊搭在桌面上，歪着一点头：“我的衣服都很贵，懂吗？”

孙心妍无言以对。

九点半，两个人吃完炸串，何滨掏钱结账的时候，孙心妍也在包里掏钱：“AA 吧。”

何滨话都没回一句，等孙心妍从钱包掏出钱的时候，小贩已经把零钱找回来了。

“多少钱啊？我给你。”

何滨站起来：“走了，我不用女人钱。”

孙心妍坚持要把钱给他：“我又不是说我来请，就是AA，各人付各人的。”

“行了，”何滨说，“实在想付下次就回请吧。创可贴的钱不也没给你。”

孙心妍想了想，说：“那好吧，下次我来。”

城市的灯火在街道上铺开，空气里是雾一般的昏黄色。晚上有点变天，风忽然大起来，两个人不知不觉加快脚步。

站台上的两大扇玻璃里是肯德基的全家桶广告，孙心妍背着棕色的牛皮双肩包，往边上站站，朝马路那头看车。旁边，何滨手插在裤子口袋里，外套拉链一直拉到下巴，只露出半张脸。

“你坐哪路？”孙心妍问。

“啊？”

“我问你坐哪路？”

“哦，”何滨摸摸后颈，“21路。”

“21路……”孙心妍想了想，“那是金湖方向？”

“是吧。”

孙心妍正想问他家现在在哪儿，远处，一辆公交车正好晃晃悠悠地过来了。孙心妍眼前一亮，说：“咦，21路好像来了。”

何滨身形顿了顿，慢慢转头看过去。

两道黄光从马路尽头上徐徐而来，车在站前停下，缓步下来两个乘客。

洞开的前门正对何滨。

“拜拜。”孙心妍跟他道别。

舌头抵了下面颊，何滨手插着口袋，迟缓地走上车。

车厢内灯光昏暗，孙心妍看他在身上摸索一阵，像是没找到硬币。最后，在司机等待的目光里，何滨投了五块钱纸币，到窗边坐下。

车外，孙心妍还在原地，背后的巨大广告牌在夜色下投射出有些暗淡的红光，把她身上的白色羽绒服照得有些发粉。

她朝他挥了下手，唇边露出甜美笑意。

老旧的公交车在夜色下一路“吭哧吭哧”前行，不知道要把人带去哪儿。

公交车内乘客寥寥，流光溢彩的街道在窗外连连闪过，何滨坐在位子上，脑中全是刚刚车窗外的那个笑容。

轻轻的，甜甜的。

她这笑是什么意思？是随便笑笑的，还是刚刚特意跟他这么笑的？

何滨觉得自己内心似有什么东西与这夜景交织着，闪烁迷离。怪异、混乱、困惑、甜美，各种感觉交融重叠着，直到窗外风景彻底冷寂，他才回过神。

车已经不知道开到了哪里，何滨只知道这个方向正离他家越来越远，他却隐隐希望这趟车一直开下去，就像这个美好的夜，永远不结束才好。

这晚，孙心妍到家已经不早，梳洗后她很快入睡。可能是晚上又吃火锅又吃烧烤，夜里被肚子痛疼醒，她披着睡衣起来上厕所。

空气冷得非比寻常，回房后，她睡眼惺忪地拉开一点窗帘，惊讶得睁大眼睛。

屋顶、树木、街道……天地间全部白茫茫一片。下雪了！

孙心妍永远忘不了那个有些不寻常的夜晚。纷扬的雪花从深深夜空无声飘落，寂静地一点点地铺满整个世界。

像是在为谁打造一个梦境。

那是二〇〇八年的初雪，一下就是好几天。

很快，江城的积雪厚度直接没过了人的脚背，全城交通瘫掉一半。一大早，全市各单位都被发动出来铲雪。

孙心妍坐校车上学，校车上挤得满是人。很多人迟到了，连李爱珍都姗姗来迟。上课时大家都不时往外看，铃声一响，学生们争先恐后地奔出教室，看雪景、打雪仗，玩得不亦乐乎。

上午第二节课下课后，李笛拉着孙心妍穿过半个校园，踏着一路积雪去小卖部买豆干。小卖部全是人，孙心妍站在店门口等她。

孙心妍低头朝手心里哈了一口气，透过转瞬即逝的白雾，她看到两个人朝这边走。是何滨和一个女生。女孩子个子很高，穿着不算厚的牛角扣大衣，披着及肩的头发，矮他半个头，笑着跟他说话。

“来买东西？”何滨走近了才看到孙心妍站在门口。

孙心妍：“在等李笛。”

旁边的女生打量孙心妍一眼，朝何滨笑了下，往店里看看：“好多人啊，算了，我不买了。我回班了，你回吗？”

何滨：“你回你的吧。”

女生不在意地笑笑，又自来熟地朝孙心妍笑了下：“走了，拜拜。”

孙心妍对她抿了下唇。

女生高挑的背影远去，发丝在风中轻轻扬起。江城中学不允许女生披发，孙心妍忍不住看了看她有些潇洒的背影。

何滨低头看看身边人红润的侧脸，又看看旁边树上的雪。他清了下嗓子，说：“要不要吃什么？我请。”

看着孙心妍疑惑的眼神，何滨说：“哦，要还人家钱，正好破下钱。”又加上一句，“我把钱给你，你自己进去买。”

就知道没好事，孙心妍鄙夷地看他一眼：“我不要。”

何滨有些不耐烦地说：“巧克力吃不吃？要不你等着，我进去给你买？”

“不用了。”孙心妍摇头。

李笛终于拎着热乎乎的豆干挤出来了，一看何滨跟孙心妍站在一块，笑着跟他打了个招呼。

“你们俩最近怎么老在一块，那天姜坤过生日也是一起走的，是不是？嗯？”回去的路上，李笛挤眉弄眼地。

“没有，他陪隔壁班女生来买东西的，刚好碰到了。”

“啊？谁？哪个班的女生？”

“不认识。”

“是他的……”李笛挑挑眉。

“可能吧。”孙心妍说。

李笛小口小口地吃着滚烫的豆干：“何滨确实长得挺帅，家里又有钱，成绩好点就完胜了。可惜人无完人啊。”

孙心妍笑笑，心想：他那个成绩，还是算了吧。

一月，全国多地区陷入漫长的雪季。新闻里的字眼不知不觉变了，由原来的银装素裹、瑞雪兆丰年，变成残酷雪灾、冰雪无情。全国多处地方因雪灾断水断电，国家一边抢险，一边办晚会，整个雪灾持续了二十多天。相比南方，地处江苏的江城受影响不大，只是菜场里的绿叶子价格飙升，小青菜、大白菜逼近肉价。

月底，在糟糕的天气里，高中生们终于迎来期末考。

好像每到关键时刻，孙心妍的运气总是很好。经过一段时间的冲刺，她期末考试的成绩相比摸底考试进步明显，终于在班上排到第十名，进入第一阵营。过年的时候，孙贺敏和陈冰面对亲朋好友的询问，脸上又有了谦虚而骄傲的神色。

寒假时间短，孙心妍除了出门上数学小课，没再做其他安排。在父母的监督下，她每天的生活按部就班，和上学时候差不多，偶尔会和初中的老朋友出门聚会。

就在假期还剩一个星期的时候，她意外地接到一通来自何滨的电话，他上来就是一句：“你没看 QQ？”

“没有，怎么了？”孙心妍一头雾水。

“你看下吧。”

既然都打电话了，直接说不就行了。孙心妍刚要表达这个意思，那头挂了。

孙心妍用手机网页打开 QQ，小图标闪动，何滨果然给她发了信息。

他的昵称是“滨爷”，头像是系统自带的，一个戴着白帽子的男孩头像，像个厨师，看起来有点蠢。孙心妍笑了笑，等看到那条信息的内容，笑容没了。

“小厨师”厚颜无耻地说：“寒假作业写好没有，我回头找你拿。”

整个寒假，何滨都陷在一种躁动不安的情绪里。他跟犯了病一样，一闲下来就不由自主地想到孙心妍，想她小时候的样子，又想刚到班上时她的样子，她现在的样子。何滨发现，她的长相基本没变化，小时候就皮肤白白的，明眸皓齿，爱笑，很可爱，怎么当时就不觉得呢？

何滨原本以为过年的时候会在乡下看到孙心妍。他都计划好了，吃完年夜饭趁机喊她和家里的几个小孩放烟花，加深一下感情，谁想今年自己全家在市区过年，憋得他一肚子邪火，只好用借作业搭讪。

孙心妍一开始当然不买账，她凭什么给他抄作业。

何滨说："你记不记得还欠我顿饭？拿作业来抵。"这么一来孙心妍才勉强答应。

一个人会在什么时候情不自禁地开始唱歌呢？当何滨穿戴整齐，对着镜子抓头发的时候，嘴里一直在哼周杰伦的《星晴》。是的，他已经快把这歌听烂了。心理活动从一开始觉得唱的是什么玩意，变成好像还不错，最后又变成彻底没感觉，但一张口就是"手牵手一步两步三步四步望着天，看星星一颗两颗三颗四颗连成线"。

"哥，你要出去？"洗漱台边，站着一个刚到何滨腰高的小男孩。

何滨"嗯"了一声，对着镜子仔细地抓着额前的一撮头发。

"去哪儿？"小男孩圆头圆脑的，声音有点沙哑，看看身旁的人，又静静地看着镜子里的人，目光崇拜。

"有事。"何滨漫不经心地回他。

这是何滨小姑家的儿子，大名叫彭琪，小名叫琪琪，上小学二年级。寒假里，何滨一直住他小姑家。何滨姑父跟何滨他爸一样，常年在外头搞生意，这个家平时就他小姑和这个弟弟在，他住得还挺自在。

其实何滨自己家也在这个别墅区里，和小姑家隔着七八分钟路程。这里是江城较早的别墅区，他们这两栋房子是这两年前后脚买的。何滨家平时空着，不住人。

"哦。"彭琪绕到何滨另一侧，一只手来回摸着洗漱台上的大理石台面，"我妈今天不在家，我下午也没事……要不我跟你一起出去吧。"

何滨终于弄好发型："旁边玩儿去，忙着呢。"

彭琪看看他，没说话，真到客厅玩去了。

何滨一个人在厕所忙活半天，完了又去二楼的房间捯饬半天，穿好外套再一看表，时间紧迫。他赶忙拿着钱包、手机下楼。

彭琪正趴在电视柜旁边的地上，玩着一辆赛车。

何滨穿好鞋开门，门快带上时忽然停下，朝里看了一眼。小男孩蹲在地上，也正抬头看着他，亮亮的黑眼睛充满期待。

一只脚跨出门外的人问："我去麦当劳，你去不去？"

当孙心妍冒着严寒带着寒假作业来到西门坡的麦当劳时，看到的是何滨和一个小男孩。两个人面前点了一大堆东西。

店里一股喷香的炸鸡味，孙心妍入座后取下围巾手套，放下身上的双肩包，看看有些面熟的小男孩。彭琪很识相地叫了一声"姐姐好"。

"你好。"孙心妍微笑，拉开羽绒服的拉链。

孙心妍在乡下见过彭琪，说："他好像长大了，我上次看见他还一点点高。"

何滨低头看看彭琪，说："哦，他这时候还能长长。他爸妈都矮，大了也长不高。"

彭琪抬头，瞪着圆眼睛看他，敢怒不敢言。

孙心妍现在已经习惯这人的狂妄，飞过去一个白眼，没搭腔。

何滨打量她一眼，把餐盘往前推："帮你随便点了几样，看看还想吃什么。"

"不用，都这么多了。"孙心妍把几门课的作业拿出来，"都在这儿了，你现在写还是带回去？"

"当然带回去。"何滨接过作业，拿在手里随便翻翻。

"你不要给我弄脏了。"

何滨抬眼："我不比你爱干净？"

"……"

看孙心妍不说话了，何滨打开一盒麦乐鸡放到她手边："先吃东西吧。"又把一个草莓新地放她面前，他懒散地靠回椅背。

“你在乡下过的年？”

“对啊，”孙心妍说，“你们家在哪儿过的，我爷爷说你们都没回来。”

“嗯，”何滨指指旁边的小鬼头，“在他家。”

孙心妍点点头，发现他脖子上戴了条银色装饰物，坠着的小方牌露在黑色T恤领上，流里流气的。

何滨语气微微不耐烦地提醒：“快吃吧，要凉了。”

今天孙心妍换了一个发型，一半扎着，一半披肩上，几缕散落开的发丝贴着粉色毛衣。她慢慢揭开一小盒甜辣酱，拿起一块鸡块，轻轻地蘸一蘸，在嘴里咬下一口。

孙心妍再抬头的时候，何滨莫名清了下嗓子，看向旁边。过了一会儿，他的目光又不自觉地转回来，孙心妍正在拿餐巾纸擦手上的油。

彭琪坐在旁边，静静地吸着杯里的饮料，懵懵懂懂地看看何滨，又看看坐在他对面的姐姐，心想：这不是外公家隔壁的姐姐吗？

何滨说：“每天在家无聊死了，没什么好玩的。”

孙心妍心想，作业不写，书也不看，你当然无聊。

何滨挠了下眉角，说：“周杰伦最近好像拍了个打篮球的片子，也不知道拍得怎么样。”

一旁的彭琪侧过脸看他。

“你说《大灌篮》？”孙心妍说，“不怎么样，我上个星期才看的。”

何滨：“……”

“孙心妍！”

嘈杂的店里，孙心妍忽然听到有人叫自己名字。她回过头，没想到看见了自己初中的好朋友徐佳宁。两个女孩子一下子高兴坏了。

徐佳宁是孙心妍初中时候很好的朋友，初中念完全家都移民去了加拿大，两个人有时候还会打越洋电话。两个人本来约好寒假里见面，一直没约上，没想到在这里巧遇。

徐佳宁跟孙心妍热络完了，注意到和她一桌的何滨，别有意味地在她耳边小声说："咦，这位要不要介绍一下？"

孙心妍知道她想歪了，脸一下子就红了："不是的，他是我同学。"

徐佳宁看她脸红就更觉得不是同学那么简单，大方地跟何滨打招呼："同学好，我是孙心妍的好朋友，我叫徐佳宁。"

何滨居然一本正经地回："你好，我叫何滨。"

徐佳宁跟孙心妍耳语："哎，超帅。"

"真不是，你不要乱说。"

"好啦好啦，我闹着玩的。"徐佳宁看看那头正在等她的家人，在耳朵边做出打电话的手势，"我小姨还在等我呢，先走了，我们晚上联系。"

"拜拜，我晚上打给你。"孙心妍和她挥手再见。

经徐佳宁这么一闹，孙心妍觉得再和何滨这么坐着，有点说不上来的尴尬，想着万一再被高中同学看到更说不清。又吃了两块鸡块，她把衣服穿起来："我先走了，开学的时候你早点去，把作业还我。"

"走了？冰激凌还没吃。"何滨说。

"不爱吃凉的，"孙心妍戴上围巾手套，看看吃了一嘴番茄酱的彭琪，"我走啦，你慢慢吃。"

"姐姐再见。"

孙心妍和他笑笑，临走时又叮嘱何滨："别忘了，开学那天早点去。"

人走了，彭琪拿起一根薯条在番茄酱里滚了滚，放进嘴里，一边嚼一边看何滨。

何滨猛喝了口可乐，冷眼看看他，忽然拍了下他的头："吃饱了没？走了。"

"鸡块还没吃完呢……"

何滨自顾自地起身穿外套，拿好孙心妍的几本作业，朝彭琪瞪眼睛："猪啊，还吃，走了。"

这天晚上，孙心妍给徐佳宁打电话，两个人在电话里相谈甚欢。

徐佳宁忽然告诉孙心妍，她交了一个"朋友"。

孙心妍一听就明白了，以为是徐佳宁在加拿大认识的，谁知道徐佳宁说不是，还让她猜是谁。徐佳宁这么说，孙心妍想这个人肯定就是认识的了，然而当徐佳宁说是初中班上的一个男生时，她还是有些震惊。

孙心妍不明白，徐佳宁都移民了，怎么会跟初中同学在一起呢?

徐佳宁说："我刚到那边没有什么朋友，他天天在网上找我，陪我说话。你知道，我们有 12 个小时的时差呢，我其实挺感动的。"

"那你喜欢他?"

"以前没感觉，现在挺喜欢的。"

孙心妍说："可是以后怎么办，他会去加拿大吗?"

徐佳宁："还想不到那么远，不过他说他以后会过来的。"

对十六七岁的人来说，将来太遥远了，又充满无限可能，于是什么都敢承诺。

"哎，今天那个真的不是?"

"真不是，他是我同学，和我借作业抄。"

"我感觉他好像对你有意思，而且真的长得挺帅的。"

"算了吧。"孙心妍想起何滨，感觉有点一言难尽，"我跟他一碰到就没好事，他这个人你接触几次就懂了，特别爱耍人。"

电话那头笑起来："不过也是，看起来坏坏的，很花心的样子。"

徐佳宁说："学校肯定有很多人追你，初中时候你就那么受欢迎，孙心妍，你要是谈了可要第一个告诉我。你看，我第一个告诉的人就是你。"

"好啦，知道了。"孙心妍跟她保证。

冬夜，窗外的月亮边似乎有了童话般的十字形光辉。打完电话，孙心妍躺在床上静静看着，陷在十七岁的思绪里。

不知过了多久，放一旁的手机忽然进了一条短信。孙心妍拿起来一看，何滨发来的：有一只企鹅，它的家离北极熊家特别远，要是靠走的话，得走二十年。有一天，企鹅在家里待着特别无聊，准备去找北极熊玩，于是它出门了，可是路走到一半的时候发现家里煤气忘关了，虽然已经走了十年了，可是煤气还是得关，于是企鹅走回家去关煤气。关了煤气以后，企鹅再次出发去找北极熊，等于它花了四十年才到了北极熊家。企鹅敲门说："北极熊北极熊，企鹅找你玩来了！"结果北极熊一开门："我不和你玩！"

和上次一样皱着眉头看完，孙心妍心想：什么啊……

欧式装修的房间里，何滨躺在黑色的大皮床上，头枕着自己的一只手。空调开得很足，他只穿着短袖，刚洗完澡，头发还是湿的，枕头被慢慢洇出一块水渍。

床侧的落地灯亮着，他身上放着一只玩偶兔、一本摊开的作业本。灯光下，本子的姓名栏清清楚楚写着三个清秀的字——孙心妍。

握在掌心里的手机振动了，他点开，只有两个字——无聊，连标点符号都没有。

少年嘴角翘起一点，捏着玩偶兔的脖子放到眼前。

"哥。"

旁边忽然冒出个声音，何滨被吓得一哆嗦。他坐起来，调整了下脸上的表情，冷眼看旁边人："什么时候进来的？"

彭琪像是刚洗过澡，小脸白里透红，坐到床沿，面不改色地看看他，小声嘟囔："刚刚就过来啦，你一直在这儿玩兔子。"

"下回记得敲门。"何滨把身上的东西都放旁边，低头玩手机。

"哦。"

房间很安静，彭琪左右看看，看何滨没有理他的意思，过了一会儿，他站起来，又偷瞄何滨一眼，自言自语地往外走："有什么稀奇的，这个兔子我们学校门口就有得卖。"

刚走出两步，身后响起慢悠悠的声音："什么有得卖？"

于是彭琪又回来，看了眼床头的小兔子，说："就这个啊，我们学校门口就有得卖。"

"一模一样？"

彭琪的小肉手把兔子拿起来，仔细看了看：“不过你这个是盗版，我们卖的是正版，比你这个好。”

何滨把兔子从他手里拿回来：“明天买个回来给我看看。”

“明天怎么买，还没开学……”

何滨一想也是，又说：“那开学之后买个回来。”

“行是行，不过你要先给我钱。”

何滨盯着他看，彭琪和他四目相对，一脸坦荡无畏。他下床翻钱包：“要多少？”

小脑袋凑过来，看着钱包里的红钞票：“那就……就先给一百吧。”

“一百？”

一个手掌“啪”地打下来，彭琪赶紧捂住头：“都说了，那个是正版！”忽然，一张百元大钞晃在眼前，彭琪愣了下，接过来，刚刚的疼全忘了，“哥，我开学第一天就给你买。”

学生总以为自己可以在新学期脱胎换骨，然而开学没几天，牛鬼蛇神们就又露出了真面目。

这两天，班上有女生上晚自习的时候偷看时尚杂志，被李爱珍拿出来作为典型狠狠教育了一番。借着这件小事，李爱珍趁机整顿班级纪律，整个班的气氛都格外低沉。

上午第三节课课间，孙心妍跟周围两个女生聊了一会儿天，正收拾桌面准备下一节课的课本，结果翻了半天书包都没找到化学书。

李笛看她找来找去的，问：“怎么啦？”

孙心妍停下来回忆了下，叹了一口气：“我好像忘记带化学书了。”

李笛：“不是吧。那你快别找了，赶紧去借一本，还有几分钟才上课呢。”

十七班的化学老师是下面一个普通班的班主任，很严厉。

“嗯，不跟你说了，我先去借书了。”

孙心妍没跑远，去了隔着一个楼梯口的十五班。十五班有个女生是她的初中同学。

下课时间，走廊上都是嬉闹的学生。栏杆边站着四五个高个男生，很快就有人注意到走过来的孙心妍，三三两两地回头看她。何滨和陈彦其刚好在这边和人聊天，陈彦其先看到孙心妍，拱了下后知后觉的何滨。何滨回过头，看到了孙心妍，孙心妍也看到了他，但没和他打招呼。

阳春三月，孙心妍穿的是有些学生气的藏青色小西装和百褶裙，马尾弯弯地垂在脑后，一双腿又细又直，很像日韩青春片里的女孩。

坐在窗口的女生孙心妍不认识，她请女生帮忙叫一下华晓婷。女生转过头在教室看看，看华晓婷不在，又问隔壁组女生，结果有人说华晓婷去厕所了。

“干什么来了？”

身后忽然响起熟悉的声音，她抬头，看是何滨，回道：“借书。”

小西装领口露出一圈白色衬衫领，孙心妍今天看上去格外清纯。何滨瞄了眼她空空的双手，问：“借到了吗？”

“还没，我同学还没回来。”

何滨又问：“什么书？”

“化学。”

何滨看了看她，忽然朝走廊那头喊一声：“大头！”

“干吗？”男生正玩得开心，懒洋洋地走过来。

“给我搞本化学书来。”

男生也不问什么，从后门进去就拿了本出来，扔给何滨，很识趣地走到旁边。不知道他说了什么，几个男生忽然都笑着朝何滨和孙心妍看。

孙心妍耳朵红了，何滨把书给她她也没接。

何滨就这么伸着手，低头看着她，有些不耐烦地说：“拿着啊。”

是的。孙心妍想，这个人就是这样，逗到她他就高兴了。拿了书，孙心妍冷冷地看他一眼，一句话没说就走了。

何滨觉得这一记冷眼莫名其妙，但看着她的背影，却还是傻笑了一下。他现在是怎么看她怎么顺眼，连翻白眼都觉得可爱。

陈彦其一条手臂搭在何滨肩上，跟着他一起往走廊那头看：“哎，怎么说的啊？”

何滨：“什么怎么说？”

“拿下了？”

何滨甩掉他的手，插着兜往自己班走：“关你屁事。”

陈彦其在后面笑着喊道：“喂，纯情少男啊你……”

这天中午，孙心妍托华晓婷把书还给他们班的人。

华晓婷看看封皮上的名字，说：“咦，你认识我们班的杨新啊？”

孙心妍摇头，只说是上午刚巧借了他的。

华晓婷说：“看来还是美女魅力大，哎，周末要升温了，我们打算去踏青烧烤，我昨天还和李笛说呢，你也来吧。”

华晓婷和李笛一个宿舍，春天一来，大家都蠢蠢欲动地想出门玩。

这事李笛今天刚和她说过，孙心妍听着有点心动：“定下来去哪儿了吗？都有哪些人？”

“就去香山，”华晓婷说，“主要是我们宿舍的几个，你都认识，然后还有几个男生，到时候让他们做苦力，大家AA就行了。”

烧烤时间定在了周六，于是星期五的时候孙心妍一直在跟李笛她们商量烧烤的事，早上谁去超市买东西，谁负责带什么，大家分工明确。

“你知道明天是多少度吗？我想穿裙子。”课间，李笛从洗手间出来，跟孙心妍讨论。

孙心妍：“可以穿啊，我前两天就穿了，怕冷可以多穿一条打底裤。”

在爱美这件事上，孙心妍平时也是下足了功夫的，只不过她爱美爱得不张扬，从来不做一些类似上课照镜子的事。

李笛说：“好，我明天就穿裙子了。”

孙心妍刚想再跟李笛说话，旁边忽然有人问：“有纸吗？可不可以借我一张？”

很清冷的声音，孙心妍转过头。

女生个子很高，长脸、白皮肤、丹凤眼，头发打了碎层次，很自然地披在肩上。孙心妍愣了下，抽出张面纸给她。

女生接过来擦手：“谢谢。”

“不客气。”

女生微微笑了下，转身走了。

不得不说，这个女生的气场太过强大，以至于李笛忍不住回头看了一眼。回班的路上，她问孙心妍：“你知道刚刚和你借纸的是谁吗？”

孙心妍摇头。她不知道，但她见过她，上学期期末的时候，在小卖部，和何滨一起。

李笛说：“她是十二班的黄稚薇。她爸好像是我们这儿的一个副市长，现在援藏去了，听说她跟他们班主任已经吵翻天了。”

“为什么？”

“互相看不顺眼吧，反正她挺厉害的。”

晚上，孙心妍留下来值日，走的时候学校里的人差不多都走光了，灯也熄掉了大半。穿过校园，孙心妍走到下面的车棚，远远就看到里面有个人影，走近了才发现是何滨。车棚顶上挂着一个黄色灯泡，他斜背着书包，跨坐在一辆自行车上，摆出一种假骑的姿势。人有些高大，车被衬得很小。

孙心妍再一看，他骑的是她的自行车！

“喂！”

何滨被她叫得从车上下来。

“神经病啊……”孙心妍皱着眉检查了一下自己的车。

何滨倒是很平和，笑了下：“干什么这么小气。”

“我还锁着，你骑什么骑，搞坏了你送我回去？”

“好，我送。”

周围光线昏暗，一个人都没有，他语气轻松平淡，还笑了下，给人一种半真半假的感觉。孙心妍看看他，自顾自地打开车锁，把车推出来，何滨跟着她往外走。

“有事？”

“废话，没事在这儿等你老半天。”

“什么事啊？”孙心妍侧过脸。

何滨低头看看她，又看向旁边。孙心妍觉得，气氛忽然有点说不上来的怪。

他不说话，她只能自己找话说：“听说你这学期不住宿舍了？”

“嗯，搬出来了。”何滨一开学就在学校对面找了房子，这么一来整个人自由多了。

“搬哪儿了？”

“马路对面。”

眼看着走出校门了，孙心妍说：“你到底有事没事，我要走了。”

一只骨节分明的大手忽然扣住她自行车的龙头，孙心妍心跳莫名地快了一拍，抬起眼，听见何滨说：“急什么……”

“手伸出来。”他说。

“干吗？”

“伸出来。”

“到底要干吗？”

“叫你伸手就伸手，哪来这么多事？”

孙心妍不想和他玩这种你来我往的游戏，伸出了手。

下一秒，孙心妍的手心多出了个轻轻的毛茸茸的东西。她都没看清他是从哪儿拿出来的。她拿到眼前，是一个小兔子挂件。

“赔你的。”何滨清了下嗓子。

有那么两秒的安静。

孙心妍眉头一皱一舒，说：“跟我那个怎么不一样？”

何滨看着她的表情，自己的眉心也跟着皱起来：“什么不一样？”

“不用赔我新的，原来那个呢，还我就行了。”不提她差点忘了，她一直很喜欢那个挂坠。

“早扔了。你那个是盗版，这个是正版。你到底懂不懂？”他指指她手上的东西，“这个日本进口的，你看看这个的毛，你再想想你原来那个的毛，水货和进口的不会看？假货少女啊你。”

弄坏人东西，还有理了。平白无故被他数落了一通，孙心妍抿唇看着他，不说话。

“爱要不要，反正就赔这么一个，你自己看着办。”不等她说话，何滨又看看她，“我走了，你自个儿慢慢骑吧。”说完人就过了马路，头也不回。

路灯下，孙心妍扶着车，看看远去的吊儿郎当的人影，又低头看手心里的小兔子。这只小兔子也是个笑脸，嘴咧得超大，露出两颗门牙，手上还抱着胡萝卜，一副得意的样子，一点都不可爱。

三月的夜风，带着植物暗自生长的气息，抚过女孩微微皱起的眉心。

第二天就是周六，孙心妍起了个大早，她和李笛还有另外两个女生约好九点在大润发超市门口见。孙心妍到时李笛已经到了，隔着条人行道和她打招呼。

孙心妍背着小牛皮的双肩包，穿过人群，笑盈盈地朝她走过去。

李笛看看她：“咦，我发现你梳公主头真好看，上学的时候怎么不这么梳？”

孙心妍被夸得有点不好意思，摸了下披在肩上的头发：“还不错吧，就是不知道在学校准不准这么扎。你这个裙子也好看。”

李笛今天明显也打扮过，宽松的韩版毛衣配短裙，下面穿着黑色打底裤和短靴，时髦俏皮，整个人都比平时精神很多。

很快另外两个女生也来了，几个人一起进超市买食材。四个人两两一起，孙心妍和李笛负责买肉类，另外两个女孩买果蔬。

两个人在冷柜里挑选了一些鸡腿鸡翅，李笛说：“华晓婷早上叫了两个男的过来帮我们拎东西。”

“叫了谁？”孙心妍看李笛在抓鸡翅，说，“鸡翅多买点吧，烧烤最好吃了。”

李笛手套着塑料袋抓了两大把："姜坤、王远航，好像是，我也搞不清，都是她们瞎喊的。本来说一共六个人，后来变得乱七八糟，有的人又说不来什么的。组织个活动都累死人了。"

过了一会儿，孙心妍推着车和李笛跟另外两个女生在水果区会合，发现确实来了两个男生，一个是自己班的姜坤，一个是十五班的。

两个男生还挺绅士，虽然是AA，结账的时候却果断掏了钱包，说钱由他们男生先垫。出了超市，东西也由他们拎上出租车。

香山在南城，是个有点名气的旅游景区，春天，市里人都喜欢来这儿踏青烧烤。

出租车一路开上山，漫山的草木冒着青芽，孙心妍坐在后排窗边，脸被风吹得冰凉，心情格外舒畅。

接近中午时分，阳光越来越好，烧烤区已经有了不少人，很多店家在路口拉客。

几个女生边走边聊天，看看走在前面的男生，华晓婷问："喂，你们往哪儿去，知道去哪家吗？"

两个男生回头，说："跟我们走就行了，他们定好了，就那家湖边烧烤。"

所谓的湖边烧烤，其实就是店家在水塘子边砌了几个烧烤台，顶上再拉一片塑料棚。

两个男生打了个电话，进去后很快看到坐在一个大台子边的自己人，放下东西，问："几点到的啊……"

孙心妍一路和几个女孩说说笑笑的，看到先来的那几个人，脸上的笑容停住了。

坐在台子边的三男一女转过身，跟她们笑着打招呼。

陈彦其漫不经心地挥挥手："辛苦各位美女了啊。"

旁边的何滨慢一拍转过身，跟着看她们一眼。

这两人算是高一里的红人了，也是公认的帅哥。几个女生事先不知道他们来，估计是男生喊的，倒是觉得挺惊喜的，嘴上说："咦，你们也来啦。"

陈彦其张嘴就是甜言蜜语：“这么多美女，肯定要来服务一下啊。”

“你少来了，我们真正的大美女根本就不会搭理你。”华晓婷问孙心妍，“是不是，心妍？”

孙心妍笑了下：“你们斗你们的嘴，别把我绕进去。”

大家嘻嘻哈哈一阵，各自入座。孙心妍坐下时离着何滨两个位子，谁知道没有人坐到他们中间，那头的几个女生又挤到一起，最后她不得不往旁边挪，于是把双肩包搁在自己和何滨之间。

何滨今天穿得有点小帅，里面单一件白T恤，外面一件黑色夹克。他扫了她一眼，没主动跟她说话。

李笛翻翻塑料袋，跟几个女生说：“我们先去把菜洗一下吧。”又看看对面的陈彦其，“你们弄炉子？”

陈彦其笑着比了个“OK”的手势，于是几个女生拿着菜去了水池边。

水池就在水塘边上，李笛把几个袋子拆开，跟孙心妍说：“心妍，你去跟老板要两个盆，我把鸡翅泡一下，里面还有血水呢。”

“哦。”

孙心妍走到没什么光线的小店里，陈彦其刚好在和老板要炭火，他看看她：“要什么？”

“要两个盆，泡一下肉。”

陈彦其冲在里间忙着配炭的老板说：“老板，再找两个盆给我们。”

“行咧。等一下啊。”里面的人喊。

陈彦其左右看看：“这个店生意稍微好点，老板忙不过来。”

孙心妍点点头：“靠着湖边风景好。”

“是啊，”陈彦其忽然说，“你们吃过早饭了吗？”

“吃了。”

陈彦其看着她笑笑，过了一会儿两个人拿了东西聊着天出来，各忙各的去了。

陈彦其回到生火的地方，何滨问：“跟她说什么了？”

“随便聊了几句。”

“聊什么？”何滨垂着眼皮。

陈彦其笑着看他：“你问她去啊。”

一切准备就绪，大家热热闹闹地开始烧烤。

孙心妍总是这样的，到了人多的地方反而变得比较沉默，只笑不说话。何滨就更沉默了，一张脸上什么表情也没有，搞得一副生人勿近的样子，几个女生都不好意思主动和他说话。好在在座的都能说会道，桌上笑声不断。

孙心妍正听一个男生说着班主任的趣事，面前的一次性碟子里忽然多了一串烤好的鸡翅。

何滨：“帮我尝尝熟没熟。”

“……”孙心妍不想当别人的面和他抬杠，没说什么。谁知道过了一会儿，他又拿了串烤肠过来。

孙心妍正要发作，治一治这个人的无聊病，旁边的李笛却忽然转过头：“心妍，你尝尝这个烤肠，超级好吃。”正要把手里的烤串给孙心妍，看孙心妍碟子里已经有了，“咦，你有啦，那我不给你了，给他们尝尝。”

对面的陈彦其笑了笑，朝李笛伸手：“来，我尝尝。”

李笛递给他。

烤了一会儿，孙心妍发现自己恰好坐在下风口，油烟一个劲地往身上飘。

李笛看到孙心妍忽然站起来，问：“去哪儿啊？”

“洗一下脸，全是油。”

“我跟你换个位子？”

“不用。”

孙心妍一个人去水池子那儿洗手，又把餐巾纸润湿了，擦擦脸。清洗完了，她被水塘边的风景吸引，站旁边看了一会儿。

商家为了做生意，在水塘里放了两艘黄色的小鸭子游船，搞得真像湖一样，碧水蓝天，家长带着小孩在水面上划船，悠闲惬意。

“看什么呢？”何滨不知道什么时候也过来了，他刚洗过手，甩着水滴。

“看人划船。”孙心妍往旁边站一点，不想搭理他。

“你想坐？”何滨随口道，“我带你去坐。”

“拿人寻开心，你是不是觉得特别有趣？”她抬起头。

阳光晒得她的头发有些泛金黄色，连着她的目光都变得比平时亮。有那么一下，何滨心里也像是被蒙上了一层金色，淡淡的，暖暖的。

他喉结动了下，垂着眼睑看她：“孙心妍，你是不是比别人蠢一点？”

这头大家还在开心地烤香蕉，何滨和孙心妍前后脚回座，两个人都板着一张脸。

快吃完的时候，有女生拿出手机：“哎呀，刚刚那么多烤好的都忘记拍照了，我们拍几张合照吧。”

另外一个女生说：“你不说我都忘了，我还带相机了。”

于是大家都纷纷拿出手机，在烧烤炉子边一顿乱拍，又到水塘边三三两两地摆造型合影。

孙心妍跟几个人都拍过了，身后忽然有人说：“心妍，看我。”

孙心妍转过头，女孩举着相机，没按快门，调整了一下，笑着对她身后说：“何滨，你让一下，或者你往前一点，我帮你们合影。”

何滨还真的走了过来，往孙心妍旁边一站。

女孩还是没有把快门按下去，说：“都笑一下好不好，怎么都装酷啊……”

孙心妍听见头顶传来低低的讲和声：“好了……笑一个。”

“一。”

“二。”

拍照人的“三”喊出口时，镜头里的女孩终于露出了甜笑。身旁的男孩高她快一个头，歪头眯眼，一副痞痞的被阳光晒得不耐烦的样子。

晚上，孙心妍在电脑上收到照片，翻到这一张，看到何滨的表情，简直气结。

又上了他的鬼当。

打开抽屉找U盘拷照片，孙心妍看到那只小兔子，用笔尾狠戳了一下。

台灯黄色的光下，小兔子还是一副龇牙咧嘴的笑脸。

照片拷完，屏幕好巧不巧地刚好停在她跟何滨的那张合照上。孙心妍这才注意到照片的背景是正午阳光下的绿树和池塘，她不自觉地想到了小时候，他们一起在乡下待过的那个夏天。

时间过得好快啊，那时候这个人怎么就没这么讨厌。

快十二点，孙心妍正要关手机睡觉的时候，进了一条短信。

“小蛇问爸爸，爸爸，我们有毒吗？蛇爸爸说，你问这做什么？小蛇说，我刚不小心咬到舌头了。”

不知不觉，何滨已经连续给她发了好几天的短信了。每晚一则冷笑话，她有时回一句“无聊”，有时候不回。然而不管她回不回，他都不会再发，仅此一条。

今天这条短一点。而且，好像有那么点搞笑……

入了夜的房间很安静，孙心妍在黑暗里看完短信，没有回。手机放到旁边，闭了一会儿眼，孙心妍忽然没了睡意。

窗外透进一片静谧的月光，盯着看了一会儿，她感觉越看越精神，心里也跟着乱乱的。

如果孙心妍有一双千里眼，她就会看到那个人此时正躺在床上看着手机，嘴角就没下来过。

辗转要到白天的照片后，何滨把它下到手机上，就这么躺在床上干看了一个晚上。

忽然又想起了什么，他趴在床上打开笔记本电脑，进入学校贴吧。搜索了一下，很快找到那个军训的帖子。

一个学期过去了，下面还是有不少新留言。

他随意地往下翻，基本是灌水和夸漂亮的，也有那么几个不一样的声音。

——还好吧，眼睛好像有点小。

——很普通啊，哪里有传的那么美。

——这种学校里很常见吧……

何滨不玩贴吧，捣鼓半天后注册了个账号，一一回复。

——眼睛小？瞎子不要留言了好吧。

——小小年纪你嫉妒心怎么这么强？哪个班的？

——对，只有你这样的白痴不常见。

全都回完了，他感觉神清气爽，电脑一合，整个人瘫在床上。

周末烧烤的钱都是男生垫的，最后算下来每个人八十块，女生统一交给华晓婷。周一，孙心妍把钱给李笛，让她帮忙带给华晓婷。谁知第二天李笛把钱退了回来。

“怎么回事？”

“华晓婷说你不用给，有人帮你给过了。”

“谁帮我给的？”

李笛盯着她看了一会儿，笑了下：“哎，不是装的吧？”

“装什么呀装。”

“那看来就是人家还在追你，你没答应喽。”

孙心妍感觉自己的脸热了：“到底谁给的？”

“何滨啊，你真的一点都不知道？”

下课时间，几个男生在外头打闹，孙心妍过来的时候没人注意到。何滨感觉自己的外套被拉了一下。

他转过头，孙心妍说：“你过来一下，我有事找你。”

几个男生都愣了，低低的起哄声里，何滨跟着她走到走廊的拐角处。

“干吗？”何滨问。

“我还没问你呢，你干吗帮我给烧烤的钱？”

何滨还当什么事，随口道：“顺便就给了，又没多少钱。”

“你钱多得没处花吗？好好的帮我付钱，人家会怎么想？你去跟华晓婷把钱要回来，我不用你给。”

“蠢蛋啊，就几十块钱的事。”何滨看看她，忽然气不打一处来，“随你的便，你自己去跟她要，回头你再拿给我。”

孙心妍简直不知道这个人脑子里装的是什么，气得脸都有点红了：“你干吗老是耍我，你烦不烦啊。”

何滨看着她，脸垮下来，语气冷冷的：“我耍你？你是真不懂还是假不懂，我为什么帮你付钱？你有没有脑子？”

两三个吊儿郎当的男生刚打完球上来，远远地看见何滨，叫了他一声，何滨跟着他们走了。

中午吃完饭回到教室，何滨在自己的笔袋里发现了八十块钱，他没拿出来，就放在里面。午休的时候，后排有人和孙心妍说话，她回头，余光看到最后一排的那个人正趴在桌上睡觉，外套蒙着头。

当晚，孙心妍照常收到冷笑话问候。想了想，她回过去：“以后不要再给我发了。”

那头没回复，第二天晚上还是照常发来，孙心妍没再回。

十六七岁的少男少女似乎说变就变，昨天还一起玩笑打闹，今天就成了陌路人。

何滨和孙心妍冷战了。

有时候李笛看见何滨和陈彦其站走廊外面，会提醒孙心妍，说何滨在看她。孙心妍极其淡定冷漠，头也不抬。

孙心妍并不清楚何滨的意图，真心也好假意也罢，她不想再跟他闹了。

三月底，学校里的草木在春风中生出了绿色，连续两周晴好天气后，雨水来了。

李笛这两天生病了，开始只是感冒咳嗽，孙心妍陪她在校医那儿开了点药。星期五下午雨下得很大，上到第三节课，李笛发高烧，李爱珍把她送回了宿舍。

平时女生们吃晚饭都有固定伙伴，李笛不在，孙心妍没主动去跟别人搭伙，于是这晚成了一个人吃饭。下午第四节课下课铃声一响，学生们三三两两走出教室。孙心妍收好东西，拿着饭卡下楼。

雨下得没有之前大，细蒙蒙的，飘在黄昏中。

李爱珍借了孙心妍的伞送李笛回宿舍，之后没还回来。走廊上，湿润的风把裙摆轻轻吹起来，她伸手感受了一下雨的大小，正想跑去食堂，步子还没跨，脑后的马尾辫被轻轻拉扯了下。

她转过头，何滨面无表情地看着她。

他身上松松垮垮地套着件灰色卫衣，脸白白净净，目光冷淡。

他们已经很多天没说过话了。

孙心妍看着他漆黑的眼睛，想问他干什么，手臂却忽然被抓住。

孙心妍目光慌乱，心正怦怦跳，手中多出了一把黑色的折叠伞。还没等她反应过来，何滨戴上卫衣后面的帽子，一个人潇洒地步入了雨幕中。

周围像是被按了暂停键，只剩下一个男孩子黯淡的身影，慢慢在细雨中远去。孙心妍站在原地，怔了好久才低头看手里的伞，心里空空的。

这个周末雨停后，陈彦其和之前的女孩因性格不合闹崩了，却又带了一个大家都没见过的女孩出来打篮球，一到他下场，女孩立马给他擦汗递水，一起来打球的几个男生羡慕得要死。

打完球陈彦其请大家吃火锅，结束后一帮男生去网吧打游戏，玩到一半，陈彦其把何滨叫出去喝可乐。

春天傍晚，天还没全黑，街上的灯光已经亮了，半空里一片清清淡淡的光景。

陈彦其问何滨："最近跟你们班那个怎么样？吵架了？"

何滨不开口。

提到孙心妍，他心里有些不是滋味。吵架？他现在跟她连话都说不上，感觉对她多好都没用。

陈彦其把可乐罐搁在店门口的空调外机上，忽然点了根烟，以过来人的口吻说："不能闷着头，要搞点技巧。你现在这样吃力不讨好的。"

微风吹着少年的黑发，何滨喝着可乐默默听着，过了一会儿他转过头，用目光示意他继续往下讲。

陈彦其说："女孩子嘛，没事就喜欢搞点别扭，口是心非的。"

"一口气把话说完。"

陈彦其笑了下："哎，刺激一下她。"

"刺激？"

陈彦其揽住他的肩，凑到他耳朵边指点了几句。

何滨犹疑地看着他。

陈彦其说："灵还是不灵，你一试就知道了。"

雨水停了，气温升高，师生们在课堂上都有了精神劲。

近来孙心妍父母在忙学校里的公开课，早出晚归，顾不到她，她连续几天在校门口买早饭。这天早上，好巧不巧，她在校门口买煎饼的时候碰到了何滨。

何滨额前刘海乱乱的，一副刚睡醒的表情，看到她也有点小意外，但没作什么反应，只在孙心妍叫老板少放点辣的时候，朝她瞄了一眼。

过了一会儿，孙心妍看见一个高个子女生拿着两杯糯米粥走过来，问何滨："做好了没有？"

这个女生不是第一次见了，孙心妍记得她的名字，她叫黄稚薇。

何滨："快了。"

老板把手上的煎饼做好了，何滨接过来递给黄稚薇，没走。

孙心妍这才知道，原来他点了两个，她还要再等一个。

两个煎饼做好后，一男一女走了。

不知道是不是从这个早晨开始的，黄稚薇忽然也成了十七班的熟客。于是总被男生们霸占的走廊上，这个星期频繁出现一个高挑、纤瘦的身影。

有一天下课，陈彦其跟何滨站在外头，黄稚薇站在何滨旁边，扶着栏杆，跟他们一起说说笑笑，像一个铁三角。

李笛是最先看不过去的，她问孙心妍："他不是在追你吗？最近怎么老是跟这个黄稚薇搞在一起？”

孙心妍表现得很冷淡：“他什么时候追过我了，没有过的事。”

“不是吧……华晓婷说他当时都承认了。昨天十二班有人问我，他是不是跟黄稚薇好了，我都震惊了。”

“没有，你不要乱传，他就是喜欢逗女生玩。”

李笛朝窗外看看：“也是……仗着自己长得帅嘛，我就说看他不靠谱。这个黄稚薇挺厉害啊。”

孙心妍牵着嘴角笑了笑。

晚上到家，孙心妍写完作业就十一点多了。整理好书本文具，手机忽然振了一下。她的心跳莫名地跳快了一拍，拿起来看，是班上一个同学发来的，问她今天发下来的英语卷子什么时候交。

回完短信，孙心妍把手机关机了。

对高中生们来说，可以娱乐的项目实在太少。男生们去网吧，女生们也就是逛街看电影。

周末，班上的薛小燕约孙心妍、李笛还有另外一个玩得好的叫秦青的去她家看电影。薛小燕的爸爸是个电影发烧友，家里满满一面墙的影碟，还在客厅装了投影仪。

孙心妍她们没见过，觉得很新奇。

拉上窗帘，大家一起窝在沙发上，看韩国的片子《假如爱有天意》。一开始还吃薯片、喝饮料，说说笑笑，看到结尾，几个女孩眼睛都红红的。

没有大人的空间，看完感人的爱情片，女孩们在沙发上分盖着一条薄薄的毯子，自然而然地聊起一些情感小秘密。

近来薛小燕交朋友了，是班上一个皮肤很黑，看起来有些壮的男生。

李笛私下还和孙心妍讨论过，觉得那个男生长得有点丑，不知道薛小燕为什么答应。追问下，薛小燕有些害羞地说，他们同路，一开始是放学时一起回家，后来早上他也去等她，有时候还会带早饭，再后来他忽然问她，她就答应了。

女孩们嘻嘻哈哈地闹她，说怎么这么容易就答应了，下个星期要让他请客吃饭。薛小燕抱着抱枕，甜蜜蜜地说：“好，我去跟他说。”

话题告一段落，主角换人。

秦青忽然看向孙心妍，脸上带着某种神秘的笑容：“心妍，有个事我要问你。”

“嗯？”

“何滨之前是不是追过你？”

孙心妍一窘，摇头：“没有，乱传的。”

“不对，肯定有的，我告诉你，他之前在人家班放过话了的。”

“什么话？”薛小燕问。

李笛以为自己是知道点内情的，一直没说话，这时也难免有些好奇：“他说什么了？”

孙心妍沉默地看着秦青，心跳忽然就乱了。

“之前不是有个高二的追你吗，何滨当时跟他打架就是为了你。事后陈彦其还找了高三的出来摆平这个事，他们说何滨当时就放话了，说你是他的人，叫高二的以后离你远点。”

“哇，好酷啊……”薛小燕道。

李笛说：“酷什么，古惑仔看多了吧。好了，他现在不都跟十二班的那个女生玩了吗，没什么好说的了。”

“但我看最近那个黄稚薇好像都没来我们班了，还有人说她是跟陈彦其呢。再说她长得也没有心妍好看吧。”薛小燕又道。

秦青说：“你没看到，那天黄稚薇站在我们班外面，身上穿的是何滨的校服，招摇得一塌糊涂。”

李笛说：“管他是谈了还是分了，就是花心呗。”

孙心妍笑了下：“以后不要再乱传这些话了，我真的和他没什么。”

这天下午，孙心妍回到家的时候是五点多，父母不在家，她走到钢琴边坐下，慢慢地翻到自己喜欢的谱子。

钢琴的声音很美，有一点点忧伤，孙心妍弹了一小段后停下，趴在琴盖上，像是累了。

春日傍晚，窗外可以看见流动的晚霞。

趴着趴着，孙心妍忽然流眼泪了。莫名其妙的眼泪，莫名其妙的委屈，明明什么也没得到，却好像已经失去了……

气温渐渐升上来后，学生们的课外活动多了起来。阳光普照大地，这节体育课老师要女生们练习 800 米。女孩子一片哀号，一个个脱下外套，不情不愿地在操场上跑起来。

体育是李笛的强项，初中时候她还参加过校田径队，于是就在操场上慢慢陪着孙心妍跑，边跑边和她吹牛。

孙心妍跑得气喘吁吁："笛子，你别跟我说话了，你让我留一口气等一会儿冲刺。"

李笛差点笑出来："你还要冲刺？能及格不就行了。"

"那我要是一直这个速度，能不能及格？"

"没问题，你就保持住这个速度，肯定能。"

刚要回她一句，孙心妍脚下忽然不知道被什么一绊，身体一歪，膝盖重重磕到地上。

孙心妍陡然摔倒，李笛吓了一跳，和她差不多速度在跑的女生也赶紧停下围过来。

"没事吧？"李笛要扶孙心妍起来。

孙心妍缓着身上的疼劲，摆摆手："没事，没事。"再捋起裤腿看看膝盖，还好，只是蹭破了点皮，没出血。

于是还没下课，李笛就扶着一瘸一拐的孙心妍回了班。

何滨跟几个男生在下面打了大半节课的球，今天手感不好，觉得没劲先上来换衣服，谁想却在走廊上看到李笛搀着孙心妍，慢慢走过来。

回到座位，李笛帮孙心妍看伤口："完了，好像肿起来了。你感觉怎么样，要不要去校医那边看看？"

运动裤的裤腿卷着，孙心妍试着动了下膝盖："不用了，应该没什么大问题。"

"我想起来了，我宿舍里有治跌打损伤的药呢，你在这儿坐着，我去给你拿过来。"

"哎，不用了，你别去了。"

"没事，很快的，你坐这等着。"

李笛走了，教室顿时静下来，窗帘在风口轻轻飘荡。

整个膝盖都火辣辣的，运动裤被磨坏了一点，孙心妍拿餐巾纸擦伤口。

"怎么回事？"何滨看李笛走了才过来，看着孙心妍腿上的伤问道。

孙心妍没有回他的话，运动后的头发有点乱，零零散散的发丝落在耳边。何滨盯着她的腿看了看，走回自己位子上不知道拿了什么东西，又走过来。

孙心妍这时候才看了他一眼，他穿着一身黑色球衣，头上脸上都是热汗，衣服已经湿透了。

他在她旁边蹲下，用力摇了摇手上的一个白罐子，膝盖上陡然一阵凉，孙心妍条件反射地躲了一下。

"不要动，云南白药。"打球容易受伤，何滨平时都随身带着。

何滨以为她肯定要闹两下，谁知道还真不动了，他赶紧给她喷了两下。

"还疼不疼？"何滨问。

孙心妍摇头："好很多了，谢谢你。"

她声音细小，是礼貌的，也是生疏的，像什么呢，就像对班上其他男生一样。她的这种语气，何滨显然是陌生的，他微微愣了下，注视着她。

走廊上忽然传来男生大声说话的声音，几个打篮球的也上来了。

何滨慢慢站起来："这个放你这儿？"他把药罐子递给她。

"不用了。"

何滨看看她，抹了把脸上的汗，走回自己位子。

这天晚上在校外吃饭，陈彦其在小店买香烟，买完发现何滨不见了。片刻后，看到他从隔壁小店出来。两人不急着回学校，抽着烟在小花坛边聊天。

陈彦其问他“刺激法”成功了没有，何滨说了句不知道。

陈彦其问：“不知道是什么意思，她就没一点反应？”

何滨想到她下午那个反应，感觉说不上来是什么意思。过了一会儿，他忽然骂陈彦其一句：“我看你懂个屁。”

陈彦其一愣，回味了下这句话，笑了笑。

下了晚自习，学生们一窝蜂地往外冲。

李笛看看孙心妍的腿，问道：“你一个人可以走吧？要不要你爸妈来接你？”

“没关系，反正也不骑车了，我打车回去。”

“那你路上慢点哦。”

“嗯，你早点回去吧。”

孙心妍不想和别人挤，等人走得差不多了才一个人慢慢往下走，刚下了楼，就看到何滨站在楼梯口和两个差不多高的男生在说话。

她径直往校门口走，何滨慢慢跟在她后头。

“书包给我。”出了校门，人高马大的男生走到她旁边，跟她一起下台阶。

孙心妍目不斜视。

“腿还疼不疼？”何滨低头看她侧脸，逗她说话。

孙心妍步伐不停，直到旁边人忽然从后面拉了下她的书包，把一只手伸到她面前，她才被迫停下。

面前展开的手掌里是一对小发卡，粉色的水钻在路灯下闪闪发亮。

孙心妍轻轻抬起眼，目光淡淡地看着面前人。

何滨有些嫌弃地说：“把头发扎一扎，乱糟糟的。”

孙心妍看看他，忽然问：“在北京的时候，你成绩好不好？”

何滨被她问得愣住。

“肯定也很差吧。”孙心妍一本正经地说，“因为你不用努力地考大学，就好像你都不用考就能进我们班。”

何滨平静地问了句：“什么意思？”

“何滨，你转到跟我一个班，我很高兴，也真心想把你当朋友，就像我们小时候那样。但现在不像小时候了，每天都有很多作业，看书要看得很晚，我连星期天都要在外面上课。你喜欢玩，可能觉得开一些玩笑、做一些事很有趣，但其实对我来说真的很困扰。”孙心妍抿了下唇，“以后，如果没有特别的事，就像你之前说的，我们还是保持距离比较好。”

“你怎么知道我爱玩？”

青黑色的柏油马路被路灯照得发亮，少年嘴角轻轻一动，像是笑了下。

孙心妍说：“不早了，我要回家了。”

她从他身旁擦肩而过。

“孙心妍！”

孙心妍停住，听到背后传来少年不大不小的声音。

“那你知不知道我喜欢你？”

是夜，陈彦其睡得踏踏实实，被枕边的手机硬生生吵醒。

“睡了？”电话里，一个闷闷的声音问道。

黑暗中，陈彦其皱着脸把手机拿到面前看来电显示：“大哥，干什么啊……”

“我问你个事。”

何滨在电话里的语气有些认真，陈彦其揉了两把脸，粗粗地喘了几口气，痛苦地坐起来：“……说吧。”

“你肚子饿不饿？”

何滨坐在床上，把手机拿远点，等里头的咒骂声停了才又放回耳边。

“红旗，来我这儿吃点东西。”

“你大半夜的发什么疯？”

“来不来，要不我去你家楼下等你？”

陈彦其把壁灯打开：“你不要搞我了好不好……”

“你先过来再说。”何滨说，“我周末回去一趟，把那双乔丹22带给你。”

何滨这房子是他小姑给他租的，两室一厅，精装修，就在学校对面。夜里两点，陈彦其带着路上买的烧烤过来，才敲了两下，门就打开了，开门的人一脸清醒。进去后，陈彦其把东西放在桌上，全身透着起床气，却又拿何滨无可奈何。

何滨拆开一包烟，抽出一支扔给他。

陈彦其点起来：“大半夜发什么疯，失败了？”

何滨冷冷抬眼。

歪打正着，陈彦其看他的反应，深深呼出一口气：“你瞪我还真没什么用，到哪一步了？人家怎么说？”

怎么说？何滨根本没脸说。他刚跟她说完，那头刚好来一辆出租车，人家手一招，头也不回地上了车。

看何滨闷不吭声，陈彦其开始吃烤串，边吃边问：“你看中她什么了？”

何滨把手上的烟点起来：“你不觉得她长得……挺不错的？”他用了个含蓄点的词。

其实何滨以前不觉得孙心妍长得多好，在北京的时候，时髦又漂亮的女孩子多了去了，倒追他的就有不少，他一个都看不上，还觉得女孩子特烦。

然而，在一个少年情窦初开的时候，身边出现的是谁，谁便无可取代。

加上她确实也不差，不是吗？而且越看越顺眼。何滨几乎已经在想，以后带出去也不掉他面子。

“是还不错吧，笑起来有点甜。”陈彦其轻描淡写地说，“那么多人追，早就被捧坏了，”陈彦其语气忽然认真了些，“她这种一看就是想法多的，找这种特别累，追的时候累，谈之后也累。当然，也不是没有好处，单纯喽，肯定一心一意。适合你这种入门级选手，真喜欢就再追呗。”

沉默了很久的何滨忽然看向陈彦其。

陈彦其问：“干吗？”

“吃完没有？”

陈彦其看着他。

何滨站起来，伸了个懒腰，摸了下脖子："那个，你吃完了就早点回去吧，我要睡了。"

"……"

明媚的春光照耀大地，少男少女们的心中各怀秘密。

那晚之后，孙心妍彻底躲着何滨了。好在何滨也没在学校做什么出格的事，只是往她抽屉里放点饮料小零食，每晚给她发发短信，有时问她在干什么，有时厚着脸皮跟她说些学校里发生的事。

何滨像是在孙心妍的生活里隐形了，看不见，却又无处不在。

那些饮料呢，孙心妍当然不会还回去和他互动，于是都到了李笛手里。李笛知道何滨又开始缠着孙心妍，气愤地说："你千万别理他。"

虽说高中生活枯燥无聊，可似乎每过几天，学校都会出个新鲜事。

星期四一早，孙心妍一来就看到李爱珍叫了薛小燕在外面谈话，李爱珍面容严肃，薛小燕低着头，像是被训了。

教室里，大家都在早读。薛小燕进来，全班的注意力都被她吸引了——因为她哭着回了座位。一下课，周围女生们关切地围住她，问她怎么了，薛小燕只趴在桌上，什么都不说。

中午的时候李笛跟孙心妍说悄悄话，告诉她薛小燕的事被班主任发现了，班主任要他们立马分手，而且已经告诉了家长。李笛说，怪也怪他们最近太高调，在食堂的时候两个人就坐在一起吃饭。

其实江城中学在学生早恋这件事上管得不算严，一到吃饭的时间，学校周围的快餐店全是出双入对的小情侣，很多老师睁一只眼闭一只眼。

别的老师管不管，李爱珍不关注，她的学生，她一定要管。这才高一，到了高三还得了？

其实，李爱珍之前找薛小燕谈过话，说得很委婉，本以为女孩子面子薄，话说三分就能到位。谁知道昨天又让她看到这一对在班级走廊上说话。

到了这周五的班会课上，十七班以前都是搞诗朗诵读美文。这天，李爱珍破天荒地给他们放了一部电影——《早熟》。

男女主角和教室里的人差不多年纪，花季中的少男少女，擦枪走火后意外怀孕，两个家庭随着他们一起偏离正常轨道。剧情说得更直白一些，就是一个有关早恋的大悲剧。

整个电影看得全班人目瞪口呆。放这样一部电影，班主任的用意不言而喻。

前方教室门边，李爱珍侧坐在一张方凳上，跷着腿，仰头看着屏幕，面无表情，像一尊石像。下课铃响，李爱珍在电脑上关掉页面，收起幕布，一句话没说，端着自己的杯子就走了。

教室里一片寂静。

过了一会儿，等人彻底走远，后排男生最先嬉闹起来，教室里打闹声越来越响，男生们像什么也没发生过。只有心思细腻的女生们，一整个课间都陷在剧情里。

晚饭时间，孙心妍和李笛去校外吃了麻辣烫。吃完她们到巷子里的一家小店闲逛，买了两支笔。

两人在往回走的路上说着话，李笛的目光忽然飘到别处。

傍晚，黯淡下来的天空里飘着点晚霞。灰色的小巷里，一男一女笑着说话，女孩子靠在墙上，微微抬头，男生抱住她。蓝白相间的校服混乱地纠缠在一起，清晰刺目。

孙心妍和李笛闷声从旁匆匆走过。

快到学校了，李笛感慨一句：“这个黄稚薇怎么这么大胆……”

孙心妍没说话。

有人不就是喜欢这样子的女生吗?

这个时间都是才吃完饭，很多学生回班。孙心妍跟李笛走到楼梯口，刚巧那头何滨跟陈彦其懒洋洋地走过来。

四人迎面撞上。

看见这两人，孙心妍刚刚还笑意盈盈，转眼面无表情。

“李笛……”陈彦其忽然叫李笛一声，“正好碰见你了，有事找你。”

李笛停下脚步，纳闷地问：“什么事？”

陈彦其走过去，拉她的胳膊：“有事。”

“什么事啊，奇奇怪怪的。”李笛被陈彦其拉着往外面走。

孙心妍自行上楼。

何滨跟上，路过她身旁时说了句“过来一下，有话跟你说”，随即走到她前面。

孙心妍大可以不理他，然而看着他的背影，想到下午刚放的电影、李爱珍的态度，脑中飞快地综合分析后，她怕他回班后再纠缠自己，于是还是越过自己班级的楼层，跟着这人一直上到四楼。

四楼是高三的教室，穿过一群在外面说话的男生，何滨带她来到走廊的拐角。中途还有几个高三的拍了下何滨的背，他跟人淡淡地打了个招呼，几个高三的目光在孙心妍身上打量了一番。

教室尽头的角落里没人，只有黄昏的风，温温柔柔地吹着。

孙心妍看了眼手表：“有什么事快说，还有几分钟就上课了。”

何滨一只手搭在栏杆上，转过头看看她，没什么好语气：“你要进啦啦队？”

没想到还是问这个事，昨晚他就在短信里问她了。

教育局给几个高中办篮球联赛，让江城中学拉一个篮球宝贝队伍。高二高三的学习忙，这个事自然落到高一头上，一共挑出二十多个身高统一的漂亮女生。昨天体育老师刚把她们叫在一起开会，下周起，她们每周要排两次舞蹈。

“干吗？”孙心妍问。

“不准去。”

“关你什么事？”孙心妍莫名其妙地看着他。

“怎么不关我事？”何滨忽然皱起眉头，“知不知道啦啦队是什么造型？”他拿手在自己大腿根比画一下，“裙子到这儿，你这个粗腿穿得来吗？”还有那些挺胸扭屁股的动作，他都不想提。

孙心妍简直要被他气笑，冷笑一声:“你是来跟我搞笑的吧？”说完就要走。

他才不是跟她说笑话，一把拉住她的胳膊：“没人跟你开玩笑，孙心妍，我是真不同意，你敢去试试。”

“松手松手，不要拉拉扯扯的……”孙心妍一把把他甩开。

何滨以为她还会说些什么，结果她什么都没说，直接跑走了。

晚上的时候孙心妍收到何滨的短信。

“看没看过篮球宝贝跳的舞？自己上百度搜一下，看我是不是诓你。”

其实何滨倒是没说错。

孙心妍不喜欢篮球，也没关注过什么篮球宝贝。真正排练的时候看到服装才知道有多夸张。每人四套衣服，全是热裤、短裙、露脐装。

比赛休息时跳舞热场而已，她们还是高中生呢，有必要穿得这么露?

孙心妍还真不想参加了。老师教舞教得一脸汗，压根不把她说的“自己不合适”当回事，笑着说：“小小年纪怎么这么保守，篮球宝贝也是一种体育文化，照你这么想那些拉丁舞者、跳小天鹅的怎么办？队形位置都排好了，一个萝卜一个坑，你这时候打退堂鼓铁定不行啊。”

女老师打量她一眼：“再说你这身材，这些衣服穿起来肯定好看，年轻的时候什么都要敢于尝试一下才好。不试试怎么知道自己不合适？”

市里搞的首届高中篮球联赛，算上职高技校，江城一共八所高中，有的学校出一支队伍，有的出两支，参赛的一共有十二支球队。

前面的预选赛、晋级赛都是默默进行，江城中学的校队一路杀进四强，半决赛安排在周末，参赛学校统一组织学生观看，排练了近一个月的啦啦队开始登场。

这个周末，江城中学对阵市一职高，两个学校不少学生来观战。

首次登场的篮球宝贝们早早来到更衣室。第一次登场就是为自己学校的比赛，女孩子们都有点兴奋，一边换衣服，一边叽叽喳喳地讨论。

不得不说，篮球队最出帅哥。打篮球的男生原本就是高个子，加上爱运动，身材又比普通男生好，平时走哪儿都打眼。

“哎呀，这个裙子太短了，我真害怕跳着跳着就走光了……”女孩子们一边穿衣服一边抱怨。

确实太短，几乎快到腿根了。

“算了就知足吧，现在是春天，要是冬天才叫倒霉呢，得冻死。”

一个个换好衣服，又开始化妆，两个化妆的老师在旁边指导帮忙。

孙心妍化了好一会儿，化妆师过来盯着她的脸看了看：“眼妆太淡了，眼线再深一点。”随即手伸到她脸上，又给她重重描了几下。

化完了，孙心妍一看化妆镜，差点笑喷，画得跟个大熊猫似的。

孙心妍最先弄好衣装，手忙脚乱的舞蹈老师想起彩球还没拿过来，叫她去隔壁拿。

隔壁是个空的储物间，角落里有个饮水机，孙心妍进去时有个人正在倒水。

那后背、那头型，一进门她就愣住了。

何滨听到动静回过头，第一眼都没认出她来，目光淡漠地继续倒水。隔了一秒，手上动作停下，他眯着眼转过身来。

他身上穿着成套的黑色球衣，头上还戴了个灰色发带，额头彻底露了出来，整张脸的轮廓清晰无比。

孙心妍呢？银色的露脐亮片背心、超短小红裙，头发披着，脸上顶着一个超级浓的成人妆。跟何滨对视一眼，她整张脸瞬间红透。

什么话也没说，她红着一张脸直接去找彩球。

墙边堆了一堆乱七八糟的东西，孙心妍像没头苍蝇一样地翻着。

身后的人问：“找什么？”

“我们跳舞用的彩球。”

“这边都是我们过来放的东西，你看看那头。”

听了他的话，孙心妍去旁边角落翻了下，找到了两大包东西。

她站起来的时候，裙摆在白皙的腿边荡了荡，何滨在背后瞄了眼，喝了口一次性杯子里的热水，压着心里的情绪跟她搭话：“你们早上几点过来的？”

“六点半。”

“坐大巴？”

“嗯。”孙心妍稍微自然了点，看看他，“你们那边没水喝？”

“没热水。”

孙心妍看他一眼，他说：“等一会儿多给我们加点油啊。”

他忽然说了句正经话，孙心妍差点不知道怎么回了。

“当然。不给你们加油难道给其他学校的加？”

她脸上妆太浓，何滨都感觉不是同一个人了。

“我过去了。”孙心妍往旁边指了下，临走时说了句，“你待会儿好好发挥。”

“等一下，”何滨叫住她，“话还没说完呢……”

“又怎么了？”

何滨走出门外：“回头结束了别跟大巴走，一起吃午饭。”怕她不同意，加上一句，“我喊着红旗一起。你把李笛叫着也行。”

看孙心妍没立即回绝，他觉得有戏，又加码：“要是这场我们赢了，你就答应，怎么样？”

“那要是输了呢？”不等他反应过来，孙心妍又说，“输了，你以后就别再给我发短信。”

她认真地强调：“一条也不行。”

何滨挑眉，拿着一次性纸杯在她发顶轻轻放了下：“好，哥哥赢给你看。”

说完他率先一步在孙心妍有所动作前拿掉杯子，大大咧咧地走向球员准备室，还伸手做了个拇指向下的动作。

今天算是他的主场，他整个人跟平时的感觉很不一样。孙心妍看着这个人吊儿郎当的背影，顺了下头发。

市体育馆的标准篮球场上，伴着动感的音乐，篮球宝贝们跳完开场舞，双方球员登场，全场响起此起彼伏的加油声。双方球衣一黑一白，篮球在中线上被裁判员一抛，比赛正式开始，欢呼声一浪高过一浪。

全场比赛，除了要上场的时间，啦啦队的女生们就站在篮球架后面看着。

不得不说，虽然职高学生的成绩比不上江城中学，但在运动上，人家不输分毫。场上比分一直咬得很紧，上半场结束，江城中学拼死拼活还是落后五分。

中场休息，球员回到更衣室。篮球宝贝们换了一套服装，上场热场。

耳边是节奏强烈的音乐，孙心妍一手拿一个彩球，跟在队伍里机械地跳着，地板上有没有及时被擦掉的汗，滑滑的。几分钟后，两边球员陆续上来开始练投篮、找手感，女孩子们退到篮球架后面。

孙心妍刚站好，两个同时被抛向篮筐的篮球在空中撞了下，其中一个歪了路线，眼看着就要砸到她脸上，一瞬间，一只手横伸过来，在她面前一拨，球飞了出去。

何滨大汗淋漓，小跑中伸了个食指指指篮筐，示意她注意。似乎来不及跟她多话，他又转回场上，丢下一脸通红还没反应过来的孙心妍。

热烈的氛围中，啦啦队的女孩子们因何滨刚刚那超酷的动作激动不已，大呼小叫地晃着手中的彩球，围着孙心妍又蹦又跳。

如果说比赛开始时，何滨、孙心妍都在想着开场前的赌约，那么打到第四节最后三分钟的时候，他们和全场的人一样，心中什么都没了，只剩下一个字——赢。

竞技体育的魅力淹没了一切。

最后三分钟，双方比分依然胶着，江城中学只落后一分。蓦地，江城中学一记三分球反超，全场沸腾，然而还没来得及高兴，对方立马回送了一个三分球。

时间一秒一秒过去，所有观众的心都揪了起来。

孙心妍从来没有这样认真地看过男生打球，看着场上一个个来回奔跑、挥汗如雨的矫健身影，在紧张对抗的氛围里，她像是忽然明白了男生为什么喜欢打篮球。

孙心妍觉得，这种感觉有点像考完试放榜，在排名表里一行行找自己的名字。只不过一个热烈，一个平静，却同样刺激。

时间还剩六秒，江城中学被对方犯规后，两个罚球进了一个，对方仍旧领先 1 分。观众席的人站起来加油呐喊，孙心妍抬头看了眼上空的比分，一颗心像被吊在半空，紧张得怦怦直跳。

球在篮下忽然传到何滨手里，最后的机会，没有一秒犹豫，他腾空而起，单手后拉，狠狠一下，球“哐当”一声进入篮筐，哨声同时响起。

绝杀！全场沸腾。

孙心妍耳畔嗡鸣，根本没看清他的一连串动作。只见对面的显示屏上，红色的 101 跳动了下，成为 103。

103:102

赢了。

欢呼声、呐喊声。

气喘吁吁的球员们互相击掌捶胸，何滨提着衣领胡乱地擦了下脸上的汗，往篮球架边看。江城中学的这群女生与有荣焉，一边跟着老师退场，一边开心得手舞足蹈。等了一会儿，队伍中到底有人回了头。

视线撞在一起，孙心妍看见何滨扯了下嘴角，和她做了个口型——吃饭。

第三章

天下无双，此后再无

每一个人身上都有优点，有你可能未曾见过的认真的一面。

当孙心妍换好衣服卸完妆，站在体育馆外的大树下等何滨时，心里想的就是他在比赛最后一刻的认真和果决。哨声响彻全场的一瞬，他挂在篮上，成为全场的焦点，也成了一个她不熟悉的人。

其实何滨从小学起就开始打篮球，初中还被市里的青年队培养过一阵子。只是后来去北京，没再朝这个路子发展。

球员更衣室后面有淋浴间，男生们洗完澡才出来。何滨想早一步走，但谁让他今天出尽风头，几个队员拖住他，要他请客。

何滨掏出五百块给陈彦其："你带他们先去，到了地方告诉我，我有点事，晚点到。"

陈彦其拿毛巾擦着头发："什么事啊，这么急？"

他不掏钱还好，一掏钱几个人就起哄："拿钱给红旗干什么，你来了再付啊。"

何滨没时间跟他们耗，站镜子前拿手指扫了下湿刘海，拿着包就走了。

远处的高大身影映入眼帘，树荫下，孙心妍拉下耳朵上的耳机。

何滨身上的球衣换成了简单的白T恤、黑色带白杠的运动裤，两只裤脚随意地卷着，一高一低。他单肩背着运动包，一边走一边仰头喝水，半路把空矿泉水瓶扔进路旁的垃圾筒。

走近后，何滨发现她的妆卸掉了，头上戴着个白色发箍，一张脸总算干净能看了。

“等了多久？”他刚洗完澡，头发还是湿的，身上的味道清新，带着少年独有的蓬勃气息。

“没多久。”

他把手里的东西给她，是一盒芦荟酸奶，出来时特意在门口给她买的。

看孙心妍不动，他说：“拿着啊。”

“谢谢。”孙心妍接过来。

注意到她头发上有片小枯叶子，他想顺手帮她掸了，孙心妍看他抬手，还当他要干什么，微微地躲了一下。

“头上有东西。”何滨的手懒洋洋落下，放进裤袋。

孙心妍自己摸摸头发，把枯叶子摸掉。

赢了球，又约到人，他心情好，看看路边，问：“喜欢吃什么？中餐西餐？韩国菜还是泰国菜？报一个。”

他跟说绕口令似的，孙心妍差点笑了，好在及时忍住。

她抿抿唇，回道：“随便吧，你不是说叫陈彦其一起？”

“他有事。”何滨随口说了一句，阳光下，他眯眼朝体育馆看看，“往前走点吧，等一会儿人都出来了。”

孙心妍慢一步跟在他身后。

接近正午，天蓝得很，风吹得树叶簌簌地响，路边行道树下一地碎阳光。何滨是真的高，走得好好的被垂下来的小树枝刮了下，看他纳闷地摸摸头，往旁边挪了点，孙心妍在后面无声地笑了。

前面人刚好回头看到她表情，本来想说的话没说，问她笑什么。

孙心妍摇头：“没啊。”又摆出有点冷淡的表情。

两个人来到商场的时候，正是最忙的时间。本来说好吃烤肉，结果烤肉店要排队，何滨过去取了个号，发现前面排着六桌。

孙心妍说："换一个吧，别等了。"

"也行，你想吃什么？"

孙心妍左右看看，拿不定主意。

何滨靠在栏杆上，一个个报："牛排、比萨、火锅？"

"那牛排吧。"孙心妍说。

她抬腿就要走，身后的人拉了下她肩上的包带："往哪边走呢？那头。"

何滨走到前面，嘴里嘟囔一句："说你蠢真不是盖的。"

孙心妍瞥他一眼，跟了上去。

这是何滨第一次正式请孙心妍吃饭，简直恨不得直接在桌上拿火把钞票点了来显示自己的大方豪气。他点了几个菜呢？基本是按照法式大餐的派头，从主食到甜点全部点了个遍。西餐的餐具本来就浮夸，于是各式各样的盘子碗碟堆满桌子，惹得旁边一桌频频朝他们看。

孙心妍从他点餐起就开始制止，他就轻描淡写的一句话："先吃着，吃不完不是可以打包嘛。"

孙心妍胃口本就不大，何滨看着人高马大，其实吃东西也不算多，还挑食挑得厉害，沾沙拉酱、番茄酱的东西一口不吃，一副少爷样。

中途何滨接到陈彦其他们叫他的电话，挂断后看孙心妍拿小勺子吃着香芋冰激凌，问道："你上回不是说不喜欢吃凉的吗？"

麦当劳那次，他还记着呢。刚挖了一口冰激凌到嘴里，孙心妍愣了下，转而怒目看他。下一秒两个人像是想到一块，气氛忽然变得尴尬。

孙心妍放下勺子，拿餐巾纸擦嘴巴。

何滨笑了下，把冰激凌往她面前推："好了好了，吃吧吃吧。"

今天周末，商场中间有很多商家布展，卖汽车、打折服装，还有儿童玩具。何滨跟孙心妍吃完饭，下到一楼，忽然看见儿童玩具旁居然有卖宠物的。虽然只有几种，关在大笼子里，但各个可爱得出奇。

孙心妍起初是过去看了看，接着蹲下身逗了逗，再接着脚就不是自己的了，彻底移不开步子。小仓鼠、耷着耳朵的长耳兔、刚出生的约克夏、扁脸的加菲猫……是个女孩子都要走不动路了。

旁边还有好几个年轻女孩跟她一样，入迷地围着笼子，又叫又笑。

孙心妍伸出一根手指在笼子里摸摸小狗的爪子，灰色的小狗呆了呆，居然低头舔了她一下，湿漉漉暖融融的。孙心妍的心都要化了，咧着嘴笑："你怎么这么可爱啊……"

"光看有什么意思，我给你买回去。"旁边的人大言不惭地说。

孙心妍侧过脸："你是不是钱多得没地方花，捐给希望工程吧。"

"你不就是我的希望。"何滨淡淡地道。

这话来得猝不及防，孙心妍耳朵红了。

何滨在旁边伸手逗了逗那只长耳兔："快点，挑一个，真给你买。不是喜欢兔子吗？还是想要小狗？"

"真不要。你买了我不会要，我要了我妈也不让养。"孙心妍站起来，"不早了，走吧。"

回家的时候何滨想打车送她，结果孙心妍非要自己坐公交，于是他就陪她坐。车上没有空下来的两人位，孙心妍在走道边的空位坐下，何滨坐到她后面。车子一路摇晃，何滨一直盯着她的后脑勺。

午后金灿灿的阳光从窗外进来，落在她的头发上、肩上，有种属于女孩的温暖、柔软。孙心妍两只耳朵都塞了耳机，白色的耳机线夹在碎发里，碰着她的耳垂。

头顶忽然被轻拍了下，她回过头，少年垂着眼玩手机。孙心妍白他一眼，也不争论，回身坐好。少年抬起头，看着面前离远了点的后脑勺，轻轻笑了。

下了车，何滨一路跟着她，眼看就要到小区门口了，他手插兜，站在树下，往小区门口看看。

孙心妍："今天的午饭谢谢了，拜拜。"

"不客气……"

孙心妍抬脚要走，何滨说：“你等一下，怎么每次话没说完就要跑。”

孙心妍停下，看着他：“那你说吧。”她看着他，心里忽然有点紧张。

何滨问：“想没想过我们今天会赢？”

孙心妍安静了下，诚实地点头，感觉自己的脸在发热。

“所以……你跟我吃饭，至少50%是愿意的，对不对？”何滨看着她。

孙心妍沉默，如果不愿意，她怎么会和他站在这里。

“那……我们再赌一个怎么样，赌决赛。”何滨看着她的眼睛，声音低下来，“就赌……”

“不赌。”孙心妍打断他。

“怕了？”

“不想赌。”

“都还没说赌什么……”何滨有点心虚地笑了下，视线始终没离开她的脸。

像是知道他要说什么，孙心妍说：“不是什么事都可以拿来赌。”

凝视了她一会儿，何滨说：“那算了。”

回到家，孙心妍打开校内网，几乎满屏都是上午的篮球赛。

班上很多人都上传了何滨最后一球的照片。其中一张不知道是谁拍的，捕捉到了他把球扣进篮筐的一瞬，连他额发上的汗珠都是清晰的。

何滨早就加了她的好友，他用的还是QQ里的那个厨师头像，用在校内网上，清晰度堪称感人。

何滨平时基本不发动态，却在一个小时前发了一条，只有两张图片，留言却立马有了好几页。

那两张图片，第一张是一个静止的篮球，在空无一人的篮球场的黄地板上；第二张是一杯被吃过的冰激凌，上面斜插一把银色细勺。

即便是坐在家里的电脑前，孙心妍的脸还是红了，她随意地浏览着底下的留言，有自己班上的人，也有外班的人。

——今天MAN爆！

——滨爷超帅！

——决赛加油，看你们的了！

——和谁吃的冰激凌？（一个不怀好意的笑脸表情）

下拉中，孙心妍注意到其中一条。

——酷！！！

账号用的不是真名，叫“稚稚”，一头一尾还带两个符号。头像是一张女孩脸的下半部分，只能看见嘴唇和下巴，照片是P过后的梦幻色调。

孙心妍的心静了下来。她想起那个傍晚，小巷里倚在墙上的女生。又想起很多天前，走廊上常出现的那个高挑身影。食指停在鼠标上，有那么一瞬间，她真的很想进她主页看一看，然而白色箭头只在那个名字上晃了下，之后便关掉了整个页面。

如果可以重来一次，也许孙心妍是愿意和何滨开赌的。

因为最后一战，江城中学没有赢。那一场，孙心妍也没能到现场。

二〇一八年五月十二日，周一，四川汶川发生8.0级地震。

那是一段上天很不慈悲的时间。只在课本上看过“地震”两个字的90后高中生们，起初对这场灾难一知半解，直到电视、报纸、网页上出现漫天的新闻、图片。那天中午，李爱珍早早来到教室打开电视。孙心妍记得几乎全班女生都哭了，而她最忘不掉的是李爱珍在关掉电视前快速用手背抹眼睛的动作。这个总像钢铁一样强硬的女老师不经意展现出的柔软一面，在孙心妍的成长中，留下了极深的记号。而这个记号背后的意义，静待时光的解答。

江城高中篮球联赛的决赛原本放在周末。地震发生后，全国哀痛。教育局低调、快速地在周五晚上办了比赛。没有观众、没有啦啦队，虎头蛇尾、草草结束。

结束当晚，孙心妍收到何滨的短信。

——本来想拿个冠军奖牌送你，亚军的就不送了。

那么臭屁自大的人，第一次语意气馁。

他还是像之前那样，每晚给她发一条信息，孙心妍有时会回复。这晚，她盯着手机看半天，手指在按键上动几下，打出一句“没关系，加油”，停了停，又一个个字删掉。还没想好回什么，那边又飞快地发来一条。

——后不后悔没跟我打赌?

何滨静静地躺在床上，头枕着一只手，肚子上的手机一振，他拿起来。

——不后悔。

孙心妍同样躺在床上，收到他秒回的信息。

——我赚了。

这条信息像是自带图像，孙心妍脑海中忽然就出现了他带着点笑意的脸。她没有再回，把手机放到一旁，拿起书本。过了一会儿，她又拿起手机看看，把几条短信连在一起读一遍。

房间里静得能听到自己的呼吸声，手一松，手机跌落在被子上，孙心妍抬起一只胳膊挡住眼睛上的光，一种颤悠悠的感觉从心头一直蔓延到全身。

可能之前的篮球宝贝训练分了心，好不容易在上学期期末挤进班级前十的孙心妍，稍稍松懈，在期中考一下子又掉到了第十六名，心情郁闷。

再一看，何滨居然考了第四十二名。太差劲了。

这次期中考带来的直接影响是，孙心妍又不回何滨短信了。

星期五的中午，孙心妍和李笛在校外吃完饭，往回走的路上看到何滨跟陈彦其两个站在一个花坛边聊天，一人手上一罐可乐。

孙心妍想装作没看见，绕开他们，结果陈彦其一声叫住李笛：“李笛！”

这已经是第二回了，李笛没好气地回道：“又干吗？”

李笛不傻，心里已经知道这两个人的套路。

陈彦其笑着说：“有事跟你说。”

“又有事？”

“这回真有事。”

陈彦其拽着她往旁边去，李笛迟疑了下，连拖带拉地被他弄走。

于是何滨跟着孙心妍往前走：“这几天怎么不回信息？”

孙心妍沉默。

“又怎么了？”

孙心妍还是沉默，脸上没一丝表情。

何滨看她油盐不进的，提议道：“这个周末干什么，出去玩吧？”

“上课。”

“上什么课？”

“去老师家上数学。”

“什么时间，别说要上一整天啊。”何滨两手插兜，跟在她旁边。

孙心妍忽然说：“除了玩，你还能想点别的吗？”

何滨看她表情认真，反而懒散地笑了下：“到底怎么了？”

“你看没看你自己的期中考试成绩，”孙心妍看着他，讽刺地说，“你就玩吧你，我预祝你早点考个倒数第一。”

“……”

女孩的脸，善变的天。

孙心妍临走前说：“你别再给我发短信了。”

那头，陈彦其把李笛拉到旁边小店里，非要请她吃东西。

李笛要走，他就拉着她：“快快快，别装啊，那么能吃的一个人。”

“你说谁能吃？”

陈彦其笑着说：“我能吃我能吃，来根雪糕好不好，火气这么大，冰一下。”

买完雪糕出来，何滨和孙心妍早就不见踪影，两个人一路吃着雪糕。

李笛说：“下次你们别再来这招，真是有够没创意的。”

陈彦其笑笑：“这要什么创意，不来这招，你倒是帮点忙啊。”

李笛鄙夷地看他一眼：“你叫何滨趁早打退堂鼓，孙心妍铁定看不上他。”

“你知道？”

“我当然知道，你知道她的第一个条件吗？”

陈彦其眼神中露出点玩味的意思：“哟，知道得这么清楚，你说来听听……”

“第一，那就是得成绩好。”

陈彦其咬了一大口雪糕，像是被冻了下，目光含笑，看看李笛。

李笛说：“你笑什么？”

“笑你傻。”陈彦其轻轻来了句，“交过男朋友没有？傻丫头。”

李笛看着他。她没有交过男朋友，她只是觉得，那天中午的阳光真的很好，三三两两的学生从旁边过去，像春天里的树一样蓬勃。

几个高三的男生抱着篮球从后面过来，陈彦其的后背被拍了下，他跟她打了声招呼，和他们走了。

她很慢地走着，看着几个男生的背影在马路上远去，手上忽然感觉凉了一下，原来是被雪糕滴了一滴奶油。

傻丫头。

后来李笛才知道，这不过是他与女生长期相处后的一个习惯用语，却对她的青春一语成谶。

每到周五，何滨小姑会接他回家，顺带拿走他的脏衣服。

晚上他给孙心妍发短信，约她明天出去一起吃饭，她果然没回。第二天一早睡得迷迷糊糊的，何滨感觉不对劲，慢慢睁眼，一张大圆脸正对着他。

他一掌把那脸推开，坐起来，揉了两把脸：“找死啊……”

彭琪镇定地说：“哥，你醒啦。”

“滚。”何滨不搭理他，被子一蒙头，继续睡。

这一睡直到中午才起来。家里没大人，家政员过来给兄弟俩烧了顿中饭。吃完饭，何滨躺在沙发上，拿个小叉子吃着切好的水果。接到几个朋友的电话，喊他打球、去网吧，他劲头不大，全没答应。

躺了一会儿，他叫彭琪去把笔记本电脑拿来。

彭琪坐在旁边吃着提子，吐了一块皮：“帮你拿可以，但哥你能不能也帮我个忙？”

何滨慢慢抬眼，拿起手边的遥控器扔过去。

彭琪躲了一下，脚步拖沓地往他房间走，然而拿过来的不只是电脑，还有一张试卷。看着何滨的表情，他目光闪躲，把两样东西一起给他。

何滨疑惑地把卷子展开，垂眸看了一眼，下一秒就拿卷子往彭琪头上招呼："你怎么不考个鸭蛋？"

彭琪含含糊糊地说："这次太难了，我们班最高的才 80 分。"头上又挨了一下，他抱住头。

"你给我看什么意思？"

"老师要家长签名。"

"让你妈签去。"

"哥……"

何滨把卷子往旁边一扔，躺回沙发上，跷着腿打开电脑，目光直视屏幕，自顾自地玩起来。

彭琪捡起卷子，坐在沙发旁，斜眼看看他，摸摸头，一声不吭。

不知道过了多久，"啪"的一声，电脑合上了，何滨坐起来："个子矮就算了，你怎么智商也比别人低？"

彭琪有求于他，默默地抿着唇看他。

何滨眉毛一挑，问："笔呢？"

卷子昨晚刚发，除了何滨，彭琪想不到第二个能帮忙的人。然而当何滨拿着铅笔在卷子右上方试了几次签名后，这个小学二年级孩子的心，一点点凉了。

掸掸橡皮屑，何滨从茶几上拿起卷子，看着自己的杰作，问："怎么样？"

彭琪歪着头，目光发直地看了看，"嗯"了一声。

"行就按这个来了啊。"何滨说。

笔尖慢慢靠近白纸，即将落笔的一刻，彭琪屏住呼吸，然而笔尖忽然停了。

其实这天下午孙心妍也没事，躺在自己房间里看电影。看完后才三点多，她无聊地打开校内网。一登录就有五条留言提醒，全部来自相册。

看到留言的人，孙心妍眯起眼。她一共三个相册，其中一个是头像相册，里面有她换过的五个头像。三张是她的自拍，还有两张分别是卡通兔子和小猪。

何滨在每一张自拍下做点评。

——怎么脸有点歪。

——光不好。

——黑。

在一张兔子图案下，何滨评了个“嗯”。在一张小猪图案下，他评了句“这个有意思，跟本人一模一样”。

孙心妍握着鼠标快速点了几下，全部给他删光，下一秒拿起手机，一个电话打过去。

“何滨！”孙心妍怒火中烧。

“姐姐……是我。”那头传来一个沙哑的童声。

“……”

“我是彭琪，上次我们在麦当劳见过一面。”彭琪拿着何滨的手机，抬眸，身边人示意他继续。

彭琪说：“姐姐，我有一件事想找你帮忙……”

孙心妍耐心地听他把话说完，还没回应，那头的声音变了，有人拿走了手机。

“下来吧，在你家楼下。”

“你们怎么跑我家来了？”

“不是要找你帮忙嘛，快点快点，晒死了。”

孙心妍不情不愿地换好衣服、梳好头发，下楼时才回过味来，这根本就是一个连环套。

“这么慢……乌龟啊……”何滨和彭琪一人吸着一瓶娃哈哈。

“你真是太无聊了，干吗在我相册下面乱评论。”

“姐姐好。”

孙心妍一低头，看见睁着一双大眼睛的小孩，压下火气：“你好。”

“我哥给你买的。”

小肉手递给她一瓶娃哈哈。

孙心妍看了何滨一眼，接过来：“谢谢。”

何滨：“好了好了，别在这站着，晒出人命了。”

在附近的一家咖啡店里，孙心妍看看彭琪的数学试卷，再看看对面的兄弟俩，觉得又好气又好笑。这还真是“不是一家人不进一家门”啊。她第一次见到在小学里才考 40 分的孩子。

何滨：“你就给他模仿一个他妈妈的名字。”

彭琪特意带了本作业本出来，翻到有签名的那一页。

孙心妍：“你怎么从小就不教他一点好的？”

何滨：“关我屁事啊。”

“不关你的事你干吗要帮他伪造家长签字？他才二年级，考这么低的分。”

“要不是他哭着喊着求我，我才懒得管。”何滨看看孙心妍，有点不耐烦，“唉，随你，你爱帮不帮，跟我没一毛钱关系。”

孙心妍说：“什么态度啊，自己成绩那么差，还要带坏小孩。”

何滨：“唉唉唉，说什么呢……”

“姐姐，我下次一定努力……”彭琪审时度势，乖乖的声音打破僵局。

孙心妍看看他，认真地说：“好吧，我帮你一次，下次不能考这么低知道吗？小学数学很简单的，认真听讲一定能考好。”

“我知道了，下次一定努力。”彭琪点头。

拔掉笔盖，孙心妍看了眼作业本上的原字迹，试都没试，握着笔“唰唰”两下，在试卷右上方签下龙飞凤舞的大名。

何滨瞥了一眼，还真像那么个样子。

送孙心妍回去的时候，何滨问：“明天上午我跟红旗他们去钓鱼，你要不要一起去玩玩？”

“不去。都说了，我明天有课。”

“你几点的课？”

“下午三点。”

“那不结了，下午才上。”

“你们玩你们的，我上午要在家休息。”

走到小区门口，孙心妍说：“好了，别送了，你们走吧……”又想起什么，“对了，你不要在我的校内网乱评论。”

何滨忽然笑了下：“你那下面不光是我一个人的留言，别人能留，我为什么不能？”他的嘴角眼梢都带着淡淡的笑意，倒把孙心妍给问住了。

他为什么不能？因为他不一样，所以她欲盖弥彰。

可很多事情、很多东西她都还不确定。

何滨看她有点窘迫，不逗她了：“好了，以后不留就是了，走了。”

何滨拍了下彭琪的头，彭琪后知后觉地挥手：“姐姐再见。”

孙心妍和他摆摆手：“再见。”

暮春的阳光下，一大一小两个男孩优哉游哉地远去。

第二天上午，孙心妍在校内网收到一条好友申请，是陈彦其。加好友后没多久，陈彦其给她发私信：喊你钓鱼你不来。

孙心妍：你们真去钓鱼了？

陈彦其：去看我的相册。

孙心妍打开他的相册，果然上传了最新照片。其中一张，一个女孩戴着鸭舌帽，拿着鱼竿，脸都被太阳晒成了苦瓜脸，细一看才发现是李笛，孙心妍忍不住“扑哧”笑出来。

陈彦其又发来私信：你也不来陪陪笛子同学。

昨晚李笛就给她打电话了，问陈彦其喊钓鱼去不去。孙心妍没答应，没想到李笛还真去了。

然而，孙心妍一圈照片看下来，也没见到何滨的影子。

孙心妍问：他没去？

陈彦其回：哪个他。

孙心妍没回，陈彦其又发了一条：你不来他怎么会来。

下午两点半，孙心妍整理好背包准备去上课，骑车刚出小区，忽然愣住。

上午没去钓鱼的何滨穿着黑T恤和牛仔裤，站在上次送她回来的那棵树下。身边是一辆蓝色的细轮山地车，他一手插裤兜，一手拿矿泉水瓶，看她过来，仰头喝了口。

“你怎么在这儿？”

“你说呢？”何滨递了瓶酸奶给她，看看手表，“下午没事做，送你过去吧。三点上课，这个点才出来。”

孙心妍不接酸奶，他直接打开她的车篓盖，往里一扔。

孙心妍有点不好意思：“我上我的课，干吗要你送。你回去吧。”

“我人都来了，赶紧走吧，迟到了别怪我啊。”何滨跨上车。

暖洋洋的午后，车水马龙的街头，深情稚气的少年，懵懂敏感的少女。

孙心妍车骑得不快，何滨慢慢跟在她旁边，穿街走巷。

“你上午怎么没去钓鱼？”

“你怎么知道？”

“陈彦其说的。”

“什么时候跟你说的？”

“中午，他刚加了我校内网好友。”

“把他删了。”

孙心妍冷眼看他。

“听到没有？”他说。

“为什么要听你的？”

何滨说：“换了我，你现在叫我删谁我立马删，信不信？”

孙心妍没说话，双手把着车龙头，任风吹开碎发、吹荡衣摆，吹动轻轻摇摆的心。

她没有想让他删掉的人。她只是对某一个身影存有一点疑惑。他应该是知道的吧？可为什么这么久过去，他却绝口不提，一个解释也没有。

上课的地方是老师家的车库，孙心妍进了小区后下车，何滨推着车陪她往里走。孙心妍脑袋一热，忽然问："你之前是不是交过女朋友了？"

她问这话的语气非常自然，用词也很讲究，可话一出口就有点后悔。

"谁跟你说的？"何滨很诧异地反问，紧接着加上一句，"我初恋还在呢。"

自行车车轮压在石板地上，发出笨拙而粗糙的声响。

胸口微微地起伏了下，孙心妍听见何滨问："你呢，之前有没有？"

孙心妍知道，她的脸一定红了。

她摇头。

何滨"哦"了一声，单手推车，一只手忽然摸了下她的发顶："知道了。"

"孙心妍！"和她一起上课的李嘉看见孙心妍，叫了她一声。女孩子看看她，又看看何滨。

何滨跟孙心妍打了个招呼，骑车走了。

李嘉陪着孙心妍在楼下锁车，问："刚刚那个男生是你什么人啊？挺帅的。"

"是我同学。"

李嘉笑得贼兮兮的："真的很帅哎。"

孙心妍脸上热烘烘的，没因为她这个笑解释什么，跟她一起走进车库。

给她们补习的数学老师是孙贺敏的一个朋友，以前也在江城中学，后来被调到教育局下面的教研部门，工作内容之一就是出卷子，业内威信很高。上课的地方是他家的车库，一个地下室，里面两张大桌，十几个塑料凳，墙面刷了一大块黑板漆。地下室没窗，在顶上安了四盏日光灯。

她们进去时，里面已经有人了。孙心妍放下包刚坐好，就发现了几个新面孔，其中一个还有点面熟。

男生坐在她对面，头发短短的，穿一件白衬衫，正低头翻着书。像是察觉到有人在看他，他轻轻抬眼，视线跟孙心妍撞在一起，友善地弯了下嘴角。

江城中学的高一学生，可能很少有人不认识他。

孙心妍难以想象，成绩排名一直在全年级前五的学霸韩东会在双休日和她在一个地方补课。

年级前五啊，让人望尘莫及的山巅。

果然，这节课一开课，老师就给他做了个介绍，先是开玩笑地说："发现咱们这儿今天多了个帅哥没有？"

学生们都朝新来的韩东看。

在座的有三四个都是江城中学的，老师自豪地说："看看，咱们江城中学就是出帅哥美女啊……"

大家笑。

调节完氛围，老师言归正传："好了，一眨眼高一就要过去了。我以后上课的内容可能会更深一点，尽量往课外延伸，你们有不明白不理解的要及时问，问我，问同学都可以。不要掉队，知道没有？"

学生们纷纷答："知道了……"

老师的开场白不是说着玩的。孙心妍发现，这节课的内容果然难了很多，最关键的是新来的几个男生似乎特聪明，很多地方一点就懂，看大多数人都懂，老师便不细说了。

整节课下来，孙心妍很多地方都是一头雾水，只能快速抄板书。

下课后学生们三三两两地走了，老师把孙心妍、李嘉、韩东和另外两个男生一起留了下来。

老师不慌不忙地擦掉板书，拉着凳子在桌边坐下，拍拍手上的灰，问孙心妍："今天的强度怎么样，吃力不吃力？"

"有点难。"孙心妍老实地说。

老师和蔼地笑笑："难就对了。你之前的期中考又不理想啊，你爸爸就叫我给你上上发条呢。"

看看旁边几个新来的男生，老师简单地介绍道："我跟她爸爸以前是老同学，她爸爸也是数学老师，自己不教，把女儿丢给我。"

几个人都笑，孙心妍也不好意思地笑。

老师说："他们几个刚来，心妍，下回你把这个学期之前的笔记、我给的卷子都带过来，让他们回去复印一下。李嘉你也是。"

两个女生点头："我知道了。"

他又跟孙心妍说："以后不懂的地方多问，知不知道？这节课有点难，回去好好消化一下，不明白的下节课问我。"

孙心妍点头。

出门后，李嘉跟着孙心妍一起去外面拿车，刚开好锁，看到她的车篓："哎，你怎么把酸奶放里面，都晒坏了吧？"

"哎呀，忘记拿出来了。"

孙心妍吸着酸奶、推着车一个人慢慢地走出去时，脑子里还在想刚刚没听懂的一道题。

包里电话响了，她接起来。

"回头看。"何滨在电话里说。

她转身，看到少年骑着车过来。

"你怎么没走？"

"没事做，在周围转了一圈。"看看愣在原地的孙心妍，他一摆头，"走吧，送你回去。"

从这个周日开始，后来的每一个周日，何滨都准时地等在孙心妍家的楼下，接送她去上下课。孙心妍抗议无果，默认了他这个行为。有一次他迟到，孙心妍还等了他两分钟。

这段路来去一起不过三十分钟，可这三十分钟是一个星期内他们唯一的独处时间。

夏天不知不觉地来到了。

尽管孙心妍的态度有了很大转变，但是何滨这回没有轻举妄动。

这个周末，上完数学小课，孙心妍有一道题不明白，下课后问老师。老师擦着黑板，对正收东西的韩东说："韩东，你别急着收，给她说一下题。"

谁知韩东一讲就讲了近二十分钟。

孙心妍推着车和韩东一起走出来时，何滨已经在老地方等了二十多分钟。

其实孙心妍知道何滨在等，心里也有点急。然而韩东讲解得认真又仔细，她不好匆匆打断，只能耐着性子听。

“谢谢了，那个点我老是想不太明白，你一说就说通了。”

“不客气，你开头的思路不对，把自己绕住了。”

小区门口，一男一女推车出来，相谈甚欢，分手道别。

等韩东骑车走了，孙心妍停在原地，往那头看。

每次下课他都在前面一个店面的招牌下等。接近五点，太阳还是明晃晃的，马路花白，店门口有他的自行车，没有人。

孙心妍打他电话，没人接。正在她要挂的时候，目光一转，发现何滨就站在小区岗亭旁的一块阴凉地上。

黑色短袖衫、迷彩沙滩裤，脚下一双有些招摇的荧光绿篮球鞋，他慢慢地吃着根冰棍，边吃边看着她，腮帮子一动一动的。

孙心妍发现他头发比送她来时短了，估摸着他刚刚可能去剪过头。

吃完了，何滨扔掉冰棒棍，看看路上的车，漫不经心地走过来。

孙心妍也是给他打电话时才发现，他之前有发短信问她怎么还没结束，她手机静音，从头到尾没拿出来过，也就没回。

孙心妍心里是有歉意的：“等很久了啊？”

“还好，短信怎么不回？”

“有道题不清楚，拖得久了点。”孙心妍歉疚地看看他，“不好意思啊。”

何滨盯着她看了一会儿，没好气地道：“算了。”转过头看看马路，他忽然又问，“刚刚那人是谁啊？”

“一起上课的，也是我们学校的。”孙心妍轻轻地加上一句，“刚好一起出来。”

何滨没再说什么，孙心妍陪他去前面拿车。

“本来给你买了根冰棍，你一直不来都化了，我吃了。”

孙心妍看看他，感觉这个人的气还是没消，急需安抚。她看看表说：“都快五点了啊。”

“才知道。”何滨瞥她一眼，“差点被晒死。”

孙心妍讨好地说：“肚子饿不饿？我请你吃东西。”

正弯腰低头开车锁的人停下，抬头问：“今天不急着回去？”

“今天我爸妈都在学校开会，让我自己解决晚饭。”孙心妍看着他一点点弯起来的嘴角，赶紧又说，“但是也不能在外面太久，今天上课的内容真的太难了，我要回去整理一下，而且还有点作业没写。”

“行了行了，知道了，没人耽误你好好学习。”

夏日下午的五点一刻，天光依旧大亮，太阳已有倦意。一抹橙色的彩霞映在云上，拖着长而淡的尾巴。

卖凉皮的小摊位上，孙心妍和何滨一人面前一个大海碗。

看孙心妍往凉皮里倒了很多醋，何滨问：“这样好吃吗？”

孙心妍点头：“你试试？”说着就要拿醋瓶往他碗里倒。

“不要。”

一只大手瞬间把碗盖住。

“不要拉倒。”孙心妍放下醋瓶，拿筷子把自己的凉皮拌一拌，酸酸的香味散开来。她早就饿了，不客气地开始动筷。

何滨吃了几口后停下，开始看她。

也就被他看了两秒钟，孙心妍就觉得脸上挺热的，也停了下来，迎上他的目光。这人剪完头，气质都有点变了，看着更痞了点。

孙心妍没出声，却用眼神说：能不能好好吃东西。

谁想何滨忽然说：“下星期我过生日，去我家玩吧，我多叫几个人。”

孙心妍愣了下，反应过来，问：“你生日吗？”

“嗯，”何滨侧着头，拿餐巾纸擦了下手，“来不来？”

其实，孙心妍跟何滨在学校里基本没交集，突然参加他的生日会，她觉得有点怪。但这毕竟是过生日，她不好拒绝。

孙心妍想了下，说：“好吧，你还叫了谁？”

“就红旗他们几个，可能有的会带朋友。班上女生你想叫谁？我来喊。”

“你过生日又不是我过，跟我有什么关系。”孙心妍拿筷子挑了下凉皮。她知道所谓的“带朋友”是什么意思，又有点不想去了。

“怕你无聊嘛，除了李笛，你还跟谁玩得好，再叫两个就是了，反正我家大。”

孙心妍想了想，说：“那你把薛小燕和沈悦喊着，不过也不知道她们肯不肯去。”

何滨轻笑一声：“这你就别烦了，没你小滨爷请不到的人。”

这天何滨把孙心妍送回去的时候，孙心妍问：“你有什么想要的东西吗？我来买，做你生日礼物。”

何滨斜眼看她：“有你这么问的？一点诚意没有。”

“不是，我不知道你们男生喜欢什么，怕买了不合你心意。”

夕阳的余晖静静从空中洒下，孙心妍推着车走在旁边，头发上一圈金色光晕，柔柔的，亮亮的。

何滨无所谓地说：“有什么合不合心意，实在不会买就不要买，没人要收你的礼。”

进入六月，太阳变得毒辣了。何滨跟陈彦其刚打完篮球上来，汗津津地趴在走廊护栏上，眯着眼睛看教学楼下面的人。

教学楼侧对学校大门，中午时间，人很少，一个高高瘦瘦的人影从喷泉边走过，进入了教学楼。

见何滨盯着楼下的人，陈彦其不免多看了两眼。男生穿件白T恤，胸前一个耐克的标志，普普通通的。

“干什么，认识？”陈彦其嘴角含笑地问。

何滨双手搭在栏杆上，没说话，脸上的表情很淡。

陈彦其没把这个人放在心上，然而这天下午第二节课课间，他来十七班，却又看到了这个人，正在走廊上跟孙心妍说话。

隔着几个打闹的男生，何滨面无表情地看着孙心妍的方向。

陈彦其又问："这人到底是谁啊？"

男生跟孙心妍像是很熟，给了她两个本子，她脸上带着笑容。

终于说完话，孙心妍转身，看到站在男生堆里的何滨和陈彦其，没做任何反应地回了教室。她把韩东借她的错题本放进书包，过了一会儿，还是往窗外看了一眼。就在她看过去的时候，何滨很有默契地回了头，目光轻触，孙心妍心里一慌，抿了下唇，别开脸。

何滨的生日会是在周六晚上，地点是他家别墅。孙心妍和几个女生到的时候是陈彦其给她们开的门。屋子里还有几个人，四个男生坐在餐桌边，两个不认识的女生坐在沙发上看电视。

何滨不知道在哪儿，陈彦其跟主人一样招待她们，帮她们放包、倒水，给她们递水果，招呼她们到沙发上坐。

何滨家是个两层独栋的别墅，门口带个小花园。跟他小姑家一样的户型，同一个装修公司，简欧风格，低调大方。

几个女孩在进来时环顾了一眼房子，在牛皮沙发上坐下，脚踩在茶几下的地毯上，稍微有一点拘谨。薛小燕和沈悦一开始是蒙的，不知道何滨过生日怎么会请到她们，后来一听他喊了孙心妍，思路就有点捋清了。

楼梯上一阵动静，几个人回头看了一眼，是何滨下来了。

虽然过生日，他穿得倒很随意，潮 T、沙滩裤、夹脚拖鞋，看到沙发上多出来的人，愣了下，淡淡地说了句："来啦。"

几个女生傻愣愣地看着，薛小燕和沈悦回了句："生日快乐。"

语气太一板一眼，以至于在餐桌边抽烟聊天的两个男生忽然笑了，模仿薛小燕和沈悦的声调："还延年益寿呢……滨爷，生日快乐。"

薛小燕和沈悦平时就跟何滨不熟，有点脸红。

何滨也不知道要跟她们说什么，摸了下头，看看孙心妍，还是帮她们解了下围："谢谢，不要客气，坐下来吃点水果。"然后他就去了男生那头。

先到的两个女生打扮得很时髦，脸上还化了点妆。两拨女生坐在一起，暗中互相打量。

过了一会儿，李笛跟孙心妍耳语：“我要上厕所，你跟我去吧。”

孙心妍点头，跟她站起来。

看孙心妍站起来了，何滨问：“怎么了？”

“洗手间在哪边？”孙心妍问。

何滨往厨房那头指指：“往里走。”

两个女孩一起进入洗手间，关上门，李笛一边上厕所，一边和孙心妍说话。

“何滨家好像真的挺有钱的，是吧？我刚刚听他们说，这个房子他家平时都不住，就放着，这也有点太夸张了吧。”

孙心妍在洗手台边洗手，“嗯”了一声。

“他们说他爸妈离婚了？”

“我不太清楚。”

李笛也过来洗手，看看孙心妍，忽然问：“哎，那你们现在到底怎么样了？你答应了？”

孙心妍脸红了一下，说了句：“不是你想的那样。”

李笛嘀咕：“我反正是弄不懂你了。”

为了招待这帮人，何滨今晚特意请小姑家的家政来做了一桌饭。七点不到，男生女生围着长桌坐下，陈彦其帮几个女生倒上饮料。

吊灯在桌子正中垂下，照着一张张青春洋溢的脸。

孙心妍进来不久就发现了，坐在陈彦其旁边的女孩是他带来的，女孩时不时会跟他小声说话，他对她非常照顾。

开席后，大家纷纷拿出礼物。

这几个男生是跟何滨玩得不错的，看上去挺懂他喜好，送的都是军舰模型、球衣之类的。陈彦其送了他一双鞋，似乎花了大价钱，孙心妍看何滨特别满意的样子。

这么一比，女生拿出来的东西就显得有点小儿科，CD、杯子、装饰品之类的，有一个稍稍不一样，送了只银色打火机。

孙心妍暗自想：难道他抽烟?

很快就轮到孙心妍了。她坐在何滨斜对面，旁边的人帮她把礼物传过去。

细长的盒子，何滨拿在手里看看，拆开。

旁边立即有人道：“居然又是钢笔，孙心妍你太没创意了吧。”

何滨的目光朝她扫过来，孙心妍说：“实在是不知道你喜欢什么。”

于是男生很开心地介绍起来，这是他第三次见她送人钢笔了。

大家笑起来。

吃完饭，关灯唱生日歌许愿环节，氛围达到高潮。何滨几乎是刚吹掉蜡烛就被陈彦其抹了把蛋糕。

后来这个蛋糕一口没吃，全用来互相抹脸了。

可以想象，乌漆墨黑的屋子里，男男女女追闹着互相往脸上抹蛋糕，最后是个什么样的情景。

尽管孙心妍躲得远远的，还是难免成了受害群众，黑暗里不知道被谁往脸上抹了把奶油，她赶紧跑到落地窗边躲起来。

忽然有人一把拽住她手臂，吓她一跳。

一个不耐烦的声音在她耳边响起：“别瞎叫，是我，跟我上楼洗去。”

楼下还在闹，孙心妍被何滨拉到二楼。

孙心妍穿着一件白色短袖娃娃衫，他拉着她手臂上楼。男孩子的掌心又糙又热，贴着她手臂的肌肤。两个人几乎是屏着呼吸到了二楼。

步子刚一停，孙心妍就拨开他的手。

黑暗里，何滨把食指放唇上，对她做噤声的动作。

二楼一共三个房间，最里的一间书房带洗手间。怕下面的人发现，何滨带孙心妍进去后才打开灯。他扔给她一条新毛巾，让她一个人在里面清理。孙心妍出来后他自己又进去捣鼓半天。

隔着毛玻璃门，流水“哗啦啦”地响。何滨出来，孙心妍还在擦发梢。

她披着头发，奶油粘在上面，腻腻的洗不掉。

何滨显然整个头都冲过了，湿漉漉的，衣领到胸前有一片三角形水渍。

“擦不干净？我帮你看看。”他说。

“算了，回去弄吧。”孙心妍不擦了。

何滨看看自己衣服上的污渍：“这帮狗东西，你看着，等他过生日我给他好好来一下。”

孙心妍理了下头发：“现在怎么办？下去吧？”

话音刚落，下面又是一阵尖叫。

何滨说：“等下吧，还闹着呢。”

孙心妍点头。

忽然没人说话，气氛有点怪怪的。

两个人刚洗过脸，四目相对，越安静越奇怪，孙心妍没话找话，慢慢走到红木书柜边。

“这个书房挺大的，你们家好多书啊。”

一整面墙的大书柜，里面放满一排排书籍。孙心妍自己家的书已经够多了，没想到他家也有这么多书。

后面的人来了一句：“有你想看的就带回去好了，都是放在这儿做装饰的。”

何滨语气淡淡的，丝毫不觉得羞愧。孙心妍在心里朝他翻了个白眼。

灯光下，书柜的玻璃门上倒映出女孩的脸。何滨靠在书桌边，清了下嗓子，忽然说：“那个……要不要参观下我房间？”

“参观你的房间？”孙心妍回过头，一脸匪夷所思地看着他。

“什么眼神？瞎想什么呢？”

何滨居然脸红了。

他脸一红，孙心妍自然也跟着脸红。

其实孙心妍什么都没来得及想，这是第一回有男生邀请她参观房间，她的反应纯粹是条件反射。然而这个年纪的少男少女在思维上已经出现差异，显然何滨是联想到了不该想的东西。

这么一来，气氛就更怪了。

何滨的喉结轻微动了下，他摸摸脖子，说：“他们下午来得早，都看过了，你们后来也没参观。你不想看就算了。”

孙心妍说：“那看一下吧。”

“这么勉强？”话一说完，看孙心妍又要改主意的样子，何滨赶紧说，“好了好了，走吧，就在隔壁。”

男生的房间是什么样的呢？

何滨打开灯和冷气，倚在门上，让她先进。

不得不说，第一眼的感觉，孙心妍确实有点惊讶。

他的房间装修得有点像以前TVB港剧里的家，黑白灰色调，家具简洁大方，床头还用架子放着颗篮球。没有电视，贴着墙壁一角有一个全玻璃的装饰柜，里面满满的军舰、飞机模型，还有几张黑人的签名照，用相框裱着，孙心妍也不认识是谁。

房间外有一个小露台，何滨走过去，拉开纱帘、玻璃门，朝孙心妍招手：“你过来看看，这外面风景挺不错的。”

露台顶上的声控灯亮起来，发出黄黄的光。

何滨催促：“过来啊。”

孙心妍迟疑了下，走过去。

露台上架着一台银色的天文望远镜，孙心妍好奇地看了看，问：“可以碰吗？”

何滨：“你把它拆了都不要紧。”

“看星星的？”孙心妍摸了下，金属外壳又冰又滑。

何滨以为她这么问，是现在就要看，说：“要调很久的，你想看星星下次再带你看，你先过来。”

他老是叫她过去，孙心妍心里就有点毛毛的。她站着不动：“下面有什么呀？”

“就是喊你看看风景，你怎么就这么麻烦。”何滨说。

孙心妍有点戒备地走过去。

房子前面没有任何遮挡，才二楼就可以看到大半个别墅区。一栋栋贴着红砖的小房子，有的亮着灯，有的没有亮，周围环绕着树木、喷泉、人工小河，月光下水流潺潺，有点像童话中的画面。

夏夜的热风轻轻吹来，孙心妍放松了点，双手搭在铁艺栏杆上，眺望远方。

虽然很小的时候就认识，但孙心妍觉得她对何滨的了解其实很少。又或者说，是他们家这些年的变化太大了。

过了一会儿，孙心妍说："下去吧，他们肯定都结束了，要找你了。"

"找就让他们找呗。"何滨问，"今天玩得开心吗？"

"还不错。"

其实孙心妍不喜欢大家一起这么闹，也不喜欢被抹奶油。

"那怎么都不祝我生日快乐？"

"切蛋糕的时候不就说过了。"

何滨轻"哼"了一声："那个不算，那个是大家一起的。"

昏黄的光，静谧的空气，他的语气和平时不太一样，孙心妍觉得自己的心跳变慢了。指尖抠着栏杆上的一道小花纹，她看着下面，轻声说："反正我祝过了，下去吧，李笛她们估计要找我，手机又没带上来。"

孙心妍转身要走，发梢被拉了下。头皮一紧，她抗议道："喂，别老是拉我头发！"

何滨笑了下，握着个拳头伸到她面前："怎么办，你不早说，已经拽了一把下来。"

"……"

他把拳头往她面前递："你看看，是不是拽了一把下来。"

孙心妍没说话。

何滨催促："快点看看……"

他玩笑的目光忽然变得有点认真。

面前的大手五指紧握，孙心妍的目光从他脸上落下，停在这只手上。像是感觉到了什么，在他的催促下，迟疑中，她试着去掰开他的手指。

而他故意使着劲，她试了下没掰开，红着脸瞪他。

何滨笑了下，看她要放弃，赶紧说："好了好了，不逗你，你再来一次。"

这一次，她的手刚靠近，他的手掌自动展开了。

夜色下，一只小小的、粉色的水晶兔子端坐在他掌心，和她面面相觑。水晶的无数个横切面相交，闪耀出星星点点的光。

"喜欢吗？"何滨低声问。

目光微转，孙心妍迎上他漆黑的眼眸，听到自己"扑通扑通"的心跳声。他的睫毛上沾着刚刚的水汽，鼻尖有细小汗粒，而她的手心同样在出汗。

"送你的。"他说。

"你过生日，为什么要送我礼物？"

"你开心就是我最好的生日礼物啊。"何滨说，"喜欢就笑一下好不好，一晚上都没怎么看你笑。"

孙心妍有点僵硬地抬起脸，抿了下唇，嘴角边露出两个小梨涡。

"怎么笑得这么难看……"何滨跟着她笑了下，头低下来一点。孙心妍心如擂鼓，稍稍后退一点，手却忽然被握住。

男孩子温热的气息落在她前额："拿着……"

带着他体温的水晶兔被塞到她手里。

孙心妍早就紧张得不敢抬头了，大脑嗡鸣，手脚发软。她强装镇定，握紧手上的东西，轻声说："谢谢。那个……我先下去了，李笛她们要找我了。"

"孙心妍，"何滨叫住匆匆离去的背影，"我是认真的，你也认真考虑一下。"

身影顿了下，什么也没说，快速地下了楼。

下面就一个洗手间，一群人刚刚才清洗好。几个男生要上楼，硬是被陈彦其拉着，这会儿看孙心妍跟何滨先后下来，像是意会到了什么，非常给面子的没起哄，只是挤眉弄眼。

薛小燕终于看到孙心妍，问："你刚刚去哪儿了？李笛都走了。"

孙心妍说："闹得太凶我就先躲起来了，李笛怎么走了？"

“她可能要赶宿舍门禁吧，让我和你说一声。”薛小燕看她头发已经洗过了，问，“你在哪边洗的？”

“哦，楼上。”孙心妍说，“我先给李笛打个电话，这里这么偏。”

电话打过去，李笛说她已经在出租车上了。孙心妍听她情绪不太好，以为是自己刚刚冷落了她的缘故。

李笛在电话里说：“没有没有，你们玩得开心就好，你们也早点回去吧。”

孙心妍打完电话，见众人穿衣服的穿衣服，拿包的拿包，准备散了。

地方偏，何滨作为东道主给几个男生做安排，让他们帮忙送女生回家。

等出租的时候，有男生忽然用下巴指指孙心妍，问何滨：“她跟谁走？”

何滨像是才想起来，假模假样地问孙心妍：“差点忘了，你住哪边？”

这一秒，孙心妍简直佩服他的演技，却配合着他的演出，报出自己的小区名。

何滨说：“没顺路的，那你跟我走吧。”

男生似笑非笑地道：“你送啊？”

何滨瞪他。

陈彦其站在不远处，憋笑憋得肺都要炸了。

坐在车里，孙心妍一直看着窗外。所有的话像是被何滨在露台上说完了，一路上两个人都沉默着，夏夜的风吹得两个人心里都起了些涟漪。

路程明明不短，却感觉一会儿就到了。

车停在小区门口，何滨说：“开进去吧？”

孙心妍说：“不用。”

下车时，她忽然拉开双肩包的拉链，拿出个袋子，极自然地递给他：“哦，差点忘了，还有个东西要给你……”

何滨愣了下，双眸一点点亮起来。

然而孙心妍一秒都没敢和他对视，飞快地说了句“你看看用不用得到吧”，就下车跑走了。

霓虹的光飞驰在窗外。

昏暗的车厢内，男孩骨节分明的手缓慢地打开袋子，里面是一顶黑色鸭舌帽。

帽子里附带一张小卡片，上面有一行清秀的字。

——夏天来了，给你挡太阳，这下可别晒死了。

二〇〇八年的仲夏之夜，在这座城市某条道路的某辆出租车内，一个少年头戴一顶黑色鸭舌帽，手肘撑着窗沿，拳头抵着脸，从不觉得月色这样美好，温暖绚丽，一直照到人的心底，灼着那块最软最嫩的地方。

于是这一夜，他的嘴角一直提着，像被涂上了强力胶水。

六月底，学生们在既忐忑又期待的心情中度过期末考，迎来了高中三年里的第一个暑假。

这个假期，孙心妍妈妈给她在南京报了新东方的课程，让她借住在南京亲戚家。何滨和陈彦其一起去美国参加了一个夏令营，直到开学前一周才回来，而那时孙心妍跟着父母去了三亚。

虽然两个人一直没有见面，但孙心妍每晚都会收到何滨的短信。

离开学还有三天，孙心妍回来了，一回来何滨就约她见面，说有礼物给她。然而孙心妍没同意，拖着拖着就到了九月一日正式开学的日子。

高二文理科分班，根据学生们的志愿，开学前各班班主任对分班情况进行电话通知，很多班级人员变动挺大的。

开学第一天，孙心妍发现班上多出一批新面孔。让她有些意外的是两个人，一个是陈彦其，还有一个是韩东。

孙心妍在上楼时撞见韩东，两个人简单地打了个招呼，结果孙心妍发现他也走向十七班。

“你分到我们班了？”教室门口，孙心妍有些讶异。

韩东笑道：“以后多多指教啊。”

两人进教室后各自入座。刚开学，大家都有点兴奋，教室里吵吵闹闹的。

两个月不见，李笛对孙心妍说的第一句话是：“天啊，我怎么感觉你有点晒黑了……在三亚没防晒？”

孙心妍放下书包，摸了下自己的脸：“不知道怎么回事，涂了很多防晒霜都没用，我就下海游了一次泳。”

皮肤白是孙心妍的一个特征，去年军训强度那么大，她都没晒黑，这次也不知道是怎么了。

旁边的两个女生也加入聊天：“当然不能在室外游泳了，何况是海边，也就你这么白才敢这么来。我这个暑假每天一张面膜，除了去补课，都没怎么出门。”

另一个女生说：“难怪我觉得你变白了一点。”

讨论完皮肤，大家又八卦起新同学。

“看见没有，韩东来我们班了，超级学霸啊，班主任肯定开心疯了。”

孙心妍点头：“我刚刚跟他一起上楼的。”

“还有呢，陈彦其也来我们班了，都是风云人物啊。”

李笛说：“他有什么风云的，成绩又不好。”

女生说：“也不是光看成绩，很多男生喜欢跟他玩，都很服他。”

“还不是因为他爸。”

“也不是吧，我听他们说他好像挺讲义气的，而且谁都认识，什么忙都能帮。”

这天早上，早读课已经开始了，李爱珍正在做开场白，何滨和陈彦其这对“连体婴”才姗姗来迟。

何滨一进教室就朝孙心妍的方向看，而孙心妍几乎是在他一进来就低了头，假装在桌肚里找书。

休息完一个暑期，学生们人人一身新行头，元气满满。原本就还没收心，谁知这天上午第一节课，李爱珍叫一个新来的男生回答问题，男生不知道发什么神经，答着答着就开始笑，还越笑越夸张，完全停不下来。

整个教室爆笑。

开学第一天，又是个新同学，李爱珍没发大火，很平静地把男生叫出去，叫他冷静冷静。过了几分钟，冷静完了的男生走进教室，谁知一看班上的人，又抽风似的开始笑。全班都像受到“笑病”的感染，一节课不停地有人无缘无故闷笑，连孙心妍都想笑了。

下了课隔壁班的人来问：“你们班刚刚干什么了，什么事那么好笑？”

整个班的人都不知道刚刚是在笑什么。

这节有些滑稽的语文课结束后，在莫名其妙的欢笑声中，全新的十七班重新起航，正式驶入高二的学海。

中午，孙心妍和李笛在食堂吃完饭，一出门就看到何滨跟陈彦其站在食堂门口，喝着可乐聊天。

像是有感应，何滨转了个头，看到她出来，一副要走的样子，于是叫了她一声：“孙心妍！”

陈彦其扭过头，看着两个女生笑笑。

何滨把孙心妍叫走了，陈彦其跟着李笛走。无论他怎么逗，李笛就是冷着脸，一路上都不说话。

陈彦其说：“干什么，对我有意见啊？”

“对你能有什么意见。”李笛嘟囔。

“雪糕吃不吃？请你。”

李笛停下看看他：“别烦我了行不行，自己去吃吧。”说完她快速上楼，一口气到了三楼再回头看，陈彦其没有跟上来。

孙心妍跟何滨去了六教后面的小花园。

九月，天气还有些炎热，两个人穿的都还是夏装。何滨不知道去的是什么夏令营，身材变得结实了点，个子好像也高了些，孙心妍走在他旁边，矮他一个头，显得纤瘦小巧。

“你老躲我干什么？”何滨问。

“我什么时候躲你了？”

“还嘴硬？约你出来怎么不肯？给你带了好几样东西。”

孙心妍抬头看他：“你不要用这种语气跟我说话，什么嘴硬不嘴硬的。”

何滨停了停，盯着她的脸，忽然问：“哎，怎么晒黑了？”

孙心妍的脸忽然就红了，她扭过头看旁边的小假山：“关你什么事……”

何滨无所谓地说：“黑就黑了，我又不嫌弃……”

孙心妍的脸彻底红成了番茄。

“在三亚晒黑的吧，早知道在国外帮你带点美白的东西了，问你要什么又不肯讲。”

假山下有小小的喷泉，几股低矮的水柱不停涌上来，在阳光下亮晶晶的。

孙心妍忽然有些认真地说：“何滨，以后你不要再送我东西，我知道你不缺钱，但我不能老是乱收你的礼物。这样不好。”

“你说怎么样就怎么样吧。”何滨说，“这次带的东西你先收了，嗯？”

“你带什么了？”

“就一些小玩意，不贵，而且你肯定喜欢。”

两个人逛了一圈，中途有人路过，用同道中人的目光朝他们看了看。孙心妍立马不自在了：“好了，回教室吧。”

“不回。”何滨果断拒绝。这么久没见，他就想和她待着，哪怕什么也不干，他在旁边的木椅上坐下，说，“坐一下，再说几句话就走。”

正午，透过树枝的缝隙看天空，又蓝又亮，一点也不刺眼。

孙心妍想了想，在隔着他一人远的地方坐下，双手放在膝上。

何滨盯着她看，也不说话。

孙心妍被他看得难受，找话题：“这下红旗跟你一个班，你开心了吧。”

“开心个鬼。”

“国外好玩吗？你们那个夏令营都上了什么课？”孙心妍还没出过国。

“还好，就是参观几个学校，上点英语课什么的，挺无聊的。”

其实如果不是孙心妍去了外地，何滨压根儿不会被陈彦其忽悠着参加什么破夏令营，还不如直接去国外旅游。

何滨说了点在国外发生的趣事，孙心妍听了哈哈直笑。

笑完了，孙心妍忽然正色问：“何滨，你期末考试是多少名？”

“啊？”何滨被她问得愣住了。

三十八还是三十六？班级排名就贴在黑板报旁边，他只无意中扫过一眼：“好像是三十六吧。”

孙心妍用眼神跟他说：不对。

“三十八？”

孙心妍说：“是四十六。上学期全班四十八个人，你倒数第三。”

一整个学年下来，他在班上的成绩是越来越差。孙心妍不知道这种分数是怎么考出来的。

“哦。”何滨恍然大悟，“跟上回期中的搞混了。”

期末考的时候他英语答题卡后半截都填错位了，到了最后才发现，也没来得及改。本来他最好的就是英语，英语一烂总分就彻底没救了。

“你以后准备考大学吗？”孙心妍有些认真地问。

“……”

“以你现在的成绩，顶多上三本，还不一定能考上。还是，其实你想上的是大专？”

“喂……”

“别‘喂’了。一眨眼就高二了，刚刚分科，你要是现在努力点，说不定还来得及，你要是就想这么晃啊荡的，那你肯定完了，我今天说的这些话也算是对牛弹琴了。”

“谈什么情啊？”

看他这不正经的样子，孙心妍有点生气，站起来道：“你自己一个人在这瞎扯吧，我回去了。”

何滨跟着站起来往外走：“我家里面是想我高三时候就出去，到时候直接考国外的学校。”

孙心妍知道他们家肯定帮他计划好了，但没想到是只上到高三。

“去哪里？”她轻声问。

“可能美国吧，或者英国，所以今年肯定是要考雅思什么的，我英语其实还不错。”

原来是这样，哪里用得着她来为他考虑。孙心妍对自己刚刚的自作多情感到有点难为情，心里空空的。她勉强牵起嘴角：“原来是这样啊，你有计划就好。”

“还不确定，我还没想好。”

身旁的人忽然停下，孙心妍不自觉地跟着他停下，站在他的阴影里。

“要是真的高三走，你会不会……”何滨看着她的眼睛，斟词酌句，“不开心？”

“不会啊。”孙心妍微笑，“你这么差的成绩，不出国还不知道有没有学上。”

何滨没说话。

短暂的安静中，孙心妍脸上的笑容一点点淡去，她咬了下嘴唇：“那……如果到时候你成绩好了点，是不是就不一定要出去？”

陈彦其跟何滨分到一个班，本来以为有得玩了，然而开学一个多星期后，他发现何滨变了。上课不睡觉，硬撑着眼皮听讲，双休日不见人。有次他找到何滨小姑家，何滨居然跟他弟弟一起趴在桌上写作业，大眼瞪小眼的，差点给他看傻了。

这天午休，陈彦其上来拿篮球，发现何滨居然趴在桌上，手里拿着本书在看。陈彦其还以为他看的是英语，再一看，居然是数学。

陈彦其一把拍掉他手里的书，拉来把凳子在他旁边坐下，篮球放在腿上：“搞什么，打算考个状元继承家业了？”

何滨瞥他一眼，像是正好累了，懒懒地坐起来，挺了挺腰，又往后一仰，动动脖子。

孙心妍跟几个女生恰好进来，她手里拿着一杯奶茶，跟人说笑时往教室后面扫了一眼，看到何滨倚在墙上，T 恤领口歪着，额前翘起一撮刘海，陈彦其坐他旁边，两双黑眼睛都看着她。

孙心妍落座，丢给他们一个后脑勺。她脖子很直，莫名有种清高的姿态。

晴空蔚蓝，空气清新，两个男生仍旧面对面地坐着。

看样子真是在知识的海洋里游累了，何滨连着揉了两把脸，透过玻璃望着对面的教学楼，一脸疲态。

陈彦其眯着眼睛："她都跟你说什么了，把你搞成这样。"

何滨不说话。

过了一会儿陈彦其碰了下何滨胳膊，示意他去厕所抽根烟。

何滨还是不搭理，片刻后，忽然又微微笑了笑。

陈彦其鄙夷地看看他，彻底不想再跟怀春少男沟通，抱着球走了。刚走到楼下，夹在臂弯里的篮球忽然被一把抢走，他侧过脸，看见一张下巴微扬的面庞。

球被女生顶在左手食指尖拨了下，听话地转了几圈，又抛回给他。

"砰"的一声，陈彦其在半空接住，淡淡地笑了下："大中午的没事做？跟我打球去？"

"不打。上星期在街上看到你对象了。"

"看就看呗，又不是仙女要藏着，随便看。"

黄稚薇走在他旁边："请我喝饮料。"

"走啊。"

两人一路有说有笑，走到小店门口，陈彦其进去拿了两罐可乐又出来，还给她带了一包 MM 豆。

"赏你的。"

黄稚薇接住："怎么就你一个人，何滨呢？"

"你问他啊。"

黄稚薇是单眼皮，眼睛却不小，皮肤白，显得眼珠格外黑，淡淡地扫人一眼，有种不属于中学生的妩媚风情。

"我问他？我先问你，上回他过生日怎么没叫我？"

陈彦其敷衍地笑了下，说："没喊女生，就我们几个男的一起闹了下。"

“放屁。”黄稚薇慢条斯理地掏出手机，在自己相册里找出几张照片，举到陈彦其眼皮底下。

手机外壳贴满了一颗颗的水钻，小小的屏幕被整个包住。拇指滑动下，几张照片在眼前闪过，都是当天大家一起吃饭的照片，明摆着有男有女，个个笑得春光灿烂。

黄稚薇：“曾浩发在校内网上的，我存了，服吗？”

陈彦其喝了口可乐，无奈地笑了：“服。”

过了一会儿，陈彦其说：“他忙呢，这阵子你少闹他。”

MM 豆被拆开，黄稚薇挑出一颗黄色的放进嘴里，满不在乎地问：“他跟谁啊？”

陈彦其不说话。

手机屏幕上的照片被两根纤细的手指放大，她看了一圈里面的女生，指着其中一个问陈彦其：“这个？”

“你别闹啊。”他看看她，“我听说你昨天又跟你们班陈阿姨顶起来了啊。”

黄稚薇笑了声：“她天天找我碴儿，更年期到了。”

“对了，你爸是不是要回来了？”

“快了。”她说，“问他干吗？”

“没，那天听我舅顺口提到的。”

陈彦其舅舅是市里人社局局长，跟黄稚薇爸爸关系不错。

小店门口不时有学生过来，有的认识陈彦其，有的认识黄稚薇，两个人不间断地跟人打招呼。

一个抛物线，空可乐罐被扔进店门口的竹筐，陈彦其拍了下球：“去不去啊，打球。”

黄稚薇抿唇，缓慢地摇头。

陈彦其笑了下：“我走了。”

“走吧，叫何滨给我记着。”

陈彦其走后，黄稚薇站在小店门口的树下，红润的嘴唇轻咬着吸管，百无聊赖地把刚刚的照片又找出来放大。

像素不够高，放大后就模糊了，但大体轮廓还是能看清。

屏幕里，女生坐在桌边，皮肤白白，笑容甜甜。

是她喽?

尽管高二才开始，孙心妍却感到了前所未有的压力。这股压力和她的成绩有关，她不是天赋型选手，属于稳扎稳打的类型，各科成绩相对均衡，没有拔尖的，也没有掉尾的，严格算起来，也就数学差一点。所以对她来说，分科丝毫不占优势。

晚上，孙心妍正在解一道数学题，到点，手机振了。

是何滨发来的信息：在干什么?

孙心妍回了“做题”两个字，稍微停顿，又加上两个字：你呢。

何滨回：看书。

孙心妍抿抿嘴唇，回：看的什么书?

何滨：数学。

孙心妍：一样。不能再跟你说了，我题目刚写一半。

何滨：好，不打扰你。

孙心妍：加油。

过了两秒，何滨回：加你个头。

书桌前，孙心妍几乎能想到这个人的表情和语气，笑了笑，没再回。

她想起那天在小花园，她问他，是不是成绩好一点就可以不出国。

何滨看着她，几乎没有想就说：“要是你说不想我走，我就想其他办法。”

什么其他办法?她还没来得及问，他却又问：“想我走吗?”

她摇头。

何滨微微一笑：“那我知道了。”

孙心妍想：是的，他又知道了。

一点一点的，他好像已经知道了很多。她把手机关机放进抽屉，余光扫到角落里的两只小兔子，顺手拿了出来。

灯光下，一只毛茸茸的，有点无赖地咧着大嘴巴。一只亮闪闪的，面容温柔可爱。她把它们横放在一起，手撑着脸看了一会儿，心里甜滋滋的。

孙心妍拿笔尾在两只兔子头上各点了一下，一笑，轻声说："你们加油啊。"

新学期开始后，班上的班干部进行了小小的调整，但孙心妍还是英语课代表。

星期二上午，她去办公室拿作业，远远就看见几个老师围在正对楼梯口的走廊边，不知道发生了什么。她走近才发现，是十二班的班主任在哭，头发衣服都是乱的，几个老师在安慰她，还有几个不明情况的学生在一旁围观。

孙心妍往办公室门口走，走廊上，一个男老师正厉声教育着一个女生，是黄稚薇。她已经能准确叫出她的名字，甚至知道那三个字是怎么写的。

黄稚薇穿着黑色的 T 恤、深蓝色的牛仔短裙，双腿修长，个头看上去比男老师还要高。她的脸很小，微微低着头，头发垂下几缕，目光满是不屑。

男老师瞪着眼，用一根手指头指着她："你赶紧给你们陈老师道歉，听到没有！"

不远不近的距离，孙心妍看见黄稚薇懒洋洋地笑了下，听不清她说了什么，但那口型是很清晰的两个字——我不。下一秒，黄稚薇一个踉跄，被男老师拽着胳膊拖走了。周围学生露出惊恐的目光。

如果孙心妍之前对这个女生的印象只是男女关系混乱，那这一次，黄稚薇身上的傲慢、叛逆，以及一种从骨子里散发出来的攻击性，让她感到了真正的震惊。

等她拿完作业回到班上，全班都兴奋地讨论着十二班的事。男生女生绘声绘色，还不断有人跑去老师办公室围观。

"语文课上到一半就打起来了。"

"到底怎么回事啊？"

"好像是传纸条，陈阿姨看见了就要没收她的纸条，她不愿意给，陈阿姨就硬拿，然后就打起来了，桌子都倒了。”

“真打假打？我的天啊，这么夸张。”

“真打，班上男生拉得快，董昌说他胳膊都被她们抓红了。这黄稚薇简直是传奇。”

孙心妍没有和大家分享自己看到的第一现场，她也没有想到，三天后，这个江城中学最大的新闻人物会闯入自己的高中生活。

那天早晨，当李爱珍领着黄稚薇过来时，全班的读书声是一点点小下去的。

李爱珍没有让黄稚薇像新生一样做自我介绍，也没有向大家介绍她，兴许当时她还抱着暂时收下这个问题学生的想法，只给黄稚薇指了指教室最后一排的一个空座，让她入座。

全班人一路看着黄稚薇走向自己的座位。她穿着紧身T恤、黑色牛仔裤，脚下一双短款的黑色马丁靴，裤脚塞在靴筒里，利落帅气。漆黑的头发就那么随意自然地披在肩上。她放书包的时候，很多女生忍不住盯着她手腕上的几串装饰物看。

也许在内心深处，每个十六七岁的孩子都渴望自己是个叛逆而富有个性的人。大家对这样的女生充满好奇，并在小小的鄙夷中，由她产生了对自我的另一种联想。

孙心妍没想过会和黄稚薇产生交集。然而就在黄稚薇来到十七班的当晚，她打开校内网，最新的访客里，出现了一个不算陌生的头像，没有留言，没有好友申请。孙心妍不知道她是不小心点到，还是特意来她的主页逛了一圈。

第二天中午孙心妍和李笛吃完饭回班，进教室的时候她习惯性地往后扫了一眼，目光有些意外地停住。

何滨还没回来，但他的位子并没有空着。

黄稚薇坐在那儿，身上套着一件偏大的男生校服，一只手半缩在袖口里，懒懒地撑着头，和后排的两个人谈笑风生。

孙心妍还没回过神，何滨跟陈彦其有说有笑地从后门进来了。她收回目光，在桌边坐下，收拾课桌。

李笛目睹了刚刚的画面，又往后看一眼，坐到孙心妍前面，跟她说悄悄话："黄稚薇跟他们俩是不是关系一直很好，她这是什么意思？"

孙心妍摇头，手上的动作不停。

"喂，你不要任她这么嚣张，叫何滨不要睬她，我看得来气。"李笛早在心里把孙心妍和何滨默认成一对。

孙心妍淡淡地笑了下："我都还没气呢，你有什么好气的。"

黄稚薇聊得正高兴，脑袋忽然被人弹了一下，力道不轻不重。

何滨："坐旁边去。"

黄稚薇斜眼看他，不动。

何滨挑了下眉梢，捞住她一只胳膊往旁边拎，跟旁边看笑话的陈彦其说："搭把手……"

黄稚薇低低地叫了一声，被他弄得不情不愿地站起来。

何滨朝她身上看看，又瞥了眼桌肚："校服脱下来。"

"借我穿下。"她用手指理头发。

"不行。"

何滨坐下来，后背倚着墙，手肘搭在课桌上："拿红旗的去。"

何滨跟班上的女生很少打交道，但大家都看出来了，他跟这个黄稚薇是旧交。几个男生在后面哈哈大笑，只当这两个人闹着玩。前面的学生陆续回来，被后面的动静吸引，三三两两地皱眉回头。

尽管孙心妍让自己不要回头，可后面的笑声一阵阵往耳朵里钻。李笛一直在帮她观察着："好了，她把衣服还他了。你别生气了。"

孙心妍拿起笔，翻开作业本，轻声道："写作业吧。"

李笛点点头，回到自己的座位。

教室里渐渐安静了，写作业的写作业，午休的午休。孙心妍拿了杯子轻手轻脚地走出教室，准备去水房洗杯子。

午后阳光正亮，水房外的走廊上，何滨跟两个男生趴在栏杆上说着话。等孙心妍进去洗完杯子再出来，就剩他一个人站在那儿了。

他朝她招手，孙心妍没理他，径自往教室去了。

何滨跟过来："跟我去小卖部吃东西？"

"不去。"孙心妍明显的气儿不顺。

何滨看她脸色不好："怎么了？怎么又不高兴了？"

孙心妍很冷淡地盯着他看了一眼，说："你别说话，我不想和你说话。"

在何滨愣住的当口，孙心妍加快步伐，甩掉他往教室走去。

教室门关着，孙心妍进去时里面正好有人出来，一开门差点撞到一起。韩东身体后倾，孙心妍也向后退一步，嘴里轻声道："吓我一跳……"

韩东很淡地笑了下，说："你还吓我一跳呢。"

孙心妍不好意思地抿了下唇。

韩东叫住她："上次我说的那个卷子你还要吗？我找到了。"

孙心妍点头："要呢。"

"那星期天上课带给你。"

"谢谢。"

韩东笑了下："用不着客气。"

可能是因为韩东不常笑，加上成绩又好，整个人一直是冷淡的三好学生形象，孙心妍觉得他这不多见的笑容有种冬日阳光的温煦感觉。

才刚开学，班上有关他的传说很多。

有人说他在初中就是头号招牌，长得帅、成绩好，家境也好。传闻他爸爸妈妈都是大学教授，经常被邀请去外地办讲座。所以，韩东的气质也和这个年纪的男生不太一样，比较沉稳内敛。从初中起他的目标就很明确，理想中的大学只有一个，那就是北大。

对这样全面优秀的人，孙心妍既羡慕，又崇敬。

这天过后，孙心妍一直没有给过何滨好脸色，连续几晚，发短信的语气都不对，何滨知道孙心妍心里有事，又不知道症结在哪儿，让陈彦其去问李笛。

李笛听了直翻白眼："还好意思来问，我问你一件事你老实回答，黄稚薇是不是跟何滨有过什么关系？"

陈彦其一听，笑道："还当怎么回事呢，你叫她不要瞎想，没有的事。"

"没有干吗把校服给她穿，恶心不恶心。"李笛说，"你让他自己跟妍妍说去，花花肠子一大堆，妍妍就是太单纯了才被你们骗。"

陈彦其拍了下她的头，轻声说："别跟着瞎起哄，什么都不懂，还当自己什么都懂。"

李笛瞪他："你再动手动脚的。"

陈彦其笑了下，又故意挑衅地拽了下她的马尾辫。

李笛拍他，他躲开，她又追着拍了下。

男孩子后背肌肉发硬，和女生完全是不一样的感觉，李笛的脸忽然就热了。以前最讨厌女生和男生动手动脚的，可现在自己又是在做什么呢?

好在陈彦其跟女生玩闹惯了，没有注意到李笛的异样，躲了两下就潇潇洒洒地走了。

星期五晚上，孙心妍值日走得迟，刚到车棚，一抬眼就看见何滨反身坐在她自行车的后座上。

"昨天直接不回我短信了？"

孙心妍不说话，走过去弯腰开车锁。

安静的夜晚，钥匙在锁眼里转动，发出细小的声音。女孩子脖子细白，昏黄灯光下皮肤细腻。

车推出来，何滨在前面拦住她。

"松手。"孙心妍说。

何滨没松，从身上的斜挎包里拉出校服，塞到她的车篓里。

"放你这儿了。以后有什么，别一个人瞎想。"

孙心妍咬了下嘴唇，把衣服拿出来："我不要。"

"不要就扔了。"

僵持之下，何滨把衣服重新塞回她车篓。

外面有晚走的学生进来，朝他们这边看，孙心妍推车往外走，何滨跟在她旁边。

出了校门，孙心妍说：“你的校服给我干什么，你周一升旗不穿吗？”

何滨：“穿的时候跟你拿。”他低头看她，“还生气？”

孙心妍垂眼看着脚下的路：“不知道你说什么。”

“跟她就是普通朋友，以前是红旗介绍认识的。你不信问红旗去。”

“陈彦其当然是帮你。”

这句话彻底把她给出卖了。只因十七岁那颗敏感多疑的心，像夜幕上的星星一样明显，一样珍贵。怎么藏也藏不住。

那天晚上，何滨一路把孙心妍送到家。孙心妍没骑车，就这么一路推着车和他走。何滨把他们跟黄稚薇的大概情况全说了。

走到一半，孙心妍接到家里的电话，问她怎么还没到家。

孙心妍当着何滨的面跟家里人撒谎，说自行车链条坏了。家里问要不要过来接，孙心妍又立马慌张地说：“不要，同学已经帮我修好了，等一会儿就回来。”

孙心妍很少撒谎，就这么隔着电话，脸都红了。

路灯的光轻轻洒下来，女孩子在路边低头讲电话。她时不时轻咬一下嘴唇，漆黑温润的眼睛盯着路边，像在和人对视一样认真。何滨站在旁边看着，心里忽然变得烫烫的，升起一股子从未有过的陌生的冲动。

妈妈在电话那头不放心地嘱咐几句，终于挂了。孙心妍呼出一口气，心刚放下来，只听到一阵从后而来的急促鸣笛声，车辆飞速擦过去的时候，有人拉着她胳膊把她往旁边拽了一下。

孙心妍是有点被吓到的，然而等她反应过来，才发现可怕的不是刚刚那辆车，而是拉她的人。

何滨把她拥住了。

很轻很轻的那种拥抱，他的双臂几乎虚圈着她，一只手在她背后，一只手按在她肩上。陌生的气息包裹住周围的空气，孙心妍的脸贴着他外套上的拉链，整个人都麻了，一颗心像是要跳出来。

她把他推开。

何滨松开她时，无意间又拉了下她的手。他手心有些烫，孙心妍很快地又抽出来，心口狂跳。

“别送了，我回家了。”孙心妍说。

何滨声音和平时都不一样了，低低的，带着点沙哑：“不要我送了？”

孙心妍摇头，骑上车，逃似的离开了。

这一夜，何滨基本没睡着，房间的电视开着，却不知道放了什么节目。女孩子的温暖、芬芳定格在脑海里，怎么也挥散不去。后半夜他去阳台抽了两根烟，想打电话跟陈彦其聊两句，才发现陈彦其是关机。

这不是一个人的失眠夜。

城市另一端，熄了灯的房间，孙心妍侧脸压着枕头，静静盯着月亮洒进来的清辉，心跳没有一刻缓下来过。这是她长这么大第一次被男生抱，虽然是因为意外。他衣服上的味道、下巴搁在她头顶上的感觉、周围有些朦胧的灯光……所有的小细节凝成一种旋律，在大脑中一遍遍回放，令她难以自拔。心中既感到羞涩，又感到甜蜜，还有一丝带着矜持的小小后悔。

认真地想来想去，这个人的优点好像只有外表，脾气不好，成绩又差……

后悔也来不及了。孙心妍的脑子里像是有无数个自己，你一言我一语，就这样昏昏沉沉过了一夜。

第二天，孙心妍起得很早。在餐桌上和父母吃完早饭，她又进了房间，出来时穿戴整齐。这是她的新衣服，白色的长袖薄衫，套头式样，中间一排木纽扣做装饰，穿在她身上清新又乖巧。

陈冰喝着果汁，看她一眼：“刚刚那件不是正好，今天会有点热。”

“不热啊，这个衣服很薄。”

这天，孙心妍的出门时间比平时早一刻钟。骑车刚出小区没一会儿，道路一侧，有人骑着车朝她过来。

注意到追上来的人，孙心妍停下车，脸不可控地红了。

“你怎么在这儿？”

“来买煎饼。”

何滨一手把着车龙头，另一只手确实拿着块煎饼。身旁车来车往，全是赶早上班的人。

他坐在车上，一只脚撑地，把煎饼往嘴里送了一口，腮帮子动了几下。

“早饭吃了没有？”他问。

孙心妍点头。

他递给她一杯酸奶：“是喜欢芦荟味的吧。”

孙心妍有点不好意思地接过来：“谢谢。”

何滨扯着嘴角一笑：“谢屁。走吧。”

晨光灿烂，他们一路骑到学校。何滨非常自觉地在离学校还有一个路口的时候让她先走。孙心妍到班近十分钟后，才看到他慢悠悠地进来。

何滨今天很少见地穿了件白衬衫，刘海还上了点啫喱，显得格外骚气，他从前门进来时班上女生陆续抬头。孙心妍看着他回座，觉得从昨晚到现在自己跟做梦一样，像是想了很多，却又什么都没想清楚。

孙心妍显然不知道，何滨这头的想法极其简单，不及她的千万分之一。

他现在就是觉得他们的关系不一样了。

原本每天被闹钟叫三遍才醒的人，现在每天六点准时醒来，穿着打扮一番，骑车去等她上学，在学校前的一个路口默契分手。孙心妍每天吃完早饭才出来，他还非给她买酸奶。

在学校里看见别的女生买了什么小玩意，身边的人送了女生什么东西，他都乱七八糟地给她买，每天就想着让她开心。

两个星期下来，孙心妍心里既觉得甜蜜，又觉得有负担，怕被班上人发现。

周三下午体育课，下半节课，大家自由活动。围着操场走了一圈，孙心妍和李笛坐到单杠上闲聊。

七七八八的事聊完，李笛忽然把话题转到了陈彦其身上：“上回何滨生日的时候，红旗带去的女生不是我们学校的吧？”

孙心妍“嗯”了一声：“三中的，但是好像……又分了。”

“又分了？为什么啊，我觉得那个女孩子还蛮漂亮的。”李笛心里怦怦跳，却问得面不改色。

“不知道，好像是红旗被甩了。”

还是何滨跟她说的，说陈彦其近来被甩了，孙心妍也没细问。但她看陈彦其一天到晚依旧乐呵呵的，跟没事人一样。

孙心妍也觉得奇怪，听说每次都是陈彦其被甩。

李笛也问：“怎么感觉他一点都不像被甩的样子？”

孙心妍说：“可能麻木了。”

“花心又随便。”李笛嘟囔了一句，忽然看看孙心妍，“你也是啊，不要被花言巧语给骗了，何滨虽然长得挺帅的，但我还是觉得配不上你。又不是没有比他更帅的追过你，就之前六班追你的那个胡程，我就觉得比他还帅一点呢。”

“什么啊。”听李笛提到那些乱七八糟的绯闻，孙心妍有点难为情。

操场上飘荡着此起彼伏的嬉闹声。一群男生在不远处打着球，投篮声、叫好声不断。一切沐浴在暖暖秋阳下，孙心妍双手撑在单杠边，觉得这样的下午格外美好，待不腻。

“李笛。”

“嗯？”

“他跟我说，他以前一个也没谈过。”孙心妍声音细弱，目光中蕴蓄着一种李笛没有见过的迟疑的温柔。这种迟疑，像是想得到一种肯定。

“何滨吗？”

孙心妍点头。

李笛看着操场：“你信了？我觉得他这个人不认真。”

“其实他也还好……”孙心妍忽然又说不下去了，“哎，不知道，感觉有点烦。”

看着操场上嬉闹的人，李笛叹气：“别烦了，你怎么想就怎么做吧，也不要想太多。”

下课铃声响起，体育课结束，孙心妍跟李笛回教室。

路上，几个打完球的男生从她们旁边经过，陈彦其走在李笛背后，顺手把她衣服上的帽子翻到头上。

“神经病啊！”李笛一把扯下帽子，理着乱掉的头发。

陈彦其笑笑：“答对了。”

几个大汗淋漓的男生哈哈大笑，抱着球往那头走。何滨迟他们一步，脸上带着笑意，看看孙心妍和李笛，问：“喝饮料去？”

孙心妍摇头，拉着李笛走了。

李笛一路愤愤地道：“这个死红旗，死变态。”

孙心妍这才笑起来：“你们俩现在是怎么了，他老是逗你。”

“谁知道，神经病。”

到了班上，两个人刚坐下喝水，李笛就被数学老师叫去了办公室。孙心妍去水房洗手，用水把餐巾纸打湿擦脸。

“能过来一下吗？有点事想问你。”

孙心妍转过头，看着高出自己半个头的黄稚薇：“跟我说话吗？”

黄稚薇点头。

课间，孙心妍跟着黄稚薇穿过走廊上一堆堆的学生，来到拐角。

没有一点铺垫，黄稚薇说：“我听说……你不准何滨跟我说话啊。”她脸上带着一点从容的笑，气场十足。

上初中的时候，孙心妍听说过女生为男生闹矛盾的故事，从来没有想过，这样的事有一天会落到自己头上。她显然是紧张的，还感到一种说不上来的窘迫。

而黄稚薇像是对这种场面驾轻就熟。她穿着有些慵懒的宽大蝙蝠衫短袖，衣服下摆有一片流苏，和肩上的发丝一起，被风轻轻吹乱。

“我没跟他说过。”孙心妍听见自己绷紧了的声音。

黄稚薇轻靠着栏杆，还是一副微笑脸："你不用紧张，我跟何滨认识很久了，对他没那个意思。"

"不用告诉我这些，那个是你们之间的事。"孙心妍说。

黄稚薇把脸侧的头发拨到耳后，歪着头看她，轻轻笑了下。

"对啊，我跟他交朋友是我们之间的事。你跟他交朋友也是你们之间的事。所以你不要在中间挑拨来挑拨去，不要太拿自己当回事。"黄稚薇的声音有点清冷，语调风轻云淡的，充满不屑。

孙心妍沉默。

黄稚薇继续道："装柔弱、装天真、装纯，这些东西在男的面前好用，我劝你在女的面前不要来这套，知不知道很恶心。"

黄稚薇说完就要走，却被孙心妍叫住："等一下。"孙心妍说，"我从来没跟何滨说过不准他跟你说话。你现在可以把何滨叫来对质，或者这句话你从谁那听来的，我也可以当面对质。"

黄稚薇重新打量孙心妍一眼，轻笑道："这样不就挺好，刚刚装给谁看。不用对质了，你怎么听不明白我的话啊。"她嘴角微动，像是笑了下，"亲爱的，我是想告诉你，我只是单纯地看、你、不、爽。"

孙心妍没有跟何滨提过黄稚薇找自己这件事。

黄稚薇在班上是我行我素的，没有女生和她玩，就连英语课分组讨论她都是一个人趴在桌上书写。她似乎一点不在乎被排挤，只跟后排几个男生打得火热。

女生们私下提到她的名字，第一个表情全是皱眉。

周一一早，全班在早读，李爱珍在几个小组间踱步，渐渐走到最后一排。她曲起手指，在桌面"咚咚"叩了两下，黄稚薇抬起脸。

"头发扎起来。"

窗口在左侧，一片淡金色的晨光斜打在黄稚薇身上，她穿的是一件休闲款灰色衬衫，袖口卷到肘处，卷得很乱。李爱珍看着她。

周围是嗡嗡的读书声，不少学生望过来。

几秒的对峙后，黄稚薇懒懒地从左手手腕上退下一根细手串，反手绑在脑后。扎完了，她微微歪头，平静地看着李爱珍。

超过肩部的长发被束起，打了层次的碎发则从耳朵两边挂下，于是整个发型比不扎还要凌乱随性。

两秒钟的对视后，李爱珍卷了卷手上的语文书，走了。

孙心妍坐在教室另一头，目睹了黄稚薇和班主任这场无声的较量。下课后，第一个去跟黄稚薇说话的人是陈彦其。

从窗户看出去，走廊上，黄稚薇一直趴在栏杆上。不知道陈彦其跟她说了什么，但看得出来，他跟她关系很好。

以前何滨跟黄稚薇的关系也不错，校服事件后他跟黄稚薇就有点疏远了。

这两天何滨跟孙心妍提了个要求，以后要和她一起在校外吃午饭，孙心妍不答应，何滨有点不满，语气就重了点，说她不像话。

孙心妍轻声顶回去："你才不像话……"

走在她身旁的人没说话，片刻后，哼笑了一声。

夜晚十点，半空里的灯光充满柔和的感觉，他们两个背着书包，慢慢沿着街边走，晚风阵阵，孙心妍被吹得心怦怦直跳。

"行了，别送了。"

"送到前面路口我就走。"

明明走得很慢，路口还是到了。站在街边的梧桐树下，何滨说："明天星期六，一整天要见不到我了。怎么办？"

"你是自恋狂吗？"

"我是自恋狂你是什么……"他低下头看她，"长得跟个小猪一样。"

孙心妍终于被他激得抬起脸，夜色下，一双眼睛清亮有神，目光里带着点愠色。

何滨歪着嘴角笑了下，在她脸上端详一圈："其实细看还真的不算漂亮，眼睛不大，鼻子也不够挺……"

何滨笑了，笑得有点孩子气，和在学校里、球场上那个成天耍酷的男生完全不一样。于是这几天心里藏着事，始终有点小情绪的孙心妍，心里忽然变得软软的。

灯光在背后，何滨的脸离她很近，近到孙心妍能看见他鼻梁的阴影。他的鼻骨很挺，眉骨也高，脸小，五官又比一般男生立体，站在人堆里的时候，很容易就会看见他。

她知道的，年级里有很多女生关注他，觉得他很帅、很酷。她们没有见过他的这一面，幼稚的、孩子气的。

孙心妍这两天在想一个道理：是不是当你得到了别人都想要的东西，你就必须得付出点什么呢?

无论这种“得到”是主动还是被动的。

何滨问：“是不是看我太帅了？”

孙心妍白他一眼，看向路边。

何滨说：“我们明天出去玩吧？”

孙心妍摇头。

“带你吃点好的。”他诱惑她。

“不吃，明天下雨。”

“下雨不去室外不就行了。要不看电影去？”

“不看。”

何滨轻轻拍了下她的发顶：“你怎么一点情调都没有？”

“昨天给你的卷子你写了吗？”孙心妍忽然问。

何滨说：“明天跟我出去玩，我今晚就写。”

“你写作业是为自己，不是为我。今天上英语课的时候你是不是又睡觉了？”

“就眯了几秒，喂，我英语本来就不差好不好……”

“学习不是‘三天打鱼，两天晒网’的事，你要是这样，成绩永远好不了的。”

一开始的劲头一过，何滨这两天明显松懈了。

“好了，”他敷衍过去，看着她，“知道了知道了，小老师。明天怎么说？”

“上一次数学小课布置的几道题我还没写，不写完后天没法交代。”

“不是吧……”何滨近乎无语地看着她，“大姐，约你一次怎么就这么难啊。”

“觉得难就不要约啊。”孙心妍看看他，“我走了，你回去的路上小心。”

何滨拉着她的臂弯把人拽回来：“跑哪儿去，还有事没说……”

孙心妍被他拽回面前。

“还有什么事？”

“不是有个问题还没搞清吗？”

“什么问题？”孙心妍眉心微皱。

“到底是谁像不像话，不搞清楚就走？”

“……”

看孙心妍沉默，何滨低下头，低声问：“我现在脑子里经常想到你，你会想我吗？”

路边有车打着灯过去，少男少女在树下面对面站着，一动不动。

孙心妍低着头，脖颈上的血管在跳，一眼也不敢看他。不知道过了多久，她抬起头，对上星子一样的双眸，目光颤动：“想的。”

想的，而且是时时刻刻都有一点想。

见得到的时候想，见不到的时候想，在教室的时候，这样面对面的时候，都想。

晚上回到家，孙心妍衣服也不换，整个人趴在床上，脸压着枕边的一只毛绒大熊。脸埋在里面深深呼吸几下，她用手指抠了抠熊脸上的塑料眼睛。

父母的声音从房间外传来，叫她出去吃夜宵。

她一丁点也不饿，她就想这样一个人静静躺一会儿，否则整颗心像是要从胸腔跳出来了。

窗户没有关，风吹进来，窗帘翻飞在九月的夜里。

是的，她又在想了。平静而简单的小世界似乎变得不一样了，而对即将到来的这个世界，孙心妍一无所知。怎么办？她不知道应该怎么做才好。

不过她不会没关系，好在有人无师自通。这一夜，何滨和她发短信一直发到夜里一点。聊什么呢？聊彼此的星座、血型，还聊到小时候。

真正算起来，他们俩可能四五岁的时候就认识了，只是真正熟悉是在八岁的那个夏天。可惜后来发生了小意外。

孙心妍告诉他，她腿上留疤了。

何滨回：那完了，以后参加不了世界小姐选美。

被子里，孙心妍看着屏幕上的字发笑，回：也没打算参加好不好。

何滨回：也是，猪没参赛权。

孙心妍回：你才是猪。

何滨回：嗯，我是。

孙心妍回：这就对了，你要让着我。

何滨回：我只让我喜欢的人呢，你是吗？

孙心妍唱反调：不是。

何滨回：你再说一遍。

孙心妍淡淡一笑，盯着手机的白光静静看了好一会儿，指尖缓慢按下去。

——何滨，你以后会变吗？

何滨秒回。

——孙心妍，我永远不会变。

是谁把月亮永恒地挂在夜幕之上，又是谁，让星星发出钻一样的微光，像溪水一样在心间流淌。

我们会变吗？

在这皎洁的月光下，我们永远不会变。

周六，冒着蒙蒙细雨，孙心妍被何滨约到万达影院，进行人生里的第一个约会。何滨比她到得早，坐在休闲桌边玩手机，手里拿着一杯饮料，穿得帅帅的。

周围不少人在买票，孙心妍远远看见他，想起昨天短信里的那句话，脸红心跳。镇定了下，她又大方地对他笑起来。

何滨把几张电影的宣传单放她面前："想看哪部？"

孙心妍里面穿着衬衫，外面套着月白色的针织衫，坐下后，她低头看桌上的传单。披在背后的黑发滑下来，遮住一侧面颊，温柔如水。

旁边的一只手忽然帮她把那几缕有些碍事的头发拨到肩后，孙心妍的肩膀僵硬了一下。

"《保持通话》和《李米的猜想》，你想看哪个？"

"随便，看你。"

"那就《李米的猜想》吧，之前沈悦看过了，说挺好看的。"

"行啊。"

何滨懒懒地站起来，理了下身上的衣服："我去买票，你坐这等我，不要乱跑。"

"我去买吧。"

何滨笑笑，轻拍了下她的头，直接过去了。

把票买好，再要去买饮料的时候，何滨看见孙心妍已经站在柜台边，手里抱着一大桶爆米花。她指指玻璃柜台上的两杯饮料："没手了，饮料你拿。"

《李米的猜想》是一部什么样的电影呢？

女主角李米的男朋友失踪多年，却又一直不停地给她写信，告诉她自己的近况。于是找不到爱人的李米就把男朋友的照片贴在杂志里，每天带着这些杂志开出租车，一直一直找他。

孙心妍哭得稀里哗啦的，不停拿餐巾纸擦眼睛。

有人帮她擦眼泪："好了，看电影有什么好哭的，别哭了啊。"

"冷血动物。"孙心妍看他无动于衷，愤愤地道。

"说什么？"他凑到她脸边问，眼睛看着她的眼睛。

太近了，他的鼻息落在她面颊上，孙心妍躲开一点："没什么，你看你的，别烦我。"

电影结束，他们跟着人流出来，孙心妍眼睛红红的，何滨觉得有点好笑，看个电影能哭成这样。

时间还早，何滨喊孙心妍吃饭，孙心妍不肯，说爸妈都在家，她要早点回去。

其实，早点回去是一部分原因，不想再花他的钱也是一个原因。

第一次约着一起看电影，两个人都有点意犹未尽，何滨送她回去的路上，还是带她去附近的小广场坐了一会儿。

广场上没人，他们找到一处避雨的地方。

是何滨带她来的，但他又有点嫌弃屁股下的这张椅子，坐得别别扭扭的，拿餐巾纸擦了又擦，最后铺了两张垫在屁股下面，把孙心妍一整包纸巾用完了。

孙心妍鄙夷地看看身旁这个大少爷。

何滨手机响了起来，他接起来简简单单回了几句，忽然语调有些得意地说："我现在跟朋友在一起，对，是个女孩子……嗯，就是你们想的那样，你们玩你们的吧。"

然后挂了。

孙心妍："你跟别人乱说什么呀……"

"一个朋友，"看着她有点紧张的目光，何滨说，"不是我们学校的。"

孙心妍低头看自己的手。

"有一个人肯定瞒不住，我先跟你打个预防针。"

孙心妍抬起脸看他，疑惑地问："谁？"

"红旗啊，"何滨说，"不过他心里有数，不会乱说的。"

"我们之间的事，你是不是都会跟他说？"

"我们哪些事？"何滨看她有点真生气的样子，赶紧说，"当然不会。"

"他是你最好的朋友？"

"嗯。"

何滨问："你跟谁玩得最好？李笛？"

孙心妍点头："现在班上就是跟李笛吧，初中有一个，不过现在在国外了。对了，就是你上回见到过的那个。"

“说我帅的那个？”

“你哪里帅了……”

孙心妍不睬他了，看檐下滴落的雨点。

黄昏下飘着雨，种植在四周的草木泛着一抹温柔的黄色，轻轻晃动在秋天的风里。

“你十一假期打算干什么，出去玩？”何滨问。

孙心妍摇头：“我妈最近想给我再补一门课。”

“还补？补什么？”

“物理啊。我物理一直不太行。”

“你妈要你做女状元？”

孙心妍瞪起眼。

何滨赶忙转移话题：“哎，什么时候开始学琴的？”

“六岁吧。”孙心妍不知道他怎么又问起了这个。

“这么小？”

“不小，有的人三四岁就学了，超级厉害。”孙心妍说，“我们班李佳就是，她是四岁学的。”

“哪个李佳？”何滨茫然地问。

“……”

如果她没记错，李佳就坐在他左前方。孙心妍轻声叹气。这个目中无人的人。

“十一假期你有什么计划？”何滨又回到原来的话题。

“不是都说了，补课。”

“补七天？”

孙心妍不说话，何滨说：“我有两个初中同学到时候可能回来，要不要出来一起玩？”

“有什么好玩的，我又不认识。”

“不玩怎么认识，一起玩两次不就熟了。你不想认识下我朋友？”

“玩什么？”

“就吃饭唱歌什么的，还能玩什么。”

孙心妍不怎么情愿：“到时候再说吧。”她本来就不喜欢跟陌生人玩，何况他的那些朋友，上回他过生日的时候她就见识到了。

何滨挑眉：“什么再说，又不是见不得人，不去也得去。”

孙心妍赌气地不说话了。

雨不知不觉停了，空气清凉，砖石路面上尽是水面的反光。

“生气了？”过了一会儿，何滨看孙心妍脸色不对，“我是想带你看看我朋友。我朋友你都不想认识一下？”手指轻轻拉了下她的袖子。

孙心妍拍掉他的手，看也不要看他：“你知道吗，有时候你说话特别霸道，语气也不好。”忽然又想到之前因为他的缘故，她被黄稚薇说了那么难堪的话。都怪他……这么一想，心里觉得委屈极了。

何滨哪知道她心里这么多弯弯绕绕，看她眼圈忽然红了，整个人都呆了：“喂……哭了？”水汪汪的眼睛直直地掉下一滴泪，何滨伸手帮她擦掉，紧接着又掉下一滴，“好了好了，祖宗，这都什么事啊，别哭了行吗，不去了，打死都不去行不行……”

孙心妍也搞不清楚自己怎么了，忽然变得这么脆弱敏感，以前她不是这样的。可眼泪就是止不住，他越哄越止不住，直到回味了下他那句夸张的“打死都不去”，又破涕为笑。

泪珠还在掉呢，被泪打湿的睫毛湿漉漉的，她又气又笑地问他：“为什么要被打死？”

何滨简直被她逗乐，把她脸上的眼泪小心翼翼地抹掉，无奈地说：“孙心妍，你把我搞死算了啊。”

这就是孙心妍和何滨人生中的“第一次”，甜蜜、酸楚、荒诞，一切都浸润在薄暮温柔的雨丝中。

天下无双，此后再无。

第四章

生日快乐，孙心妍

高二年级的第一次月考成绩是在十一假期后公布的。

上午班级排名出来，李笛哭了，趴在桌上泣不成声的。孙心妍和几个女生围在她身边安慰。

“没关系的笛子，难得一次考得不好。”

“对啊，而且只是月考，又没什么大不了的。”

“快别哭了……”

午休时间到，几个女生回座，李笛心情慢慢平复。

孙心妍还坐在她前桌，摸了摸她的头，拿餐巾纸帮她擦脸上的泪痕：“别哭了，刚分科，大家都还没适应，我考得也不理想。”

李笛抽泣：“你是不理想，我是太差了，万一我爸妈问起来我就完蛋了。”

李笛成绩一直中等，这次却考了个第四十名。其实不只是她，分科后，班上的成绩排名重新洗牌。以前被文科拖累成绩一般的忽然上去了。还有各科均衡的，成绩拔尖的，忽然掉出第一阵营。孙心妍考了第十五名，只能算不功不过。而何滨经过一个月的努力，排名以龟速上升了两名，全班第四十四名。

晚上李笛心情不好，没出教室吃饭，孙心妍被何滨拉去校外吃。他们去了离学校稍微远一点的地方，吃完饭没赶着回学校。在附近小区的花园里，孙心妍对何滨进行了一番思想教育。

“之前答应了我要认真学、好好学，你觉得你做到了吗？”孙心妍后背轻靠着全民健身的器材。

“不是进步了。”何滨手握着她身旁的一根铁杆。

“进步什么了，进步两名？”

“现在离高考还有多少场考试，每次进步两名，不够？”

“做大梦吧你。”

何滨弯了下嘴角，想碰她的手。孙心妍把他甩开，心里是真的有点着急，认真地看着他：“你不要老是这样行不行，好像什么都无所谓，没人在跟你开玩笑。”

其实她还有种想法，他那时候花言巧语也许就是为了讨好她，现在两个人的关系终于回到从前了，他似乎觉得不用再认真了。

“怎么真生气了？”何滨顿了顿，说道，“喂，你也不能给我把要求定太高，才一个月，你指望我忽然考个全班前十？”

孙心妍不说话，静默了一会儿，低下头，他的话是有道理的，她太心急了。

孙心妍一这样，何滨就觉得心头发软。他呼了口气，也跟着她低下头，靠过去，额头轻轻和她碰了一下。

孙心妍推了下他的肩：“你走开……”

“好了，知道你是着急我，答应你的事我肯定会去做。下回进步个十来名，行不行？别生气了，嗯？”

“没生气。”

“好好好……我错了……”何滨还是顺着她的，退开一点，拨了下她额前的碎发，“走吧，回学校了。”

学校里，何滨不在，陈彦其跟另外两个男生吃了饭。回班后，看李笛一个人在走廊上趴着想心事，他懒洋洋地走过去：“呦，今天一个人。没去吃饭？”

李笛瞥他一眼，陈彦其看她眼睛红红的：“不对啊，笛哥，眼睛红了？”

笛哥是他给她起的新外号。

“别跟我说话，没心情。”

手搭在栏杆上，陈彦其反而笑了下，语气稍稍认真了点：“怎么回事，跟我说说看，说不定我能帮上忙。”

有人天生冷漠心肠，有人天生热情仗义。没错，陈彦其就是个好管闲事的。

“你以为你是谁，什么忙都能帮？”

“你不说怎么知道我帮不帮得了？”

李笛不说话。

陈彦其说：“快点快点，还有人在楼下等我呢，不说我走了。”

李笛郁闷地说：“成绩考太差，你帮得了吗？”

陈彦其一笑：“还当什么事呢……多差啊？”他还真没注意过她的成绩。

“四十。”李笛小声说。

“啊？什么？”

“排名第四十，耳背啊。”

陈彦其有点想笑：什么第四十，这是倒数第八啊，话当然不能这么说出口：“小月考，没什么大不了，下回注意不就行了。”

“哪有说的那么容易，我爸妈知道估计要打死我。”李笛低着头沉默了一会儿，看旁边人没声了，一转头，发现陈彦其居然走掉了。

李笛又气又恨：这个无聊人把她的话套完了就走了，她还傻傻地跟他说心里话。

谁知道过了一会儿，陈彦其又从隔壁班跟人说说笑笑地出来了。李笛恨恨地看他一眼，转过脸不再理他。结果陈彦其还偏偏又朝她走过来，李笛余光看见他把什么东西放到了栏杆上。

“好不容易搜刮出来的，赏你了。”不等李笛做出反应，陈彦其跟着隔壁班一个男生走了。

李笛看看手边的菠萝包和棒棒糖，朝男生们的背影看过去。隔壁班的男生回头朝她看了眼，不知道跟陈彦其说了什么，陈彦其笑骂道：“瞎说八道，是我小兄弟……”

孙心妍回班后给李笛带了一个鸡肉卷：“快点吃吧，等会上课了。”

“谢谢。”李笛打开包装纸，大口咬下去。

孙心妍看她心情像是好了点，发现她桌上有面包，问：“你后来下去买面包了啊？”

“啊？”李笛看看她，含糊地“哦”了一声。

很短暂的一瞬，李笛不知道自己为什么没告诉孙心妍面包是陈彦其给的。也许那时候她就意识到，她和他以后的交集太少太少，少到只能把一个菠萝包、一个棒棒糖私藏在心底，成为秘密。

这次月考过后，高二学习的紧张感上来了。十月中旬，数学老师根据学校要求搞了个培优班，把手上带的两个班的尖子生放一起，每周六上午免费给他们补课。令人有些意外的是，黄稚薇也在培优班名单内。这次月考，黄稚薇的成绩让十七班人大跌眼镜。她是全班第十三名。

女生们更讨厌她了，为什么这样的人成绩不垫底，公平吗？

周六的培优课，学生们按时来到教室，没有固定座位，大家随便坐。孙心妍来得比较早，坐到教室中间靠前位置。

黄稚薇进教室的时候，人已经来了大半。她今天打扮得格外利落，头发全部束着，扎成当下最流行的丸子头，所有黑碎发也都用黑色的隐形小夹子夹着。不管怎么装扮，她总给人一种不一样的感觉。明明长得不漂亮，却很打眼。她在教室里扫了一圈，在孙心妍后面的空位上坐下。

听着背后的桌椅响动声，孙心妍心里紧张了下。

因为是额外的补课，数学老师比平时放松很多，课上与学生互动也多，上课时的氛围特别好。

下课后，黄稚薇是第一个离开教室的，孙心妍心里莫名地松了一口气。

她收拾文具时，有人走到旁边。

“上回的错题本抄好没有？”

孙心妍抬头看见韩东，笑了：“你不说我都忘记带给你了，不好意思啊。我明天上课再带给你。”

“好。”

两个人一起背着书包下楼。孙心妍在班上和韩东相对熟悉一点。韩东看上去很冷，一种骄傲的冷，和谁都保持距离。可他又和那种性格孤僻的学生不同，他很温和。

“对了，还没谢谢你呢，这次月考卷子最后一题跟你错题本上有一道基本一模一样。”

“这有什么好谢的，瞎猫撞到死耗子。”

楼梯上，孙心妍琢磨完这话，轻轻地笑了下，有点不好意思地说：“怎么听起来好像是说我是瞎猫。”

韩东这才看看她，很轻地笑了下。走出教学楼，他说：“有时候题海战术还是有用的，多做总比少做好。”

这点孙心妍赞同，向他取经：“嗯，我也这么觉得。其实我特别佩服你的学习习惯，你都是怎么安排时间的？能跟我说说吗？”

“我自己有张时间表，你要吗？”

“可以给我看？”

“这有什么不可以的，明天带给你吧。”

韩东去拿车，孙心妍站在校门口和他道别。等人彻底走远了，孙心妍往马路南边走，看到不远处的电线杆下站着一个人影。

何滨穿着深色的牛仔衬衣，头上反戴着她送的那顶鸭舌帽，一只手插在裤子口袋里，低头玩手机。

孙心妍背着手悄悄走过去，调皮地轻拍下他左边肩膀。等他朝左边回头，她站在了他右边：“等很久了？”她看看他头上的帽子，心情不错。

何滨把手机塞进裤子口袋：“我看好怎么几个人都比你早出来？”

“我动作慢呀。”孙心妍说，“说了不要你来接。”

今天孙心妍爸妈不在家，她可以跟他一起吃午饭。

“想吃什么？”

“随便吧。”

何滨眯着眼看看周围，提议：“哎，要不买点东西去我那边吃吧。”

他说的“我那边”，是他在学校旁边租的房子。

“不去。”

“你不是说想去看看吗？”

“我什么时候说想去看，我就是问你那个房子是什么样。反正我不去。”

孙心妍倒不是怕他会在家里对她做什么，只是孤男寡女共处一室，而且是她一个女生去男生家，未免太不矜持自爱。但在何滨眼里呢，多少觉得她有点不信任自己。他单纯地就想带她看看他住的地方。而且那房子他爸这学期过来看过，觉得市口不错，已经给他买下来了。

走了一段，看身边的人没说话，孙心妍问：“你不是生气了吧？”

“没。”

孙心妍抬头看看他，讨好地说：“那……我们去吃凉皮好吗？”

何滨到底还是扬起了嘴角：“行吧。”

这天到家后，李笛给孙心妍发短信，让她去看黄稚薇的校内网。

孙心妍听到这名字就头皮发麻，打电话问李笛：“我和她不是好友，看不见，她校内网怎么了？”

李笛：“我也不是她好友，是隔壁宿舍江亚婷说的，她上传了一张照片，好像是你的照片，下面挺多人留言的。不知道什么意思。”

孙心妍从自己的访客名单里找到黄稚薇，点进去。黄稚薇的页面用了黑色模板，所有的字都是灰白色，风格很酷。音箱里忽然响起一首动感的外文歌，是黄稚薇校内网的背景音乐，孙心妍吓了一跳，很快关掉。

是的。黄稚薇最新的一条动态确实是孙心妍的背影照。应该是上午上课时拍的，画面里，孙心妍正侧着身和隔壁小组的人说话。

黄稚薇配的文字是：sweet？

下面留言的人孙心妍基本不认识。

——还好。

——嗯哼。

——不错啊，比你差一点。

——你们班的？介绍一下啊。

——求电话号码。

下拉中，孙心妍终于看见一个眼熟的头像—— 一面五星红旗。

陈彦其留言：？

晚上李笛又跟孙心妍发短信，军师一样地帮她出主意。

李笛问她：黄稚薇是不是对何滨有意思？

孙心妍：不知道。

李笛：妍妍，那你呢，现在对何滨是什么想法？

孙心妍：其实有件事我没告诉你……

李笛见她欲语还休，有些着急地打了电话过去："你以为呢，我早就看出来了。黄稚薇这是挑衅，你知道吗？"

孙心妍当然知道，只是她不知道该怎么办，结果李笛给出了一个特别有谋略的主意："妍妍，我告诉你，这种事不能靠男生，你要是跟男生说了他反而会觉得女生之间钩心斗角，觉得你度量小、爱吃醋。总之就是会给你减分。"

好像有点道理啊。

李笛说："最好的办法就是装不知道，你不要闹，但也不能太软弱，你一软弱她就得逞了，你要让她知道你不是好欺负的。你这样，你找个机会在她面前宣示地位，让她先乱阵脚。"

孙心妍纳闷李笛怎么懂这么多，李笛说："哎呀，电视剧上学来的嘛，你就是电视剧看少了，才什么都不懂。"

周三，孙心妍和李笛吃完晚饭，带着一杯奶茶回班。这时候黄稚薇已经在了，她像平时一样，趴走廊上跟隔壁班一个男生说着话。过了一会儿，看何滨跟陈彦其上来，她把他们叫住，四个人站在外面聊了一会儿。

李笛一直看着窗外的动静，用眼神跟孙心妍做暗示。看孙心妍握着奶茶犹豫不决，李笛低声说：“胆子大一点，你有什么好怕的，她都敢随便发你照片了。现在班上还没什么人，外面也没人，你快一点。”

黄稚薇的男友原本是江城中学高三的学生，去年考上外地大学后，两个人成了异地恋。这个星期人要回来，黄稚薇喊何滨、陈彦其一起玩。

陈彦其笑道：“你们难得见一面，还要找我们这种电灯泡？”

黄稚薇：“拿什么乔，来不来？”又问何滨：“你怎么说？”

何滨正要开口，外套忽然被人扯了下。他先是回头，看见来人怔了下，之后转过身。孙心妍站在旁边，手里拿着一杯奶茶。

“怎么了？”何滨看着她问。

“多买了一杯奶茶，你要吗？”

何滨愣了下，看左右没人，摸了下她的发顶，又笑了下：“给我吧。”

孙心妍的脸“唰”地就红了，把奶茶给他。

孙心妍回班后，走廊上三个人之间的气氛就有点微妙了。

何滨拿着吸管吊儿郎当地戳开奶茶塑封，吸了一口，看看黄稚薇，说：“我就不去了。”

十月底，学生们最期待的运动会来了。李爱珍知道班上这几个男生体育好，给他们报了三四个项目，直接半开玩笑地放话：“你们几个平时拖班上那么多平均分，运动会给我好好表现，表现不好不准上课！”

孙心妍看何滨报了 100 米，又报了 800 米，还报了男子接力赛，晚上不禁发短信问他：你一个人报这么多，你当你是奥运冠军啊。

说这话的时候，其实她是有一点点心疼他。孙心妍体育不好，在她的认知里跑步很痛苦，特别是长跑，最后满嗓子血腥味，感觉要死要活的。

何滨回：多给你拿几块奖牌不好?

——你可别吹牛吹破了，我们学校田径队有几个是特别厉害的。

——等着吧，看看你哥哥我到底多牛。

——大言不惭。

——赢了有奖没有?

孙心妍说：请你吃饭。

何滨回：可以，不过到时候还有个事。

——什么?

——我跑完了过来送水。

孙心妍当然拒绝。最近班上已经有了风言风语，她怎么可能在众目睽睽下给他送水。最后何滨说了折中的办法，让她再找两个女生，他们跑完接力赛过来，人挤人，没人会注意到。

这倒不失为一个好办法，孙心妍想了想说：到时候看情况吧。

今年刚刚办完北京奥运会，一股全民体育热潮还没过。于是江城中学的这届运动会搞得很用心，场地放在市体育馆，第一天是周五，学生们早早地来到体育馆外集合。江城中学没有春秋游，说起来，每年的运动会是大家最期待的。这天何滨一早去孙心妍家接她，带她去吃早茶。

孙心妍看何滨吃得很少，问：“你怎么不吃？”

“早上要跑步，吃多了胃不舒服。”何滨帮她往碟子里倒醋，“喜欢吃小笼包？”他看她连吃两个了。

“我小时候最喜欢吃汤包。”

“那以后早上跟我一起吃早饭，天天带你来。”

“要是每天早饭吃这么油，肯定长胖。”

“这个倒是，不过也没关系，你胖得跟猪一样也好看。”

拿筷子的手停下，孙心妍用“你再说一句”的眼神看着他。

何滨催促道：“快吃快吃……”

孙心妍知道何滨运动细胞发达，但是没想到这么发达。上午的开幕式过后，最先进行的就是高二年级男子100米预赛。赛前的一段时间，孙心妍正在和李笛说话，旁边忽然有男生冲下面喊：“滨爷加油！”

孙心妍心里一紧，转过头看下面，才发现换好田径服的运动员们上场了。一群男生里，她一眼就看到了何滨。跟上次篮球赛一样，他还是一身黑，头发短短的，跑靠外的一条跑道，在那做简单的压腿运动，旁边的两个运动员好像跟他认识，边热身边跟他搭话。

孙心妍在心里笑了下，她现在越来越了解他，他只要一碰到不是很熟的朋友就喜欢装样子，对人爱答不理，一玩熟了就是另外一副面孔。

秋日阳光温煦明朗，无拘无束地照着下面蓄势待发的年轻人。要开始了，大家各自在位置上站好，孙心妍看见何滨踩了两下助跑器，弯腰，双手撑地，试着做了下起跑，又懒洋洋地退回来，拍了拍大腿肌肉。

就这么几个随意的动作，孙心妍莫名觉得帅气。以前看运动会，谁得第一她都不关心，她压根儿不喜欢体育。现在，只要何滨出现在运动场上，孙心妍就觉得那片地方像舞台一样发光发亮，每一秒都扣人心弦。

一声发令枪响，起跑线上的男生们犹如离弦之箭，在跑道上急速奔向终点。何滨冲在第一个！

耳边全是呐喊声。百米跑的过程太快了，等孙心妍回过神已经比完了，她压根儿没来得及看清。

何滨说到做到，高二男子 100 米，他预赛第一，决赛第一。孙心妍也说到做到，中午在外面请他吃西餐。

下午是班级接力赛，每年最好看、最能体现班级凝聚力的项目。吃完饭往回走的路上，何滨问：“下午过不过来给我送水？”他嫌麻烦，没换衣服，身上穿的还是那套田径服，只在外面套了件松松垮垮的迷彩外套。

“不都说了，看情况啊。”

“都给你拿回来一块奖牌了，也不奖励奖励我？”

“刚请你吃过饭。”

何滨做掏钱包的动作：“来来来，爷把钱退给你。”

高二年级接力赛预赛，十七班轻轻松松进入决赛，看台上的学生差点喊破嗓子。

再过一会儿就是高二的决赛了，李笛去比跳远了，找不到人，孙心妍开始坐立不安，左右观望。她右边坐着沈悦，沈悦是女生里的体育委员，上午参加女生四百米的时候跑吐了，下午病恹恹的，因为嫌太阳晒，一直拿校服盖着头，举着望远镜看比赛。

后排一个男生忽然拍沈悦肩膀："喂，班主任叫你去下面给运动员送水。"

沈悦不太情愿："终点都有老师给运动员递水，不用去吧。"

"班主任叫你去的又不是我叫的。"男生用下巴指指后面。

更高处的看台上，李爱珍戴着一顶遮阳帽，在跟隔壁班老师说话，一脸笑容。今天班上学生发挥得不错，她心情很好。

沈悦叹了口气，嘟囔："真是会折磨人。"

"我跟你一起去吧。"旁边的孙心妍忽然说。

沈悦眼睛一亮："太好了，走走走，我一个人正好拿不了。"

两个女孩带着几瓶矿泉水，从看台背后绕进比赛场地。

高一年级的决赛刚刚结束，跑道上挤了一堆闲人，没多久，孙心妍在入场口见到那个招摇的身影。何滨差不多也是一进来就看到孙心妍。隔着老远，他笑了下，在自己位置站定后，忽然抬起左手，冲她做了个拇指向下的动作，一副嚣张模样。

孙心妍特别想给他翻个白眼，奈何离得远，翻了他也看不见。

十七班接力赛四个人本来是何滨、陈彦其和另外两个男生。谁想陈彦其练了几次，接棒传棒老出岔子，为了班级荣誉，最后陈彦其没跑，换了个人跑第二棒，预赛时孙心妍才知道，原来第二棒换了韩东。

韩东没穿田径服，白 T 恤、藏青色运动长裤，在氛围白热化的赛场上，他跟平时没两样。他身上似乎无时无刻不散发着顶尖学生的气场，干什么都冷静镇定、胸有成竹。

而他的短跑能力，大家刚刚在预赛都见识到了，班上很多女生感慨：韩东跑步居然这么快，一点看不出来。

沈悦和孙心妍站在终点旁边，沈悦问：“你猜咱们班能拿第几名？”孙心妍还没说话，她又说，“刚刚预赛是第三，不知道这回能不能进前三啊……”

“第一吧。”

沈悦笑着看她：“你对我们班男生还真是有信心啊。”

远远地传来一声枪响，起点处的一排男生拔腿就跑。十七班第一棒似乎落后一点，第二棒韩东接到后赶超两个人，到了第三棒，一个弯道后十七班又落在第三四名的样子。

周围的欢呼声一浪高过一浪，看台上旗帜飞扬。孙心妍紧紧地盯着自己班的那条褐色跑道上的人影，心被提到嗓子眼，终于，接力棒传到最后一个人手上。

最后一棒至关重要，负责冲刺的都是爆发力最强、最有实力的队员。早在第三棒接到棒的那一刻，何滨就已经半蹲身体，不停地回头看，处于随时准备发力的状态。

他接棒的那个瞬间孙心妍根本没有看清，或者说，他奔跑的整个过程孙心妍都没看清。

她站在终点旁边，在漫天的加油声中，只见他以非人的速度赶超一个又一个。最后一刻，他从她面前一飞而过，孙心妍的世界整个都无声了。

那一秒过后，她听见沈悦激动地叫起来：“第一！第一！我们班男生太帅了！”

何滨把十七班从第四名跑成了第一名，速度快到越过终点也刹不住，又跑出一大截才慢慢停下。

欢呼声从上方传来，他喘息着走了几步，拎着衣服领口擦擦汗，懒懒散散地往回走。

秋阳高照，天空湛蓝。孙心妍手里握着两瓶矿泉水，看着那个热汗淋漓的身影一步步朝自己走来，她忽然有种预感——将来，只要是他拼了命想做的事，他一定可以做成的。

前面几棒男生跑来终点，叉腰喘气地围在一起看成绩。

孙心妍的目光一直跟着何滨动，直到感觉身边多出道阴影。

“我们班是不是第一？”韩东问。

短短100米，跑得他一身汗，可见也是拼尽了全力。

孙心妍笑着点头：“第一，你们太厉害了。”

韩东笑了下，目光垂下，像是注意到她手上的两瓶水。一个是刚为班上跑完比赛的运动员，一个是手上拿着两瓶水的同班同学。

这时候，孙心妍没有理由不给他水。

于是，慢悠悠朝她走过来的何滨，眼看着她递了一瓶矿泉水给韩东。接着旁边一个其他班的人以为她是发水的，把她手上另一瓶也要走了。

两瓶水都没了，孙心妍傻眼。而那头，五六米远的地方，何滨拎起衣服擦汗，宽松的田径背心被不拘小节地提起，露出结实坚韧的腰。沈悦过去给何滨抛了瓶水，他扭开瓶盖灌了两口，没再看孙心妍，和几个男生离场了。

运动会结束后，孙心妍去约好的地方等何滨。夕阳西下，马路上的车多起来，体育馆人去楼空，忽然有点冷清。

何滨跟陈彦其慢悠悠地走出来，陈彦其像是知道他们有约，远远地看了眼在树下等着的孙心妍，笑了下，算是跟她打了个招呼，往另外一头走了。

上一次孙心妍在这棵树下等他还是篮球赛那次，那时候还是何滨在一个劲儿地讨好她，现在反变成她要来讨好他。这么一想，孙心妍觉得不应该答应类似要给他送水的事。可人一站到她面前，她心里的愧意又淹没了刚刚的念头。

何滨一脸不高兴。

孙心妍：“还在生气？”

“你说呢？”

“没想到他们会过来跟我拿水，都是运动员，我又不能不给。”

道理不是不明白，他就是不爽：“算了，走吧，送你回去。”

“找什么？”走了一段，何滨用余光看见她在双肩包里掏东西。

她掏出一罐可乐，递给他：“补偿。”

何滨没接，孙心妍看他一眼：“不要拉倒。”

“谁说不要。”看她要放回包里，反应过来的何滨一把夺过去，低着头，拿在手里看了看。过了一会儿，易拉罐“砰”的一声被打开，他仰头喝了一口。

旁边的马路上，各种颜色的小汽车排着队在等红灯，夕阳的余晖为它们镶上了一道道金边。

孙心妍双手背在身后，抿抿唇，嘴角边两个梨涡若隐若现。

何滨低头看看她，又往旁边看看，绷了一下午的嘴角不知不觉翘了起来。

“你喝不喝？”旁边人忽然把可乐递过来。

孙心妍摇头。

“喝一口。”

“不要。”孙心妍看看他。

何滨催促：“快，听话，喝一口。”他拉着她的手拿起可乐罐。

孙心妍被迫拿着可乐罐，心里挣扎了下，红着脸从衣服口袋拿出包纸巾。何滨看着她抽出一张纸，把他喝过的地方擦了下。

“干什么？嫌我脏？”

孙心妍没说话，喝完一口，想再擦一下还给他。谁知她刚喝完，何滨拿过去，仰头又是两口，顺手把空罐子扔进路边垃圾箱。

“喝个饮料就这样，以后接吻怎么办？”

孙心妍觉得他越来越不要脸了：“再乱说我就自己走了。”

他只是这么随口一说，孙心妍却不知道为什么直接联想到了那个画面，整个神经都紧张起来，心跳得飞快。何滨低头看看她，伸手捏了下她的脸颊，孙心妍飞快地拍掉了他的手。

为什么心间像是有许多蝴蝶在飞，又像有很多花在悄然绽放？这种感觉太怪异了，怪异到孙心妍觉得，她再也不是原来的那个自己。

十七班在运动会中大获全胜，李爱珍狠狠地出了把风头，心情奇佳，连带着近来男生课间打篮球都不责骂了。

这天自由活动课，韩东正在操场边的乒乓球台边和人激战，打到正酣处，忽然一颗篮球滚到脚边。

“喂，帮个忙……”

他停下，朝发声的方向看过去，几个男生懒洋洋地站在篮球场边。何滨整个人逆着光，冲他道：“帮忙捡个球啊。”

韩东手里拿着乒乓球拍，朝何滨看看，脸上表情没有变化，捡起球扔过去。

球从半空飞来，站在何滨旁边的男生一把接住，对他竖了下大拇指。

拿到球，几个高个男生回场上，何滨拖着步子走在最后面，运动裤卷得一高一低。他走两步，喝口水，痞里痞气地回头看了眼。

被树木阴影遮盖的水泥乒乓球台边，两个男生又在投入地挥拍了。

其实，何滨心里是有点看不起男生打乒乓球的，觉得乒乓球的对抗性和篮球、足球不能比，打不了篮球、踢不了足球的才会去玩小球。

这就好像，他也不是很看得起韩东。

前几天趴走廊上，看到韩东从下面大门走进来，他问陈彦其：“这人怎么样啊？”

“怎么了，清华北大的苗子，在班上都不跟人打交道。”陈彦其笑了下，“月考是咱们班第一，年级第四，我爸都知道他。”

不跟人打交道？何滨看他倒是跟孙心妍打得火热。

他会注意韩东倒不是因为具体的哪一次哪件事，对他的印象是一点点积累的。韩东没对孙心妍做过什么明显举动，但越是细枝末节，越让他觉得不舒服，火都没地方发。

秋风送爽，这个周末，孙心妍上完家教，推着自行车和两三个同学一起出来，有人提议去吃小馄饨。

孙心妍说：“我不饿，就不跟你们去了。”

韩东说：“我也不去，你们去吧。”

于是吃小馄饨的队伍先行离开了。

孙心妍看看韩东，说：“我走了，拜拜。”

“你肩膀上有个虫。”

“啊？”孙心妍愣住，动也不敢动地看着他，“你不要吓我……”

白色的粗线毛衣上，一只黑色的甲虫，指甲盖大小。旁边，是女孩子花容失色的白皙面孔。

韩东忽然笑了下：“别动，我帮你弄掉。”

“是不是会飞的那种，你不要弄得它飞到我脸上……”

孙心妍还没叮嘱完呢，韩东伸手在她肩上掸了下，感觉虫子挥着翅膀在脸面前晃了下，她轻呼一声。

韩东又笑了，笑得静静的，没说话。

“孙心妍……”远处忽然有人叫了一声，两人回头，孙心妍看见何滨朝他们走过来。

孙心妍有些讶异，说：“……真巧啊，你怎么在这边？”

何滨没说话，扫了眼韩东，跟没看见一样，把手上的一杯芦荟酸奶递给孙心妍。

孙心妍看着他，没接。

何滨语气不怎么好地说：“拿着啊。”

孙心妍知道他是故意的，脸上热热的，有些迟疑地接过来。

韩东看看他们，像是明白了什么，面不改色地跟孙心妍说：“先走了，拜拜。”

等人走了，孙心妍怨恨地看着何滨：“干吗呀你。”

干吗要在人前这个样子？在同班同学面前这个样子？

何滨的表情也不见得有多友好：“你刚刚跟他在这干什么呢？他碰你干什么？”

“我衣服上有个虫，他帮我弄掉。”

“就这么怕，不能等我来弄？女生能跟男生这么随便吗？”

孙心妍的眼眶霎时就红了。对十七岁的女孩来说，“随便”这个词有点重了。如果别人不能说，他就更不能。何滨也意识到话说重了，想去碰她的手。孙心妍甩掉他的手，一滴眼泪跟着掉下来。

孙心妍不知道自己现在怎么变成了这样，动不动就委屈，动不动就想哭……于是，笔直的大马路上，她掉着眼泪往前走，何滨低声下气地在旁边哄，把车抢过来推：“我错了……保证没下回，行吗？”

拐进巷子，孙心妍停下，掉过眼泪的眼睛红红的，看着他：“你每次只会说你错了，从来不改。”

拇指抚了下她的眼尾，何滨说：“都哭红了，以后再犯错你就打我。”他拉着她的手往自己胸口拍。

“又发神经……”

孙心妍语气软下来。

“还生不生气？”

是的，他现在越来越厉害了，三两下子就把她哄好了。

尽管何滨对待孙心妍的方式是霸道的，但总体来说，他还是会听她的话，并且有一种拿她的话当圣旨的架势。

孙心妍说了，期中考试他必须进步五名。何滨觉得五名不多，一口答应。秋高气爽的，上课时候没有以前困，何滨试着好好听了几节课，发现很多东西也没想象中难，老师说的他居然能听懂。

星期三的数学课上，老师叫他上黑板做题，还给他蒙对了，数学老师笑笑，当堂表扬：咱们何滨同学最近不错啊，继续努力，好好干。

看他真的在行动，孙心妍特开心，撺掇他双休日也找家教。何滨经不住她说，心想要不就跟她一起上小课得了。

孙心妍：“你不要跟我上那个，我那个进度太快，我都跟不上，你肯定跟不上。我回去问问我爸有没有其他朋友，你现在最重要的是把之前的基础补回来。我相信你，你一定没问题的。”

其实何滨很喜欢她积极认真的样子，也喜欢她管他。

这头呢，陈彦其是越来越搞不懂何滨了。之前就闹了一阵子奋发图强，现在又来，而且来势更猛的样子，连李爱珍都在班会的时候表扬何滨，要后面几个男生跟他学习。

星期六下午，在小姑家的何滨被陈彦其叫出去打球，去的是一个朋友约的新场子，在偏远的城郊。

两个人打车过去，何滨一路上抱怨不少，嫌一来一回费时间。陈彦其就说既然人家有这个心叫我们，也就是给个面子去玩玩。去了才知道，原来是一个类似运动馆的地方，里面硬件很新，好像还在试用期。喊他们去的朋友家里好像是这里的什么人，还帮他们把大灯都开了，打得特别有感觉。

打了一节，两个人气喘吁吁地坐在篮架下喝水。

陈彦其："哎，孙心妍到底给你喝了什么迷魂汤，我真是太他妈好奇了。"

何滨一脸汗水，瞥他一眼："关你屁事。"

"不是，看你天天悬梁刺股卖命的样子，我就想问问她到底给你定了多大的目标？"

当何滨告诉他是上升五个名次的时候，陈彦其拍着大腿差点笑岔气了。

"你笑什么？"

陈彦其把气顺完："她还真是心疼你智商，你上个五名不还是倒数，搞得我以为她要你进前十……"

他话还没说完就被何滨揍了一拳，两人打闹成一团。

打完球，体力耗尽，走出场馆，几个大男生饥肠辘辘。本来想回市里吃饭，结果等出租的时候发现路边有小吃摊，几个人决定先吃一顿。坐下后，每人点了一碗鸭血粉丝，边等边回味刚刚场上几个漂亮的球。

何滨一下午没跟孙心妍联系，这时候给她打了个电话。

"在干什么呢？"他站起来，走到旁边。

"没有，刚把作业写完，你呢？"

"跟红旗出来打了个球，刚结束。"

孙心妍跟他闲聊："哦，你们在哪儿打的？"

"东郊这边，有点远。"

"怎么跑那边去了？"

"外校的一个朋友……"

孙心妍正听着，那头忽然没声音了。

“喂，听得见吗？”她问。

天已经快黑了，路灯还未亮，何滨拿着手机，眯着眼睛朝马路对面望。一个有点熟悉的人影，慢慢朝这边走来，手上拎着一大袋东西，看不清是什么。

“喂……”

“哦，我这边信号有点不太好，回去再找你。”何滨挂掉电话，看着那个人影走到最旁边卖炒饭的摊位边，放下东西，像是跟老板说了句什么，然后在老板旁边的圆凳上坐下，露出半个脑袋。

小小的炒饭摊位上挂着一个昏黄的灯泡，老板打开他提过来的那个袋子，何滨才看清，那是一整袋青菜。

晚风拂面，带着灰尘和沙砾，何滨微微眯起眼。

星期一上学，一切如常。

上午第三节课课间，一群女生围在一起聊天，声音很小，目光时不时往后瞥，看上去神神秘秘的。李笛原本在这头和孙心妍说话，耐不住好奇心大，凑过去听了一会儿。等她再回来的时候，孙心妍看她也跟着往后看，问：“聊什么了？”

李笛对她招招手，凑到她面前说：“昨天黄星爱上我们学校的网站，看到上面公布了这个学年贫困生的名单。我们班也有一个，你猜是谁？”

“谁？”李笛这么说，孙心妍想，必然是个意想不到的人了。

李笛压低声音，几乎只剩口型：“韩东。”看孙心妍睁大眼睛不作声，她说，“想不到吧。”

如果是班上的其他人，也许女生们不会这么大惊小怪。可是韩东，他的穿着打扮、行为气质，没有半点贫困生的感觉，而且之前很多人传他父母是大学教授。所以，女生们讨论这个八卦，倒不是鄙夷，而是真的好奇。这个品学兼优、温和帅气的男生，真的是贫困生吗？那他父母到底是不是大学教授？

孙心妍也觉得惊讶，可又觉得这个消息不太可靠：“黄星爱好好的怎么会看到这个名单的？”

学校网站是对外宣传、发布教职工事务的窗口，学生们很少上。

李笛说：“她不是学校记者站的嘛，要办校报，上去下图片的，就看到新闻栏里面有这条。”说着又不自禁地往教室后面瞥一眼，“……你说会不会是学校弄名单的时候搞错了啊，说不定他是获奖学金了，然后被弄在了助学金下面。”

下了课的教室乱哄哄的，中间靠后位置，韩东穿着白色的校服衬衫，拿着一支笔在纸上写写画画，旁边一个男生不停地点头。他似乎永远是那副温和的表情，做什么都不急不躁。

下午，消息不胫而走，不光女生，男生们也开始议论这个事。一个月五块钱的手机流量正好不知道要花在哪儿，有个八卦的小个子男生在班上打开学校网站，几个人围着他，一起翻找里面的名单，后来还有人去求证韩东以前的初中同学。等到晚上上自习的时候，韩东走进教室，很多人看他的眼神就有点不一样了。

事情暗自发酵了两天后，这天中午，几个男生吃完饭回到班上，在后排又聊到这件事。有个家庭条件不佳的学生不服气地问：“既然是贫困生，他为什么老是穿耐克？这名额到底谁定的？”

有人说：“人家成绩好，你能比吗？人家这只手拿着助学金，那只手拿着奖学金，不是一般人可以比的。”

正围在一起说着，旁边有人忽然使眼色，几个人一扭头，看见当事人正从他们身后走过，几个男生做贼心虚地提高音量，很自然地岔开话题。

回座后，韩东翻开一本物理习题册，刚拿起笔，一抬头，看见孙心妍站在旁边。

“不好意思啊，好几次都忘记还给你了。”她笑了下，递给他一个本子，是他的错题本。

韩东也笑了下，目光平静柔和：“没关系。”停了下，他问她，“物理的要吗？”

孙心妍怔了下，赶紧点头：“要的。”她就是数学和物理比较差。

“明天带给你。”

“先谢谢了。”孙心妍微笑。

这个双休日，孙心妍的爸爸妈妈被派去外地培训，于是周六一大早何滨就把她约出去了。逛商场、逛公园、吃饭……一直玩到下午。饭后何滨接到电话，几个球友约他打球，何滨一口答应，挂了电话又喊孙心妍陪他去。

孙心妍不肯，他说都是校外的人，不会有人认识她。之前他已经好几次要把她往外带，她都没答应，这天何滨软磨硬泡的，孙心妍一心软就跟着他去了。坐了快半个小时的出租车才到地方，下了车，周围很多平房、杂草，跟农村一样。

“你们也太能找了，怎么找到这种地方打球的？”

何滨带着她往里走：“长见识了吧，这地方看着破破烂烂，篮球馆建得好得很。”

他们到的时候球场里已经有六七个人。几个男生停下，来跟何滨打招呼。第一次看到何滨带女孩，男生们难免多看孙心妍几眼，又打趣何滨几句。

孙心妍有点不好意思，站在何滨旁边，不插话。她发现场子里不光自己一个女生，篮架下、场边都有女孩子，估计是其他人带过来的。

一个穿着白色球服的男生拍着球走过来，把手上的球扔给何滨：“来得这么迟，赶紧开始啊，不要磨蹭了。”目光在孙心妍身上一扫，问何滨，“她喝不喝饮料？雅丽那边有冰可乐。”

何滨把球扔回去：“她不喜欢喝碳酸饮料，你们先打，我去外面给她拿瓶脉动。”

几个男生笑笑，带着球回到场上，木地板上霎时一阵快节奏的摩擦声。

男生们在场上打得激烈，旁边的女生不时发出一些起哄声，像啦啦队一样。

几个女孩原先就认识，没来和孙心妍打招呼，于是孙心妍一个人坐在场边的一张黑色塑料椅上，喝着饮料，看何滨在场上两头跑。每到他投篮她都在心里暗暗激动。她不是在看他们打球，她是在看他一个人打球。

打了差不多二十分钟，何滨被换下来休息，他蹲到她面前，拨了下她的头发：“一个人坐这无聊不无聊？怎么不去跟她们说话？”

他说的是那几个女孩子。

孙心妍摇头：“跟她们又不认识。”

“帮你介绍一下？”

“不要了。”

何滨不太说得出孙心妍的性格，有时候挺开朗活泼的，有时候又有点内向，特别是对外人，不过她内向的时候挺让人心疼的。

何滨一头的汗，像被水浇过一样。有那么一滴汗挂在眼睑上，看着就快掉眼睛里了。孙心妍手里刚好捏着一张餐巾纸，于是在他眼皮上擦了下：“你快点擦擦汗。”

何滨说：“帮我擦。”

“自己没手吗？”

“没有，快点……”他抓着她的手放自己额头上。

孙心妍笑了下，身子前倾，慢慢帮他把整张脸擦了一遍。

打完球是五点，几个人从篮球馆出来，有个男生要请客，喊大家一起回市区吃饭。孙心妍不想一起，何滨就没答应，等几个人打车走了，他跟她沿着路边慢慢往前走。

奇了怪了，刚刚连着来了两辆出租车，现在忽然又一辆都没有了。

周围很荒，孙心妍没来过，感觉像是在外地。走着走着，前面出现了几个小吃摊。她有点馋地朝那边看看：“那是卖什么的？”

“过去看看。”

“吃哪个？”他们在几个摊位旁边走过。

孙心妍拿不定主意，何滨说：“要不来碗赤豆糊，回市里再吃点别的，反正你爸妈今晚不回来。”

孙心妍回头看看，卖赤豆糊的是前面那个炒饭摊。

“那好吧，一碗赤豆糊我估计就饱了。”

“小鸡肠子。”

两个人走回去坐下。早晚温差大，这个点风变得凉了，何滨把自己的外套脱下来给她。男士短款的黑色运动外套，穿在她身上像个大套娃，两边的肩耷拉着，把清秀的面孔衬得更小更白。

吃赤豆糊的时候，孙心妍一只手扶着碗，一只手拿着勺子。

何滨看看她："嗯，你就拿我衣服在桌子上蹭，当抹布。"

孙心妍黑溜溜的眼珠朝他一翻，想到他之前说过的那句"我的衣服都很贵"，这么一来，她手臂确实注意了点，不再搭桌面上，但也不跟他说话了。

过了一会儿，何滨看看她，把她胳膊又拉上来："我现在是一句话都不能讲你？"

孙心妍说："谁不准你说话了？问题是你不会好好说话。"

"怎么样算是好好说话，你教一下？"

"要我教可以，付学费。"她有点儿俏皮地伸出一只手。

他把钱包放她手心上。孙心妍才不稀罕呢，还给他。

两个人就这么说说闹闹地吃着两碗赤豆糊。何滨吃得很慢，孙心妍都快吃完了，他还拿着小勺子在慢慢挖。

孙心妍两只手撑住面颊，说："吃完了没有？"

"急什么。"

"你当你在吃法国大餐啊，这么慢……"

孙心妍转过头，有点无聊地看看周围。过了一会儿，她的目光慢慢定在了远处。

这么偏僻的地方，她好像看见了……韩东？

人从马路那头过来，旁边跟着一个走路有点瘸的中年女人。他们在说话，一人手里拎着一大袋东西。一辆大卡车从路面上碾压而过，扬起一片尘。车过去后，个子高高的大男孩在摊位上放下今天要用的蔬菜。似有所感，他转过头，发现了坐在自家小吃摊上的两个人。

她身上穿着男生外套，发型和平时不一样，柔顺地披着，面孔上是一种刻意保持的自然表情。而她身边坐着的，无疑就是外套的主人。

天黑了，几个小摊位上的灯都亮了。黄色的廉价灯光轻轻点亮了这段小路。

旁边的摊主忽然对韩东说：“东东，把那个桌子上的碗收一下。”

韩东平静地走到旁边去了。

孙心妍听见身边人问：“吃好没有？”何滨一脸无所谓地看看她，“吃好了就走吧。”

他拿着钱包站起来，孙心妍没有动。

“走啊，傻了？”

孙心妍站起来，何滨揽着她的肩走了。

何滨和孙心妍相处越久越清楚，韩东身上的优秀、礼貌、温和，全是她喜欢的特质，而他自己呢，恰恰站在这些的反面。他发自内心地对韩东有着深深的敌意与不屑，当他发现韩东真实的一面时，他对这个人的不屑更深了。

原来从头到尾，都是装的啊。

再过几天就是期中考，这天的体育课上，体育老师只上了十来分钟课就体贴地让大家自由活动。好多女生回班上看书，只剩爱玩的男生们还在下面打球玩闹。

孙心妍和李笛把几张讲义带下来，坐在花坛旁边的小树下互背知识点。背着背着李笛停下，看见几个男生成群结队地正往器材室走。何滨和陈彦其走在后面一点，两个人的走姿还是那么痞。

李笛问孙心妍：“这几天你跟何滨怎么啦？”

孙心妍的目光还在讲义上：“别跟我提他。”

“你又跟他生什么气了？”

因为那天晚上的事，她三天没理何滨了。说是生气，其实更像是一种迁怒。孙心妍觉得如果不是陪他去打球，他们也不会看到韩东的隐私，弄得大家都很尴尬。而何滨这次像是沉住气了，每天给她发条短信，她不回他就不再发，学校里也不找她。

李笛还等着听故事，孙心妍像是越想越烦，不愿聊了：“先背书吧，下次再跟你说。”

器材室里面一股子灰尘味。体育老师在操场抓住几个大个子男生，让帮忙整理器材。何滨跟陈彦其进去时，韩东恰巧出来。两个人擦肩而过，没有目光接触。

等陈彦其跟两个男生说了几句玩笑话，一回头，何滨不见了。

韩东拿着乒乓球拍往台子那边走，后面有人跟上来，何滨双手插兜走在他旁边。走了一段路，韩东骤然停下，不出意料，何滨跟着他停下。

操场上很多学生，午后阳光下，追追打打，踢球玩球。总有那么一个人，会在人群里发光。她什么都不用做，只要静静地在那儿，你的目光就会自然地追随。韩东和何滨几乎是同时看向树下的女孩。

孙心妍坐在花坛边上，手上拿着一份讲义，白纸一角被风吹折了，卷在她手上。眉清目秀的，穿着米色毛衣、淡蓝色牛仔裤，也许这个操场上有比她更漂亮的女孩，却绝不会有比她更加刚刚好的。

刚刚好的优秀，刚刚好的美丽，一如秋空里的云，自然干净，让人心旷神怡。

韩东听见身边人用一种淡淡的、挑衅的语调问：“你觉得她怎么样？”

沉默。

何滨歪头看着远处那幅宁静的画面，说：“你离她远点。”

是的，从小要风得风、要雨得雨的何滨，你不用怀疑他真正嚣张起来的那股狂妄劲，那种从骨子里散发出来的桀骜。

韩东没说话，两秒的静止后，像什么也没发生过，他继续往前。

可是，他只走出了三步，却感觉秋风如刀，一刀刀割在脸上。

三步后，这个被生活所困、隐忍压抑多年的少年顿住身影。下一秒他折回来，一把抓住身后人的 T 恤前领，何滨被逼得连退两步，脸上的傲慢神色一分不减。

“打架了！那边有人打架了！”

操场上的人忽然骚动起来，孙心妍和李笛本来还没在意，直到班上有两个女生也往那头去，面色焦急地说：“你们不去看看啊，我们班男生打起来了！”

“我们班的？谁跟谁啊？”

操场周围已经挤着一堆人，两个年轻力壮的体育老师在中间奋力拉人。孙心妍一过去就听见两个熟悉的名字。惊慌中，她看见老师彻底把人拉开了，几个男生在帮忙。

隔着几个人头，孙心妍看见何滨外套斜挂在身上，体育老师教训着他，他扬着下巴，一脸的无所谓。对面，韩东也被几个人拉走了。

可能真的有心电感应，这样混乱不堪的场面，何滨还是轻而易举地找到了孙心妍，并和她在人群中对视。

在礼堂背后的无人小路上，孙心妍冷冷地问：“为什么要跟他打架？”

何滨没好气地答：“没看见吗？他先动的手。”

孙心妍抬起头：“他先动手？上一次你和朋友去体育馆打球，就是我们后来去的那个，对吗？”

“对啊，我就是故意带你去的。”

孙心妍红着眼睛看着他：“你觉得践踏别人的自尊很好玩吗？你从来都不为别人考虑吗？”

面前的人不再是她熟悉的幼稚男孩，他的口吻异常冷酷陌生：“我为什么要为别人考虑，我只对我喜欢的人好。”

“那你对我好了吗？”

“我他妈对你还不够好？”

“你这不是对我好，你是在给我难堪。”

孙心妍说着说着就泪流满面，何滨从来没看她这样哭过。他连连冷笑：“孙心妍，你为他哭啊？”

“何滨，你去跟他道歉。”

“做梦吧。”

下课的铃声响彻天空，学生们鱼贯而出，孙心妍满脸是泪地孤身穿过人群。很多人用诧异的眼神看她，她完全不在意，只想赶快把控制不了的眼泪流完。

太年少了，年少到何滨并不真正理解孙心妍的眼泪，只知道她的眼泪是对他的质疑，是对挑衅韩东的指责。也许多年后他才会懂得，那些眼泪只为他。

那是一个女孩对心中那个男孩的完美苛求，是爱之深责之切。

何滨和韩东的打架事件没有在操场结束，体育老师第一时间跟十七班班主任李爱珍汇报了情况。下午第三节课是物理，李爱珍把两个人叫到办公室谈话。两个男孩十分有默契，话都很少，认错态度倒是端正。被教育一番，两人回教室。

第二天早读课，韩东一来就被李爱珍叫出去。他们的谈话不在走廊上，而是在六教背后的小花园里。那天，李爱珍破天荒地和韩东聊起自己的故事。

“知道老师是哪儿人吗？”

早读时间，六教后面一个人也没有，老楼边的小假山旁，小喷泉汩汩往外涌水。师生俩坐在长木椅上，像在公园一样闲适。

李爱珍说：“老师是安徽人，六安，听说过吗？”

韩东点头。

“但是老师家是在六安下面一个很小的村。”李爱珍笑笑，“我的父母一共生了三个孩子，我是老二。小时候家里条件不好，我的姐姐和弟弟学习不好，都只念到初中，就我一个人后来考上了大学。考高中时家里太穷，父母不想我上，想重点培养弟弟，家里很多亲戚也劝他们不要继续让我上，我说不行，我一定要上高中、考大学，今天谁拦住我，我以后一辈子跟他没完。”

韩东笑了。

李爱珍也笑：“知道了吧，李老师的厉害不是一天两天里练出来的。”

“后来没办法，家里人就勉勉强强让我上了镇上的高中。”李爱珍说，“要知道，那时候交学费已经不容易了，也没有太多生活费，吃饭怎么办呢，我每个星期都从家里带十几个馒头，一大包咸菜，别人去食堂我就回宿舍，馒头配咸菜。我们那时候的食堂和你们现在不一样，我们的饭不用买，是放在一个不锈钢桶里，自己随便挖。”

李爱珍淡淡一笑：“我一看，咦，这等于说吃白米饭其实是不用花钱的。

后来我就带着咸菜去食堂蹭饭，发现汤也不要钱，顺便还蹭碗汤。”

可这天底下，哪里都没有可以白占的便宜。

一天中午，她正就着白米饭吃咸菜，食堂里两个打菜的师傅站到她面前，声音洪亮：“小姑娘，这饭付钱了吗？”

周围无数双眼睛看过来。

呆住片刻，她摇头，面红耳赤地说：“我看饭好像不用付钱……”

“那是人家买了菜的不用付钱。我们看你这样已经不是一次两次了啊，小小年纪，还是个学生，怎么一点脸都不要？”

即便今天已为人师表，李爱珍想到那句“怎么一点脸都不要”，面颊依然火辣辣的，就像被人甩了一个耳光。

作为学校的苗子生，从韩东进这个班级起，李爱珍就很关注他。高一时她就从他班主任那知道了他的家庭情况，但也清楚学生间关于他所谓的双教授家庭背景的传言。李爱珍理解他，那是一种感同身受的理解。她甚至可以想象，但凡这个孩子的家庭正常一些，只要像个普通家庭一样，他都不会给自己裹这么一层虚荣的外衣。也正是这层体谅，每一位遇到他的老师总是格外地维护他的自尊。

“后来的两年多时间，我一步也没有跨进过那个食堂，但是毕业那天，我想一定要进去点一桌菜，结果食堂在暑期不开放，没有给我这个机会。那天，我在食堂门口坐了整整一下午。知道老师那时候想什么了吗？”李爱珍看着面色深沉的男学生，说，“我忽然就想到《孟子》里的几句话，‘天将降大任于斯人也，必先苦其心志，劳其筋骨，饿其体肤，空乏其身，行拂乱其所为也，所以动心忍性，增益其所不能。’”

天将降大任于斯人也，必先苦其心志。

清晨，一天中阳光最清朗最好的时候。少年大腿上是捏成拳的手，一滴热泪直直掉下来，砸在手面上。

只有一滴，压抑、酸涩、痛楚。

李爱珍轻拍他的肩：“学校这次把名单放到网上可能是一时疏忽，事情既然发生，李老师觉得，任何事情都是双面的，大家都不喜欢这样的事，但是，我们可不可以把它看成一种磨砺，让你去更好地正视自己？”

韩东和李爱珍回班，早读课已经快下课了。在教室转了一圈，李爱珍临走时敲敲孙心妍课桌：“第一节课下课到我办公室来找我。”

永远不要低估班主任的洞察力，在学校里不要自作聪明，去搞小动作。这句话是孙心妍爸爸在初中时和她说的，那时候，孙心妍对此还没有深切体会。

当她怀着一种忐忑的心情来到办公室外时，李爱珍正拿着茶杯在走廊上和另一名女教师聊天。远远看见孙心妍过来，李爱珍朝她招了招手。

李爱珍扶着栏杆，喝了一口水，看看孙心妍，用很寻常的口气问：“高二一眨眼就半学期过去了，最近感觉怎么样，适不适应？”

孙心妍点头：“还好。”

“数学课还吃力吗？”

孙心妍摇头。

李爱珍点头：“分班后班上来了很多新同学，但大部分都是我们老十七班的。老师希望你们能做好榜样，把我们十七班的班风、精神延续下去，让新同学很快地融入集体。”

孙心妍点头。

“最近老师看你跟何滨走得很近，昨天他跟韩东在体育课上发生矛盾，我不知道你有没有在现场，或者是清不清楚里面情况？”

孙心妍脑子“嗡”的一下，只觉得一片混沌，不敢抬头。李爱珍接下来的话，让她心里更凉了。

“何滨高一时候是我们班上的插班生，成绩一直不好，但是最近几个任课老师都跟我反映，说他表现不错。一个班级，成绩好的同学愿意帮助成绩差的同学，这是每个班主任都愿意看到的，老师也希望你可以多帮助他，或者这样说吧，两个人可以共同进步。”李爱珍的语调没有任何变化，孙心妍却已经咬住下唇，脸色一片通红。

“有些事情，我们不说它是对是错，我们只说它合适不合适，可能放在以后合适，放在现在就不合适。高中学习肯定是枯燥的，但是枯燥也就枯燥个三年，其实三年都不到，你们高一时过得还是很放松的。那么这接下来的两年时间里，谁能耐住寂寞、谁能坚持到最后，谁就有可能是赢家。不要跟我说比智商、比天赋，我们现在就来比耐力、比恒心。”

孙心妍和班主任对视一眼，羞愧地低下头。

“你爸爸妈妈是很负责的父母，他们经常给我打电话，问你在学校的情况，我每次跟他们沟通都很愉快，一来是因为同行好交流，二来是因为你确实是个让老师喜欢的孩子，各科老师对你评价都很好。老师们就像你的父母一样，对你寄予厚望，老师跟你说的话相信你都明白，至于何滨那边，我暂时就不找他聊了，老师相信你可以处理好和同学间的关系。”

从昨晚开始，何滨给孙心妍打电话、发信息求和，全部没得到回应，白天在班上他几次想找她，孙心妍都躲开了。

下晚自习，校门口，孙心妍和两个女生推着车出来，路灯下，一个人影看上去已经等了片刻。

“能聊聊吗？”何滨把她堵住。

班上早有他们的传闻，但两个女生还是被何滨的直接行径震惊了。

而今晚的孙心妍也和以前不一样，她停了停，跟两个女生说：“你们先走吧，不用等我了。”

迟走的学生零星从门口出来。孙心妍看看面前人：“往前走点吧，不要在学校门口。”

走到远离学校的小巷里，两人停下，谁也没说话。

蓦然地，他抱住她。

他第一次有点强硬地抱她，对她的抗拒不管不顾，整个人像一团要烧起来的火，孙心妍敌不过他的力气，挣扎两下，不再动作。

何滨衣服上陌生的香烟味，配合着他的动作，令他在这个夜晚有种不一样的成人感觉，强大，不容抗拒。孙心妍的脸被迫贴着他的胸口，后脑勺被他大手包着，眼泪不知不觉流了一脸。

何滨的嘴唇贴着她的鬓角，声音温柔得近乎沙哑："妍妍，别哭了好吗……"

他的手去擦她的泪，被她一口咬下去。她是真下了大力气，何滨一声不吭，让她咬。等到她松口了，他也终于松手。

"李老师今天找过我了。"孙心妍说，"她什么都知道了，我们算了吧。"

"我不同意。"

"你可不可以成熟点？"

"谁不成熟？"何滨垂着眼睑，"她知道又怎么样，不知道又怎么样？"

"是啊，对你来说不会怎么样，因为你从来不会顾及别人，你只在乎你自己。"

"我没有顾及过你吗？那你呢，孙心妍，你真的在乎过我吗？"

马路四周没有灯光，何滨的脸陷在黑暗里："你要是真在乎我，你能不能也出点力？"

孙心妍沉默。

何滨："说话。"

"不能。"

孙心妍看着他："我们根本不是一样的人，为什么李老师找我不找你？因为你可以什么都不管，我做不到。我不能让我父母失望，如果我爸妈知道了……"

如果爸妈知道，她就彻底完了。

没有再说下去，孙心妍推着车快速离去。这次，何滨没再追上去。

这一夜，孙心妍几乎没有合眼，只想太阳赶紧升起来，第二天能够一切如常。

可是第二天一切并没有如常，因为何滨没来学校。接下来的几天，何滨也都没出现。

李爱珍在班上说，这几天何滨家有事，请假了。一个学生，家里有什么事会连请这么多天假？

如果他和她在一个教室里待着，她也许完全可以控制自己的感情，可当他第二天就消失，彻底不在了，她的感情反而变得肆虐。

一天下午，孙心妍忍不住给陈彦其发了短信询问：何滨家出什么事了，他为什么不参加期中考？

陈彦其的信息天黑才回过来：一点家事。

语焉不详的四个字。他毫不掩饰自己对她态度的转变。

孙心妍不是傻瓜，盯着屏幕看了一会儿，忍住这四个字中的冷意，厚着脸皮又发一条：不能说吗？

这一回字数变多了：别人的事我不好多说，自己问吧，他手机应该没关，想告诉你自然会告诉你。

饭桌上，一家三口静静吃着饭。没一会儿，孙贺敏陈冰都停下来，看向女儿。面前的一碗白米饭，孙心妍可能只动了两三口。这两天她一直这样，食欲差，他们以为是考试的缘故，她精神紧张。今天几门都考完了，这就不对劲了。

陈冰说："心妍，还吃不下饭啊，是不是哪里不舒服？要不要带你去医院看看？"

孙心妍摇头："不是，胃口不好。"

孙贺敏提醒道："不要学人家故意减肥啊。"

"不是的，我就是没什么食欲。"

勉强又动两下筷子，孙心妍回房。

门外，父母还在讨论她的情况，孙心妍在电脑上打开校内网，看了一圈好友新发的动态，她回到自己主页。

孙心妍的动态发得少，最近的一条动态，没有文字，没有照片，只有一个"风吹绿叶"的小表情。这是她为某一天偷偷做的纪念。

下面的留言也都是表情，小花、笑脸、小太阳……何滨的留言夹在其中，很闷骚地问——今天发的英语卷子是不是明天交？看着那个头像、那个名字，孙心妍才知道自己有多难受，难受得像要窒息一样。她飞快地把页面关掉，打开桌上的一本书，可她看得进去什么呢?

陈彦其是在周一从食堂回教室的路上被李笛拦住的。他正跟一帮男生往回走，她冲到他面前，说有点事问他。他用不怎么耐烦的眼神看看她："什么事，大中午的。"

旁边的男生们起哄，李笛脸庞绯红。

等人走了，陈彦其挠了下眉角："能说了？"

"何滨为什么请假？"

"不关你的事吧。"

他懒洋洋地往前走，李笛跟上去。

"不关我的事，那关孙心妍的事吗？"

陈彦其不咸不淡地说："不好意思，可能现在也不太有关。"

李笛怒了，一把拽住他："你们男生是不是都这样，一会儿一套的。"

陈彦其皱了下眉："李笛，每个人都要有自己的生活，不要一天到晚围着别人转。孙心妍也不是仙女，人人都得捧着，明白吗？"

李笛嗓子眼像是糊了水泥，被他堵得一个字也说不出来。玩世不恭的陈彦其忽然这么一认真，简直像刀剑出鞘，犀利无比。

李笛的内心像有沸水在翻滚，嘴唇动了一下，回道："我没有围着孙心妍转，也不是她让我来找你的。"

"那你为什么要插手，和你有关吗？"

沉默了下，陈彦其看看她，无奈地叹一口气，又像平时一样淡淡一笑："算了，不好意思，我情绪不好，话说得有点重。先这样吧，别人的事就让别人自己去处理，我们管好自己，行不行？"

等人走远了，李笛觉得眼角痒痒的，手背一抹，才发现自己居然不争气地流了泪。她是疯了吗？他两句话居然把她说哭了。

陈彦其去了小卖部。正午树荫下，一男一女正在那边说话，看见他过来，男生直接把手上一瓶没开的可乐扔过去。陈彦其隔空接住，走过去。

男生跟陈彦其聊了几句，跟黄稚薇说：“回班了。”

黄稚薇点点头。

等人走了，小店门口忽然涌过来一堆学生。

陈彦其：“往前走走吧。”

深秋时节，叶子都落了，校园里的景致有些萧条，两个人不知不觉走到操场，在阶梯上坐下。

“听说你爸回来了。”

“嗯，半个月的假。”

“不是说这次回来就不走了吗，怎么成休假了？”

黄稚薇跟他说起话来毫不避讳：“听他们说是上面暂时没位置，他去不就是为了升官嘛，没得升回来干什么。”

陈彦其笑道：“在外头说话注意点，别给你老子找事。”

“他不给我找事就不错了。他命好得很呢，男人一辈子的三大好事给他占齐了。”

“哪三大好事，我怎么不知道？”

黄稚薇看看他：“升官发财死老婆，这你都不知道？”

陈彦其轻笑一声，朝她竖了个大拇指，然后双手撑在身后，向后仰头，微微眯眼，任阳光穿透云层，照在脸上。

“何滨他爸怎么样了？”黄稚薇问。

“没事了吧，昨天救过来了，今天也没跟我联系，估计还在忙。”

“他跟那个姓孙的怎么样了？”

陈彦其转头看看她：“大小姐，你对他有意思啊？”

黄稚薇不屑地一笑：“屁……”

“那就少管他的事，他现在头疼得很。”

“我懒得管。”黄稚薇又说，“哎，下午逃课吧。”

“干什么？”

“先逃再说，敢不敢？”

“不是敢不敢的问题，是为什么要逃，不然这事就没意义。”

女孩子的巴掌脸凑过来，细长的丹凤眼审视着他：“陈彦其，你成天装出一副特有劲的样子，其实你没劲透了，知道吗？”

陈彦其笑而不语。

空旷的操场上传来机器的嗡鸣声，两人转头望过去。操场背后圈着一片工地，午饭时间结束，几辆黄色挖土机又在蓝天下动工了。

“这体育馆是不是要建八百年？”黄稚薇皱着眉头问。

陈彦其笑笑：“我们肯定是用不到了，又便宜了下一届的狗崽子们……”

星期二是阴天，何滨还是没来学校。几十个人的班级，好像少了谁都一样，一切如常。

上午的化学课要做实验。一下课，大家拿着书三三两两往实验室走。韩东像是在解一道很难的题，头微微低着，阳光斜斜打在身上，他所有的专注力好像都在笔尖下。

“下节课在实验室上，还不走吗？”

韩东停下笔，看着抱着书站在旁边的孙心妍，回道：“就要走了。”

孙心妍问：“那可以一起走吗？我有话想跟你说。”

两个人安静地下楼，穿过喧闹的走廊、楼梯，路过校园正门口的大喷泉。再往前走一段就是实验室的楼了，孙心妍忽然说：“对不起。”

韩东语气很淡：“你没有需要跟我道歉的地方。”快到楼梯口，韩东看她一眼，停下来，他说，“是不是还有一点好奇，钱江花苑那边的课一节一百五，我怎么上得起。其实那个课是免费的，所以我很感谢蒋老师。”

韩东克制的语气让孙心妍的内心感到一种沉重的哀伤。一种她从未体验过的，与命运、与生活有关的哀伤。于是，她除了摇头，真的不知道应该说什么。

韩东的眼神还像以前一样温和：“除了道歉，你还有想说的吗？”

孙心妍说：“还有一句，应该那天晚上说的。”

他们停在楼梯口，周围都是喧闹的学生。

孙心妍深吸一口气：“你爸爸做的赤豆糊很好吃，那天忘记和他说谢谢了。可以的话，请你帮我转述一下。”

韩东怔住，只见女孩如燕的背影已踏上楼梯，很快消失在转角。

天气预报说要下的雨在第二天终于下了。早晨，孙心妍刚到校就看见了那个整整一周音讯全无的人。明明就要上早读课了，何滨跟陈彦其却明目张胆地站在走廊上聊天。走廊上有雨丝往里打，他们丝毫不在意，像平时一样靠着栏杆。

何滨两只手都搭在栏杆上，后背微微弓着，站在楼梯口。他听见人声，下意识地转过头。孙心妍手上拿着一件蓝色雨衣，脸颊上粘着湿了的发丝，与他对视的一瞬，怔住。何滨也没想到上来的人是她，也愣了一下，喉结微微动了动，他又转过头去，习惯性地摸了下脖子。

陈彦其后知后觉地回头，只看见孙心妍从后门进教室的背影。

何滨的父亲是因为饮酒过量被送去急救的，当夜，何滨和他小姑赶往北京，两个人在灯光通明的机场大厅等候两个多小时后才登机。一出机场就有司机在等，把他们飞速带到医院。

急救室外，何滨最先看到的是他爸的女朋友。女人三十出头，她一脸苍白地迎上来，眼圈红着，口齿清晰地跟何滨小姑说了情况。

何父晚上去了一个饭局，喝了不少酒，酒桌上没事，回去的路上才开始不对劲。司机一开始以为他睡着了，到地方后发现他怎么都叫不醒，耳朵发紫，这才赶紧送医院。医生刚刚下了病危通知书，要家属做好心理准备。

何滨站在旁边听着，觉得整件事跟做梦一样。

周围几个男的里既有何父朋友，也有他下属。跟何父比较亲的一个过来，揽住何滨的肩，说了几句宽慰他的话。

下半夜，何父从急救室转到 ICU 病房。忙了一夜的小姑坐到何滨旁边，看看窗外快要亮起来的天，摸了下他的头。

何父尽管脾气不好，但凡事都顺着何滨的意，何滨提出的要求，能做到的何父都会为他做。从小到大，何滨没吃过苦，遇事也从不会去想最坏的结果。只有那一夜，何滨把所有最坏的结果都想了一遍。好在何父最后还是挺过了这一关。

家庭条件优渥的孩子，通常不爱去遮掩自己身上的事，这或许是因为内心坦然、有底气，何滨就是这样。

何滨回班后没什么变化，照样打球、跟人站走廊聊天，只是没再找过她，甚至，一个眼神的交流也没有。孙心妍想，正好，这样的结果不就是自己想要的吗?

这一天晚上，远在异国的徐佳宁给孙心妍打了一通跨国电话，说她和那个男生结束了。孙心妍安慰她，不知不觉间说到了自己身上。

徐佳宁："我的天！说好了有什么事要第一个告诉我的。"

孙心妍："对不起，当时忘记了。"

徐佳宁："算了，离得远就是这样。以前天真，觉得距离不是问题，结果感情就这么一点点淡掉了，友情爱情都一样。"

孙心妍听她这么说更内疚了，徐佳宁不在乎地说："没关系啦，也不怪你。"

孙心妍平时不爱去说这件事，即便是和李笛，也总说得遮遮掩掩。可现在，她真的太需要一个倾听者，远在国外的徐佳宁成了最好的树洞。

时间转眼来到十二月底，孙心妍的生日到了，很多人偷偷给她送礼物，似乎所有的后遗症都在初冬的风里被渐渐吹散了。

孙心妍不喜欢像别人那样一到生日就请大家吃饭，就好像逼着别人给自己买礼物、送祝福一样，所以生日那天，她也是在家过的。陈冰炒了几个菜，给她买了个小蛋糕。

夜晚，下起了小雨，窗外响起烟花声时，孙心妍正在做一张物理的练习卷。

后来，桌上的手机响了。看见屏幕上亮起的名字，她呼吸一滞，连手指尖都麻了。

电话通了后，两头都没人说话，只有窗外的烟花，一声接一声，震动着房间里的玻璃窗。不一会儿，女孩的身影映在了窗前。

烟花升空，在黑夜中炸开，于是成片的细雨在一个又一个瞬间被照亮，泛出温柔的黄色。烟火与雨滴在半空中相互交错，那么短暂，那么宁静，却美得让人觉得伤心，想落泪。

“烟花好看吗？”不知道过了多久，电话那头才响起了声音。

她没说话。

“生日快乐，孙心妍。”

漫长的沉默后，何滨说：“不早了，你早点休息吧，我挂了。”

“何滨。”孙心妍忽然叫了一声他的名字，“你在我家楼下吗？”

“嗯。”

孙心妍有种感觉，如果这通电话结束，很多东西就真的结束了。可是，就像舍不得这场短暂的雨中烟花，她舍不得这一切结束。

“何滨，我想见你。”

是不是人长大一岁，胆子会跟着变大一点。午夜，孙心妍穿上外套，悄无声息地出了家门。

楼梯黑漆漆的，她用手机的屏幕光照明。刚下到一楼，她的心脏就抽紧了。

昏暗的雨幕里，何滨站在楼梯扶手边，个子高高的，肩膀宽宽的，侧影英挺而忧郁。

“冷不冷？”他问她。

孙心妍摇头。

雨不知道什么时候停的，路面全是湿的，映着路灯的光。

孙心妍身上套着一件浅色的棉衣，衣服很厚，把她裹得严严实实。不知不觉地，她跟着他来到家门口的小花园。已经过了午夜十二点，白天葱葱郁郁的地方，夜晚有点荒凉。椅子被雨打湿了，没法坐，只能站到墙边避风。

不远处的街道上有几点朦胧的灯光，夜被衬得更加孤寂。

黑暗中，孙心妍感觉垂在身侧的手被一只大手包住了。接着，何滨轻轻抱住她。他比她高那么多，以前抱她的时候，她总靠在他胸口，可这一次，她感觉他拱起了背。他的头贴着她颈侧，温热的鼻息就在她耳郭边。

孙心妍听见何滨的声音轻轻响在耳边："妍妍，我爸差点死了……"

这一个多月的时间里，孙心妍好不容易让自己不再想他，谁知道他一出现，简简单单一句话，她的理性就全面崩塌了。

那些他的不好，她瞬间忘光，脑海中只有他刚刚等候在楼梯口的孤单侧影，转过头来时，目光里的忧郁神色。

她觉得心疼。为他疼，也为自己疼。

她好想问：因为你的爸爸出事了，所以你才这么久都不找我吗?

是的，是她提出的分开。可是，她依然感到深深的委屈——因为我提了分开，所以，你就真的不再来找我吗?

你说过的，你永远不会变。

孙心妍说："何滨，我以为你再也不会来找我了。"

那一晚后来的情景，孙心妍事后想起来犹如置身梦中，只记得空气里有雨冲洗过树木的气味……

那晚，孙心妍偷偷摸摸回到家，父母还在熟睡。在房间换掉衣服，孙心妍忽然抬起手臂，情不自禁地转了一个圈，做出了六七岁学芭蕾舞时的一个动作。紧接着，她羞涩地躺倒在床上，彻底、彻底地迎来失眠。

是的，他们就这么和好了。

不过，孙心妍对何滨提出了三个要求。

第一，这一次他们要绝对绝对绝对地保密。何滨想也不想，一口答应。

第二，他要给韩东道歉。何滨想了想，也答应了。

第三，关于他们的成绩。

上一次，孙心妍对他提出的要求是进步五个名次，尽管他状态不错，但是错过了期中考。这一回，她的要求更高了，而且不是针对他，是针对他们两个人。

何滨挑起一边的眉毛："两个人的平均分，什么意思？"

孙心妍说："就是不光看你一个人，看我们俩的平均分。"

孙心妍说，期末考试时，如果他们俩的平均分能达到全班前二十名就继续，如果不能，就说明真的影响学习，那就等到高考后。

"平均分？前二十名？"何滨眉头皱着，盯着她看了有十来秒。

"你自己也不过就是前二十名的成绩，再加我，一起前二十名？你怎么不说咱俩直接来个前五。"

他们并排坐在公园的长廊里，不远处还有几个老人热热闹闹地下着象棋。

"我有时候也能进前十的好不好？"孙心妍穿着深绿色的牛角扣大衣，头发披着，转过头看他。何滨发现她头发长长了，披散下来更加直。

"你都说了是有时候，你就拿我们的感情这么去赌？"何滨目光微转，帮她捏走粘在肩膀上的一根头发，"你看看期末考试还有多长时间，也不说个靠谱点的数字……"

孙心妍："行，那你说一个数字。"

"三十。"何滨张口就来。

按照孙心妍班级十五名左右的成绩，三十名的话，他只要考个四十名就没问题了。

"不行。"孙心妍说，"你想得美，三十的话你岂不是原地踏步就行了。你能不能对自己有点要求。"

孙心妍："二十五。"

何滨："二十七。"

两个人对视着，就在何滨以为孙心妍还要争的时候，孙心妍忽然说："好，就二十七。"

何滨歪头看看她："这么听话？"

孙心妍转过头，何滨也跟着往旁边看看。

"何滨。"

"啊？"他被她叫得一愣。

“我之前跟你说的一些话不太好，跟你道歉。”

“什么话？”

孙心妍目光柔柔的，带着点不好意思的笑：“就是什么不是一样的人啊那些，你既然忘记那就好了，当我没说过，行吗？”

“哦，我没忘。”

孙心妍看着他。

“你又不是别人，你正常管我，道什么歉。”

孙心妍：“其实你有一句话说得很对。”

在何滨疑问的眼神中，孙心妍垂下眼：“你说我没有为我们的感情出过什么力，可能我有时候是有点任性，我爸妈就经常说我娇气，也不知道到底该怎么做才好……我以后会改的。”孙心妍抬起脸，看着他，“不过你还是要多让让我……以后要是再吵架，你要主动跟我说话，行吗？”

何滨整颗心都飘飘然了，握着孙心妍有些凉的手，觉得她很珍贵。

“好了好了，别说了。”他拉着她的手放到唇边很快地亲了下，像是给了个承诺。

孙心妍缩回手，像是话说完了才觉得害羞：“好了，不早了，送我回家吧。”

期末考快来了，全校都在复习迎考。星期一中午，何滨坐在操场旁边的阶梯上，手肘撑着膝盖，若有所思地看着那头。风把少年的一头黑发吹得有些凌乱。篮球场上有打篮球的声音，何滨心里丝毫没兴趣，他在为接下来的事做心理建设。

没一会儿，操场那头走来一个人影。人走近了，阴影覆盖下来，何滨抬起头，慢慢眯起眼。

“人呢？”

陈彦其在他旁边坐下，递给他一罐可乐：“说过了，他说没什么好说的，知道你的意思就行了。”

听陈彦其这么说，何滨不知道是感觉无奈还是如释重负。其实如果韩东来了，何滨也还没想好怎么跟他道歉。

拉开可乐的拉环，何滨喝了一口：“红旗，如果这事放你身上，你怎么办？”

陈彦其想了想：“算了吧，有时候越是刻意做什么，越是让人不舒服，别弄得真跟可怜谁一样。其实他说的也不错，心意到了就行了。”

“你是不是也觉得我做过火了？”

“废话。”

“那你不跟我说？”

“你又不是我儿子，还要我抽空来教育你？”

陈彦其脸上笑嘻嘻的，对何滨的瞪眼丝毫不在意。

何滨向后仰头，冬季的天空是苍茫的白色，大片云正无声无息被风吹散。

陈彦其说：“最近心情不错，和好了？”

何滨懒懒地道：“没有……”

陈彦其转头看看他，笑了笑。

第五章

有人频频回首，
有人永不回头

近来，十七班的人发现，虽然何滨整个人还是原来那副懒散样，但在学习上，闷着声动真格了。上课不光听讲，还记笔记，作业也天天按时交。

有天下了物理课，他没出教室，拿着课堂笔记跟前排男生讨论起了课上的一道题。周围几个活闹鬼看呆了，私下都说，小滨爷变了，真要发力了。

班上人的闲话、何滨的一举一动，孙心妍都默默听在耳里、看在眼里。下了晚自习后两个人就聊聊一天里发生的事，为了不影响学习，孙心妍定了规矩，每天聊不能超过二十分钟。结束的时候，她会像战友一样鼓励他学习，一起向着平均分排名全班前二十七名前进。

期末考就剩一个月不到的时候，孙心妍把逛公园的玩闹时光变成了一场对何滨的“临考大补习”。

现在，何滨对她提出的各种点子见怪不怪，就问她：“行啊，去哪儿补？”

孙心妍上初中时和班上人组过学习小组，每个周末去市图书馆一起补习。但要是和何滨去图书馆，可能又会引起不必要的麻烦，被人看到后瞎说八道的。

看孙心妍一时半会儿想不出个地方，何滨试探地说：“要不去我那边吧，反正我一个人住。”

这么一来孙心妍觉得是自己给自己下了个套。

“不行？”何滨问。

面对他诚恳的眼神，孙心妍认真地想了想，说：“也不是不行，我就是怕你在自己家会太放松，没效率。”

“那就是行喽……”

何滨按捺住心里的小雀跃，一本正经地说：“我要是真想放松，在哪放松不下来。去我那边又近又方便。”

“那就去你那边吧，但是你先保证，要好好跟着我补习，补习的时候不能有小动作。”

“行，你说怎么办就怎么办。”何滨琢磨了下，忽然又很认真地问，“那学完了怎么说，不能没一点奖励吧？”

孙心妍心里有点想笑，脸上却绷着：“当然要看当天的成果。我得看你是不是认真了啊。”

周六，何滨把孙心妍带过去。

他住的小区不算新，但是物业管理好，花圃、道路很干净。

孙心妍第一次看到他住的地方。精装修的房子，两室一厅。

客厅有沙发、电视、餐桌，主卧有床、衣柜，靠窗放着书桌。客卧整个空荡荡的，只有飘窗上放着一盆绿萝，被一缕阳光斜斜照着。

何滨说家具是他住进来之后买的，客卧用不到，啥也没买。孙心妍站在门口点点头。

天冷，孙心妍穿得有点厚，脖子里还裹着两圈毛线围巾，白白的耳朵露在外面。何滨靠在门边，忽然轻轻捏了下她的耳垂，软软凉凉的。

“干吗捏我耳朵……”孙心妍捂着耳朵回头。

何滨的脸居然红了：“喂，你这样问我很尴尬知道吗？”

这个陌生的小房子是他的家，干干净净，空调温度打得高高的，既温暖，又安全。

按理说，孤男寡女，她该警惕些，可孙心妍现在一点也不担心何滨会对她做什么，她对他有百分百的信任。

安静中，孙心妍忽然在他衣服上深深呼吸了一下，皱起眉头："抽烟了？"

"没啊。"何滨张口就来，"上午跟几个朋友一起打球，衣服上被熏到了……"

她不说话，凝视他的目光像在说：你在撒谎。

何滨心里发虚，拉着她的胳膊说："行了行了，跟朋友抽着玩的，以后绝对不抽了。"

"你说话算话吗？"

"我跟你说话什么时候不算话过。"

孙心妍心里甜甜的："好吧，原谅你一次。"她想拉开他手臂，"别浪费时间了，我们开始复习吧。"

何滨不放手："想我没有？"

孙心妍诚实地点头："每天都想啊，所以我们期末才一定要努力考好，不然就不能这样了。对吧？"

何滨看看她，感觉被她骗得团团转，还没办法回嘴。

近来孙心妍好好研究了何滨的成绩。五门课里面，他相对好点的是英语和物理，跟她一样的是，最差的是化学。

何滨之前在北京上的是私立学校，那所学校是把人朝出国方向培养的，所以他英语不错。

让孙心妍有点意外的是，他的物理成绩在班上居然是中等。后来她才慢慢了解到，何滨看着成天自由散漫，其实他还有点个人爱好。第一嘛，不用说，就是篮球，再来就是军事和天文，都是男生比较喜欢的东西。跟别的男生不一样的是，他在游戏上倒不怎么上瘾，玩玩就嫌没劲。

两个人在书桌边坐下，何滨看着孙心妍从包里拿出两套崭新的教辅材料，她细细的手指拆掉外面的透明包装纸，塑料纸发出"窸窣"的响声。

这声音简直是学习进行曲的前奏，何滨光听听就觉得心累，坐在旁边，深深地叹了口气。

孙心妍瞥他一眼："有点精神好不好，都还没开始呢……"

她低头翻翻目录，撕下两张空白卷子。

"你物理既然不错的话，数学其实也不该这么差的。它这张上面都是这学期的基础知识，我们一起做，正好巩固一下，做完了再对答案，然后我把错的题跟你讲一讲。"孙心妍一板一眼，像个小老师一样。一张卷子给何滨，一张给自己，她拿起笔，"开始吧，四十分钟之后对答案。"

虽说近来何滨的学习态度端正了不少，但孙心妍坐在旁边，他很难让自己定下心思，于是接下来的十来分钟，他简直像个多动症儿童。不是倒水就是挪椅子，孙心妍坐在旁边，权当什么都没听见，只自己写自己的。

过了一会儿，感觉旁边终于消停了，孙心妍心里松口气，一转眼，却发现他正看着自己。停下笔，她淡淡地问："我脸上写着答案？"

略带讥讽的七个字，何滨感觉这一刻她简直就是被老师附体了。

"何滨，你要是再这样，下个星期我就不来了。"

打蛇打七寸，何滨的七寸被她一句话给拿住了。他头向后仰了仰，又挺挺腰身，无精打采地低下头，终于把注意力放到卷子上。

房间很快安静下来，只有笔尖在纸上的摩擦声。

这些题目对孙心妍来说没什么难度，她陪他做一遍，相当于给自己梳理一遍知识点。

题目做了一大半后，她朝何滨看过去，何滨这回倒是真的在做题了。

其实孙心妍早就发现了何滨这一点：很多事他是不想做、懒得做，并不是没能力做。而他只要真答应了你去做，就一定可以做好。

午后的宁静时光一点一点流淌。两个人做完卷子后，互相帮忙对答案。孙心妍把何滨错的每道题都跟他细细讲一遍，还像模像样地让他自己再订正一遍。

孙心妍让何滨找几个空白本子做错题本。她在每一本的封面上帮他标注好科目，何滨看了看，说："帮我把名字也写上去。"于是孙心妍又在每个本子第一页的右下角写上“何滨”两个字，这两个字她写得娟秀又潇洒。

所有都搞完了，何滨拿出手机看看，时间居然过得这么快，而且真的是全部用来学习。

都四点多了，冬天天黑得早，孙心妍来的时候就说了，她四点半就得走，五点前要到家。

何滨的手机忽然响起来，他看了一眼，跟孙心妍说：“红旗。”

电话接通，可能房间太安静了，孙心妍直接能听到陈彦其的声音。

“人呢？”

“在家，干什么？”

“没出去玩？在你自己那儿还是你小姑那儿？”

“我自己家。”

“哦，开门。”

“啊？”

何滨眉头皱起来，慢慢从座位上起身：“什么意思？”

“什么什么意思，在你家门口，开门。”

电话挂了。

孙心妍模模糊糊地听到点内容了，但是不确定，直到何滨道：“红旗到我这来了，在门口了，你……”他摸摸脖子，“要是不想看到他，你找个地方先待一下？”

陈彦其刚在学校跟几个人打完球，意犹未尽，联系何滨一天都没联系上，正好路过，杀上来看看。

门打开，陈彦其毫不客气地往里走：“在家孵小鸡啊，球也不打？”

何滨开冰箱给他拿了罐饮料。

两个房间跟平时一样，门都开着，陈彦其往里扫一眼，在客厅坐下来。

密不透风的衣柜里，孙心妍提着自己的鞋、抱着外套和书包，屏息听外面人说话，心头怦怦跳。

陈彦其跟何滨聊着刚刚球场上的事，聊完了又聊到一个她没听过的名字，反正就是没完没了的。

孙心妍焦急地想：你还跟他聊什么天，赶紧让他走啊。男生间相处都是这样随意吗？一声招呼不打就找来别人家。如果何滨不在家他不就是白跑一趟？还真是个无聊的人。

柜子里挂的都是他冬天的外套，她屁股下面坐的好像是他的 T 恤之类的。想到他那么龟毛，孙心妍给他把衣服拨到旁边，静静地抱膝等着。

差不多过了一刻钟，她终于听见大门有动静了。奇怪的是，好像不止关了一次门，砰砰砰地开关了两三下，跟锁坏了一样。到底走没走啊？

过了一会儿，她面前的门忽然被拉开半扇，光透进来。

何滨一只手扶着柜门，看着她。

孙心妍坐在衣服堆里，头上顶着他几件外套，整个人跟被拐卖少女似的，用口型问他：他走了？

何滨吊儿郎当地问："踩到我衣服没有？"

"我鞋子脱了的好吗？"

孙心妍白他一眼，要从里面出来。她两条腿刚放到地上，人还坐在衣柜里，下巴却忽然被一只大手掐住，何滨弯着头就吻下来。

孙心妍心头一颤，耸起双肩。

周围都是蓝月亮洗衣液的味道，他的味道。

狭窄的空间，她想躲都躲不开。

衣柜里面本身就是暗的，他的人又挡在外面，再次陷入昏暗，朦朦胧胧中，孙心妍只能看到围绕在他周围的一点光斑。

它们颤动着，闪烁着，像阳光一样，跳跃在她心间。

二〇〇九年不知不觉就这么来了。

皇天不负有心人。在两个人的努力下，何滨在期末考试中进步明显，考到了全班第三十七名，加上孙心妍的第十二名，两个人圆满完成任务。

正当大家以为何滨上学期期末考试成绩是踩狗屎运时，第一次月考成绩下来，他再次进步了五名，令众人真的对他另眼相看了。

各科老师先后单独找他谈话，给了他很多鼓励，对他的关注也越来越多，路过后排都忍不住问问他情况。

在何滨眼里，老师一直是一种近乎透明的存在，他从来不在乎他们的态度。当他取得小小的进步忽然就得到这么多关心时，他不能说他还毫无感觉。

月考后李爱珍还特意给他爸打了个电话。

要知道，何父生平第一次接到这种报喜电话，当即就打电话给何滨问他要什么奖励，随便他开口。

何滨说："行了，我有什么要你奖的，你的东西以后还不都是我的，你在外面少喝点就行了，这么大年纪了。"

一句轻描淡写的话，说得何父心里又暖又烫，骂他一句臭小子，又嘱咐他继续加油。

何滨发现，当所有人都开始对他的学习有所期待时，他真的变得越学越有劲。再来就是，他发现很多东西确实不难，都是公式的套用。有一个周六，孙心妍家里有事没有来陪他，他原来想着放松放松，谁知道看了一会儿电视后，主动坐到了书桌前，自己都被自己惊到了。

除了孙心妍，最被他惊到的当然是陈彦其。陈彦其说："你这成绩火箭似的上升，再这么搞下去你就要超过我了，还让不让我在我老子面前喘气了？"要知道，他在家一直是拿垫底的何滨做挡箭牌。

三月底，树木已经抽芽，空气里是万物复苏的鲜活气息。打完球，两个少年坐在篮架下休息聊天。

何滨说："那你努努力，跟上哥啊。"

"嚣张啊……"陈彦其看着他点点头，"真想追上我，你还得上十个名次，知道吗？"

何滨脸上挂着汗，眯眼看他："行哦，看期中考。"

陈彦其笑笑，忽然说："爱因斯坦的话没说错啊，这世上最伟大的就是爱的力量……"

何滨笑："我怎么记得这是马克思说的。"

爱的力量伟大吗？当然是伟大的。可更加伟大的是一个人积极向上、勇往直前的心态。

在这个过程中，光有爱不够，这份爱必须得是正面的、向上的。

碰到孙心妍，何滨才知道，原来有的人真的像阳光一样，不光自己温暖，还可以照亮别人。

阳光普照大地的季节，春暖花开，一如人的心情。

对孙心妍来说，这学期没有比何滨学习成绩进步更让她高兴的事。帮他补习时她就发现，他看着懒懒散散，其实特聪明，一点就通，只是没想到他进步得这么快。

有一次她去办公室拿作业，听见几个任课老师正好在讨论他，几个老师都说他后劲强，看好他是一匹黑马。

孙心妍心里喜滋滋的，简直不想出办公室，就想听他们继续夸下去。回班路上，她抱着一大摞作业本边走边笑，心想：什么黑马啊，他皮肤那么白，白马还差不多……

路过走廊，孙心妍远远就看见几个男生没正行地站在栏杆边，侧影映在蓝色天空的背景上。

她收起微笑，目不斜视地走近，擦身而过。

可即使不回头她也能感觉到，有一道无声的目光粘在她身上，一直把她送进教室。

这天中午，孙心妍和李笛在校外吃了一家新开张小店的盖浇饭，光排队就排了好久，吃完饭回来已经不早了。她们有说有笑地上楼，从后门走进教室，谁想进去的时候，后门口两个人正在打闹。

黄稚薇坐在陈彦其的座位上，隔着走道，拿着书往何滨身上拍，何滨一把抓住她胳膊："还来？"

后门一直有人进进出出，两个人都没在意。但孙心妍目光在他们身上停留的那一下，何滨还是有所感地回了头。

他怔了下，松手：“行了，别闹了。”

黄稚薇看看孙心妍的背影，却趁其不备又拿书拍了他一下，何滨不知道又说了句什么。

听着后面的打闹声，孙心妍和李笛回到自己座位。

李笛帮着孙心妍轻声说了句：“恶心死了。”

孙心妍没说什么，翻开书，心里堵得慌，没过一会儿居然有点想哭。

是的，对何滨，她越来越敏感，越来越小气了。

和李笛不同的是，她知道何滨对黄稚薇没什么，但是看见他们那样她就难过。一想到刚刚他毫无顾忌地抓黄稚薇手臂的画面，心头简直像被针刺了一样。

接下来的两天，孙心妍都在跟何滨闹脾气。

何滨心里大概知道她是为什么事，没想到她气性还挺长，在短信里连哄两天她都态度冷淡，只回一两个字，不是“嗯”就是“知道了”。在学校他又不敢贸然找她，怕她更生气，终于挨到周六。

周六上午，何滨给孙心妍打了两个电话，她都掐掉不接。中午又打一个，总算通了。

“终于肯接了啊。”他的性子都要被她磨平了。

“有事吗？”

“没什么事，就是跟你说一声，下午早点过来。”

“我今天不一定能去，我妈妈……”

何滨在那头打断她：“别给我瞎掰理由，一个星期没见面，买了很多你喜欢吃的东西，过来好不好，等下我去你家门口接你。”

“不要来。”孙心妍被他说得吓一跳，想了想，终于松口，“我过去，你别来。”

何滨笑了：“那我等你了，早点来，听到没有。”

结果孙心妍非但没早到，还迟到半小时，何滨早就开着大门在等候。

她进去，他在后面带上门。

他帮着她把身上的双肩包卸下来，扔到旁边的沙发上。孙心妍垂着眼皮，整个人无精打采甚至有点恹恹的。

“还在生气？”何滨想拉她手。

孙心妍躲开，转身要走：“我想回家了。”

“到底怎么了？”何滨拉住她，谁知一滴眼泪就落到了手上，他弯下头看她，“怎么还哭了……我错了……”

孙心妍静静地掉了一会儿眼泪：“我就是气你明明知道她对你怎么想，还老是和她闹。”

“谁跟你说的。”

“你还装……她做得那么明显。”

何滨跟黄稚薇早几年就认识了，她有点男孩子气，他基本把她当半个男的看。

黄稚薇不喜欢孙心妍，这是摆在明面上的事。这点何滨确实知道，女生之间这种天然的敌意是他解决不了的，所以他在孙心妍跟黄稚薇之间只能二选一的时候，跟黄稚薇的关系就淡了。

转折点在哪儿呢？是他爸生病住院那次。黄稚薇特意给他打了个电话，说她爸援藏回来了，问他要不要找人帮忙，她爸爸认识一个挺厉害的医生。

不得不说，那是何滨长那么大最需要人帮忙的时候。他们都是十几岁的大孩子，却因为特殊的家庭情况，内心要比同龄人成熟。何滨不知道怎么跟孙心妍去述说他跟黄稚薇的关系，索性就把发生的事、他的想法直接跟她说了。

听他这么老老实实交代完，孙心妍心里舒服了点。

“你为什么不早点跟我说？”

“你也没问啊。”

“这些事总不能都要我问你才说吧。”

吸了下鼻子，她拉着他的外套，故意把脸上未干的泪蹭上去。

“喂，你帮我洗衣服啊？”

孙心妍瓮声瓮气地说：“知道你衣服贵，那又怎么样，我还要在上面擤鼻涕。”

何滨觉得挺逗的：“行，待会儿脱下来给你带回家慢慢擤，完了你再让你妈拿去擦地板。你妈问这是谁衣服，看你怎么说……”

他满嘴跑火车，孙心妍被他逗笑了。

何滨的神色忽然认真起来，盯着她湿漉漉的眼睛：“还生气吗？”

孙心妍总算摇头：“开始复习吧，耽误了好久了。”

这天下午，孙心妍沉着脸出门，又哼着歌回到了家。客厅有点昏暗，没开灯，孙贺敏一个人坐在餐桌边，面前放着个烟灰缸，在安静地抽烟。

孙心妍开门后愣了下，在玄关处放下包，说：“爸，你怎么又背着我妈抽烟了……”

孙贺敏在烟灰缸按掉烟头：“回来啦，每个星期都去同学家复习，人家家长也不烦你？改天叫陈雨萌来家里，请人家吃个饭。”

陈雨萌是孙心妍一个玩得还不错的初中同学，在本市另一所重点高中上学，也是孙心妍的挡箭牌。孙心妍心虚地说：“我上次在外面请她吃过饭了。”

“晚上想吃什么，你妈有聚餐，我带你出去吃吧。”

“啊？早知道我在同学家吃了。”孙心妍第一反应就是早知道和何滨一起吃晚饭了。

孙贺敏说：“啊什么啊，我们父女俩难得一起吃个饭，吃牛排去？”

孙心妍想了想，也是，笑着道：“好吧，就吃牛排吧。”

孙心妍和父亲难得单独出来吃饭。

孙贺敏是个没什么生活情调的人，说话做事一板一眼，和妻女在一起也常常沉默。

表面上看，孙心妍和妈妈更亲一点，其实她心里也很爱爸爸。她从小就知道爸爸工作辛苦，寒暑假、双休日都在外面做家教，可他赚的钱自己从不乱花，都给家里，相比身边其他的教职工家庭，他们家经济状况一直不错。

不是大富大贵之家，孙心妍的吃穿用度却不比任何人差，衣服全是商场里的牌子货，她喜欢的那个牌子“小熊维尼”，一件T恤都要两三百。陈冰只要看她穿得好看，逛街时买起来眼睛都不眨。这两年流行买车，他们家也是最早买车的一批。在孙心妍心里，爸爸是深沉的山，默默地给她们依靠着。

牛排店里，孙心妍点了牛排，孙贺敏点了一份简餐。

“我就不懂，牛排有什么好吃。”孙贺敏看着自己手握刀叉的女儿。

“好吃啊，黑胡椒味道的东西都好吃。”

“一股怪味。”

“爸，你真的太落伍了，我还想让你在家给我做牛排呢。”孙心妍把牛排切成一小块一小块，往嘴巴里送。

“我不会做，要想吃你自己和朋友出来吃。”

过了一会儿，孙心妍忽然说：“爸，我想跟你商量一个事。”

“什么事？”

孙心妍停下动作，讨好地笑了下：“我想打耳洞。”

“不行。”孙贺敏一口回绝。

孙心妍撇撇嘴。她初三的时候就想打耳洞，妈妈同意了，就是爸爸不让。很多事情上爸爸对她管得还挺严，特别是仪表方面。虽说在学校不能戴耳环耳钉，但是还是有很多女生戴那种透明的耳棒，在耳边的碎发间若隐若现，看起来很时尚。

青春期的女孩总归是喜欢追潮流的。更主要的原因是，孙心妍现在不一样了，比以前更注重外表。

孙贺敏看看自己女儿：“好好的女孩子，打什么耳洞，你们学校准学生戴耳环了？”

孙心妍回嘴：“就是女的才打，不然男的去打吗？我们班很多女生都戴耳棒，老师也没说过什么。”

“高二下学期是关键时候，要把心思放在学习上，等你以后上大学，有的是时间搞这些。我看你最近就是花了太多心思在穿着打扮上，心都散了。”

听着孙贺敏喋喋不休的教育，孙心妍食欲下去了一半，拿着叉子轻轻地在牛排上叉来叉去。

过了一会儿孙贺敏看看她："怎么不吃了？"

"饱了。"

"你就是被你妈惯的，一点点不满意就放在脸上。都十八岁了，大姑娘了，小脾气要收着点。"

陈冰宠孙心妍吗？确实是宠的，她比很多同龄妈妈看起来美丽，关键是心态也年轻，和女儿没有那么大的代沟。

孙心妍在学校遇到什么事总是和她说。甚至陈冰还说过，如果在学校和男生恋爱了，可以告诉她，她不是古板的家长。当然，这只是嘴上说说，孙心妍还没有傻到这个地步。

这天晚上，陈冰一直玩到夜里十二点才回来。不知道怎么回事，后来的几天，她也总聚餐，每天都回来得很晚。

这晚，孙心妍看完书刚入睡，听到父母在外面说话，妈妈好像喝醉了。孙心妍穿着睡衣迷迷糊糊地下床。

相比孙贺敏，陈冰的生活潇洒很多。除了学校里玩得好的同事，她还有几个从高中时就在玩的小姐妹，时常在外聚会。只是，她第一次喝这么多。

孙心妍和孙贺敏一起搀着她，想让她在沙发上坐下，结果她怎么都不肯坐，不停推开孙贺敏，嘴里喊着："我好累啊，让我休息一会儿，不要动我……"

孙贺敏说："不动你，你坐下来休息。"他把她往沙发上带。

孙心妍搀扶着她的另一边："妈，你醉了，你先坐下来，我去给你倒杯水。"

"我没醉，我清醒得很。"陈冰疲惫地歪倒在沙发上，大口喘着气。

孙心妍倒了杯水过来："爸，你把她扶起来点，让她喝点水。"

孙贺敏的手被陈冰挥开："别碰我——"

孙心妍说："她跟谁喝的酒啊，喝得这么醉……"

三个人静静地待了一会儿，孙贺敏说："妍妍你进去睡觉，我来弄。"

"你一个人行吗？"孙心妍不放心地看着横躺在沙发上的妈妈。

孙贺敏一边说着没事，一边试图去把陈冰拉起来点，谁想陈冰忽然用力甩开他，极其厌恶地吼了句："孙贺敏，我叫你不要碰我！"

这一吼，深夜的宁静彻底被打破，站在旁边的孙心妍吓了一跳。

孙贺敏面不改色，眼睛定定地看着陈冰，对女儿淡淡地说：“妍妍你回房去。”

孙心妍木讷地回到房间，外面渐渐传来对话声。父母不常吵架，为数不多的几次都是妈妈和爸爸吵，爸爸一般只回一两句嘴，然后就是沉默。可是今天晚上，他们在大吵，吵得她有点害怕。

隔着门板，外面传来哭声、拉扯声，忽然一声脆响，像是有人摔了杯子。

孙心妍抱着床上的毛绒大熊，半边身体陷在台灯的光晕里，眼泪不知不觉地一滴滴往下掉。视野渐渐模糊，她用手背擦擦泪，往门口看，不知道要不要出去劝。终于，外面静了，却又忽然传来摔门的巨响声。

孙心妍不知道是谁出去了，担心是喝醉了的妈妈，她赶紧跑去客厅。

客厅里酒气熏天，一地的玻璃碴和蔓延的水渍。喝多了的陈冰虚弱地靠在沙发上，两只手遮着脸，在哭。孙心妍抽了两张纸，细细地擦着她的面庞。

陈冰接过女儿手里的纸巾，颤抖着捂了一会儿眼睛。过了一会儿，她转过头，看孙心妍在哭，又抽了两张纸帮女儿擦泪：“妍妍不哭了，都是妈妈不好……”说着说着自己却又抽泣起来，浑身颤抖着。

孙心妍泪眼蒙眬：“妈，你以后能不能别喝这么多酒……”

孙贺敏整整一夜没回来，孙心妍则默默在房间哭了一夜，第二天上学眼睛都是肿的，何滨早上看到她吓一跳。

中午吃完饭，孙心妍回班回得很早，班上还没什么人，她一个人郁郁寡欢地趴在座位上，直到何滨在外面叩了下她旁边的窗，他隔着玻璃，示意她出去。

孙心妍跟他走到礼堂背后，垂着头，抱膝坐在台阶上。何滨蹲在她面前，观察她半天后，伸出一根手指把她的下巴抬起来。她两只眼睛肿得跟核桃似的，双眼皮都没了。

“说说看，为什么事哭成这样子？”

她把他的手拨掉，头彻底埋进膝盖。

何滨摸了摸她柔顺的头发，看周围没人，又大着胆子轻轻抱她，孙心妍没有把他推开。

“我爸妈吵架了。”她在他胸口闷声说。

“吵得很凶？”

孙心妍点头。

“骂你了？”

孙心妍摇头。

“那你让他们吵他们的好了，你一个人在房间待着不就行了。”

孙心妍说：“他们以前从来没有这样吵过。”

夜里她打孙贺敏的电话，发现他手机没带出去，也不知道昨天是在哪儿睡的。而她妈妈呢，同样哭了一夜。

何滨父母在他五六岁的时候就离了，那时候他还不记事，对父母吵架这种事没什么深刻感受。他并不理解孙心妍对家庭的依赖，在他的成长中，家庭、父母一直是缺失的。他的个性有点乐天派，加上家庭条件又不错，他从来不去放大这部分的缺失。

他安慰孙心妍：“他们吵他们的好了，你自己躲房间去，再不行你就出门，我出来陪你。”

孙心妍抬头：“你说得容易，我爸昨天一夜都没回来，我妈就一直哭。”

“所以你也跟着哭？”他盯着她的眼睛，“看看眼睛肿得，丑死了。”

孙心妍用一只手遮住他眼睛：“那你别看。”

何滨抓住挡在眼前的手，她的手心有点凉：“知道怕丑了？今天别再哭了啊。”

静了一会儿，孙心妍深吸一口气，忽然说：“你说他们会离婚吗？”

“离就离呗，要是真离了你又能怎么样？”

何滨接下来说的话第一次让孙心妍感受到他的成熟。

“父母是父母，我们是我们，他们过他们的生活，我们过我们的呗。过两年等上了大学，本来就都是要出去的，大学上完就要上班嫁人，你也没多长日子跟他们在一起过。他们要是真散了，那也是他们自己的事，跟我们没关系。懂吗？”

他摸摸她的头发：“不准再哭了啊。”

孙心妍呆呆地看着他。

“听见没有？”他轻弹了下她脑门儿。

“知道了。”

坐了一会儿，两个人站起来。

孙心妍掸掸屁股下面的灰，左右看看：“我先回去了，你过五分钟再走。”

“嗯。”

孙心妍走了几步，忍不住回头看他，他手插着口袋，微笑着看她。

午后的校园很安静，这个角落更安静，连鸟叫声都没有。

他个子好高啊，肩膀也宽。孙心妍觉得，比起高一时候，何滨好像有点变了，变得也像一座小小的山。只是这座小山没那么安静、深沉，相反地，它坐落在四月的春天里，蓬勃而葱茏，充满力量。

这是一座只属于她的小山。

二〇〇九年四月，校园里的玉兰花开得特别好，脆弱而美丽，一阵风来就被吹得遍地都是。

期中考试过后，孙心妍迎来一门人生的大课，这门课的名字叫生活的无常。幸福的家庭、恩爱的父母，这些在她十几年的生命中像土地、河流一样永恒的存在，一夕之间，成了一碰即碎的幻影。

她的爸爸妈妈离婚了，妈妈搬走了，这一切都发生在一个月不到的时间内。孙心妍是后来才知道的，爸妈早在那次吵架前就已经办完离婚手续，全家没有一个人知道。

当爷爷奶奶赶来家里痛心疾首地求他们时，孙心妍坐在自己房间，脸上挂着两行泪，已经尝不出眼泪的滋味。她听见爷爷的质问声：“你们想过孩子没有？她就要高考了，你们会对她造成什么样的影响？你们没有！你们只顾自己，不管孩子的死活！”然而换来的是父母的沉默。

孙心妍的抚养权归孙贺敏。高二下学期还没结束，她的妈妈陈冰离开江城，和她所谓的爱人去了国外。她背叛了他们父女，以一种张扬到令人费解的姿态。

孙贺敏和陈冰原本商量好，等到孙心妍高考结束再告诉她。结果那个男人被调去东欧工作，他要陈冰做出最后的选择。两难中，四十三岁的女人抛弃一切身份，选择了爱情。

孙心妍对妈妈的行为感到可耻，又恨爸爸，总是那么懦弱、隐忍，直到最后，都是一种低微的、有愧的姿态。为什么做错的人反而理直气壮？大人的世界太难懂了。

陈冰走的那天是周五，孙心妍一夜没睡。第二天一早起来，家里空空荡荡的，桌上有爸爸做好的早餐。她喝了一点粥，背着包出门，来到何滨住处。

她不知道他在不在家，这段时间，她很少理何滨。开始时还会哭着和他说父母的近况，后来知道妈妈出轨的事，她就什么都不和他说了。

虽然何滨每天都跟她发短信，想逗她开心，但除了在学校，他们已经大半个月没私下碰面。

清晨的楼道里斜射进一片阳光，很安静。

孙心妍在门口敲了一会儿门，里面没动静。稍稍停顿，她又敲一遍。

“谁啊……”里面终于传来熟悉的声音。

脚步声逼近，门打开。

何滨没穿上衣，浑身上下只套着一条大裤衩，一只手扶着门，一只手梳理着乱糟糟的头发，半睡半醒的。

看见他这副样子，孙心妍脸一红，下意识地就要跑走，手臂被里面人一把拽住。

“跑什么啊？”何滨反应敏捷地拉住她，“先进来，我去把衣服套上。”

孙心妍被他拽进去，他在她身后关上门，去房间兜头套了件黑T恤。

等何滨再出来，孙心妍坐在了沙发上。

他走向洗手间，看她一眼，说："冰箱、茶几那边都有饮料，我刷牙洗脸，你等我一会儿。"

孙心妍点点头。

何滨在洗手台上洗了把脸，抬头，看见镜子左下角的纸条。这是一张粉色便利贴，还是孙心妍前些日子给他贴的，上面六个清秀的字——有志者事竟成。她在他的房间、卫生间都贴了这种励志小纸条。

何滨觉得，虽然孙心妍常常害羞，其实她挺会搞一些小情趣的，她的性格里就带着天真、浪漫。尽管在他看来，父母离婚真的不算大事，但孙心妍看上去受到了不小的打击。

过了一会儿，何滨洗漱完了，在她旁边坐下，伸手在茶几下面掏了瓶矿泉水，扭开盖子递给她。

孙心妍摇头。

他却又往她面前递了递，一直送到她嘴边："喝点水。"

就着他的手，孙心妍扶着瓶子，勉强喝了一口。忽然之间，她感觉身边还在关心她的人，好像只剩下这一个。

喂她喝完，何滨自己又仰头咕嘟咕嘟几口，懒懒地靠在沙发背上。太早了，他还没睡醒。

"早饭吃过了没有？"

"吃了。"

"吃的什么？"

"我爸煮了粥。"孙心妍看看他，"你要不要先吃点早饭？"

何滨摇头，捏了下眉心："还没睡醒，这么早吃不下。"

"我打扰你休息了吧，那你再睡一会儿，我先回去吧。"

她说着就要起身，何滨拉她："开什么玩笑……你人都来了我还睡什么觉。"他打开电视，屋子里有了声音多了点生气。

何滨调了几个台，都是新闻，他看看孙心妍："电影看不看？看你喜欢的《龙猫》。"

“你这儿有《龙猫》的碟？”

“你要什么我没有。”何滨轻轻挑了下眉，走到电视旁边捣鼓一阵，把客厅的窗帘拉严实，又坐回来。

换作以前，何滨真是难以想象，自己会在周末清晨陪一个女孩看动画片，他简直要被自己感动了。可孙心妍感不感动呢？他不知道，似乎也不需要知道。现在他只想让她开心点，不管是用什么方法。

结果孙心妍看着自己最喜欢的动画片，歪坐在沙发上睡着了。她太累了。每天都要上学，而且最近一个星期，她常常夜里想心事，想着想着天就亮了，睡觉的时间加在一起还不知道有没有十二个小时。

何滨小心翼翼地把她放倒，帮她脱掉帆布鞋，又抱了床毛毯出来，给她盖上。他的动作孙心妍似有所感，眼皮轻颤几下，胸口起伏着，却始终没睁眼。

何滨把她安置好，关掉电视坐在沙发边，不一会儿，也有了睡意。他低头看看孙心妍的睡颜，有点情不自禁地想吻她一下，谁知道还没碰到，孙心妍半睁开了眼。

拉上窗帘的客厅光线昏暗，何滨在上方看着她的眼睛，里面有湿润的光泽。

“何滨哥哥……”半梦半醒间，孙心妍叫了他一声，又轻轻闭上眼，呼吸变沉了点。

这一觉，孙心妍破天荒地睡到了下午。在沙发上醒来，她反应了一会儿才想起来这是何滨家，然而何滨不在家了。

她打他手机，他没有接。她去厕所洗了个脸出来，又给他打电话，手机的铃声在门外响起。

孙心妍打开门：“你怎么出去了？”

“什么时候醒的？饿了吧？”何滨身上背着个黑色的双肩包，手上拎着肯德基的袋子。他堵在门边，显得有点高大。

孙心妍确实饿了，隔着塑料袋都能闻见炸鸡的香味。

“你吃过了吗？”她关上门。

“没有，几点醒的？”

孙心妍说：“刚醒。”

“一大早过来把我弄醒，自己睡得跟猪一样。”

被他这么一说，孙心妍还真有点不好意思：“你也不叫我一下……”

何滨把手上袋子放下，又把背包放下来。

孙心妍说：“怎么背了这么大的包出去？打过球了？”

这是他出去打球的运动包，经常放篮球和鞋。

何滨在沙发上坐下，朝她招手。

孙心妍不动。

“过来。”何滨拍拍旁边位置，“快点。”

孙心妍过去坐下。

一只大手忽然从她脑袋后面绕过来，遮住她的眼睛。

“干吗呀？”她拉开他。

何滨把她眼睛捂得死死的：“别动，给你买了个礼物。”

“什么礼物？”

孙心妍被他半抱在胸前，感觉到他拉着她的手伸进了背包。

何滨在她耳边说：“猜猜看。”

手下摸到一片软软的东西，孙心妍吓得缩回了手，几乎同时，何滨把手放开，她的视野里出现了一团白白的毛。

孙心妍几乎是条件反射地弯起嘴角：“天啊，好可爱的狗狗……”

一看她这反应，何滨淡淡地笑了：“喜欢吗？”

孙心妍轻轻地把狗抱出来，眼睛放着光：“它多大啊？怎么会这么小？”

白色的小奶狗只比她的巴掌大一点，黑漆漆的圆眼睛，中间长着一个小鼻子。孙心妍把它放到腿上，它呆萌地看着她，缩着四只爪子。

她摸摸它的头，又点点它的鼻子，甜甜地笑着。旁边，何滨就摸摸她头：“有这么喜欢吗？傻姑一样。”

孙心妍太开心，他怎么说她都不计较，还问他：“真的是你买的？你要养吗？你以前不是说不喜欢养动物？”

何滨懒懒地动了下脖子，轻拍了下狗头:“街上路过，正好看到人家店里有，我说先买回来看你喜不喜欢，不喜欢我就把它退回去。喜不喜欢？”

孙心妍头点得跟小鸡啄米一样：“别退了好吗？”

何滨笑笑：“你喜欢我当然不退，帮它起个名字。”

“它是公的还是母的？”

“母的。”

何滨随口道：“要不就叫妍妍吧。”

孙心妍打他胳膊。

何滨笑道：“你要是觉得吃亏就让它跟我姓，小名叫妍妍，大名叫何陪妍，怎么样？”

何陪妍，何滨陪着孙心妍。

孙心妍转过头看着他，心里明明很感动，可是成熟了点的女孩如今在感动时也会感到一种忧伤。

看着她迟疑的神色，何滨捏了下她的脸：“怎么又不开心了？”

孙心妍反捏他的脸：“没有啊，我很开心。”

“那怎么不笑了？”

“你不是说我笑比哭还难看吗？”

何滨一本正经地点头：“好像是。”说着话，却忽然伸手挠她痒痒，“再给我看一下呢……”

孙心妍笑着躲开，两个人就这么在沙发上闹起来。

一旁，小小的何陪妍跳下沙发，翘着尾巴巡视起了自己的新家。

妈妈的离开，对孙心妍的起居饮食没有太大影响。早晨还是爸爸做早餐，只是餐桌边少了个人。

孙贺敏消沉一阵后，找了个机会，想跟女儿谈谈心，希望她不要受家庭变故的影响，把握好接下来关键的一年。

他刚提到“你妈妈”三个字，孙心妍却轻声打断他：“爸爸，以后我们能不提她吗？”

孙心妍的表情很平淡，甚至还带着一点释怀般的笑容。她说：“以后就我们俩一起好好生活，我考一个离家近的大学，陪着你。”

妻子的事弄得这个中年男人那么难堪，他从没掉过泪，谁想女儿的一句话却把他搞得鼻头发酸。他笑着掩饰：“我要你陪我干什么，你以后想去哪里上学就去哪里上，老爸怎么都支持你，读到博士才好。”

孙心妍低头笑了笑：“我才不要读到博士，都老了。”

孙贺敏觉得女儿有些变了，尽管有时还是会任性、会撒娇，然而她的眼睛里再也没有以前那种像星光一样的东西。

唯一庆幸的是，孙心妍的学习没有受到影响。

经此一事，孙心妍非但没有自暴自弃，反而花了更多的时间在学习上，期末考试中，她成功挤进班级前十。

在孙心妍成绩进步的同时，何滨也没落后，期末考试中他成功挤进班级前二十名，成了老师眼中真正的黑马。何父乐得笑开了花，本来想犒劳犒劳他，结果何滨没去北京过暑假，一直在这儿陪着孙心妍。

孙贺敏在假期接了外面托管班的活，比平时上班还忙。

孙心妍不喜欢一个人待在家里，每天和何滨泡在一起。他们每天一起看书、遛狗。有时候何滨出去跟朋友打球，如果没江城中学的，孙心妍会陪他去，坐在篮架边帮他拿手机。

何滨把这个房子的钥匙给了她一把，孙心妍木愣愣地问：“给我钥匙干吗？”

何滨说：“下回来了自己开门，省得我跑来跑去的。”

孙心妍：“这样不太好吧……”

“有什么不好的，你不要来照顾它？”穿着人字拖的脚忽然踢了下一旁的小白球。

孙心妍打了下他的腿：“你干吗呀，好好的干吗踢它。”她把小狗抱起来，小狗舔她的手，拼命地摇尾巴。

何滨摸摸狗头：“狗就是被人踢才舒服，你懂什么。”

说起来，何滨也觉得自己给自己整了个麻烦，买狗是为了逗孙心妍开心，没想到养狗不是一般的累。每天要喂狗粮和水不说，早晚还要下楼遛一圈让它拉屎，刚抱回来时没训练，几次拉在屋里，何滨气得想把它扔了，有一次都已经关在大门外了，又给抱了回来。

那个空着的小房间现在彻底成了狗窝，一到晚上何滨就把何陪妍关进去。

对孙心妍来说，二○○九年的夏天原本应该是黑色的，可是因为身边有一个既幼稚又可爱的人，于是每当她回想起来，好像那个夏天过得也还不赖。

转眼，他们共同步入高三，迎来了学生生活中最关键的一年。

升入高三，高三年级的教室搬到了楼上。

站得高，看得远。有时趴在走廊上望着下面进进出出的低年级学生，孙心妍会微微恍惚：刚入校时的自己，似乎也是这样，对高中生活充满无限憧憬，然后，一眨眼就高三了。

开学后，学校就给高三家长们开了动员大会。小礼堂坐得满满当当，校长站在台上，对着一脸肃然的高三老师和家长发表了一个多小时的激情感言。

那天，孙心妍的爸爸来了，从未参加过家长会的何滨的爸爸也来了。两人碰面后才知道两个孩子在一个班上，简单地打了个招呼。

班级重新选班委、调座位。

孙心妍和李笛的位置变远了，成了教室两头。李笛在课间还是会过来和她说话，但远不如以前方便，慢慢地，两个人的交集比以前少了很多。

李笛被调走后没多久，黄稚薇被调到了孙心妍隔壁的小组，就在孙心妍的斜前方。

黄稚薇上学期考了班级第五名，排名进了年级前五十，这点让人不得不服。别人拼死拼活都无法在年级里露脸，她小打小闹地反而进入第一阶梯。如今孙心妍坐在她左后方，上课时一转头，就能看见黄稚薇所有的小动作，黄稚薇是真的很少认真听课。

这个学期，十七班新换了数学老师。这个三十出头的男老师年纪不算大，上课却异常刻板，课堂氛围沉闷。高三是关键时期，有几个家长听了孩子的反馈，准备联合要求学校换老师。

这一节数学课上，黄稚薇一直在桌肚里把玩一串小东西。无聊的课上，周围几个人很快被她的小动作吸引，都在关注她在玩什么。

黄稚薇专注地把玩着指尖上的那串银色东西，直至手上一空，东西被人掏走，她才抬起头。数学老师看也没看黄稚薇，只瞄了眼手心里的小玩意儿，走回讲台。

那是一个不锈钢制的九连环，黄稚薇已经玩了两节课。她无所谓地趴下，侧脸贴着冰凉的课桌。眼眸向后一瞥，结果对上的刚好是左后方孙心妍的目光，她朝孙心妍不屑地笑了下。

还剩十分钟下课，全班人做着黑板上的习题，教室一片安静。有人注意到，数学老师又走到了黄稚薇旁边。

这回黄稚薇感觉到了，她停下笔，懒懒地抬头。一只大手很轻地反盖在她的桌面上，铁器撞到木头，“叮当”几声响。她还没反应过来，人影又走回了讲台。

课桌上是九个散落开来的不锈钢圆环。他把她的九连环给解了。

午休时间，陈彦其坐在操场的台阶上，看看手里的一把小铁环，咧嘴笑。

黄稚薇睨他：“好笑？”

陈彦其：“看你被虐，爽呗。”

黄稚薇把东西从他手里拿回来，淡淡地道：“我让他给我原样装回去，你信不信？”

迎着秋阳，陈彦其弯着嘴唇笑：“新老师，你就给点面子吧。”

“课上得跟屎一样，还要面子。”

陈彦其斜眼看她：“谁让你初中时候就把高中的学完了，一点新鲜感也没有，谁来上课在你那儿都是屎。”

李笛的座位调走后，坐在她周围的一个女生加入了她和孙心妍的吃饭队伍，她们现在每天三个人一起吃饭。这么一来，李笛和孙心妍就很少说悄悄话了。

天性中的细腻敏感让女生间的友谊比男生更需要维护。当李笛和孙心妍都意识到关系在转淡时，她们又努力去向对方靠近。

人和人之间，最好的靠近方式就是交换秘密。

李笛偶然发现孙心妍手机屏保上的何陪妍，多问了几句。结果孙心妍借机把自己父母离婚以及和何滨的事告诉了她。

李笛表面上镇定，心里却把这个消息消化了很久。

安慰她一番后，李笛带着点羡慕的语气说："不过还好啦，可能就是有得有失吧，有他陪在你身边也挺好的。"

孙心妍不像以前那么害臊了，点头说："他确实对我很好。"

"那现在，你跟你妈还是跟你爸过？"

"跟我爸爸。"

李笛点点头，想带过这个沉重的话题，笑了笑："哎，你把你们的那条狗再给我看看，感觉超可爱的，我也一直想养狗，我妈就是不肯在家养狗。"

这句"我妈就是不肯在家养狗"的声音越说越小，李笛觉得自己嘴太快，不该在孙心妍面前提妈妈。

孙心妍抿了下嘴唇，似乎没在意，微笑着按亮手机屏保："你看它可爱吧，我相册里还有好多它的照片。"

听说这个狗叫"何陪妍"，李笛内心感慨：同样活在十八岁的大好年华中，为什么有人的生活像彩虹一样绚丽，而自己的生活却宛如一潭死水。

孙心妍说："你想看看它吗？"

"真的假的，可以吗？"

孙心妍想了想，说："我先问他看看。"

那天下午，何滨在课间收到孙心妍发来的短信：李笛想去看何陪妍，可以吗？或者我去把何陪妍带出来，晚上吃饭的时候让她们玩一会儿。

何滨回：你晚上直接带她去吧，我买点吃的过去给你们，想吃什么？

孙心妍回：楼下的汉堡。

何滨回：OK。

这天晚饭时间，李笛和孙心妍下了课直接来到何滨住处。

李笛以为要等何滨来开门，结果眼睁睁地看着孙心妍掏出钥匙。李笛又把惊讶放在心里，心想：原来他们之间已经这么亲密了啊。

何陪妍被关在里面的小房间，一看见孙心妍尾巴都快摇掉了，一个劲儿地往她身上扑。何陪妍特别聪明，像是知道李笛是主人的朋友，闻闻她的脚，对她也很友好。

两个女孩蹲在地上，被小狗逗得哈哈笑。

李笛逗着狗，孙心妍站起来，左右看看，很自然地把沙发上两件何滨乱丢的T恤扔进他房间，又关上他房门。

“李笛你坐沙发上来。”孙心妍把狗抱起来，“他去买吃的了，等一会儿就来。”

李笛正点头，外面响起了两下敲门声。

孙心妍放下狗，过去开门：“你怎么这么快……”

谁想门一开，门里门外的人齐齐愣住。

走廊上，陈彦其把叼在嘴上的烟拿下来，看着孙心妍，过了一秒才轻轻地“呦”了一声。黄稚薇懒懒地倚在门边的墙上，后知后觉地转过身，朝门里看。

李笛看孙心妍身影停在门边，正疑惑，只见一道视线从门外越过孙心妍，落在她身上。她看着陈彦其，僵坐在沙发上，瞠目结舌。

“他人呢？”还是陈彦其先开了口，似笑非笑。

孙心妍停顿了下：“等一会儿来，你们……要进来等吗？”

黄稚薇看看她，轻松一笑：“要啊。”

陈彦其跟着她一起进门。

这回，何陪妍从李笛身上跳下去，朝他们“汪汪”叫了两声。陈彦其和黄稚薇在餐桌边坐下，都讶异地朝狗看。

孙心妍怕狗咬人，也怕他们伤到狗，把何陪妍抱起来。

黄稚薇脱口问道："你们同居了？"

孙心妍面红耳赤，正不知道要怎么回击，拎着一袋子薯条汉堡的何滨出现了。

门没关，狗听到动静先跑了出去。何滨正觉得纳闷，这孙心妍门怎么不关，也不怕何陪妍跑了，结果一进门就看见四张脸。

何滨穿着松松垮垮的T恤和运动裤，面孔白皙英俊。他像没事儿人一样把袋子给孙心妍："你带她去房间吃吧。"

孙心妍想说点什么，最后什么也没说，把狗抱起来，带着李笛去了他的房间。

那天，黄稚薇和陈彦其先走了，何滨把孙心妍和李笛送出小区。

李笛跟孙心妍说："你们聊一下吧，我先回班。"

孙心妍平静地说："没事，我没什么要跟他说的，我们走我们的吧。"又回头跟何滨说，"我们先回去了。"

何滨点头，孙心妍拉着李笛走了。

李笛觉得，孙心妍真是变了，遇上这样的事都临危不乱。

到了周末，孙心妍还是肆无忌惮地往何滨那儿跑。两个人看了一下午的书，孙心妍陪他吃了晚饭，回到家已经快七点，桌上摆着几道烧好的菜。

听到动静，孙贺敏从书房出来："回来了？"

孙心妍看看桌上的菜，说："爸你吃过了吗？早知道你烧好饭菜我就回来吃了。"

"我吃了，你吃过了？"

"嗯。"

看孙心妍要进房间，孙贺敏把她叫住："心妍，你等下，爸爸有话跟你说。"

"嗯？"孙心妍回到餐桌边坐下。

孙贺敏盯着她看了一会儿，说：“高三了，你要有自己的学习计划，周末不要总是往外跑。老去同学家也不好，人家父母看了会觉得我们没家教。”

一听这话，孙心妍还以为他察觉出了什么，心里紧了下，再看孙贺敏表情，好像又不是。

孙心妍：“人家根本没说过什么，而且我们的成绩都提高了……”

“所以更要再接再厉，把握好最后一年。两个人一起学习，多少影响效率。”

她点点头，不再跟孙贺敏犟：“我知道了，先去洗澡了。”

接下来的这个星期，天气有些降温，学生们自觉地穿起外套。

周三下午的体育课是自由活动时间，孙心妍提前去办公室拿英语作业。

高三办公室不像高一高二是大办公室，分成了几个小间，六个老师一间。办公室门关着，孙心妍敲了下，里面没人应声，她试着推了下，发现锁了。

孙心妍没走，趴在护栏上，等老师来。

半空里飘荡着操场上嘈杂而欢乐的声音，望下去，秋天的校园有些凄寂。不知道过了多久，可能只有两三分钟，身后忽然有开门声。

孙心妍转身看过去，一个高高瘦瘦的身影从打开的大门内走出来。白色的宽松休闲衬衫、紧身黑色牛仔裤，黄稚薇手抬在脑后，用手腕上的一串串珠束起头发。

办公室内还有另一个人，那个人穿着衬衫西裤，弯着腰在门边的饮水机旁倒水。

短短几秒钟的画面，犹如电影里的慢镜头，每一帧都震得孙心妍心头发麻。

黄稚薇看见她后，扎头发的动作停在半空，目光经过讶异、小小的慌乱后，又恢复成一贯的高傲挑衅。

孙心妍呆愣了一下，双脚先于意识，快步走了。

后来，孙心妍没有把自己那天看到的、想到的、猜到的东西告诉任何人，在何滨面前也只字未提。而黄稚薇呢，也没有找她，像是什么也没发生过，大家相安无事。

只是，这个表面安静而平和的校园，开始让孙心妍感到可怕。

周五下午大扫除，孙心妍擦窗户擦到一半，有同学来带话，说班主任叫她去办公室。

“什么事啊？”她丢下抹布。

“不知道，让你去小会议室。”

孙心妍没多想，结果进去后，第一眼看到的是坐在会议桌边的孙贺敏，孙贺敏旁边坐着李爱珍。

孙心妍坐下后，对话并没有开始，像是在等待着什么。

没过两分钟，门口又来了一个人，孙心妍悬在半空的心终于跌到谷底，何滨也被叫来了。

一头雾水的何滨看见里面的人，当下了然，立在门边，没有动。

“进来坐，把门带上。”坐在正中的李爱珍说。

全校都在大扫除，只有这个会议室，门窗紧闭，安静得像是另一个世界。何滨走进来，在孙心妍对面拉开椅子坐下。

两个权威的师长，面对两个尚未真正成年的孩子。

李爱珍对两个学生说：“今天叫你们过来，相信你们也知道是什么事情。高三了，老师一遍遍告诉你们，现在是一个人一生中最关键的时期。你们不肯听，那老师只能找你们的家长，一起来解决这个问题。”

“何滨，我给你爸也打过电话了，他人在北京，没办法过来。”李爱珍看看孙贺敏，“这位是孙心妍的爸爸。”

何滨抬起眼皮，朝孙贺敏看了一眼，才发现孙贺敏铁青着一张脸，从他进门起一直在看他。

孙贺敏下午是和学校请了假的。早在两个孩子过来之前，李爱珍就把知道的情况都说了。

何滨不住校，在校外租了个房子，孙心妍常过去。这正是李爱珍觉得，当下不得不插手的原因。李爱珍不知道的是，孙贺敏是认识何滨的。

这场四人谈话，基本没有何滨和孙心妍开口说话的机会，孙贺敏也始终沉默，只有李爱珍一个人在说，说来说去当然就一个意思，要他们不再来往，并且当着师长的面给出保证。

孙心妍低着头，僵硬的十指绞在一起。

长长的沉默后，她听见何滨说："我们不会影响成绩……"

话没有说完，坐在对面的孙贺敏抄起桌上的手机猛地砸过去。何滨没躲，手机"砰"的一声砸在他头上，摔向地面，电池、机身分成两半。

孙心妍吓了一跳，惊恐地看着何滨，下一秒眼眶就红了。

何滨太阳穴青筋暴起，坐在他们三个人的对面，一动不动。

这个十八岁的少年，在这一刻，试图让自己成为一个有担当的男人："孙叔叔，我不影响她成绩，也不会对她做什么。"他抬起薄薄的眼睑，目光无畏而坚定。

作为女孩子的家长，发生这种事是最难堪的。孙贺敏本就忍到极致，被何滨顶嘴，这个擅于沉默的中年男人一脸通红，起身就要去教训他。

李爱珍赶紧上前拉住："孙老师，你消消火，他们还是孩子，年纪小，对自己的未来没有规划。这样的情况也不光是他们，学校这边有处理经验，要和他们慢慢谈。"又对何滨道，"何滨，你先回班，你爸爸那边我会再和他沟通。"

然而何滨没有动，虽然他知道自己留在这儿毫无用处，但是，他觉得自己不能走。因为如果他走了，这里的全部就要孙心妍一个人来面对。

"何滨，你回班去——"李爱珍压低的声音多了一分威势。

何滨还是不动，李爱珍走过来，毫不客气地拉了他一把："听到没有！"

少年的衣领被拉歪了，人却像是被钉在椅子上，他的目光只看向对面的人。

始终垂着头的孙心妍终于看向他，泪眼蒙眬地对他很轻地摇了摇头。

终于，少年被老师拉起来，推出了会议室。

那天的晚自习，孙心妍请假了。

回到家，天刚好黑下来，孙贺敏打开客厅灯，和孙心妍在客厅面对面坐下。

孙贺敏问："什么时候开始的事？"

孙心妍沉默。

"你看看他那副样子，看看他爸的样子，他哪里是个正经孩子？！"

无论孙贺敏说什么，孙心妍都是沉默。

"你妈妈不在，你是不是觉得我管不动你了。孙心妍，你知不知道你变成这样爸爸心很疼。"孙贺敏疲惫地说，"女孩子，不自爱……以后被人看不起的是你自己。"

"我没有不自爱。"

"你这样子还叫没有不自爱？！"孙贺敏怒火攻心，扬手就要打她。

孙心妍却抬起脸迎着。

这么多年他从来没有打过她，这个巴掌最终还是没打下去。

眼泪顺着脸颊滑下来，孙心妍倔强地说："爸爸，我知道我自己在干什么。我没有不自爱，不是你想的那样。"

接下来的一整晚她都把自己关在房间，何滨的短信是夜里来的。

何滨很怕孙心妍不回，结果孙心妍很快就回了。

何滨：睡了吗？

孙心妍：没有。

何滨：今天害怕吗？

孙心妍：不怕。

何滨：你还想跟我在一起吗？

孙心妍：你呢？

何滨：你想先分开也可以，那就毕业以后再在一起。但是你要答应我，现在就睡觉，不准再哭。

一晚上眼泪没停的孙心妍，靠在枕头上，弯了弯嘴角。

抹掉泪花，她回：谁说我在哭了。我没哭。

何滨：真没哭？

孙心妍：头砸得疼吗？

何滨：不疼，跟被球砸到一样。

这一条信息后，孙心妍久久没回复。就在何滨以为她不再回的时候，手机振了。

——一起走完高中，行吗？

何滨头上肿了一个大包，一晚上疼得他头昏脑涨。深夜，他靠在床头看着孙心妍发来的短信，嘴角弯了下，又觉得眼睛酸酸的。

不是所有的付出都会有回报的，可是他得到了，就像种在心里的一个梦，常常浇水晒太阳，意外地发了芽。

周六上午，高三学生悉数参加补课。

黄稚薇刚放下斜背的挎包，就察觉到今天的孙心妍和平时不太一样。

“是你吧？”孙心妍直视着黄稚薇的眼睛，她又问了一遍，“是你吧。”同样的三个字，声音轻轻小小，只是变了语气，不再带着疑问。

黄稚薇斜眼看她。

沉闷的教学楼忽然间爆发出闹事声，好事的学生纷纷向声源靠近。

孙心妍和黄稚薇动手了，没有像别的女生那样争吵半天，而是几句话后两个人直接扭打在一起。教室里看热闹的同学瞬间惊呆了，意识到事情的严重性，纷纷拥上来拉拽。

十七班彻底炸开了锅。

何滨和陈彦其这天姗姗来迟，听说这件事的时候，孙心妍和黄稚薇已经双双被拎到办公室门口了。

两个女孩就这么站了整整一上午，无论李爱珍问什么，两个人都一言不发。

中午放学后，李爱珍看着她们俩，眉头皱了又皱，最后不再多言，放她们走了。

校门口的树下，何滨和陈彦其沉默地等待着，看到两个英雄一样的女生一前一后走出来，他们一人带走一个。

那天，李爱珍没有吃午饭，一个人坐在办公室，取下眼镜，久久陷入沉思。

作为颇有经验的班主任，她带过许多届毕业班。高三压力大，是学生容易集中爆发情绪的时期，她有心理准备。只是，问题一拨接一拨，这个身经百战的老师也会感到疲乏。李爱珍到了这个年纪，很难再回忆起，十八岁的自己到底在想什么。

这些十八岁的小大人们，到底在想些什么？

周一到校后，孙心妍和黄稚薇像什么也没发生过。

陈彦其一早找到孙心妍，说他问过黄稚薇了，这事不是她说的。孙心妍说，不重要了。

经过周末两天的发酵，学校里谣言满天飞，关于她们俩，传什么的都有。生活无聊的高三学生以为孙心妍和黄稚薇的对决已经够劲爆了，殊不知，接下来发生的事，才是真正的轰动全校。

秋老虎还没过去的时候，高三迎来第一次月考。

成绩出来的那天，李爱珍一早过来在早读课上把黄稚薇叫走了。接着，整整一个上午黄稚薇都没出现，李爱珍也没有出现。直到下午第一节课，黄稚薇还是没有回班。

课间，班上忽然流言四起。话是从后排男生那边传过来的：新来的数学老师和黄稚薇搞在一起了，他老婆直接闹到校长室，把校长打了。

到了第二节课课间，消息传得更加有鼻子有眼：不只是搞在一起，好像还怀孕了，数学老师跟他老婆没孩子，所以他老婆才闹死闹活，人就在刚刚被弄走了。

十七班的女生们一边惊呼着不敢想象，一边在脑海中添油加醋，上课后都忍不住传纸条继续讨论。

然而下午第三节课下课铃响后，当事人出现了。喧闹的下课时间，走廊上都是学生。黄稚薇擦过那些熟悉又陌生的人的肩膀，不看任何人一眼，径直走入教室。

黄稚薇坐下不到一分钟，李爱珍跟着出现，她踩着黑色矮跟皮鞋，疾步走到黄稚薇座位旁，从她桌肚里拽出书包，把她桌上的书胡乱塞了一通，扔到黄稚薇身上。

李爱珍用食指指着黄稚薇的脸："滚出去，滚出我的班。"

黄稚薇缄默，一动不动地看着她。

霎时，整个十七班静得针落可闻。

几十双眼睛的注视下，李爱珍忽然拎着黄稚薇的书包走到北面的窗边，拉开窗，奋力朝外一扔。随着班上人的低呼声，书本、试卷在窗外的阳光下零散飞落。

黄稚薇依然雷打不动地坐在自己的座位上。半晌，她抿唇，睫毛颤颤地垂下又抬起，目光清澈无畏地看着窗边那道逆光的人影。

"我交了学费的……老师。"

秋日傍晚，天边一片火烧云。霞光映照下，教学楼白色的墙壁泛着温暖的红色。吃饭的时间，只有少量的学生在校园的黄昏下走动着。

水池边，高瘦的人影弯下腰，一只手够到池子里的书包一角，拎起来。帆布包浸满水，又湿又沉。

陈彦其将帆布包拖到旁边，水面荡漾起涟漪，浮在上面的几张纸又漂远了点。

看着这不堪的书包，陈彦其插着腰站在一旁，想了想，皱着眉头把里面的几本书掏出来。

低年级的学生走过，好奇地看看水池，也看看他。

不一会儿，有人远远地朝他走来，走走停停地捡起散落在地上的几本书。

孙心妍把捡起的书递给他，陈彦其看看她，接了过来。

"她回家了？"孙心妍问。

陈彦其摇头："回宿舍去了。"

"她书包怎么办？"

"回头我给扔了就行，她不要了。"

就这么丢池子里太难看，犹如对主人的游街示众。

孙心妍点头。

陈彦其问孙心妍："怎么关心起她来了？"

孙心妍摇头："也不算关心。"

静站了一会儿，孙心妍皱着眉看向陈彦其："红旗，你跟她关系这么好，很多事情为什么不劝她？其实，上次我看见她跟江老师在办公室了，还锁了门。"

陈彦其问："你跟别人说了？"

"别怀疑我，我谁都没告诉。这件事真的像他们传的那样吗？"

陈彦其看看她，说："我没怀疑你。她跟你想的不一样，这就好像，你跟她想象中的也不一样，明白吗？"

晚上，孙心妍和何滨发信息，聊起今天发生的事。

何滨简明扼要地告诉她，黄稚薇跟数学老师没有过什么孩子。其实稍微有点脑子就会知道，开学不过才一个多月，哪来的孩子？

孙心妍问：那怎么会传成这样，一切只是谣言吗？如果什么都没有，李老师怎么发了那么大的火？

当然不全是谣言。

那些话，全是有人从校长室里听来的，只不过，黄稚薇不在校长室内。

那天，学校没有让黄稚薇见到闹事的老师妻子，也什么都没告诉黄稚薇。在空无一人的大会议室内，面对副校长几个小时的盘问，黄稚薇一个字都没说。

新来的数学老师当天就被校长停了职。

事情还有待查清，黄稚薇身份特殊，校长寻思了一下午后，给黄稚薇的爸爸打了电话，黄稚薇的爸爸在电话里沉默了很久，说他人现在不在本地，会让家里人先帮忙处理，请学校照顾好孩子，他尽快赶回来。

孙心妍问何滨：红旗是不是喜欢黄稚薇？

何滨：喜欢。

孙心妍：他追过她？

何滨：没追过。

孙心妍：喜欢为什么不追？

何滨：喜欢得还不够。

不够喜欢？

孙心妍心中一阵唏嘘，才发现自己的世界简单得像一条直线。

孙心妍不知道，就在她和何滨发短信聊着黄稚薇的那个夜晚，高三女生宿舍，正发生着她难以想象的事。

那时候的江城中学宿舍楼还是老楼，黄稚薇所在的女生宿舍一共六个人。从下午到晚上，黄稚薇一直躺在下铺的床上。

下了晚自习后，同宿舍的女生说说笑笑地回来，像平时一样，当黄稚薇不存在。

梳洗后，睡在她上铺的女生把另外一个女生叫到自己床上，两人要好地说悄悄话，笑闹中床被震得直晃。

黄稚薇头枕着手臂，看着上铺的床板，吸了口气，下床拍栏杆："能别晃了吗？"

正在各忙各事的五个人忽然都静下来，齐齐看向她。

上面的一个女生说："你要看不上这里可以不睡这里啊。你又不是没有其他地方睡。"

有人起了头，尖刻的声音一个接着一个响起来。

"是啊，其实你不是有别的地方睡吗，这么小的床，也不适合两个人睡啊。"

"你嫌我们吵，我们还没嫌你脏。"

"你们快别说了，人家后台这么硬，跟我们可不一样。"

黄稚薇冷冷地笑了声，语气轻佻："真是不好意思，怎么办呢，我爸就是官大。不管我做什么都能给我兜住。你们记得啊，下辈子一定要投个好胎。"

熄灯前，女生宿舍发生了骚乱。

李笛和舍友们听到动静跑出来时，黄稚薇被两个女生扯着头发，按在地面的瓷砖上打。

深夜的灯光有些刺目，走廊上围着一堆跑出来的女生，没有人拉架，骚动中，很多人脸上隐隐出现了兴奋的神色。

打的不是别人，是黄稚薇啊。

那个嚣张跋扈、傲慢放浪的黄稚薇被狠狠地教训了。

她们狂热而正义，因为她们教训的不是一个普通学生，而是一个风气败坏、肮脏刻薄、不知羞耻的人。

是的，她们是正义的。她们使用正义，惩罚罪有应得之人，有错吗？

宿管阿姨一个人匆匆赶上来，谁想女生打起架来比男生还要狠，根本拉不开，在一片混乱中，有人帮着劝架，终于渐渐平息了这场争斗。

后来，当晚所有参与打架的女生被学校通报批评。

此后，黄稚薇再也没有出现。关于她的流言还在学校里慢慢扩散着，可最劲的那阵风过去后，再也没有更新的消息供人谈论。健忘的学生们又投入了紧张的学习生活中，头疼的月考、漫无边际的题海。

大家再见到黄稚薇是十一假期后，一个周三的早晨。快下早读课的时候，李爱珍领着黄稚薇出现了。

初秋，教室里门窗大开，课桌上是堆积如山的试卷、课本、习题册。埋头在书本里的学生抬起头，读书声渐小。

大家看着黄稚薇走到自己的书桌前，抱起桌面上被捡回来的几本书。

李爱珍站在讲台上看着她："要不要跟同学们说几句道别的话。"

黄稚薇不屑地笑了下，摇头。

李爱珍一时无言，看看下面，说："黄稚薇同学要转学了，大家鼓掌欢送一下吧。"

下面响起稀稀拉拉的掌声。

"要不要我来教你们鼓掌？"李爱珍瞪起眼睛。

掌声大起来，同时，刺耳的铃声响彻校园。

黄稚薇走出教室后，班上的人三三两两地跟着走了出去，长长的走廊上，先是谈笑的谈笑、打闹的打闹，然而一双双眼睛，又不自禁地看向那个离开者的背影。

看归看，他们并不留恋她。

可是，黄稚薇做了一个让他们永生难忘的小动作，她把头发放了下来。金色阳光斜照着走廊，四周嘈杂，高挑的女孩单手散开脑后的马尾辫，随着她的步伐，漆黑的发丝抖落开来，在肩后跳跃、散落，像一面张扬的旗帜。

那肆意的青春之美，深深地击打着一颗颗年轻的心脏。

这世上，有人频频回首，有人永不回头。

此后，所有关于她的流言蜚语都将成为一届届学生的谈资，可总有一天，这座校园会彻底地把她遗忘，就像遗忘他们一样。

犹如那些做不完的试卷、看不完的书、擦了又流的泪、人生最奋力的一次拼搏……只有时光在见证。

当你再问，那年，黄稚薇和数学老师之间到底发生了什么？

像所有隔着时光的故事、缺了页的书，无人知道真相。

后来，孙心妍只记得那个清晨格外美，那天之后，高三仿佛才真正开始。

也是那天之后，时间变得飞快。

似乎从那年冬天开始，高三的学生彻底进入了状态。千军万马挤独木桥，少年们收敛起个性，成为一道道穿梭在家庭与校园间的影子。

孙心妍和何滨共同进步，互相勉励。黄稚薇走后，他们之间的事，没有人再过问。期末考试前最后一次月考，何滨和孙心妍双双冲进班级前十名，在整个年级崭露头角。

期末考来临前，下雪了，雪停后，校园银装素裹。

下课时间，孙心妍跟李笛都有点馋，两个人冒着严寒去小卖部买烤肠。

回去的路上，路过喷泉，李笛瞄了眼："哇，结冰了。"

学校的大喷泉一年四季当摆设，这届学生还没见它开过。天气寒冷，路上学生都赶紧往教室跑，只有她们两个，停在喷泉边。

李笛看了看，往里伸了一只脚，碰了下冰面："好像还挺厚的。"

江城地处江南，水面很少结冰。孙心妍也起了玩心，抓着李笛的胳膊，往里踏。第一脚下去，感觉冰面坚硬，于是第二脚的力气有些没轻没重了。

忽然间，李笛感觉手臂被人猛地拉了一把，紧接着孙心妍"啊"地大叫一声，冰面破裂，人一斜，整条腿陷入池中。

冰水刺骨，孙心妍惊慌的叫声瞬间引来了周围学生的注意力。

"我的天啊！"李笛赶紧把她往外拉，一下子还没拉动，直到两个路过的男生跑来帮忙。

南面就是高三教学楼，窗边，不知道谁率先看到这一幕，不过十几秒的时间，整栋楼的窗口都伸出了脑袋。

笑声、叫声、拍桌子声……高三的学生们终于在成堆的题海中找到喘息的契机，热烈的起哄声响彻整个冷寂的校园。

路过的老师也来帮忙，所有人的心里都憋着笑。

最后，孙心妍去女生宿舍换了裤子鞋子，被李爱珍带去办公室吹了一节课暖气。

下课，何滨去办公室找物理老师讨论题目，一进去就看到孙心妍正坐在办公室窗台边，手里抱着个热水袋，腿上烘着小太阳。她头发是乱的，脸颊被烤得发红，下面套着条宽大的运动裤。

孙心妍在办公室不敢明目张胆看他，于是每隔一会儿瞄一眼。

休息了一节课，孙心妍回班了。

下午的课结束前，她在课间给何滨发信息，要到他那边吃晚饭。何滨直到最后一节课下课才回了个"好"。

孙心妍到的时候，房间已经被空调烘得很暖和了。她坐在沙发上，抱着何陪妍玩。

何滨不说话，她也不说话。

最后到底还是何滨先绷不住，问她："几点了，饭还吃不吃了？"

桌上是他买的两碗盖浇饭。

孙心妍朝他看看，过去洗了洗手，坐到餐桌边。

两个人默默地吃饭，吃了一会儿，孙心妍往何滨碗里夹了块鸡肉。

何滨拿筷子的手停下，总算用正眼看她了。

孙心妍伸出一根手指，点在他的脸颊上："今天都差点被冻死了，你还生我的气……"

"知道我不高兴就好，没见过哪个女的有你这么蠢。"何滨的脸被她手指点着，动也不动地看着她，"你是不是真的智商低一点，正常人会往那个池子里面踩的吗？"

孙心妍讨好地跟他笑了下："好了，下次不踩了。"

吃完饭，孙心妍盘着腿坐在沙发上说："今天你走了之后，在办公室，马老师一直在夸你，说应该早两年让你搞竞赛的。"

马老师教物理，何滨在物理上天赋极高，这一年突飞猛进，这次物理还考了个全班第一。

"谁稀罕搞竞赛。"

"竞赛就可以保送了。"

"没得选专业，何必呢。"

期末考试过后，何滨带着孙心妍去了他家别墅。

"调没调好……"孙心妍坐在阳台上喝着奶茶，手里拿着份讲义在看。似乎为了给自己心理安慰，她现在走到哪儿讲义都随身带着。

何滨弓着身在旁边摆弄望远镜："快了快了。"

"都半小时了……"孙心妍凑过去。

"急什么。"何滨轻声说，过了一会儿，嘴角一弯，他朝她招手，"过来。"

"好啦？"

何滨让开位置，孙心妍站过去，眼睛贴近冰凉的目镜，视野里是一片安宁的黑色，一颗浅黄色的小球，被一圈明亮的光环围绕着。这是孙心妍第一次在望远镜里看星星，那种逼真而细腻的质感，令她由衷地感到激动。

“好美啊……”她不禁感慨，“这个是什么星星，离我们远吗？”

“土星，离我们差不多15亿千米吧。”

15亿千米……这样的数字是什么概念？孙心妍沉浸在遐想中。

“土星外面光环的反光能力强，很亮。你仔细看啊，它这个环其实有很多个，我这个是中等的口径，你能明显地看到几道，要是用小点的口径差不多能看到两道。”何滨的声音低而温柔。

孙心妍问他：“为什么看土星？”

“傻啊，这个是土象星座的守护星。你的守护星。”

孙心妍转过头，何滨看着她呆呆的样子，扯着嘴角笑了下：“不是吧，这样都不感动？”

她怎么不感动呢，简直飘飘然，不知身在何方了。

而何滨永远不会知道的是，在当下的感动后，这颗行星在孙心妍的人生里留下了什么样的印记。

此后，无论她多么艰难、多么疲惫，只要在深夜抬头，她总相信自己在被一颗星星永远守护着。

开学后，黑板上的倒计时飞速减少。

一模、二模、三模紧接而来……班主任每天轮流找人谈话，有人哭、有人笑，更多的人是面无表情。

再后来，高考来了。

最后一科结束的那个下午，阳光把整个教室照出了不真实的感觉。

铃响前，很多人已经答题完毕，随着时间一点一滴地流逝，一双双黑眼睛开始变得明亮。几乎是铃声响起的瞬间，一片低呼声，只有监考老师在维持最后的收卷秩序。

结束了。

一切都结束了。

孙心妍的手心是凉的，她背着包，走出教室、走过走廊、走下楼梯……阳光依然刺眼。

有一个瞬间，她忽然感到失望。

就这么结束了？

没有鲜花、没有掌声，更没有漫天抛撒的书本与试卷。身边只有轻松说笑的同学们，三三两两，搭伴而行，宛如高一刚入学时的一个寻常课间。

一切都如此平和、灿烂。

楼梯口，一个高高的身影，手插着兜，在流动的人群中静止着。

何滨回过头，看见了站在青春大幕之下的，他的女孩。

第六章

我们的北国

高考完的那个下午，何滨带着孙心妍，叫上陈彦其和几个朋友一起去了KTV唱歌。本来一共就六七个人，结果大家都是三三两两在外游荡，一个叫一个，呼啦啦来了大半个班的人。

包厢从大包升到豪华包，愣是在隔壁又开了一间。男生们肆无忌惮地喝酒、抽烟，包厢里很快就乌烟瘴气，女生自动聚到隔壁一间。

孙心妍跟李笛坐在沙发上，在乱七八糟的歌声里聊天。

“你跟何滨怎么说的，你们报同一个学校吗？”

“还没想好，看分数吧。我觉得也不一定非要去一个学校。你呢，你想好什么方向了吗？”

“我到现在都不知道我到底喜欢什么。你呢，你想好了没有？”

包厢门忽然开了，一屋子叽叽喳喳的女生看向门口。

何滨往里面扫了眼，视线定到孙心妍身上，朝她招招手。

他就这样把他们的恋情昭告天下了。

“哇——哦——”满屋子女生发出起哄声。

孙心妍羞涩地起身，朝他走过去：“叫我干吗？”

包厢门都关上了，里面的起哄声还在继续。

何滨："发你短信怎么没回？"

"我跟李笛聊天呢，没看手机。"孙心妍根本不知道他发短信了。

"肚子饿了没有？在这边继续玩还是怎么样？带你去吃饭。"他摸摸她的脸。

走道上有两个喝多了的男生出来，勾肩搭背地路过，跟他们挤眉弄眼。

孙心妍被他们弄得挺不好意思的："不要了吧，李笛还在这边，我陪她一起吧。"

"那你把她也叫着，我这边也还有几个人，一起算了。"

"好，我去跟她说。"

那天晚上，何滨、孙心妍、李笛、陈彦其外加几个男生去吃了火锅。吃完饭几个男生又去大排档喝酒，玩玩闹闹，一眨眼就快十二点了。

两个女孩觉得不能再迟了，都要走。

孙心妍自然是何滨送，李笛要自己回去，孙心妍不放心，要跟何滨一起送她。

陈彦其站起来，笑笑："好了，不要犟了，这么迟让你一个人走，出事谁负责。"他看看何滨，"你们走吧，我来送她。"

安排好李笛，孙心妍放了心，站在何滨旁边，跟众人道别。

男生们坐在大排档的塑料桌边，调皮地冲孙心妍挥手："滨嫂，拜拜。"

夜晚街道空旷，他们一路步行，自然地牵着手。

"何滨，我跟你说件事。"

"说。"

"我有点想读医科。"

"学医？"何滨停下，"怎么忽然又要学医了，不是想当老师的吗？"

"也不是忽然……"

不是忽然，孙心妍脑子里一直有个朦朦胧胧的念头。只是，她的性格踏实谨慎，不确定的事不愿向人透露。

高考前，孙心妍和孙贺敏聊了一次。孙贺敏从来不知道她有这个想法，当时也很惊讶。

医生是个好职业，但是学医显然没那么容易，苦是一方面，大多专业本科都是五年制，人命关天的职业，靠本科文凭就进医院显然不可能，至少得拿到硕士，这么一来就要七八年。更现实的问题是，即使学出来了，能不能顺利就业也是问题。

孙贺敏跟她说清里面的利害，告诉她，很多东西不是看表面风光的。

孙心妍说，如果大家都不去学，慢慢地不就没医生了。要是别人不怕苦，她就可以不怕。

孙心妍从小生活在衣食无忧的环境，物质上的满足令她并不看重物质，在职业选择上，她有着一种近乎天真的精神追求。

孙贺敏让她自己拿主意。他供她读一辈子书都不打紧，主要是看她自己耗不耗得起这个时间，吃不吃得了这份苦。

何滨对医学生没什么概念，孙心妍告诉他，她想读七年制的临床医学。

“七年？”何滨的语气充满了难以置信。

“你别这么惊讶。”孙心妍说，“其实就是听着吓人，现在本来就有很多人读到硕士，就是比普通的本硕连读多一年……”

“你等等……”何滨打断她，自己也在捋思绪，“你先让我想一下。”

静了静，何滨还是觉得有点不可思议。

七年，这个数字对十九岁的人来说，已经超过了之前三分之一的人生。

“想没想过，你学出来就二十六了，还结不结婚了？”

孙心妍轻声说：“你不是要跟我结婚的吗……”

何滨：“我是想大学毕业就结的。到时候我毕业你还在上学，怎么弄？”

尽管他语气有点不正经，孙心妍还是能感到一丝甜蜜：“我本来就不想那么早结婚好不好，都还没玩够。”

何滨简直要笑出来：“搞得你很会玩一样……”

成绩还没出来，孙心妍跟何滨的这场谈话显然没有什么结果。

空气里满是夏夜的芬芳，小区的灯光就在前面，真希望这条路长一点，再长一点。

孙心妍拉住何滨："就送到这儿吧。"

"到楼下吧。"

她拽住他："不行。"

她爸爸刚刚就在电话里说了，快到了他下楼等她。

"怎么不行了？"

他把她往自己身上拽，两只手交叉在她后腰处。夏天穿得少，何滨手臂上有细密的汗，他的动作有种说不出来的放肆。

孙心妍轻轻地推了推他，轻声抱怨了句："你不热啊……"

她前额顶了下他的胸口，又抬起脸，两只手捧住他的脸，下颌骨硬硬的，男孩子的皮肤，摸起来有点粗糙。

他们的脸离得很近。

孙心妍用一个微微俏皮的笑遮掩羞涩，像是预感到了什么，又低下头。

没再让她低头，何滨偏过脸吻她。

孙心妍的心跳得好快，感觉腰被一双手臂缠紧了，嘴唇被轻轻地碰了下。

他们都长大了，她抱住他的腰，慢慢地回应着。

这是一个惬意的夜晚，只有光明正大的爱情。

高考分数出来了，高三十七班第一名是韩东，年级排第四。孙心妍和何滨发挥得也很不错，双双进入年级前五十名，何滨还比孙心妍高了十二分。孙心妍嘴上不服气，说他走运，心里却佩服万分，回想那些帮他补课的时光，心中又充满成就感。

两人商量志愿时，何滨告诉孙心妍，他想往航空航天方向发展。孙心妍这才意识到，他真的变了，不再是那个只会在球场上耍帅的大男孩，也不再是那个只在她督促下才愿意学习的差学生。人生的山峰，他忽然走到了她的前面，并且充满后劲。

何家一家是生意人，出了何滨这么个文化人，要多得意有多得意。对于他的前途，何父听之任之。这个打拼了大半辈子的男人早就看出来，儿子开窍了，将来会有广阔的天地任他翱翔。

最后，两人几经考虑和抉择，一同去了一座北方的城市——哈尔滨，一个上医大，一个上工大，开始崭新的人生旅程。

其实在做这个决定前，孙心妍是游移不定的。她一直想离家近点，陪在爸爸身边，没想过出省，并且从小生活在江南地带，她每次出远门旅游几天就会皮肤干燥、身体不适，回来要休养很久。

想到要去那么冷的城市待七年，她真的不知道能否适应。

骨子里，她就是个有点娇气，又讲究现实的人，加上缺少人生经历，她不觉得异地恋是大问题，只要城市离得不太远就行。

只是最后，她还是对自己下了狠心，和何滨一起去了北方。

那是一座历史悠久，四季分明的城市。从家乘火车过去近十二个小时。孙心妍每次都是从南京坐飞机往返，航程近三个小时。有时乘坐廉价的红眼航班，一出机场，人就像片叶子，一不小心就会被夜风吹走。

那里拥有孙心妍记忆中最漫长的冬季、最短暂的夏日。

后来，孙心妍无数次问自己：如果一切可以重来，她还愿意去吗？

愿意的。

那年，是孙贺敏送孙心妍去的学校。

孙心妍拖着大箱小箱走出机场，明明什么都还没看见，却感受到了和家乡不一样的天蓝地阔。

出租车穿过闹市，窗外闪过许多石造的俄式建筑，给人置身国外的感觉。孙心妍趴在窗口看。

孙贺敏：“漂亮吧？这下开心了。”

孙心妍回过头，看着爸爸笑了笑。

孙贺敏笑笑，轻轻地感慨了句："北国风光，千里冰封，万里雪飘。以后不要想家啊。"

孙贺敏一开始当然是不同意她来这儿上学的，但她非要来。他问了很多亲戚朋友，学校是个老牌的学校，分数不低，有底蕴。地方也是好地方，没有北京上海的浮躁，也适合静心学习。后来想想，离家远点，权当是对她的锻炼。唯一担心的可能还是她的身体，孙心妍体质不好，他怕她受不了这里的气候。

父女俩在哈尔滨玩了四五天，逛了中央大街、圣索菲亚教堂，好好地欣赏了松花江。

分别的时候，空空的六人宿舍里，孙心妍忽然就哭了。新环境带来的兴奋、快乐被道别的伤感所取代，爸爸要走了，在这个即将度过七年的陌生环境里，她开始想他、想家。

孙贺敏帮她擦眼泪："多大了，还哭，大孩子了啊。我要赶飞机，不能陪你吃饭了，爸爸回去每天给你打电话。"

孙心妍点头。

"一个人在这里不要不舍得花钱，马上冬天就要来了，多买几件厚外套，我买的你也看不上，自己买，听到没有？"孙贺敏摸摸她的头，"不哭了啊，发生什么事了一定跟家里说，爸爸在呢。"

孙心妍红着眼睛点头："爸，你要照顾好自己。"

夏秋交替的校园风景干净清雅，教学楼不高，但是很结实，坐落在葱郁的绿化中。一阵风吹过对面的一片绿松，几只鸟忽地飞向蓝天。

孙心妍想，这就是她的大学了。

每个高中生对大学生活都有许多遐想。孙心妍关于大学的第一个想象是上了大学就再也不用背书包，可以像电视剧里的女孩一样，把书本夹在臂弯里，慢悠悠地穿过大半个校园。

还有，她从没住过校。尽管以前李笛常抱怨住宿舍的不方便、人际关系上的麻烦，可她还是对神秘的集体生活有点期待。

孙心妍是全宿舍来得最早的一个，后来，宿舍里的其他五个女孩也来了，孙心妍看着她们在家长的帮忙下整理床、柜子。晚上，家长离开，几个女孩围坐在一起，轮流自我介绍。

第一次见面，大家很友好，认识完就开始打趣，聊对学校的第一感受。

孙心妍见生人话就少，其中一个比较活泼的女孩忽然看向她说："我觉得你长得很好看，你是不是性格有点内向？都不说话。"

女孩叫程瑶，个子不高，微胖，有一双水灵灵的大眼睛，算不上多漂亮，但看着很讨喜。

"谢谢你。刚认识，我不知道说什么好，其实我不是很内向。"孙心妍笑了下。

"你下午是不是哭了？我进来的时候看到你在那边擦眼泪。"

"嗯，那时候我爸刚走。"

程瑶："你想家了啊？不过江苏过来确实挺远的。"

剩下的几个女孩也说，她们都是周边省市的，问她怎么考这儿来了。

抿了下唇，孙心妍轻声说："我男朋友在这儿。"

"哦……"几个女孩明白过来，欣喜地问，"他也是我们学校的啊？"

"不是，他在工大。"

私密的情感话题一下就把女孩们的关系拉近了，其中一个女孩大方地说，自己和对象是异地恋，很羡慕孙心妍。

剩下的几个人说自己还没谈过恋爱，希望能在大学有段初恋。

走出小小的高中，孙心妍和北方一些长相明艳、轮廓深邃的女孩相比，不再是最亮眼的一个，但她凭着江南女孩的文弱清纯，还是吸引了不少男生的目光。

大学和高中不一样，谈恋爱似乎成了天经地义的事，男生们看见喜欢的就厚着脸去追。他们用各种借口加她校内网、QQ，旁敲侧击地向她舍友、同学询问她的情况，结果得到噩耗：都歇歇吧，人家男朋友陪着过来上学的。

“男朋友是谁啊？哪个系？”

“工大航天学院的。”

军训最后一天，下午的训练结束，新生们大呼解放。

女生们穿着迷彩服，三五成群地走在校园小道上，比任何风景都亮丽。孙心妍头发被汗打湿了，手上拿着迷彩帽，一路上和程瑶有说有笑。

微风拂面，轻盈凉爽。走着走着，孙心妍一个不经意抬头，忽然在宿舍楼前的白杨树下看见了一个身影。

其实才十来天没见到，但在这个陌生的地方，孙心妍觉得连他都有点陌生了。她走到他面前，凝视他。

长途跋涉，何滨刚把东西放到学校就赶过来了，面色有点疲惫。他两手空空，穿得很简单，就是白T恤和运动裤，看上去却挺有精气神。

孙心妍的心情有点微妙，既开心又委屈，开心的是他终于来了，委屈的是他这么迟才来，她都一个人在这儿好多天了。

事实上，何滨是想要送她来的，结果她要爸爸送。他学校开学时间比她迟，索性就晚来了，这还是她要求的。

看她这反应，何滨嘴角一歪：“不认识了？”

“不是说六七点才到吗？”

“本来说是晚点，后来又正常起飞。”他很自然地去牵她的手，“想我没有？”

孙心妍像是这才回过神，笑了下，点头。

何滨也笑笑，拉着她的手放到唇边亲了下，又摸摸她的头。

好几个女生从那头过来，好奇地看看树下的他们。孙心妍不在乎这些目光，拖着何滨，带他参观她的学校。

何滨在路上折腾了一天，其实挺累的。晃了一圈后，孙心妍察觉到了，体贴地问：“你累了吧？要不我们找个地方休息一会儿吧。”

结果何滨在她学校附近的快捷酒店开了个房间，他正好可以洗澡。

他洗澡的时候，孙心妍坐在床边看电视。

听着水声，看看房间内米色的装修，她心里有点发毛。以前他一个人住，他们经常共处一室。但是现在，这种感觉有点不一样。毕竟长大了，成人了，她也懂了很多。

孙心妍七想八想的时候，何滨出来了。他嫌浴袍脏，穿的还是自己的衣服，一身水汽，拿毛巾擦着头发。

“你洗不洗？”他在床边坐下，浴后的发丝更加漆黑。

“啊？”孙心妍摇头，“不用。”

“怎么了？刚刚不是说学校洗澡不方便。”

孙心妍看着电视：“真不用了。”

何滨沉默了下，站起来，把毛巾往床头柜一扔：“听话，去洗吧，我去买点吃的上来。”

何滨拿着钱包出去后，孙心妍看着关上的门，深吸一口气，想了想，还是去了浴室。宿舍没有单独卫浴，这几天军训，一到洗澡时间浴室就挤满人，她每次都要光溜溜地拎着洗浴用品，在旁边等半天，特别尴尬。

孙心妍洗完澡、吹完头发出来，何滨已经回来了，正躺在床上看电视。

吃完饭，两个人一起躺了一会儿，这是他们第一次睡一张床。

一开始，孙心妍枕在他胳膊上看电视，看着看着，察觉到他垂着眼在看自己，她就再也没办法把目光放在电视屏幕上了。

何滨搂住她，她轻轻侧过身，枕在他胳膊上的脑袋动了动，轻声问：“这样枕着你难受吗？”她一动，头发上的淡淡香味就跟着涌了出来。

“不难受，舒服。”

“骗人，怎么可能舒服。”

她的嘴角边现出两个梨涡。

“真的。”

像是为了让她体会他舒服的感受，他在她唇上轻轻亲了下。

本来他想点到为止，不把她弄得太过紧张。可是氛围太好了，他一下子没止住，吻完又吻，越吻越缠绵。不知不觉地，他半个身子都压在了她身上。

呼吸交错，女孩的身体柔软芬芳，何滨心里烧起了一团火，手在她背后隔着衣服抚摩。

孙心妍整个人都被他亲得酥软了，知道这个吻比以前过分，却又留恋……

“嗯……”她躲开他的吻叫了一声，抓住他胳膊，“不行……”

“就碰一下。”

“不行。”

他掌心贴着她肋骨，弄得她酥酥麻麻的。

何滨放柔声音：“半下？”

“不行不行……”孙心妍浑身紧绷，紧紧拽着他的胳膊。

他亲亲她：“好想你啊。”

孙心妍心里软软的。

“你想我吗？”

想，而且不只是想，她爱他，爱得快不可自拔了。

暑假里何滨就已经不满足于接吻了，他对她的胸部充满了兴趣。他第一次提出来，孙心妍吓得半死。

在她的理解中，这种私密部位是男女发生关系时才能碰的，他怎么好意思光明正大地跟她提？

可何滨再三提出后，孙心妍反而成了不好意思的那方，不知道要怎么拒绝，怕尴尬。

她还偷偷上网搜了一下，看别人的男朋友是不是也这样……

结果蹦出来的一些字眼粗俗不堪，看得她脸红心跳，内心更加犹豫。

孙心妍的内心矛盾极了，紧张地抓着他的小臂。不知道谁的皮肤出汗了，两个人皮肤触碰的地方有点黏。

何滨手肘撑在她头边，身上有勃勃的英气。鼻尖对着鼻尖，他看着她的眼睛，睫毛很黑，翘翘的。

孙心妍的声音细得快没了：“只能碰一下……”

何滨深深地呼出一口气，没说话，他深深地吻她。

孙心妍满脸涨红，拉着他的衣角，迎着他的吻。她感觉自己整个心房都被包裹住了，晕晕沉沉的。

白色的床上，两个人紧紧抱在一起。

孙心妍的头埋在他脖子里，像受到了伤害一样，半天一句话都说不出来。

何滨把她压在身下的长发慢慢撩出来，铺在枕头上。

“还难过呢？男女朋友都这样，不信你问问其他人……”

何滨也没夸张，没女朋友还好，这个年纪有女朋友，亲亲抱抱太平常了。

“对了，差点忘了给你看个东西。”何滨起身越过她，在床头柜上摸到手机。

“看什么？”

孙心妍靠在他肩头，看着他的指尖在屏幕上轻轻滑动，打开相册，眼前白光一闪，何滨的手指停下，把屏幕往她面前递了递，孙心妍终于甜甜地笑了。

画面里，彭琪抱着何陪妍，一人一狗，全都正脸对着镜头。

“彭琪不怕狗了？”孙心妍之前一直在发愁何陪妍怎么办。

“被我训练过了。”

“你怎么训的？”孙心妍说，“你肯定又欺负他。”

“我问过了，我们学校大一必须住校，大二要是能搬出去住，我把它给你带过来。”

孙心妍注视着他，心里暖暖的，目光干净纯真。

“你去学校看过没有，感觉怎么样？”

“还可以，今天就放了个行李，还没来得及细看。”

“你晚上还回去？”

“不回，就在这儿睡一晚吧，明天过去收拾。”

暑假里，孙心妍和他在网上看过图片和简介，工大比医大还要小。

全国那么多航空航天大学，孙心妍不明白他为什么非要报这边的工大。何滨说，别看这个学校位置偏，看着不起眼，航天领域是国家的头块招牌。

说到航天，孙心妍本来还以为是学开飞机、造飞机之类的，以为他要当飞行员。

何滨被她逗得笑，告诉她航天这块主要是做太空探索、卫星通信，他以后想发展的方向就是太空探索。

“太空探索？登月的那种？”

“差不多吧，你说什么就是什么吧。”

孙心妍嘴上说着“又敷衍我”，心里却暗自为他骄傲。

就这样，孙心妍和何滨正式开启了他们的大学时代。

何滨军训结束后，带着孙心妍逛了他的学校。

学校不大，教学楼也很旧，老牌的工科院校，学校明显男多女少。何滨带着她去食堂吃饭，周围不少人都朝他们看。

外貌出众，又会穿，何滨一来就在新生里小有名气。学校里为数不多的女生们正关注着呢，这边忽然见他领了个女孩吃饭。

一开始，何滨孙心妍每天见一次面，但是开学后他们两个的专业课都排得满满当当，学校之间离得也不近，后来就保持一周见两三次了。

孙心妍发现，他们俩的学校无论是在生活还是在学习上都管得很严，压根儿不像高中时很多人说的那样，上了大学就是玩。

一周五天都有课，其中有两天满满八节课，和高中的作息几乎一模一样。大部分都是基础课程，专业课程不多，有时上着让人头疼的化学、物理，孙心妍感觉自己又回到了高中。

刚入门的医学生，最期待的就是解剖课。

第一次去上课，大家隐隐兴奋着，终于可以看见尸体了，有的女生特别害怕，不知道实验室里的大体老师到底什么样子，还有人说自己会晕血，把全班逗笑了。

结果，他们看见的是浸泡在福尔马林里、早就泡得没一点血色的尸体，老师只让他们看，不让碰。

“就是跟那种水晶棺材一样，全封闭的，大体老师整个被泡在里面，然后那些标本，看着都像假的，不怎么恐怖，就是味道有点恶心……”

食堂里，何滨筷子拿在手里，面无表情地看着她：“吃完饭再说，行不行？”

“好吧。”孙心妍点点头，“但是我跟你说，真的没有想象中恐怖，肉都发白了。”

何滨这个时候才意识到，有个学医的女朋友是要有点思想准备的。

开学后的几个周末，何滨带着孙心妍把哈尔滨大大小小的景点逛了一遍，拍了很多合影。

孙心妍把照片上传到校内网，锁进相册。

她换了校内网头像，本来想换的是她和何滨的牵手照，后来觉得高调，于是去何滨相册里偷了张照片。

那天晚上，上着网的舍友问她：“你的校内网头像怎么用了一张冰激凌啊？夏天都过了。”

孙心妍真想告诉她，那不是一杯普通的冰激凌。

那是高中时候何滨赢了篮球赛，他们第一次单独吃饭时，他拍的照片。

新学期过半，大家玩校内网的频率似乎下降了，更新的动态越来越少。有时，孙心妍会忍不住看看那些高中同学的页面。

李笛去了山东的一所大学，凭着好运气，以不高的分数打擦边球，上了本一的专业。刚开学的时候她们每天打电话，最近各自都融入新生活，联系变少了。

陈彦其考了国防生。孙心妍简直怀疑他跟何滨有不正当关系，上了大学他们还天天联系。有一次何滨还把电话给她，让她跟陈彦其说了几句，约好寒假回家聚一下。

韩东呢，他如愿去了北大，校内网上最新的一条动态是报到时发的，四个字：你好，北大。

下面的留言一片敬佩与称赞。

大家走上了各自的人生轨道，像是走远了，却又像是还离得很近，只要发一条消息、打一个电话就能得到回复、听到那熟悉的声音。除了在高考前提前下车的黄稚薇。她走后，再也没人知道她的消息。

孙心妍换完头像没几天，何滨也不声不响地换了头像。

照片里是一条雪白的小狗，一只秀气的手在摸它的头。

孙心妍坐在电脑前，缓缓地笑了。然而没过多久，沉浸在甜蜜爱情与繁重学业里的孙心妍，迎来了大学里的第一个烦恼。

进入十一月，天很快凉了，城市开始供暖。

孙心妍发现，她的生理期乱了。以前她的经期一直在月末，这几个月一下子月中，一下子月初，上个月的到现在还没来，弄得她天天胆战心惊。孙贺敏每天会在网上问她生活学习的情况，可这方面的事孙心妍又不好跟他说。

有天下午课少，孙心妍去学校下面的附属医院挂了妇科。近二十年来，这还是她头回自己去看病。医生给她开了补充雌性激素的药，同时还配了点冲剂。回到宿舍，舍友们晚上看她在那边冲药喝，才知道她经期乱了。

程瑶说："早知道你去医院，应该叫我的，我陪你去。"

"谢谢，我下了课直接去的，就忘了找你们陪。"孙心妍挺感动的。

孙心妍和宿舍几个女孩的关系还不错。六个人开学后自动两两配对，吃饭上课都一起。但孙心妍这边因为何滨的关系，经常把程瑶弄得挂单，好几次周末大家去超市购物逛街，孙心妍也都没去，久而久之几个舍友就和她没那么亲密了。

近来，程瑶和另外两个女孩走到了一块，要说孙心妍心里一点都不在意，肯定不可能，但她也理解，谁让自己重色轻友呢。

这个周末，何滨过来找她，他们在孙心妍学校附近开了个房洗澡休息。现在只要一约会，何滨最喜欢的就是开房。每次开房，他都要在她身上乱亲乱摸。几次三番后，孙心妍也没一开始那么紧张了，依顺很多。

何滨的课是真的多，丝毫不比孙心妍轻松。可能是工科学校的缘故，整个校园有种严谨而踏实的氛围，学生在课堂上的认真程度不亚于高中。

前几天，她跟着他上了一节专业课，头都要听炸了。他坐在旁边，一脸悠闲的表情，时不时记笔记。

何滨班上一共三十多个人，女生只有三个。其中一个坐在第一排，中途被老师叫上去做题，孙心妍看她洋洋洒洒地写了小半个黑板，心中为之惊叹。

女孩回座时，孙心妍发现她长得很漂亮。不是一般的那种漂亮，五官大方，头发长长的烫了卷披在肩上，很有气质。

孙心妍问何滨她叫什么名字，成绩是不是特别好，何滨往前看了半天也没想出那个女孩的名字。

孙心妍知道他的德行，总是不把别人放在眼里。但何滨总体还是让她很放心，他不和别的女生勾勾搭搭，手机什么的随便给她玩。他看着一副痞样，心思却很纯正。

外面开始下雨，听着淅淅沥沥的雨声看了一会儿电视，孙心妍有点困，她抓起何滨的手腕看时间："我睡一个小时，你等下叫我。我们部下午还要开会。"

开学后，凭借钢琴特长，孙心妍进了学院文艺部。

"嗯，睡吧。"何滨把电视声音调小了点。

孙心妍睡着后，何滨烟瘾犯了，下楼去买烟。以前何滨没烟瘾，高三下学期天天熬夜看书，有时候题目想不出思路，来根烟倒很容易有感觉，烟瘾就是那时候弄出来的。孙心妍不喜欢烟味，定了个规矩，和她在一块儿的时候他不能抽，而且一天最多抽两根。

在外面抽完烟散完味何滨才回房间，一进门，他发现孙心妍不知道什么时候醒了，呆呆地坐在床上。

"醒了？"

孙心妍身上裹着被子，眼泪忽然掉出来："何滨……"

"怎么了？"何滨被她搞得十分紧张，"好好的哭什么？"

他在床边坐下来，孙心妍光是哭，不肯说。

“想家了？”

孙心妍摇头。

“怎么了？说话，别光是哭啊……”

原来是孙心妍的例假来了，把裤子、床单都弄脏了。

何滨帮她梳梳粘在脸上的头发，安慰着说：“要什么紧，帮你买条裤子不就得了。”

“床单怎么办……”

“加点清洁费给他们。”

孙心妍一想，泪水又聚到眼眶里：“那多丢人……”

“丢什么人，亏你还学医。”

等何滨去旁边超市买了运动裤和卫生巾回来，孙心妍已经冷静下来了，跪在床上擦垫被上的血迹。她洗过澡了，身上套着酒店的浴袍。

何滨把东西给她，孙心妍去卫生间换好出来，又继续跪在床上擦。

“床单哪儿去了？”何滨问。

“我刚刚稍微洗了下，放在厕所呢，等一会儿洗干净用吹风机吹干就行了。”孙心妍深吸一口气，又继续埋头干。

何滨盯着她看看，心里发笑，觉得她有时候挺机灵的，有时候又蠢得让人无语。

过了一会儿，何滨去了卫生间。孙心妍听见里面有流水声，下床跟过去看看。

何滨站在洗漱台边，拿着块肥皂在擦床单。只有脏的那一部分湿了，大片床单从台子上垂到了地上。

他回头漫不经心地瞄她一眼：“用热水洗的？还医学生呢，化学反应不知道？”

孙心妍站在门口，呆呆地看着他。洗漱台前的灯很亮，镜子里，他还是那副吊儿郎当的样子。这个大少爷自己的衣服、袜子从来不洗一下，现在在这儿帮她洗这个，她能不感动吗？

洗完了，何滨把水挤了挤，拿着吹风机吹。

孙心妍走过去，从背后轻轻地抱住他，何滨握了握她交叉在自己腰上的手。

“妍妍，你不都是二十几号吗，怎么这个时候来了？”

孙心妍有时候会痛经，疼起来一动不能动，何滨对她的经期记得很清楚。

“我也不知道，这几个月时间都不准，我刚去看了医生。”

她想，可能就是吃药给吃来的。

“什么时候看医生了，怎么没跟我说？”何滨转过身。

“这个怎么好跟你说。”她低着头说。

“你一个人去的？怎么不喊我陪你？”

“我看的是妇科，你陪我合适吗？”

“医生怎么说，什么原因啊？”

“也没怎么说，可能就是到了新环境，要适应一段时间吧。”停了停，她又调皮地笑了下，“不过，今天来了其实也挺好的，吃药有效果。”

女孩子的心情瞬息万变，她又高兴了起来。

何滨最喜欢她这甜甜的笑模样，盯着她看看，双手捧着她的脸亲下去。

孙心妍跟他亲了一会儿，推开他：“好了，别再耽搁时间，我们快收拾完，我该回学校开会了。”

其实，孙心妍的单纯是最初吸引何滨的地方。何滨的眼光其实很传统，就喜欢柔柔弱弱、有女生样的这种类型。但现在嘛，她的单纯又让他憋得慌。

这天下午，孙心妍冒着小雨赶到文艺部开会时迟到了，会议结束，她和两个部里的女生一起走着，有人在后面叫她。

她停步，一个高高的、单眼皮的男生从后面追上来：“你好，我叫宋一飞。”

“你好。”孙心妍对他有点印象，他也是他们文艺部的，会吹小号。

宋一飞给她一把钥匙：“叶佳让我带给你。”

“哦，谢谢。”孙心妍接过来。

叶佳是文艺部的副部长，这是他们活动室的钥匙，孙心妍以后要负责管钥匙。

“你钢琴弹得挺好的，迎新晚会时正好看到你表演。”他跟着她往前走。

孙心妍有点尴尬地笑了下：“对，不过那个伴奏之前没时间练，有两个地方弹错了。”

宋一飞笑笑：“上次我听部长说本来想培养你做主持人，你不愿意。”

迎新晚会的时候部长就提议让她当新生主持人，但孙心妍的普通话不分前鼻音后鼻音，在北方这边听起来尤其明显，她自觉地婉拒了。孙心妍不想再跟这个不熟的男生多说什么了，只礼貌地笑了下，说了句“没有”。

雨后，深灰色的校园小道湿漉漉的，一地的黄色落叶。

宋一飞与孙心妍并肩而行，他问：“对了，你是哪个专业的？”

“临床。”

“临床？程瑶跟你一个班吗？”

“对，她是我舍友。”

“她是你舍友？”男生说，“她是我们街舞社的。”

“对，她好像是报了街舞。”

宋一飞忽然问：“程瑶她有男朋友吗？”

孙心妍有点明白了，盯着他看看，笑道：“好像没有。”

宋一飞：“没有就没有，你笑得这么古怪干什么，方便的话加你个 QQ 吧，以后还有事要找你帮忙。”

孙心妍想了想，笑了下，把 QQ 号报给他。

孙心妍回到宿舍，程瑶和另外两个舍友正挤在书桌前嗑着瓜子看电影，满地的瓜子壳。她们看的是《色戒》，不知道从哪儿下到的无删减版，三个女孩边看边讨论。

孙心妍把包放到桌上，程瑶回过头看看她：“妍妍你回来啦，跟我们一起看吗？”

刚好放到关键镜头，孙心妍脸上一热，移开目光：“不看了，我还要洗衣服，你们看吧。”

现在的孙心妍不是以前的孙心妍，她跟何滨有过不少身体接触，比起她们，她看见这些反而心虚，脑子蹦出的全是乱七八糟的画面。

看电影的三个女生听到洗手台那边有水声，忍不住朝那头看看。是的，孙心妍在外面洗过头了，其中一个眼尖的还发现，她换过裤子了。

她们都没有恋爱经历，对孙心妍这种漂亮女生的感情生活充满好奇。每次她约会回来，女孩子们都会把这些细节在心里过一遍。

孙心妍洗的是下午穿的牛仔裤，洗完捧着盆，拿到阳台上晾。

"刚刚外面雨下得是不是挺大的？"程瑶跟着她进阳台，趴在栏杆上往下看看。

"不大，毛毛雨。你不看电影了？"挂好裤子，孙心妍跟她一起站着看风景。

"不看了，也没什么意思。"

"程瑶，你没有男朋友吧？"

程瑶被她问得有点窘，摇头："怎么忽然问这个了？"

孙心妍神秘地微笑："不是我问的，今天有人问我的。"

女孩子大大的眼睛看着她，又羞涩又好奇地打探："谁啊？"

孙心妍不再卖关子："你们街舞社是不是有个叫宋一飞的？"

"宋一飞？"程瑶想了下，"是不是个子高高，皮肤有点黑的那个？"

"对，他也是我们文艺部的。"

程瑶没说话，孙心妍继续说下去："我们文艺部刚才开会，碰到他，他问我你有没有男朋友。"孙心妍说完忽然抿着唇，看着她笑。

程瑶脸红了，手扶着栏杆看下面："哎哟，他估计就是随口一问。"

一周后，孙心妍在 QQ 上看到宋一飞的留言，问她们宿舍今天下午什么时间有人在。

孙心妍问他什么事。宋一飞说他们宿舍今天去逛花鸟市场，买了几盆花回来装点宿舍，想送两盆过来给她们宿舍。

孙心妍笑了笑，回：我建议你直接问程瑶比较好。

宋一飞回：千万别，别弄得太尴尬，就是送给你们宿舍的。

中午在食堂吃饭，孙心妍直接把他们的对话给程瑶看，问她怎么办，这花是要还是不要。

程瑶脸红得跟番茄一样，支支吾吾半天，说："那就要吧。但你别说是我要的，反正他也不是送给我，是送给我们宿舍的。"

于是当天下午，宋一飞真的搬了两盆杜鹃花到女生宿舍楼下，孙心妍拖着程瑶一起下楼搬花，程瑶死活不肯下去，不得已，她和另外一个女孩下去了。

这两天温度开始降到零下，男生敞怀穿着件短羽绒服，手上戴着棉手套，站在女生宿舍门口，脚边两盆开得红艳艳的杜鹃花。

看见孙心妍她们出来，宋一飞露出一口白牙："你们俩搬得动吗？要不要我跟宿管说一声，帮你们搬上去。"

孙心妍里面穿着睡衣，下来时套了件厚厚的白色羽绒服，脚下踩着一双毛茸茸的Hello Kitty棉拖鞋。

"麻烦你了，不过程瑶她不肯下来。"孙心妍面孔红润，看看地上的花，又看着宋一飞笑了下，"我们自己搬吧。"

旁边的女生也说："宿管一般不让男生进，反正花盆也不大，我们自己搬。"

宋一飞看看孙心妍："那你们试试看，搬不搬得动。"

孙心妍："小看人，一盆小花怎么可能搬不动。"

宋一飞："你们俩别说大话啊，你们这瘦得跟豆芽菜似的，还真不一定。"

两个女孩笑了，直接一人从地上端起一盆。

"好了，快回去吧，外面风大，别回头把你们俩吹跑了。"宋一飞笑笑，"我走了。"

"谢谢了。"两个女孩道谢，抱着花回宿舍。

回到宿舍，一屋子女孩乐疯了，叽叽喳喳地拿程瑶开玩笑。

程瑶坐在上铺的床上，被她们说得羞死了。

跟孙心妍一起下楼搬花的女生说："瑶瑶，我感觉他还挺幽默的呢，而且长得也有点小帅。"

程瑶说："帅什么呀，我觉得很普通，眼睛小小的。"

"在我们学校算好的了啊，你看看我们班那些男的，全是歪瓜裂枣。"女生忽然说，"妍妍，你觉得我说的对不对？"

孙心妍说："我也觉得还不错，瑶瑶你再观察观察吧。"

旁边有女生说："你们别问妍妍啊，她眼光可高着呢，你们看她男朋友那个样子，在我们学院估计就是院草了。"

"哪有那么夸张。"孙心妍说。

"一点不夸张，而且你男朋友特别会搭配衣服。他衣服是你帮他挑吗？"

孙心妍不知道话题怎么好好的就转到自己身上了，但她也不吝啬于和她们聊何滨："也不是，他自己本来就喜欢买衣服。"

以前孙心妍想送何滨礼物，总是不知道送他什么好，现在关系亲了，就开始送衣服。何滨眼光高，穿的是几个固定牌子，那些牌子的外套之类的她都买不起，就给他买T恤、帽衫什么的。

她第一次给他送的是一件薄款的纯黑色帽衫，打完折还花了她五百多块，结果何滨客气都没客气一下，直接收了，第二天就搭在外套里头。

这天晚上，孙心妍坐在阳台上给何滨打电话，聊了一会儿今天发生的事，看着放在角落里的花，她就把有人追舍友的事告诉了他。

"人家追丫头，你激动个什么劲。"

孙心妍："她是宿舍里跟我玩得最好的，我当然为她开心。"

他声音低低懒懒的："你们学校有人追你没有？"

孙心妍静了下，忽然笑了。

他还好意思提。

就在前两天，有个医学院的男生在孙心妍校内网相册的一张照片下面留了条言：长得真好看，能认识一下吗？外加一个表情。

孙心妍没理他。

结果第二天她收到消息提示，何滨在下面回他了，回了一个问号。

到了下午男生像是也上网了，也回了个问号。

何滨又回：我是她男朋友，你是哪位?

男生的回复：不好意思，连加三个惊恐的表情。

那天，看着这两个人在自己页面下蠢蠢地回来回去，孙心妍乐不可支。

可是孙心妍知道，这个有点蠢的何滨上了大学后再也不是高中时那个只知道追她的男生了。他正有着越来越大的世界，越来越厉害的人生。

一天下午，孙心妍跟着何滨去参加了一场讲座。

讲台上，教授正在用 PPT 做演讲，时不时跟底下的同学互动："今天来的很多都是大一的同学，我来问问大家，为什么选择航天方向，有人可以告诉我吗？"

有人说有趣、有人说神秘，也有男生直接在下面喊"六六六"，在场超过四分之三都是男生，而且是豪爽的北方男生，整个教室回荡着浑厚低沉的笑声。暖气十足的屋子，教授没穿外套，淡蓝色衬衫外叠加一件格纹背心，儒雅正气，倾听着这些年轻的声音，他微笑点头。

何滨是硬生生被拽过来的，一开始不耐烦得很，一直在玩手机。

"大家说的都很好。在任何国家，航天事业都是了不起的事业。"教授双手搭在讲台上，沉稳的声音透过话筒传出来，"那大家觉得什么样的人适合进入这个行业呢？"

下面又是一片讨论声。

这一次，他没有让学生畅所欲言："很多人说啊，我们理工科的男生太呆板，成天只知道闷头计算，要不就是泡在实验室做实验，没有文科男生浪漫，不会追女孩。"他稍稍一停顿，"当然了，全国大多数工科大学男女比例失衡也是客观因素，这个是教育部需要改进的地方。"

下面传来笑声，为数不多的女孩子也笑了。

"不过我认为，我们这个专业跟其他工科专业不一样。你们可以告诉那些女孩，没有任何一个专业会比我们更浪漫。为什么呢，因为没有任何一个领域会比太空更加浪漫、迷人。"

学生们渐渐安静下来。何滨转着手里的手机，脸上的表情痞痞懒懒的。

“科学是严谨的，但科学在严谨的同时，它更需要浪漫的思维、超越的情怀。只有当我们的思维和太空一样广阔时，我们才有自信去探索它。现在，有人喜欢唱衰我们航天业。从现实点的角度看，每个国家的航天项目大体都是亏钱买卖，每个项目都要投入大量人力物力，不停地往里砸钱，回报甚小。

“你们的师兄师姐可能也已经给你们灌输了很多消极思想。他们告诉你们，很多同学毕业后会转行，不转行的无非是进入一些航天院所、科研站、国企，收入也就是温饱水平，和你们选报这个专业时的想象，偏差巨大。很遗憾，他们没有危言耸听，事实确实就是这样。这个行业中的很多人最后只能当一颗螺丝钉，为一个不为人知的项目付出几年、十几年的青春。还很有可能付出一切，最后却得到很少。

“我们国家从一九七〇年发射第一颗人造地球卫星，到现在载人航天、深空探测屡屡取得突破，看得见的是举国欢庆的成就，看不见的是无数次失败、几代航天人的坚持。是什么在让他们坚持？今天我们不去谈里面的民族责任、奉献精神，我们只讨论一个人的价值取向。你们正处于人一生中最好的年华，不妨问问自己，活着是为了什么？为一饭一蔬，一栋房子一辆跑车？那当这些都有了之后呢？继续为你们孩子的一饭一蔬？

“我想，你们以高分选择这个专业，心中必然怀有一份浪漫情怀、一份冒险精神。现在，你一只脚迈入了，发现前方是一片荒原了，还有没有勇气再继续往前？

“好，我们试想一下，往前的两种可能，一种是拼尽全力，依然永远走不出去。还有一种是走到尽头，你看见了绿洲。”

台下，一片懵懂目光。

PPT 的光投在背后，这个中年教授的身体被覆上一层绚丽的色彩。何滨手上的动作停下，看着他身上那层变幻的光影。

“你知道你看见绿洲的时候，意味着什么吗？”他语调加强，定定地看着台下的青春面孔，“它意味着另一个时代的到来。在那个时代里，所有的行业、科技、国家、民族，都可能产生翻天覆地的变化。那是什么？那是继陆地、海洋之后，真正的大航天时代。它也许离我们很远，也许就近在眼前。而你，选择做这个时代的开拓者，还是追随者？”

整个教室仿佛静止了，何滨沉默地看着讲台，陷在最后那个质问中，陷在错乱的思绪中。

蓦地，教室里响起雷鸣般的掌声。

台上的人说：“不要鼓掌！孩子们，我不要你们的掌声，不要你们一时的激情，我要你们想清楚，给自己接下来的四年一个答案。”

哈尔滨的冬天真的太冷了，宿舍里的杜鹃花只坚持了两个星期就快死了。

这个天，花都该放温室里头养的。几个粗枝大叶的女孩不懂，只晓得往阳台一扔，晾衣服的时候浇点盆里剩下的水。

就在这花快死的时候，程瑶感觉出了异样。

这阵子，她跟宋一飞在发短信。最初的一条还是她发的，收到花之后，在宿舍人的撺掇下，她主动给他发了个“谢谢”。他回了句“不客气，你们喜欢就好”。后来又过了三四天，他主动给她发了条短信，问的是街舞社开会的事。

程瑶原先没在意过这个男生，他追她后她才开始关注他，觉得他长得还不错。可她又觉得哪里怪怪的。程瑶没有恋爱经验，面对男生的忽冷忽热，一下子就乱了阵脚，有天上午她还主动给他发信息，问他“在干什么”。隔了一个小时宋一飞回了，说“刚刚没看见，正要吃饭”。

程瑶说：哦，那你先吃饭吧。

宋一飞回：好的，回聊。

就在程瑶心里憋闷的时候，有一天，孙心妍忽然在宿舍说：“瑶瑶，宋一飞问我们花养得怎么样了。”

程瑶心里咯噔一下，试探着问：“他发短信问你的吗？”

孙心妍说：“不是，QQ 上问的。”

舍友在旁边笑着说：“我看宋一飞人挺大方的，但每次怎么都不好意思跟瑶瑶直接沟通，老是通过妍妍，真有意思。”

另外一个女孩说：“就是啊，而且到现在还不请我们宿舍吃饭。”

大家笑起来，只有程瑶没有笑。

没过两天，周三下午，孙心妍没课，一个人在图书馆看书，等何滨接她去玩。

宋一飞不知道从哪儿冒出来的，在她对面坐下，往她面前放了杯奶茶，朝她笑笑，一口白牙：“刚买的，还热着呢，没想到在这儿碰到你，给你喝。”

孙心妍：“谢谢，不用。”

手指在书本上翻页，女孩子目光垂下去，笔尖在纸上沙沙划动。宋一飞盯着她看看，清了下嗓子，打开自己带来的书，过了一会儿想主动带起话题：“怎么你一个人在这儿，程瑶她们呢？”

“不清楚，你自己问问她吧。”

察觉到她的冷淡了，宋一飞不知道发生了什么，笑着说：“哎，我是不是哪儿得罪你了，在 QQ 上跟你说话也没回。还是不是朋友了？”

孙心妍看着他：“你到底是不是要追程瑶？”

宋一飞愣了下，接着，直视她的目光，说：“其实……我更喜欢你。”

孙心妍抱着书站起来：“不好意思，我有男朋友。而且，我觉得你这样做很过分。”

晚上，孙心妍和何滨约会完回到宿舍，发现程瑶正趴在书桌上哭。几个舍友围着她在安慰。孙心妍问了句“瑶瑶你怎么了啊”，没人应她的声。

孙心妍在自己的床上放下包，走过去又问舍友们：“她怎么了？”还是没人理她。

她站在旁边愣了愣，去阳台收拾洗浴用品，下楼洗澡。刚要带上宿舍门发现卡没带，她再一推门，忽然和里面的几道目光相对。

很短很短的一瞬，几个女孩又转过了头。她们可能也没想到孙心妍出去后会再进来，于是向她背影投射的厌恶目光，悉数落在她脸上。

洗完澡，孙心妍在 QQ 上问程瑶："瑶瑶，到底发生什么事了？"

程瑶过了近半个小时才回："宋一飞下午跟我说，他喜欢的人是你，之前都是误会。"

孙心妍回："对不起，我之前不知道这件事。"

程瑶没回。

这晚之后，宿舍里五个女孩对待孙心妍的态度彻底变了。她们没对孙心妍做什么，只是把她当成空气。这五个人一起上课、吃饭、洗澡，晚上熄了灯像以前一样说说笑笑，再也没和孙心妍说过一句话。可是在外面，她们又说了很多关于她的话。

隔壁宿舍两个女生跟孙心妍玩得不错，于是孙心妍都和她们一起吃饭，只把寝室当成睡觉的地方。学校规定大一大二不能住外面，孙心妍想着大不了熬两年。她跟辅导员申请调宿舍了，也许用不到两年。

这件事，孙心妍只在电话里跟李笛说过，李笛叫她离她们远远的，把她们当作不存在。

何滨不知道孙心妍跟舍友关系崩了，只是觉得她越来越黏自己。陈彦其说，谈恋爱谈到后面都是女的越来越黏，黏其实就是依赖。何滨想想也是，他挺享受的，没事的时候都带着孙心妍玩，要不一起坐图书馆看看书。

周六下午，孙心妍跟何滨躺在宾馆里看电视。

何滨说："明天下午我爸来，你要不要见见他？"

何滨爸爸出差路过，要来看他。

"不要。"

何滨忽然翻身压住她，身子还故意沉下去。

"重死了……"孙心妍把他往旁边推。

何滨不动，手肘撑在她头两边，还闷声笑了两下："要不要？"

"我还没做好准备呢。"

"准备什么，我帮你准备，买衣服还是烫头发，带你去韩国整个容？"

她笑了："你整容还差不多。我们不是说好明年的吗？"

何滨早就打算带她回家，两家本来就是老邻居，他觉得早点让家长知道没什么。结果孙心妍一千一万个不同意，她是女孩子，这么早见家长长辈会怎么想、怎么看待她。何滨想想觉得她说的也有道理，两个人商量好大二再跟家里说。

"好，明年。"何滨低头亲她。

温暖的房间、白色的床，他把她抱得紧紧的，吻得不可开交，两个人的呼吸都越来越重。

"再来商量件事。"何滨看着她，孙心妍也看着他。

何滨的几缕发丝垂下，遮住了一点眉峰，他撑在她身上，刚刚的笑容没了，目光也和平时不太一样，多了点成熟，多了点侵略性。

孙心妍的脸有点红，她回避何滨的视线，静了一会儿，又抬眼看他。

什么也没说，而那宁静、忧郁的目光又像是说了很多，楚楚动人，惹人爱怜。

何滨："别这么看我，不逼你。"

过了一会儿，孙心妍轻轻吐出几个字："我不想你不高兴。"

何滨迟疑两秒，手上的力气散开，瘫倒在她身上，头动了动，埋进她温软的胸口。他的头发刺刺硬硬的，弄得她有点儿痒。

何滨说："你高兴我才高兴。你要是还没准备好，就再等等吧。"

"你不急了？"她摸他的耳朵。

"嗯，不急。"不急？他急得要死。

孙心妍觉得这个样子的何滨特别像一个孩子。

"那你再给我点时间，让我有个准备。"

"你打算准备到什么时候？"何滨问。

尽管她这话听起来有点敷衍，很像是搪塞，何滨心中却暗自窃喜。以前她可是说要等到结婚的，这等于是松口了。

孙心妍想了想，忽然说："明年行吗，明年我们就又长大一岁了。"

何滨抱紧她，脸上的笑都要憋不住了：“大一岁小一岁不一样吗？你到时候不要跟我不认账，现在十一月了，转眼就要过年了。”

“我说的是真正过完年，不是跨年。”

“行，我等着了啊。”

第二天，何父傍晚才到哈尔滨。吃完饭，父子俩直接在酒店泡了个澡。他这趟专门绕过来，不光是为了看何滨，还为了跟何滨说个事——他打算再婚，和他那个谈了几年的女朋友。

何滨听了没什么反应，说随他的意思，自己没意见。何父的意思是叫何滨不要有想法，他不会再要孩子，家里的东西以后都还是何滨的。等何滨毕业了，不管是要接手家里的事，还是自己做事业，他都支持。

何滨听了这话心里还算舒坦，没太大情绪。

晚上何滨跟孙心妍打电话聊到这个事，孙心妍问他：“那个阿姨你见过吗？”

何滨：“废话，她跟我爸好几年了。”

电话里，孙心妍听不出他是难过还是不难过，又问他：“那你同意了？”

孙心妍想到了自己爸爸。如果有一天，他也要有另一半，她可能做不到像何滨这么无所谓。

何滨：“我爸单身这么多年，忽然要结婚你当他没考虑清楚？我同不同意不重要了。倒是你，以后学着聪明点。”

“关我什么事了？”

何滨：“不关你的事？以后你嫁到我家不要面对这两个人吗，再来万一他们以后有孩子，你要不要帮我争家产？”

越说越荒唐，孙心妍问：“你不是说他们不生孩子吗？”

何滨：“别人说什么你都信？除非我爸结扎，否则这话他还得给我咽肚子里。”

孙心妍笑了，问：“那你说的话我能都信吗？”

何滨反问：“你说呢？”

“我觉得能。”

隔着电话，两个人都笑了。

何滨说：“好了，早点睡吧，不早了。”

孙心妍依依不舍：“等一会儿我们再发一会儿信息吧。”

何滨：“好。我先下去打两瓶水。”

孙心妍：“好。”

“挂了。”

“嗯。”

没人挂。

何滨：“快挂，你再拖我下面要没水了。”每回他都是让她先挂电话。

“你先挂吧。”

何滨催促：“听话，快点。”

最后还是孙心妍挂断了。

冷风呼啸的阳台，手机屏幕暗下去，孙心妍回头看看，寝室里光线明亮，五个女生围坐在中间，板凳堆在一起，她们在打扑克。

考试季到来，孙心妍和何滨都忙着复习，见面频率自然降低。

这天上午何滨睡到九点多才起，带着书去了图书馆。这个点，图书馆里人山人海。室内暖烘烘的，有人在里面吃早饭，味道很不好闻。何滨转了几圈没找到位子，刚打算去找个自习室，一转眼，发现角落位置有两个学生在收拾。

然而他过去的时候，有人跟他看上同一目标，也朝那个位子走过去。靠近座位，两个人下意识地互看一眼，是同院的沈明。

沈明看看何滨，率先问：“你几个人？”

她穿着一件米色V领薄衫，单肩背一个黑色大包，挂着外套的手臂捧着书。

何滨：“一个。”

她大方地问：“我也一个，介意一起坐吗？”

何滨扫她一眼，无所谓地坐下：“坐吧。”他脱下外套，露出里面的黑色帽衫。

沈明坐下，放下书，从包里拿出文具袋、水杯和一小盒话梅。

之后，两人各看各的书，没再说过话。

虽然没高中时用功，这学期何滨也没放松。只是，他们班上大多数人都很沉得下心，期末的时候竞争压力还是很大。复习阶段，何滨还是挺用心的。他想争取大二进实验室。

到了饭点，何滨看看时间，穿起外套拿着书走了。

下午，何滨在小超市买饮料，接到一个陌生电话。

电话里，女生普通话标准：“请问是何滨吗？”

“嗯，你是？”

“你好，我是沈明。”

何滨没吭声，听她说下去。

“上午在图书馆你把书拿错了，拿了我的书。”

何滨微微愣住：“不是吧？哪本？”

沈明报出书名，又问：“我来找你换一下吧。你现在在哪儿？”

“我在超市，那你稍微等下吧。”

“行，那我过半个小时打你电话。”

何滨喝着可乐回到宿舍，把书拿出来一看，确实拿错了。封面正中两个端正的小字，沈明。

半个小时后，沈明来到男生宿舍楼下。

男生宿舍楼很少会看见女生，女孩害羞，就是男女朋友也不常在这见面。于是当沈明站在门口等待时，这些进进出出的大一男生兴奋了，跟在蚌里发现珍珠似的。

整个航天学院的女生，哪一个不被他们调查得清清楚楚？沈明在学院里长得好、成绩好，难得的是她身上有种坦荡而得体的气质，很多人在追。

这大冷天的，这颗珍珠在等谁呢？

几分钟后，沈明转过头，看见何滨出来了。他左右看看，朝她走来。

两个人互换书，何滨跟她道了个歉。

沈明淡淡一笑："没什么。"

两个人之间也没话可说，她看看他："走了，拜拜。"

迎考阶段，全国所有高校昏天暗地忙复习。

孙心妍没想到，快停课了，她却交到一个新朋友。女生名叫谭亚蕾，和她一个班，人比她高半个头，浓眉深目，在女孩里长相偏硬朗，有点欧美的感觉。一学期快结束了，孙心妍和她没一点交集，最后一节细胞生物学课，这个女生刚巧坐她旁边。

老师说好这节课划考试重点，谭亚蕾拎着本书就来上课，坐下没一会儿就自言自语："咦，我的笔呢……"她低头在地上东找西找，最后抬头看看孙心妍。

"你还有笔没有？"

从这支笔开始，两个女生熟悉起来。剩下两天的最后几节课，谭亚蕾都自然而然跟孙心妍坐在一起。

有天下了课，谭亚蕾说："想去吃个拉面，你想不想？"那天孙心妍一点不饿，陪她去了。

到了食堂，谭亚蕾问孙心妍："听人说你跟你们宿舍闹矛盾了？"

"还好，比较少在一起玩。"孙心妍把面条里的香菜挑出来。

"你不吃香菜？给我吧。"

孙心妍愣了下："你真要？"

"要啊。"谭亚蕾看着她把香菜夹到自己面碗里，问，"你江苏的？"

孙心妍点头。

谭亚蕾说："我们班好像就你一个江苏的。"

孙心妍问她："你是哪儿的人？"

"吉林。"她普通话带着点方言味，"我特想去江苏玩，没机会去，我有个姑妈就在上海。”

孙心妍笑了：“上海不是江苏的，它靠着江苏。”

“我知道啊，那边黄浦江跟这松花江一模一样。”

这顿饭之后，谭亚蕾吃饭洗澡都会发个信息问孙心妍要不要一起，而且问得特别自然，很熟一样。孙心妍觉得她有点酷，脸上很少有笑容，说话做事带着股爽利劲，像男生，又有点像大姐大。

这天何滨来陪她看书，孙心妍的笔记本电脑有问题，刚好带过来让他修。图书馆里，何滨帮她弄电脑，她在旁边告诉他认识谭亚蕾的事，说得兴高采烈。

孙心妍：“你不知道她这个人多有意思，昨天洗完澡吹头发，她说她的头发越吹越油。我一看确实特别油，结果你知道怎么回事，她拿护发素洗的头。”

孙心妍脸上带着微微笑意，清新恬静。

何滨一直没怎么说话，等到她说完安静下来，他从屏幕上转过头看她，直到把她看得不好意思了，他才轻轻地刮了下她鼻子：“就这么高兴？”

“没有，就是觉得东北人很有意思。”孙心妍又说，“等考完试，我们请她和她男朋友吃饭吧？”她迫不及待想为这段友情升温。

“还不是你说怎么样就怎么样。”何滨一副听她差遣的懒懒语气。

孙心妍淡淡笑了，看着电脑问：“好了？”

“嗯。”何滨把光驱里的碟取出来，拍了下她的头，“以后有更新要及时更新，知道没有？蠢得跟猪一样。”

孙心妍用电脑是傻瓜相机式的使用方法，只用不维护。但凡跳出来什么更新提示她都直接关掉。这些软件原本都用得好好的，她觉得不需要更新，更用不着什么新功能，变了版本她还不习惯呢。这透露出的或许是一种懒惰，又或许是她性格中守旧、贪图安逸的一面。

何滨：“软件更新很多是更新里面的漏洞，打补丁。你以为呢。”

接下来几天，两个大学彻底停课，大家进入最后的复习阶段。

这天上午，何滨睡到近十点才起，起来跟孙心妍在电话里随意聊了几句，啃着个面包夹着书就来到自习室。中午，陈磊打来电话，喊他到食堂二楼吃饭。

何滨晃过去，看到班上仅有的三个女生都在。沈明略微笑了下，跟他点了下头，何滨脱下外套，脸上没什么表情，也跟她点了个头。四五个男生，七八个炒菜，吃起饭来热热闹闹。

这小饭局是其中一个男生临时组的，其实就是想请沈明吃饭，怕人家女孩不同意，硬是七拽八拽喊出一帮人，说是当成期末迎考前的小聚会。组局的男生在席间一个劲儿地表现，知道沈明父母都是航天系统里的，于是一会儿说国际国内发展形势，一会儿说最新研究成果，想引她话头。结果人家女孩子表现得很大方，应声归应声，就是明显不想搭理他。

说说笑笑着，一个男生忽然转头："江老师……"

几个人纷纷转头，看见工程制图的老师正路过，像是要去窗口打饭。

五十多岁的男老师两鬓已经有些白，很亲切地过来笑笑："在这儿聚餐呢？"

"是啊，快期末了，大家在这聚聚，江老师一起吃吧。"

几个学生都热情地说："是啊，一起吃吧。"

这老师为人正派、平易近人，大家都很喜欢他。

"不用不用，你们年轻人聚餐，老家伙就不掺和了。你们吃吧。"

老师走了，几个少男少女又开开心心吃起来。

热热闹闹的食堂，过了一会儿，窗口处忽然传来一声大叫，几个男生好奇地朝那头看了看，不知道是谁第一个站起来，瞬间一桌人都跑了过去。

从中午到下午，孙心妍一直联系不上何滨。下午四点多，她一个人去医院配药。她的月经不调问题还在吃药巩固，不再吃激素类的药，每天只喝中药冲剂。妇科排队的人多，等待叫号时，她又试着打何滨电话，结果他关机了。

何滨手机不离身，二十四小时开机，她和他认识这么久，从没有过这么长时间联系不上他。就算没带手机，这都要傍晚了，他肯定也回到宿舍了。

孙心妍头脑发蒙地开好药，下楼交费，心里冒出各种荒唐离谱的猜测。

手机被偷了？还是他家里突然发生什么事，情绪低落到任何人电话都不想接？又或者出什么意外了？

在医院大厅坐了一会儿，孙心妍决定去工大找他。

就在这时，两个年轻的身影匆匆穿过人群，走到前面的收费窗口。孙心妍觉得自己幻视了——是何滨和一个女孩子。

女孩身材高瘦，身上穿着休闲款的驼色大衣，卷发在脑后绾成低低的韩式发髻。何滨低头看着手上的一沓单据，女孩侧过脸跟他说话时，孙心妍觉得双耳像是隔了层膜，嗡嗡的，听不清周围声音。

人很多，隔得也有点远，女性天生的敏感却让孙心妍一眼就认出她。这个女孩她见过的，就在他们的课堂上。

何滨交完费，手上拿着钱包和病历面无表情地往电梯边走，沈明在旁边拎着一小包药。

一转头，何滨怔住，讶异地走过来："妍妍，你怎么在这儿呢？"

孙心妍坐着没动，装得很平静："我过来配药，你呢，我打你手机一直关机。"

沈明站在不远处，淡定地看着他们。何滨回头跟沈明说："你先上去吧，我送下女朋友。"

沈明点点头，临走时礼貌地跟孙心妍微笑了下。

何滨拉着孙心妍，把她带出医院。刚出大门孙心妍就把他手给挣脱了。

何滨："中午我们老师突发脑溢血，他家里没一个人在，我们在这给他忙了一下午，我的手机肯定是没电了。"

何滨知道她生气了，边说边掏电话，坦荡荡地给她看。

孙心妍不看，只垂着眼说："别解释了，知道了。"

"真知道假知道？"何滨盯着她脸看看，问，"瞎想什么呢？"

他要牵她手，孙心妍不动声色地把手闪开："没有，就是刚才找不到你有点着急，你去忙吧，我先回学校了。"

何滨跟着她走到路边，给她拦了车，扶着车门道："晚上去找你。"

她没猜错，确实是个意外事件。可他忙得连打个电话的时间都没有吗？手机没电，不能借别人的手机吗？能的，他只是不再像以前那么紧张她、挂心她，所以，自然而然地不记得联系她。可她呢，却越来越在乎他。这公平吗？

于是到了晚上，何滨在孙心妍宿舍楼下等了足足一小时，她才披头散发地慢慢走出来。

何滨站在她宿舍楼外的树下，在那边抽烟。

孙心妍走到他面前，才发现他这么高大。

何滨盯着她看了一会儿，语气沉沉："消气了？"

孙心妍不吭声。

其实等了这么久，何滨心里也积气了，觉得她太任性。可看到她，气又消下去大半。

"罚我呢是吧？"

他抱住她，她的脸贴上他的衣襟。他的外套又硬又凉，已经不像布料，像是什么硬物，上面有一股烟味。他抱紧她，吻了下她光洁的额头，又用嘴唇蹭蹭她耳朵："还跟不跟我闹了？"

一月份哈尔滨的深夜，他说每一句话，嘴边都伴着白气。

看他冻成这样，孙心妍心疼得眼泪都要掉了。她抬眸看看他，目光又垂下，闷在他胸前摇了摇头。

"妍妍……"何滨轻轻叫她一声，吻她的唇。

不一会儿，有晚归的女生被男友送回来，在宿舍楼前另一角道别。大学女生宿舍楼的夜晚，总是这样情意绵绵。

"你们老师怎么样了？"

"住院了，现在还在ICU，儿子在国外，他老婆是个大学教授，去外地搞讲座了，学校领导也去了。"

经历过那年他爸的意外，何滨算是有过经验，人送到医院后一下午忙里忙外的都是他。

"真可怜。"孙心妍抱了他一下，"冷了吧，你回去吧，我们要关门了。"

"不吃醋了？"

"我总发脾气，你会嫌烦吗？"

“不会，你例假不是好了，怎么又去医院？”

“跟你说你也不懂，反正还要吃好久的药。”

“下次我陪你去。”

“看你表现吧，表现好就带你去。”

“凭良心讲讲看，我对你好不好？”

“没以前好。”孙心妍声音细细的，不看他眼睛。

“怎么没以前好了？”何滨挑了下眉毛。

孙心妍沉默了。

何滨：“妍妍，以后我对你更好一点。”

她抬起眼：“你说话要算话……”

“嗯，算话。”

整整一天，直到这时孙心妍才笑了：“好了，你快回去吧，太冷了，我回宿舍了。”

临走，她飞快地在他脸上亲了下，轻盈的身影消失在楼前。

期末考试后，何滨请孙心妍跟她朋友吃饭。

孙心妍第一次要他请她朋友吃饭，何滨就没在学校周围随便找小饭店，请他们去酒店吃自助餐，一个人一百八十八元。

谭亚蕾跟她男朋友一方面觉得他们太客气，另一方面也觉得头疼，毕竟以后还要回请。

一开始谭亚蕾就跟孙心妍直说：“你让你男朋友整点正常的，我们回请压力小点。”

孙心妍：“我跟何滨说了，他就是不想怠慢你们。真要回请就随便请一个，没人会介意的，真的。”

谭亚蕾：“你说的啊，不跟你开玩笑，我让磊子到时候请你们吃火锅行不行？”

孙心妍：“行，我还挺喜欢吃火锅。”

那是个美好的夜晚。孙心妍觉得，这可能是她上大学以来吃得最开心的一顿饭。以前她就想过这样的四人晚餐，自己、自己的男朋友，加上好朋友、好朋友的男朋友，大家光明正大、温馨美好地聚会，像大人一样。

谭亚蕾的男朋友不是医大的，在金融学院念会计，大二了。东北人，个子比何滨还高，很壮，眼睛细长，话不多，但是看上去很憨厚。

两个女孩硬组的局，全程都是她们说话。自助餐没什么好吃的，就是海鲜比较新鲜。何滨在旁边帮孙心妍剥剥虾，话头落到自己身上才开口。后来不知道怎么聊到健身，两个男生交流了几句。

门口道别时，何滨问孙心妍："真不要我送？还是送吧，太晚了。"

孙心妍头上戴着一顶毛绒贝雷帽，长发从胸前垂下，被风吹得有些凌乱。何滨帮她掖了下帽檐处的发丝。

孙心妍："不用，我跟亚蕾一起走，她男朋友都不送。你回去的时候小心点。"

何滨："那到学校给我打个电话。"

孙心妍点头。

夜晚的校园很静，两个女孩互相聊了聊男友，谭亚蕾问孙心妍："你是不是没加什么社团？看你平时很闲啊。"

孙心妍："开学的时候加过两个。"

一个英语俱乐部，一个轮滑社，入学时被学姐学长撺掇着加的。她慢热，不喜欢跟一帮陌生人玩，几次活动没去，人家渐渐也不叫她。

谭亚蕾："下学期你加入我们话剧社，我带着你玩，我们活动还挺多，看看电影排排剧什么的，你长得又漂亮，说不定还能当个主演。别成天看书，人都看呆了。"

孙心妍："下学期再说吧，还不知道课紧不紧张。"

"啥再说啊，"谭亚蕾看她扭扭捏捏，"大一都是基础课，有啥好紧张的。"

孙心妍想了想，笑笑："那好吧，下学期你给我报个名。"

二〇一一年的那个寒假在孙心妍学生生涯中最为亲切，离乡求学半年，她终于回到家，风里都是熟悉的味道。

跟何滨从机场出来，领完行李，孙心妍从他手里抢过自己行李箱，不肯和他一起出去。爸爸来接她，她不想让他看见何滨。

“看见又怎么样？”何滨感觉她弄得自己见不得人一样。

孙心妍说：“以后正式见面更好，这样挺尴尬的。”

何滨脸色不怎么好，说：“随你，你先去，我过个几分钟出去。”

“生气了？”孙心妍察言观色，拉拉他胳膊，“别生气了……”

何滨看看她，又面无表情地往旁边看看，长臂一揽，拥着她在她脸颊上亲了下：“去吧，到家联系。”

孙贺敏是直接开车来禄口机场接她的。一路上父女俩话不多，但那种亲密欢欣的氛围是不曾有过的。

家里什么都没变，孙心妍的房间一尘不染，床上铺着崭新的四件套，床头还插了一束新鲜的百合花。为了迎接女儿回来，孙贺敏每一个小细节都用心了。

那年过年，孙心妍在外地的伯伯、婶婶也回来了，一家人欢欢喜喜地聚在乡下，三十晚上的团圆饭吃得特别热闹。全家人都拿孙心妍开玩笑，叫她“小孙医生”，婶婶还问她有没有在学校谈男朋友。

孙贺敏喝着酒，微笑看着她。

孙心妍脸红了一下：“还没有呢。”

婶婶说：“可以谈了，大学里当然要谈恋爱。”

孙贺敏道：“她还小，再等等，在学校以学业为主，不急着谈。”

孙心妍没说话，只是这个在孙贺敏眼中年纪还小的女儿，一回市里就去见自己的男朋友了。

大年初四的早晨，全市还沉浸在新年的懒散氛围中，街上没什么人。

孙心妍来到约好的路口，远远就看见何滨站在路边。可能是有哈尔滨的冬天做对比，他居然只穿了一件皮衣外套，单薄但帅气。

“怎么穿这么少？”她可是全副武装，围巾手套一个不少。

“要穿多少？”

这人，大过年的还没一个正常语气。

满街的红灯笼、红色横幅在风中飘荡。

孙心妍对他翻了一个白眼，又笑了笑：“新年快乐。”他们整个春节都没见到面。

何滨这才笑了笑，揽着她的肩过斑马线：“傻乐。”

“想好去哪儿玩了？”孙心妍问。

昨天两个人聊一晚上也没得出结论，最后何滨说明天见面再定。

过马路后，孙心妍看见何滨忽然掏出把钥匙，按亮路边的一辆黑色汽车。他把她送上副驾驶。孙心妍刚坐进去，一个小白球冲到她身上，又蹦又跳，在她怀里打滚。

何滨把何陪妍带出来了。孙心妍顿时乐开花，眉梢眼角都是笑，抱着小狗一个劲儿地安抚，围巾手套都来不及取下来。

何滨把暖气打开，拍拍狗头：“好了好了，疯啦？冷静冷静。”

这狗哪听他的，站在孙心妍膝上，不停拿头蹭她脖子，疯狂摇尾巴。

孙心妍把何滨的手拨开：“你别打它。”

“我哪儿打它了。”

“你刚刚不就打了，这是谁的车？”

“琪琪家的。”

何滨低头在储物格翻半天，找出块巧克力，问孙心妍吃不吃。

“我吃过早饭了。你没吃早饭？”

“没来得及，差点睡过头。”包装纸发出脆响，何滨掰下块巧克力。

孙心妍抱住何陪妍，从包里拿出保温杯，打开盖子递过去：“有点烫。”

何滨接过来喝了一口。

“这几天在乡下玩什么了？”他握住她的手，不经意地咳了下。

“我就说你穿少了吧……”孙心妍看看他，又满眼关爱地看着何陪妍，漫不经心地说，“也没玩什么，我大伯他们今年回来了，大家每天就聚在一起吃饭。”

何滨刚要说话，结果又咳起来，拳头抵着唇。

孙心妍皱眉看他，有点担心了：“你先回去加件衣服吧，别真的冻到，今天还挺冷的。”

何滨咳嗽停下了，看看她：“知道我冷还不来抱我？”

孙心妍身上抱着狗，歪头看着他，过了一会儿，真的扭过身主动抱住他。何陪妍被他们挤在中间，摇着尾巴。

“还冷吗？”她把头搁在他肩上，抱住他的腰。

车内空间狭小温暖，这个拥抱显得很亲密。

“这几天想我没有？小猪。”何滨在她耳边问。

“想啊。”孙心妍问，“你想我了吗？”

“都想疯了。”

孙心妍笑了笑，忽然说：“我想好了，我以后不跟你发脾气了。”

何滨“扑哧”一下，从鼻腔里笑出声：“怎么了？”

孙心妍：“不怎么，就是不想跟你发脾气。所以你也不能跟我生气，好不好？”

“我什么时候跟你生过气。”何滨看看她，淡淡地来一句。

“你在心里生过，别以为我不知道。”

停了一秒，何滨笑了。

那天，何滨想带着孙心妍上高速出市转转，孙心妍不肯。大伯一家晚上要来吃饭，她答应孙贺敏下午早点回家帮忙。于是何滨就开着车带孙心妍满城转，午饭也是买的比萨在车上吃。

送她回家的路上，何滨接到电话，孙心妍一听就是陈彦其。

挂了电话，何滨说：“红旗明天喊你吃饭。”

孙心妍笑着说：“谁要跟他吃饭，而且明天我约了李笛了。”

“那后天啊……”何滨问。

孙心妍想了想，说：“好，就后天吧。”

孙心妍这几天总和李笛约会，久别重逢，两个女孩比高中时还要好。这天下午看完电影，孙心妍接到何滨电话，叫她们一起吃饭。

李笛去了才知道，陈彦其也在。

小包厢里，除了陈彦其、何滨还有另外两个不认识的男生、一个女生，他们在里头抽烟聊天，孙心妍一进去就皱眉。

陈彦其往门口一看，笑了笑，还是玩世不恭的老腔调："呦，笛同学好。"几个男生跟着看过来。

李笛的马尾辫放下来了，赶时髦烫着大卷，脸上还化了淡妆。从前的样子还在，但已经像个大姑娘了。

高考后李笛没跟陈彦其有过接触，脸有点红，她干巴巴地说了句："你好噢。"

何滨旁边的男生要让位子，孙心妍拉着李笛在空位上坐下，说："不用了，我们就坐这儿了。"

孙心妍和他们这帮人吃过两次饭，脸熟了。

脱下外套，孙心妍还是朝对面的何滨看了一眼。何滨避开她的目光，摸了下脖子，不动声色地在烟灰缸里把烟摁了。

上菜后，男生喝啤酒，提议让她们女生来点红酒。

何滨隔着小半个桌子问孙心妍："想不想喝？"

孙心妍问李笛："你喝吗？"没想到李笛居然点头。

席间，大多时候男生聊男生的，女生小声聊女生的，都在谈自己的大学生活。陈彦其一到这种场合就成了调动气氛的核心，桌上爆笑声不断。

孙心妍和李笛聊穿衣打扮，李笛给孙心妍看自己手机里存的几个发型图。

李笛："想染个那种很深的栗色。"

孙心妍对穿衣打扮一直有研究："可以啊，挺适合你的。"

李笛看她："你怎么没换个发型，烫烫头发什么的。"

孙心妍："我最近确实想换个发型，还没想好，想烫一下。"

"孙心妍，聊什么呢，也跟我们说说。"陈彦其像是怕冷落女生，忽然把话题引过来，又笑看着李笛问：“山东那边怎么样？有什么好玩的没有？”

李笛随便说了一点，几个男生默默听着，给面子地接两句，完了陈彦其把杯子举起来：“走一个。”

李笛举杯，默默地把杯中酒一口干了。

男生起哄。

陈彦其笑笑，朝她竖了个大拇指。

没过几天，美好的寒假时光就这么过去了。

开学前，孙贺敏开车把孙心妍送到机场，陪着她取票、办好行李托运。道别时，孙心妍忍着没掉眼泪。

孙贺敏说：“想家时候就回来，不一定要逢年过节，机票爸爸给你买。”

孙心妍点头：“我知道了，你少抽烟啊。”

何滨提早坐在候机区等孙心妍，因为感冒，带着个巨大的黑口罩，无聊地玩手机。有人轻拍他的肩，他抬眸，眼神先是漠然，接着是陌生、微微的讶异。

孙心妍看着他皱起来的眉头，撇撇嘴：“什么表情啊。”

“戴假发了？”何滨把口罩拿下来，用不怎么欣赏的表情看着她。

面前的人，那头标志性的温柔长发不见了。微微内扣的发梢抵着肩，孙心妍拨了下额前的刘海，目光清澈：“什么假发，剪得好看吗？”

短发让她看上去更加清新自然。

何滨看着她坐下，心情复杂。最大的感觉是——女朋友被调包了：“剪之前不跟我商量一声？”

“临时路过理发店，原来想烫的，你平时剪头也不跟我说啊。”

被她一堵，何滨喉结动了动，嗓子发痒，咳嗽起来。

孙心妍：“怎么两天了还没好？吃药了吗？”

何滨咳完了，略过她的关心：“好好的剪什么头，剪得跟踢球的一样。”

他就喜欢女孩柔柔美美的，长头发多好。

“你管的也太多了，成天光知道管我，不去管你自己。”

“怎么没管我自己了？”

孙心妍看着他，他下巴微扬，侧过身，一只胳膊搭到她座椅背上。

“你抽烟。”她说，“以前怎么答应我的？”

“跟朋友一起总要给点面子，我又没上瘾。”

“少来，一个人的时候你也抽。但我也没说你什么啊，我剪个头发都不行？”

何滨是真的不适应她这造型，连她跟他讲话他都恍神。盯着她的发顶发梢看看，这才发现一个发型对女孩真是影响巨大，整个人气质都变了。他能怎么办呢，剪都剪了。

又转过头咳了两下，何滨敷衍地让步：“好好好，这次就算了，下次不准剪，听到没有？”

孙心妍看他嗓子都有点哑了，也就不说什么了。她从包里拿出粉色水杯给他，何滨不要：“感冒呢，别传给你了。”

“喝吧，等一会儿上飞机我不用这杯子。”

何滨这才接过去。

孙心妍看着他喝水：“真不好看？”

他瞥她一眼，把盖好的杯子还给她：“一般。”

行了，没半点共同语言，孙心妍不再睬他，塞上耳机听歌。

片刻后，有人的胳膊搭上她肩膀，松松地揽住她肩。孙心妍扭过头，何滨还冷着一张脸，口罩不知道什么时候又戴上了，目光垂着，一只手玩着手机。

他头也不抬地问：“看什么……”

候机区坐着三三两两的人，每个人面前都大包小包。孙心妍把头懒懒地靠到何滨肩上，目光涣散地盯着一处，有些茫然地说：“没什么。不想回学校。”

“为什么？”何滨的视线总算回到她脸上。

“不为什么，就想在家待着。”

何滨下巴靠着她发顶，声音传下来：“那现在就嫁我，我给你养在那儿，让你天天在家待着。等下千万别上飞机。”

孙心妍听他这么说心里可高兴了，但面上肯定是矜持的：“你的钱又不是你挣的，都是家里的，有什么能力养我。”

他捏她下巴：“我家里的不是我的？以后让你数钞票数到手软，什么班也别上，就在家弹弹琴、养养花。正好我还不放心你去医院，别给人家看出什么毛病来……”

孙心妍瞪他，何滨笑起来。

第七章

傻瓜，我是真的爱你

开学后，谭亚蕾很快就把孙心妍带进他们话剧社。

话剧社有个负责舞美的男生一看到孙心妍就认出她，很热情地说："你是文艺部那个弹钢琴的吧？去年迎新晚会我记得的，你是不是换发型了？你这种美女人才我们最欢迎，正好我们下个月有演出，以前演过话剧吗？"

"没演过。"

"看过没有？"

孙心妍笑了下："没有。"

"没事，我们这好多新人以前都是没接触过话剧的，一接触就爱得不行。"

话剧这个东西，孙心妍从来没看过，老实说，也不觉得喜欢。然而谭亚蕾带她看了两次社里的排练后，孙心妍渐渐就体会到了它的魅力。和看电视剧电影完全不一样，人在现场会被舞台的仪式感震撼、被演员的投入所感染，再来点灯光音乐，整个身心都会彻底融进去。

更让孙心妍开心的是，所有社员都格外友好热情，很多才见过两次面就逗她玩。他们看她话不多、做事多，很喜欢她。

话剧社平时有个固定练习、玩耍的地方。于是孙心妍一没课就跟谭亚蕾过去玩，有时帮忙做道具，有时帮忙做舞美。下个月的剧场演出，他们还分给她一个有两句台词的小角色。

忙碌是令人振奋的良药，这阵子孙心妍忙得脚不着地了。

何滨问她："你的戏到底哪天演？我喊点人去捧场，给你献花。"

"千万别。"孙心妍在电话里阻止，"就两句台词，你别让我丢人。"

"跑龙套的也是演员，丢什么人。"

孙心妍："不准喊人，到时候你想看就自己来看。"

"你们社长是不是嫌你太丑，就给你演个两句台词的。"

"给我演就不错了。我们社很多演员都很专业，他们经常跑全国各地追演出，还自学表演，你根本不懂。"

"行，我不懂。"他才没兴趣懂这些玩玩闹闹的东西。

"明天晚上一起吃饭？"

"明天不行，我跟谭亚蕾约好逛街。"

何滨很正经地说："换个时间吧，明天先跟我吃饭。"

第二天晚上，何滨过来接孙心妍，带她来到医大附近一家饭店。孙心妍觉得他神神秘秘的。然而一开包厢门，孙心妍惊了。里面的大圆桌坐了近一桌人，男男女女，说说笑笑。男的是他在学校里的几个朋友，女的，是她的五个舍友。

以前，人人都知道陈彦其是个会来事的，何滨个性冷淡，不喜跟人打交道。事实上，何滨从小在他爸身边耳濡目染，社会经验比同龄人足得多，他只是懒得问事。

孙心妍不知道他是怎么把这些人搞到一起的，她僵硬地坐在旁边，一直没怎么说话。

何滨在大学交到的这些朋友跟以前差不多，都是长得不错、爱玩会玩的类型，很会逗女孩。几个女孩开始都有点羞涩矜持，慢慢也被调动起来，有说有笑。

这顿饭就像是平常的聚餐，大家说的都是不相干的话，聊学校聊专业，氛围和悦。结束后，几个男生绅士地送女生回去。

孙心妍不知道何滨到底用了什么方法摆平她的舍友，问他他也不肯说，说她们良心发现。可那晚之后，舍友们对她确实友善不少。女孩子间的关系是微妙的，不可能再像当初那么好，只是不再故意排挤她，有时候女班长来宿舍发通知，孙心妍不在，她们心情好会给她带句话。

有几次，孙心妍明显地感觉到程瑶在跟她示好。后来才知道，上次何滨叫去一起吃饭的一个男生真的跟她成了。

三月到来，哈尔滨的天气还是冷，温度依然零下。白天还好，可以稍微穿少点，到了晚上在室外一定要穿厚棉衣。谭亚蕾说，这里至少要到五月温度才会上去。孙心妍深深叹息，她最喜欢暖和的季节，这儿的寒冷太漫长了。

这个周六晚上，话剧社排了一个多月的戏开演，院里很多学生冒着严寒来观看。

前期孙心妍帮大家一起画海报、做舞美，还排自己只有两句台词的角色，天天忙得脚不着地。两个多小时的剧，从舞台到剧本、服装、灯光……全部是话剧社的学生亲手操办。谢幕时，耀眼的灯光洒下来，看着下面黑压压的人头，孙心妍跟大家手牵手站在舞台上，一起迎接雷鸣般的掌声。

内心的荣誉感、充盈感令孙心妍激情澎湃，骄傲得差点落泪。

散场后，孙心妍帮大家收拾道具、打扫卫生。

没多久何滨的电话打过来："磨蹭什么呢，还不出来？"

"在打扫卫生，你再等一会儿。"

"怎么什么事都要你干，当你廉价劳动力啊。"

孙心妍："要不你来帮我们一起打扫吧。还要好一会儿，你还是进来吧，外面风大。"

何滨挂掉电话，进去了。

人走光了，剧场空旷而安静。舞台上灯光亮着，几个男生在慢慢地收道具，孙心妍和几个女生弯着腰扫地。大家一边收拾一边嬉闹。

从台上看下面有点暗，但孙心妍的余光很快就发现何滨。她站起来，朝他招招手，脸上笑盈盈的。

旁边几个女生问孙心妍："你男朋友？"

孙心妍点头："我去跟他说两句。"

踏着地上的彩带，孙心妍走到台边蹲下，看着走过来的何滨："等下我们社要去聚餐，我们跟他们一块儿玩怎么样？"

"你们多少人？"何滨的表情显然是不乐意，说好他帮她庆功的。

"也就十几个。好不好？"孙心妍露出一种近乎讨好的笑。

"行吧。"考虑她第一次跑龙套成功的心情，何滨勉强也答应了，"要不要我帮忙？"

孙心妍："不用，你先坐旁边等一会儿，很快就收拾好了。"

坐在空荡荡的第一排，何滨看着孙心妍在小小的台上忙来忙去，忽然就想起高中第一次看到她在台上弹琴的样子。何滨是个很少回忆过去的人。他从小日子过得顺，喜欢往前看，总觉得前面还有无限好光景。然而此刻他一个人坐在这儿，忍不住地想起跟她在高中的点点滴滴。

她为他做的，他都记着呢，嫌肉麻不提而已。

其实，何滨特希望孙心妍永远不要变，一丁点都不要。天真也好、娇气也好，任性点也无所谓，他觉得自己以后都护得住、养得起，这也是他前进的动力。

话剧社的庆功宴是吃火锅，吃完又唱歌，很多人直接睡在KTV。唱到一半何滨就带孙心妍走了。

宾馆里，孙心妍先进去洗的澡。等何滨洗完澡出来，她躺在床上看电视，被子一直盖到下巴。

"嫌冷？"何滨身上只穿一条大裤衩，用毛巾擦着头发，身上的皮肤被热气蒸得有点红。

孙心妍摇头。

他看看她，不急不忙地把头发擦好了，坐到床沿："不冷裹成这样……"

他掀开被子，孙心妍穿得很正经，上面是薄衫，下面是牛仔裤。

何滨下意识就笑了出来，搂住她腰，一个翻身把她压到身下，绵绵密密地吻了一会儿：“穿这样防贼呢？”

孙心妍的心跳得异常快，声音轻轻的：“不是，没带衣服来换……”

感觉一只大手从衣服下摆伸了进来，孙心妍身体微微僵硬，轻轻地推了他一下。

何滨疯狂地吻她，鼻息越来越重。

孙心妍抱着他的背。年轻男孩的肌肤，坚韧、充满弹性。她闭起眼睛，在缠绵的鼻息、接吻声里让自己什么都不要想。直到他解开她牛仔裤前的那枚纽扣……孙心妍才在他的吻中怯怯地叫了一声，条件反射地攥紧他胳膊。

何滨的额头上已经泌出细汗：“怕不怕？”

孙心妍深深地呼吸了下，头晕目眩，紧张地摇了下头。

“想好没有，会不会后悔？”

孙心妍的眼中是他的倒影：“以后就算不在一起，我也不会后悔。”

真的疼。

也是真的不后悔。

因为你是何滨，全世界最好的何滨。

她的女孩时代就这样结束了，从头到尾像做梦一样。内心有一点难以言说的失落，更多的却是平静和坦然，像是终于完成了什么事。

她爱他才给的，给了也就给了。但又难免担心，他会不会因为得到就不再珍惜，或者轻视她呢？

何滨没有她那么多想法。对男人来说这也是大事，他也在回味，觉得自己以后是个男人了，这种感觉很不一样。

他的手一直在她身上抚摸，摸到大腿的时候他停了停，又摸回去，过了一会儿有点好奇地掀开被子，想仔细看看。他想看她这个疤好多次了，她老是不给。一晚上都挺大方的，孙心妍这时候反倒害羞，把被子拉上来。

“快点，给我看看。”何滨坐起来，不让她遮。

孙心妍大腿上皮肤白皙，那块肉红色的凸起很明显。何滨摸了摸，心里有点异样，想想小时候他们的事，跟命中注定了似的。

他忽然去床头柜上翻衣服，孙心妍看他拿出了个细长的蓝色小盒子。

“差点忘了。”他说。

是一条项链，细细的链子睡在黑色的天鹅绒上，下端挂着一枚小兔子坠子。兔子也是铂金的，两只眼睛是碎钻，亮晶晶的。

孙心妍笑了，有点欣喜地看着他。

“喜欢吗？”他钩着她的脖子，低下头啄她嘴唇。

她点头。

何滨取出来：“帮你戴。”

黑软的发都堆在肩上，他拨开一些，低着头动作温柔地帮她弄好，又把小小的坠子在她锁骨间摆正，看上去可爱又精致。

何滨静静地盯着她看，安静的空气里，两个人都呆了一会儿。

金属冰凉地贴在皮肤上，孙心妍把小兔子提起来看看，又看看他，她低声说了句：“坏蛋。”

两个人又都笑了。

他把她从女孩变成女人，但他想告诉她，在他心里她永远还是那个女孩，小兔子一样的女孩。

寒假的时候，陈彦其说好放假要来哈尔滨玩，何滨一直记着这个事。结果到了时间两个男孩商量了下，觉得哈尔滨的春天没玩头，临时变卦改去成都。

孙心妍听了也没什么意见，就开始准备了。她准备什么呢？在网上看看图片，准备一些穿的衣服、鞋子。这是她第一次跟何滨长途旅游。整个行程都由何滨安排，订机票、订酒店她一点没管，何滨把什么都弄得妥妥当当。就这样，何滨带着孙心妍，陈彦其带着他女朋友，两对情侣一起去成都碰面了。

何滨他们比陈彦其早一天到，到酒店已经是晚上九点多，成都刚下过雨。放好行李，何滨带着孙心妍去附近的街上找了个烧烤摊吃夜宵。

何滨点完餐过来坐下，揪下一截餐巾纸擦擦桌子：“我都让放了点辣，你行不行？”他是穿着件运动衫来的，到了酒店特意换了件棉麻料的休闲衬衫出来，整个人一扫路途上的疲累，清爽帅气，看起来心情很好。

孙心妍赞同地点头：“当然要吃辣，我看看这边到底有多辣。”

孙心妍出门前也化了点妆，面孔看上去比平时亮丽。

何滨看着她点点头：“行啊，我看你好好发挥。”

结果孙心妍真是高看了自己。那哪是一点辣啊，她硬着头皮吃完一串羊肉串，愣是喝了一整瓶矿泉水，直到烤鱼上来才又勉强动点筷，但是已经被辣怕了。坐在路边的小桌边，包放膝上，她忍不住左右看看。

雨后的空气湿润清新。深街小巷里全是大排档、烧烤店，浓浓的市井气，与自己家乡和哈尔滨的小巷没什么区别，可仔细一听，身边人又都是在说成都话，这种感觉挺让人新奇的。

很多人说自己的梦想是环游世界，孙心妍觉得那才是随口说说。

他们真的喜欢那种生活吗？天天坐车坐飞机，一直在路上，那得多累啊。

孙心妍这辈子的理想就是舒适地生活、工作，在乎的人都健康地在自己身边，然后还能这样时不时出来玩，这就够开心了。

第二天，孙心妍在酒店见到了陈彦其的女朋友，外形在他交往过的女生里算比较普通。陈彦其还是像以前一样，很会照顾女生，嘘寒问暖，很殷勤。

何滨跟孙心妍回房后，没一会儿他就跑了过来，何滨问他到他们房间干什么。

陈彦其笑了下：“我女朋友洗澡，过来跟你们聊聊。”

孙心妍其实挺害羞的，她跟何滨住一个房间，明眼人都会乱想了。

可陈彦其还是那么有分寸，丝毫没表现出什么，很正常地跟孙心妍打招呼：“头发怎么剪了？”

“好看吗？”

“好看个鬼。”陈彦其看看何滨，“你让她剪的？”

何滨摸摸孙心妍的头，反问她：“是不是我让你剪的？”

孙心妍打掉他的手：“关你们什么事。”

孙心妍有点不好意思，又觉得这种氛围特别好。大家好像都长大了，却还像以前一样要好。

何滨去洗手间的时候，孙心妍问陈彦其：“你怎么又换女朋友了？”

陈彦其瞥她一眼：“什么又，大学里才谈第一个。我老是被人甩，有什么办法。”

孙心妍轻笑一声：“少来了吧。”

看看他，孙心妍有点精明地眯起眼：“你是成天逼着人家甩你吧。”孙心妍自己谈恋爱之后，就隐隐约约地懂他的路线了。

陈彦其被她说得笑起来：“你可别被何滨带坏了啊。”

整个成都的行程，孙心妍最期待的就是九寨沟。然而她没想到，他们最终没去成。

第二天去金沙博物馆的路上，阳光晴好，何滨开着车，陈彦其坐副驾驶。等红绿灯时后面一辆宝马超上来，车头硬挤在他们车边。何滨分毫不让，在宝马慢慢逼过来时一脚油门紧贴前车，宝马差点蹭上他们车头。谁想这个宝马没有善罢甘休，红绿灯过后忽然开到前面，猛刹车别他们。

一个急刹车，后排两个女孩被惯性往前一甩，轻呼出声。何滨、陈彦其都下意识地骂了句脏话。两辆车忽然这么一停，后面车鸣声刺耳。

孙心妍一开始还不知道怎么回事，感觉不对了，凑到前面说：“好了，别睬他，安全第一。”

何滨戴着墨镜，手伸到旁边摸了下她头：“没事，你坐好了。”

可他嘴上一套，行动上一套，话音刚落就一脚油门蹿到前面，也在宝马前一脚刹车。

市区的马路，车辆不少，呼啦啦从旁边经过。

陈彦其把头伸出窗外，对后面笑了笑，竖了个中指，转过头跟何滨笑着说：“车牌给你记下了，赶紧买你的玛莎拉蒂，下次来好好搞。”

宝马像是玩上瘾了，转眼又绕到前面故技重施。

少年人的好胜心被激起，车来车往的马路上，何滨脑子一热，直接加速压过双黄线，想再次超到它前面，反向道上，一辆小面包车直冲而来……

“啊！”两个女孩惊叫。

何滨急打方向，车子在马路中间转了半个圈，轮胎和地面发出刺耳摩擦声。瞬间，一股巨大的撞击力下，孙心妍不知道自己撞到了哪儿，感到头晕目眩，一阵剧痛中，各种声音像浪潮一样从周围涌来，只知道自己被人从车里拉出来、又上了车……后来就模模糊糊地什么都不知道了。

再醒来，孙心妍躺在病床上挂着点滴，才发现床边坐着的是自己爸爸。

孙贺敏看着她，面容有些憔悴：“感觉怎么样，有没有哪里不舒服？”

“爸你怎么在这儿？”孙心妍说。

“我不在谁在，”孙贺敏握握她的手，“不怕啊，没什么事，头上缝了四针。”

“我同学呢？”

“都没什么大事，家里人都来人了，你放心吧。”

孙心妍总算稍稍放心。最想知道的是何滨怎么样了，却又问不出口。

医生过来查完房，护士过来给她量体温、发药。

麻药还没有过，清醒了一会儿，她的头又昏昏沉沉起来。输液管里的药液慢慢下落，孙心妍很快又合上沉重的眼皮，睡到傍晚才醒。

睡梦中，有人轻轻握住她的手，她睁开眼。何滨身上穿着跟她一样的蓝色病号服，看上去没什么外伤，但是人也很疲惫。

“头疼不疼？”他问她。

孙心妍说：“没有，你呢？哪儿受伤了？”

何滨对她笑了下：“我没什么事，不要担心。”

“大家都没事吗？”

“红旗伤得有点重，右腿骨折了，他女朋友没什么事。红旗父母过来了。”何滨沉默了下，“对不起。”

“没事，你家来人了吗？”

“嗯，我爸来了。”

昨天还精力充沛、讨论着去哪儿玩的年轻人，今天再见面却在病房里，两个人都蔫了，有种恍如隔世的感觉。

何滨是轻伤，胸口、右脚软组织受损。他和她不在同一层病房，白天下来找过她两次，她睡着，孙贺敏冷着脸不让他进。

“下午过来看你，被你爸轰走了。他对我意见挺大的。”

如果这时候有劲笑，孙心妍就要笑了：“那你赶快走，他应该等下就回来了。”

“你手机不在身边？”

“不在。”

“帮我跟你爸爸说说好话。”他轻轻地握住她的手。

“好。”

“那我先上去，别你爸回来看到我又气着。”

“好。”

其实孙心妍伤口开始有点疼了，没力气跟他说话。

何滨走的时候她才发现，他右脚是肿的，半只脚踩着拖鞋，走路的时候一拐一拐，瘸了一样。

他们的车没和面包车撞上，撞到的是旁边一辆小汽车。副驾驶是撞击点，陈彦其伤得最重，右腿骨折，最少要在医院待三个月，后期还要看恢复情况。陈彦其女朋友的伤是最轻的，检查完没什么问题，直接被父母叫回家了。

所有事情是何父出面处理的，他要帮孙心妍付医药费，孙贺敏拒绝了。其实这事按理是何家全权负责，但孙贺敏的态度异常坚决，也不准何父来病房探望孙心妍。孙心妍不知道爸爸和何父发生了什么，只听照顾她的护工说，那天他们在走廊上差点吵起来。

住院的第四天，孙贺敏不知道通过什么途径把孙心妍在酒店的行李拿到了病房。孙心妍羞愧得无地自容。

孙贺敏高中时就对何滨心存芥蒂，孙心妍本来想正式见面后再让他们好好沟通，现在出这样的意外，计划全乱了。

一周后，孙心妍拆线。怕有什么闪失，孙贺敏没急着送她回学校，让她在医院多住两天。

五月初的成都一点也不冷，医院后花园还开了不少花。孙贺敏带着孙心妍出来散步，跟她在长椅上坐下。沉默中，父女俩都知道对方有一肚子话，却不知如何开口。

“闹着去哈尔滨上学，他叫你去的？”

孙心妍赶紧否认：“不是的，我想学医是自己的想法。”

孙贺敏简洁明了地说：“爸爸觉得他跟你不合适。”

拆线后孙心妍头部重新包扎过，围着圈白纱，看上去很脆弱。她目光垂下，地上的叶子被风吹得轻轻往前移动。

“爸，你不了解他。”

“你先听我说，我也不是绝对不允许你们来往，是给你点建议。做父母的都希望子女过得好，你过得好我比谁都开心。”

孙贺敏看看自己的掌心，又看看前面的风景。

“爸爸是过来人，他们那种家庭跟我们不合适，看着风光，其实是风里来雨里去，没有保障，哪天一个浪打过来说完就完。他爸爸我是看着发家的，他我也算是看着长大的，三岁看老，从小性格就不稳重。我不眼红他家的东西，也不想看你过那种大风大浪的日子，现在对你好没用，不要人家对你好点就被骗了，家里从小到大让你缺过什么？”

“我没看重他家里，也没那么容易被人骗。我觉得你真的不是很了解他，他现在对将来很有规划，没有靠他爸爸。”

“不靠他爸，这次的事谁给他善的后？他自己有什么能力？”

孙贺敏看看孙心妍，一直在压制的气血涌上来：“你是女孩子，很多地方自己要注意，不小了，不要我来提醒你。是不是钱不够，出来玩酒店也住不起，要跟人家住一间去。”下一句想说的是“你让我做父母的脸往哪里摆”，这伤人的话到底没说出口。

孙心妍低着头，泪珠落在她手面上，凉凉的。

孙贺敏看她哭了，说：“好了，不哭了，自己想想清楚，爸爸也不逼你，你还小，不要选错路。”

回校前，孙心妍去跟陈彦其道别，一进去就看到何滨坐在床边。

陈彦其是最惨的一个，还要在这儿待几个月，他妈妈已经飞过来照顾他了。腿打着石膏吊在那儿，这人却还是有说有笑的，一副无所谓的样子。

“真佩服你，都这样了还笑得出来。”孙心妍看着他。

陈彦其说：“哭也来不及了，没看我女朋友都跑了。”

一句话就把孙心妍逗笑了。

“我要先回学校了。你在这儿好好恢复啊。”

“我也不一定在这边多久，可以的话就回去养了。”

孙心妍跟陈彦其说完道别的话，看了何滨一眼，何滨跟着她一起出去。

两个人来到这层楼的安全出口处，何滨轻捧起她的脸，看她发际处的伤。孙心妍额头上围着一圈白纱布，看不出来什么。

“十几天没洗头，头发臭了。”

“拆完布我帮你洗。”何滨看着她说，“我爸昨天问到你，我跟他说过了，暑假带你回去给他正式见见。”

孙心妍的目光暗下来：“再说吧。不是说了大二的吗？”她语意含糊。

“过了暑假不就大二。”何滨牵她手，“他挺喜欢你的。不像你爸，看着就想搞死我。”

孙心妍勉强笑了下：“看来你还有点自知之明。”

何滨说：“我理解，你是掌上明珠嘛。”

孙心妍比何滨先回学校。何滨在成都多陪了陈彦其一周，直到学校催才出发。回来后何滨有些消沉，孙心妍知道，他是对陈彦其愧疚。他们都回来上课，红旗一个人在成都，他心里过意不去。陈彦其上的还是军校，恢复不好有可能耽误将来的前途。

何滨天天给陈彦其打电话，有时候也让孙心妍和他聊几句。好在陈彦其这人天塌下来都不变色，照样在那头有说有笑，让他们心里宽慰不少。

这次的事故虽没人员伤亡，但足够引起警示。孙心妍很严肃地和何滨谈了一次，何滨认错时态度良好，保证以后不开斗气车。

说这话的时候他们正在一个小公园里踏青约会。五月底，哈尔滨的天气终于不再寒冷，阳光穿透树叶缝隙落下来，星星点点。

孙心妍听他这么表态后，表情没变得多好。

她还不知道他？每次认错都这样，结果说一套做一套，他就是嘴甜。

为了哄孙心妍开心，他又说："这两天一直在补前面落下的课，今年一定弄个奖学金，到时候奖金都给你买东西。"

孙心妍说："别吹牛，你们班竞争那么激烈……"嘴上泼着冷水，其实她很喜欢他这种自信又有志气的样子。

"你先想好要什么。"

"你真能拿到奖学金？"

何滨哼笑一声。

"那我已经想好了。"

"这么快？"

孙心妍终于露出点笑颜："你要是真能拿奖学金，给我买个包。"

何滨扬起点唇角，握住她的手："你不是不喜欢吗，上次还喊送你你就扔。"

"那不一样，奖学金是你自己挣的，我花起来心安理得。你这次拿多少钱就给我买个多少钱的，怎么样？"

"行啊，"他捏捏她虎口，有所暗示地说，"你这阵子少来找我啊，我要好好发个奋。"

"别臭美，谁找你。"

何滨没有食言，真的开始努力啃书，主要是补上之前落下的课程。

孙心妍也跟着投入紧张的学习中，争取在期末取得好成绩。上学期受到宿舍关系影响，她整个生活一团糟，最后考试也不理想，在班上排名中等偏下。她和这个学年的奖学金肯定是无缘了，但他们七年制本硕连读有个可怕的地方，一旦挂科会直接下滑到五年制去，因此所有人都不敢掉以轻心。

这天上午最后一节课下课，孙心妍抱着书，跟谭亚蕾说笑着走出教室。后面有人叫住她，是程瑶。

“有点事找你，能单独说几句吗？”

谭亚蕾看看她们：“你们聊吧，我去一食堂等你。”

人走了，程瑶问：“你的伤没事了吧？”

孙心妍摇头。

等走廊上的学生快走完了，四周静下来，程瑶默默递给她一张红色卡片。

“什么？”孙心妍不解地问。

女孩明亮的眼睛望着她，带着点羞愧：“之前你男朋友送我们的超市卡。我一直想还给他，但也碰不到他人，我想想还是还给你吧……其实真的挺不好意思的，之前的事也希望你不要放心上。”

孙心妍之前问过何滨很多次，舍友的事情是怎么处理的。原来，他送了她们每人一张一千块的超市购物卡。

当孙心妍把这张卡放到何滨面前时，他们正在外面小饭店点菜。何滨像没看见一样，把菜单放她面前：“看看还要吃什么。”

孙心妍以为他会解释一下，结果他理直气壮地“哦”了一声，顾左右而言他。

“何滨，你不觉得你的做事方式有问题吗？”

“什么问题，你说说看。”菜单一合，何滨的语气风轻云淡。

孙心妍说：“凭什么给她们钱，她们会怎么想我们。”

“处理问题的方式确实有很多种，花钱也是其中一种，本来就是个工具，怎么不能用了？你管她们怎么想，她拿了钱就要顾忌着点。”

“我简直没办法跟你沟通。”

“我们不需要沟通，这事你听我的就行了。”

何滨对孙心妍、对自己朋友都很大方，但他并不是无脑爱炫富的富二代。相反，他跟在他爸身边耳濡目染的，很懂得资本积累方式，同时也对钱的功能看得更清，更会使用它。不相干的人身上，你让他多花一分他都不会。

何父有句话常挂在嘴边，何滨深以为然——钱不是省出来的，是挣出来的。而这些观念都是来自工薪家庭的孙心妍所不能理解的。

那顿饭他们吃得不欢而散。回学校的路上，还是何滨先服软地抱住孙心妍："好了，不要老跟我发脾气。"

几个月下来，孙心妍头发长了，何滨不准剪，于是发梢终于越过肩头，又有了长发飘飘的迹象。额角受伤处的头发当时被剃掉，刚长出短短的绒毛。何滨亲了下她那处伤口："这阵子糟心事多，我刚刚态度不好，你体谅我点。"

"我还不够体谅你吗……"

孙心妍已经不知道该怎么体谅他。

何滨的下巴在她额角蹭了蹭，他吻她发顶："我错了，以后不这样。不跟我计较了，行不行？"

人的优缺点是相互依存的。何滨的成长环境令他乐天纯真，同时又自负傲慢。他就像一条直线，指向明确。孙心妍知道，就像爸爸说的那样，他身上还有许多不足。可她也深知，他对她的爱就像他的个性一样，不含一丝杂质。他给予的是水晶般的爱，透明、珍贵，没有一个女孩会不动心。

这学期结束时，回家养伤的陈彦其总算完全康复，但是腿上还不能过分用力。从学校回家后，何滨带着孙心妍去他家看过他一次。三个人回忆起车祸，都有劫后余生的庆幸，也有一种战友情怀。

陈彦其还不能出门，那阵子何滨天天去他家陪他。

有天陈彦其问："我听说她爸当时在医院骂你了？"

何滨靠在他家沙发上："听谁说的？"

"护工啊。你老丈人看不上你？"医院里护工最爱说病人间的小话。

何滨想到孙心妍他爸那脸心里就发毛："他高中看我就不爽了。"

其实何滨挺纳闷，以前做邻居的时候他爸见着他还挺友好，按理他条件也不差，不知道怎么就入不了他眼。

病腿架在茶几上，陈彦其习惯性地捏一捏："女的家里都这样，你慢慢来吧。”

何滨：“我过几天准备先把她带到我家去。”

陈彦其笑笑：“你爸是什么态度啊？”

“他能有什么态度。”

孙心妍还不想去何滨家，她觉得自己家这边都还没同意，现在就跟他回去有点不像话。可她耐不住何滨软磨硬泡，还是答应了，骗孙贺敏说是跟朋友去北京旅游。

孙心妍小时候去过两次北京，印象里逛过故宫、爬过长城，没觉得有什么特别的。何滨呢，在北京生活了几年，一下飞机，整个人气场都不同了，哪哪儿都熟门熟路，京腔都出来了。

何滨推着两个人的行李：“跟紧点儿，人多，别给我走丢了。”

孙心妍看看他：“你好好说话，带什么儿化音。”

他斜斜地看她一眼，伸手揉她头发。

走出机场，热浪袭来，孙心妍瞬间出了一身汗。路边一辆黑色的凯迪拉克开过来，体型偏瘦的中年男人从驾驶座上下来。他是何滨爸爸公司里的一个员工，何滨跟他不算太熟，打了声招呼，掏出身上的烟给了他一支。

男人接过烟，笑着看看他，又跟孙心妍点头笑笑：“路上还好吧。”

何滨点头：“麻烦了。”

“客气什么。”男人看看地上行李，“行李就这些吧，我来放车上。”

一个人对一座城的印象，很多时候取决于在这座城市接触到的人与事。

孙心妍记得，二〇一一年的夏天很热，最炎热的八月，她跟着何滨去了他北京的家。那是一座两层楼的独栋别墅，比他江城的家更大一点，前面带个大花园。后来孙心妍回想，根本不知道那房子具体在哪个路段、哪个区，就像整趟北京之行，她全程都有点蒙。

在这之后，孙心妍对北京这座城市有了更鲜明的印象。

有生之年，她都不想再去第二次。

孙心妍坐在宽大的皮沙发上，身形显得有些纤细，她的目光不四处乱飞，很大方。无论从穿着还是举止看，她都属于讨长辈喜欢的类型。当然，何滨看得出来她是有些拘谨的。

何父跟她寒暄，何滨就坐在旁边，低着头漫不经心地跟朋友发短信。只要何父说的话孙心妍有一两秒没答得上来，他随口就给她代答。

聊了几句，忙前忙后的保姆端上洗净的水果，何父说："吃点水果，在叔叔家不要客气，就当自己家。"

"谢谢叔叔。"

何父笑笑："对了，到这边后跟你爸打过电话没有，好让他放心。"

何滨："打过了，这些你就别烦了啊。"

"臭小子。"何父看看自己儿子，笑了下，丝毫不恼他的态度。

"心妍，我带你上去看看给你准备的房间吧。"说话的女人就是何滨的准后妈。从头到尾一直沉默微笑，看上去对孙心妍也很友好。

"好，谢谢阿姨。"

女人站起来，捋平真丝裙下摆，声音温柔："不要客气，来，我们上去看看。"

孙心妍跟她上楼。楼梯上铺着暗色花纹地毯，两个女人脚步声轻微。

头顶忽然一片通明，孙心妍恍惚了下，抬眼，是用人在下面开了灯。

硕大的水晶灯挂在高高的天花板上，璀璨明亮。楼下的父子不知道聊到了什么，何父低声笑起来。

女人回头看看他们，说："你叔叔今天本来要出去谈生意的，看你们回来都推掉了。"

孙心妍有点不好意思地说："给你们添麻烦了。"

"说客气话了，我们高兴还来不及。"

二楼一共四个房间，他们为她准备的房间位置在中间。

门开着，女人领孙心妍走进去："这个房间采光最好。"

米色壁纸、成套的欧式家具，窗帘垂在两旁，夕阳余晖落在铺着绿色床品的大床上，舒适温馨。

女人说："滨滨说你要来，我就去给你挑了一套新的床品，也不知道你们小姑娘喜不喜欢。"

"我很喜欢。"孙心妍说的是真心话。

"喜欢就好。第一次来北京玩？"

"小时候来过，就是没什么印象了。"

"这几天让滨滨好好带着你转转，北京还是有不少地方值得玩。你歇一会儿，我下去看看晚饭做得怎么样了，缺什么你就跟我说，千万不要客气，你叔叔把你当自己女儿看的。"

女人走后，孙心妍在床边坐下，环顾房间。她不关注国内国际大新闻，但差不多从前两年开始，全国人都知道房价涨了，北京开始限购。父母还没离婚的时候，她爸爸有阵子一直想把现在的房子卖了，狠狠心买个联排别墅，结果当时没买成，现在更不可能了。

坐在何滨家北京别墅的二楼房间里，孙心妍第一次去想何滨家到底有多少钱啊？何滨只随意跟她提过，他爸早些年承包过很多乡镇一级的政府城建工程，起家后慢慢往大城市发展，什么行业都涉及过一点，资本就这么一点点积累起来了。这两年楼市火起来，也跟着掺和进去，在两个三线城市开了盘。但他跟她说都是低档楼盘，给城郊人买的，上不了台面。

站在房间的窗边，孙心妍正往外看风景，何滨上来了。

"房间行不行？"他问。

"挺好的。"

何滨带上门，也走到窗边朝外看看。

别墅区规划统一整齐，点缀在四下里的花草苍郁葱茏，被夕阳余晖勾勒出淡淡金色轮廓。

注意到何滨脖子里粘了根短线头，孙心妍目光一眨不眨地伸手帮他拿走。他乘其不备地要亲她。孙心妍笑起来，用手心挡住他嘴唇："不行……"

他脸上没笑容，眼神痞痞的，声音被她捂在掌心里："怎么不行了？"说着又拉开她手来亲。

这回孙心妍想躲没躲开，两只手都被他攥住。

何滨抱紧她："干什么，在家里怕什么？"

孙心妍抱住他脖子，气息都被他吻得不定了："就是你家才要注意。你可不要害我。"

一只手按在她后颈上，手指插在她发丝中，何滨顺势帮她梳了下头发："不要搞得太紧张，带你来北京玩玩的。你又不是第一次看到我爸。"

"话也不是这么说，我还是小时候见过他。"孙心妍看着他，"我上来之后你爸说我什么没有？"

"说你变漂亮了。"

孙心妍笑起来："骗人。"

"真的，不信你等下问他。"

晚上，孙心妍跟着他们一家人吃了晚餐，其乐融融。何滨原计划是晚上带她出去兜兜风，结果一天舟车劳顿，两个人都很累，计划明天再玩。

吃完饭何父被人叫出门，何滨后妈自己回房间做瑜伽。何滨带着孙心妍在家里转了转，一起在客厅看了一会儿电视，孙心妍回房洗澡休息。

上大学后，玩校内网的人越来越少，这两天何滨帮她下载了现在比较流行的微信，孙心妍加了很多朋友，也试着发了两条朋友圈。

洗完澡疲倦地躺在床上，孙心妍只开了床头的小灯，准备玩下手机就睡觉。刚往朋友圈发了两张北京的照片，很快就收到一些点赞留言。

过了一会儿，何滨的微信也来了：在干什么呢？

——玩手机。

——吃不吃零食？

——不吃，等下就睡了，累死了。

这条刚发完，房间门开了。

何滨进来就说："还当你已经睡着了。"他刚洗完澡，头发湿漉漉的，T恤上有浴后的水迹。他很自然地带上门，顺手反锁。

孙心妍一看他动作就感觉出了他的意思。

“你不是也说累了吗？”她面颊白净，嘴唇红嫩。

“想你想得累。”

他抱住她吻的时候，孙心妍不太情愿地推开他：“都说了，在你家不要这样。”

拉下她睡裙的宽吊带，他亲她的肩、纤细的锁骨：“我爸今晚不回来……我等下还回自己房间……”

孙心妍：“我不要……”

何滨：“我要……”

从学校回家后孙心妍不愿意去开房，也不肯去他住处，他们很久没亲密了。

何滨把她压紧了，捏住她的下巴：“小猪，怎么就一点不想我呢……”

孙心妍真希望自己一点都不想他，这样理智就不用与欲望对抗。

何滨心满意足地抱着孙心妍安抚了一会儿，忽然问：“妍妍，我们专业明年可能有个去美国交流一年的机会，你想不想我去？”

“交流生吗？这种机会挺难得的吧，我们学院好像也有。”

“是挺难得，最后还要学校定。”

“你要是真能去成当然要去了。”孙心妍特别识大体地说。

何滨低头看她：“去了就不能这样陪你了，你舍得？”

和他想象中不一样，孙心妍无所谓地笑了下：“舍不得也没办法，这是对你好的事，我当然不能拦着你。而且你不是说了，就去一年，我反正还要上六年呢。”

何滨盯着她的眼睛，十分认真地说：“那等我毕业了我们先结婚，买个房子先住下来，到时候你也别住学校，我陪你把书读完了。”

“才不要，你毕业我本科都还没读完。而且我爸那边……”

何滨亲了下她额头：“你爸那边我想办法，你别瞎琢磨。”

晚上何滨回楼下自己房间睡觉，在客厅倒水喝，何父正好应酬回来，满面红光，一身酒气：“正好，给我也倒杯。”

何滨给他倒了一杯，何父一口饮尽了，在沙发上坐下来，让何滨也过来坐。

"小孙睡了？"何父问。

"睡了。"

何父忽然淡淡来了句："现在都还上着学，平时措施要弄好了。"

何滨没说话，何父笑笑，从茶几上拿起烟，自己和儿子各一支，两个人跟老哥们一样点起烟。

何滨问："晚上喝了多少？"

何父咧嘴一笑："你老子心里有数，在外面一点不喝也不行。"

父子俩静坐了一会儿，何滨忽然说："爸，我想过一两年搞个公司。"

何父没多大反应，抽了口烟，问："想做哪块？"

"高性能材料研发，具体的现在还没定，我再看看吧。不过到时候可能要先跟你拿笔钱。"

上个学期何滨帮过的那个工程制图老师后来挺关心他，给他引荐过两个老师，后来他又辗转认识了几个大三大四的牛人，知道了他们在搞的一些项目，有了挺大的启发。何滨现在对自己的发展方向有了比较模糊的想法。他以后肯定是不进体制的，既想做点实事又想挣钱，那只能自己做。

深夜，酒后的人异常感性，半支烟下去，何父弹弹烟灰："想做什么放手去做，年轻人不要前怕狼后怕虎，我在你这年纪还不是自己一个人瞎闯。大胆做吧。"

烟从鼻腔里出来，何滨笑了笑，玩世不恭的笑容里多了一分成熟。

孙心妍计划在北京玩一个星期，何滨每天把计划排得满满的。第三天晚上，孙心妍意外地收到一条微信，是韩东发来的。两个人聊了一会儿，韩东暑假没回家，想作为东道主请孙心妍吃饭，孙心妍婉拒了。

后来的几天，何滨带她见了他在北京的几个朋友。何滨在北京的朋友全是自家做生意的，没一个北京人，却又个个比北京人还像北京人，一口京腔，自己穿得时尚，带来的女友更像是杂志里走出来的。

孙心妍以前听何滨提过两个，这回是第一次见到真人，不算太陌生。她跟他们一起不怎么说话，光是听。其中有个比何滨还小，吃饭的时候吊儿郎当地说家里让他明年开个公司先练手，大家集体拿他开涮。孙心妍觉得，在北京的何滨和平时不太一样，他周围的环境和她想象中的也不一样。

这天晚上，何滨不知道从哪儿弄了辆跑车回来，非要带孙心妍兜风。

夏夜正浓，北京的夜景很美。敞篷跑车在夜晚的道路上穿梭，里面是一对美丽潇洒的年轻男女，等红绿灯时，周围车辆上的人不自禁地朝他们张望。

在北京这口深潭里，一辆小小的跑车算不得什么。可在最好的年华里享有最好的东西，在最虚荣的年纪享有虚荣，这才惹人艳羡。

何滨一只手搭着窗沿，另一只手把着方向盘，前额的短刘海被风吹得轻轻向后翻，说不出来的潇洒。孙心妍不准他开快，他就顺着车流慢慢晃，从容地享受着这种感觉。孙心妍很难说一点都不享受，只是这样浮华的享乐令她的内心感到不真实。

路上，何滨问她："觉得这车怎么样？"

孙心妍左右看看："挺好的，不过我又不懂车。"

"我也买辆这个好不好？"他进了大学就心心念念想要一辆跑车。

"还是别了，现在又用不到车。"孙心妍加上一句，"你就是喜欢乱显摆。"

何滨被她说得笑了下："我觉得我女朋友说的话怎么都特别有道理呢，不买了。"

孙心妍斜斜地瞥他一眼，抿唇看外面，嘴角忍不住一点点扬起来。

这天晚上回到家是十一点多，孙心妍洗完澡找不着手机充电线。一想，下午跟何滨闲聊时落在了书房。书房在一楼，怕在下面碰到何父，她重新穿戴好才下楼，结果书房有亮光，门开着，有人在里面说话，是何父和何滨后妈。

太晚了，听到他们低低的说话声孙心妍有点不想进去，怕他们万一有亲密动作，场面尴尬。她正要轻声走开，脚步又停下。因为，孙心妍听见他们正在谈论自己。

"哎，你上次说小姑娘妈妈是怎么回事的？"

孙心妍站在门外，脑子里嗡嗡的，不自觉地屏住呼吸。

“前几年跟人跑了。你要说起来，男的还是我一个朋友的朋友，反正也是乱得很。”何父没什么门第观念，但他对何滨心存愧疚，觉得没给过他什么家庭温暖。他希望儿子以后找个家庭顺遂和满的对象，不一定非大富大贵，但各方面要稳定些。一方面何父是为何滨考虑，另外一方面也有种弥补自我人生缺憾的心情。

女人说：“那你什么态度？我看滨滨肯定是不容易听话的。”

何父不怎么在意地说：“他现在还小，没定性，走一步看一步吧。”

“话也不是这么说，万一哪天给你抱个孙子回来，你就等着傻眼吧……”

听了这话何父却有些自豪地笑骂起来：“真要给我抱个孙子回来，我还不是得好好给他养着……那也是他的本事了。改天再找个机会跟他说说。这里头还有层老邻居的关系，万一弄出什么事传到老家都不好看。”

女人说：“我也就是这个意思。”

第二天一早，何滨来叫孙心妍吃早餐，结果发现她把行李都收拾好了，说要回家。

“今天怎么走？什么都没准备，给你订的后天的机票，不是说好了我到时候跟你一起回去的。”

“我爸让我早点回去。”

“怎么了？早回去两天能干什么？”

“家里有事……”

何滨劝了几句没效果，觉得她又在耍小脾气，压住心头火，说：“太匆忙了点，实在不行明天吧，我等下去改签机票。”

“不行，我今天就要回去，一定要回去。你要是忙就算了，我自己走吧。”孙心妍提着行李就往外去。

何滨一把拉住她，朝外看看，压着声音：“你自己怎么走？好好的一大早闹什么脾气？”

两个人沉默地僵持着。

孙心妍再抬起眼时眼圈红了："何滨，我真的想回家……"

何滨冷眼看着她，压着心里的火气。在孙心妍哭得一脸泪水的时候，他脸上的肌肉松弛了下来，摸了下她的头发："好了，别哭了，在房间坐一会儿，我下去跟他们说一声，马上就带你回去。"

飞机傍晚落地江城，何滨打车把孙心妍送到家门口，两个人全程一句话没说。这是第一次，何滨送她回来后没有等她上楼，自己先走了。看着他夜色下消失的背影，孙心妍的眼泪不知不觉地流下来，又迅速擦掉。

拖着大包小包的行李回到家，一开门，孙心妍傻了眼。正对大门的明亮餐桌边，坐着两个人。是她的爸爸，还有一个陌生女人。桌上四五盘菜肴，整个家弥漫着一股还没消散的油香味，这些菜似乎才刚刚出锅。

孙贺敏也毫无准备，有些慌乱的神色在脸上一闪而过，过来帮女儿拿行李："怎么忽然回来了，不是说后天回家的？"

孙心妍有些勉强地对爸爸笑了下，说："想给你一个惊喜啊。"而后放下身上的背包，目光不自觉地飘向这家里的另一个人。

孙贺敏介绍："这是姚阿姨。"

孙心妍微微动了下唇角，不知道算不算是个笑容："姚阿姨好。"

"是妍妍吧，你好。"女人四十岁左右，短发，长相普通，戴着一副眼镜，穿的是一件黑色雪纺衫，端庄文秀。

孙贺敏说："去洗洗手，来吃饭吧。"

孙心妍假装若无其事地说："我在飞机上吃过了，你们吃吧。"

去卫生间洗了把脸，孙心妍回到房间，仰躺在床上。起先外面一点动静也没有，过了一会儿有说话声，再过了一会儿，是关门声。

房门被敲了两下，又被推开。

看着端来牛奶的孙贺敏，孙心妍趴在床上，没有动。

"北京好不好玩？"孙贺敏在她书桌边坐下。

"还好。"

"怎么提早回来了？也不跟我说一声，让我去接你。"

“天太热了，就早点回来了。”

孙贺敏笑了笑：“越来越懒。”安静了一会儿，他说，“姚阿姨是四中的英语老师，跟你张伯伯是朋友，今天她没事，看我也一个人在家，就过来一起吃饭了。”

孙心妍脸压在被子上，没说话。

“妍妍，你是不是不喜欢？”

孙心妍说：“没有喜欢不喜欢。”

父女俩静默着待了一会儿，孙贺敏站起来：“不要犯懒了，把牛奶喝了，去洗个澡，早点休息。”

孙心妍洗完澡出来，发现何滨给她打了两个电话，想了想，她回过去。

何滨问：“干什么去了？怎么没接电话。”

“洗澡。”

“吃过饭没有？”

“吃过了。”孙心妍问，“你呢？”

“没有。”

孙心妍：“怎么还不吃饭。”

“不饿。”

听筒两头就这么沉默了，孙心妍觉得好心酸。她从不怀疑何滨的真心，可他爸爸说的话那么令人难堪，有一点羞耻心的人都不该再去接近那个家庭。

“我后天要先回校，这次不能陪你一起回去。”何滨说。

“嗯。”

“等你到了，我去机场接你。”

“好。”

“还有明天一天，要不我们出去玩？”

“不要了吧。”孙心妍顿了顿，说，“明天我要跟我爸回乡下，到了学校再见吧。”

何滨静了下，问：“能不能跟我说说看，今天到底怎么回事？”

静了很久，孙心妍说：“你爸爸不喜欢我。”

“他跟你说的？”

“没有。”

很长很长的沉默。

何滨说：“那怎么办，他儿子很喜欢你，很喜欢很喜欢。你只能通过他儿子来报复他了。”

孙心妍在电话里很勉强地笑了下：“不好笑。”

何滨声音很低很快地说了句：“对不起。”

“妍妍，我家里的事都交给我，但是你要对我有信心，好不好？”

九月开学，孙心妍孤身飞往哈尔滨。之前来来回回，因为何滨在，她总是大包小包。这次只托运了一个大行李箱。

何滨去机场接的她。近半个月没见，虽然因为之前的事有所隔阂，都表现得冷淡克制，但两个人很想念彼此是掩藏不了的。

出了机场，何滨把孙心妍送回学校，陪她去学校食堂吃了晚饭。

为了冲一把下学期的交流生名额，这学期何滨必须把雅思过了。他托关系从学校宿舍搬出来，在学校附近租了个一室一厅的小房子。

房子一室一厅，里面没什么家具，称得上简陋。客厅南面有一扇小窗，照进来夕阳的光，给这个小屋平添了一份温暖。

孙心妍在两人位的小沙发上坐下，环顾四周。

脱了外套，何滨坐到她旁边，跟着她一起看看，又看看她。

“奖学金应该是三千块，下个月评。”

“还没评你就知道了？”

“成绩是死的。”他看看她，“包挑好没有？”

“早挑好了。”

看着她笑了笑，何滨很自然地偏过脸来亲她。

何滨是二〇一二年年初去的美国，赶春季学期，一所排名前列的综合性学校。

工大和他们那边的实验室有合作项目，所以才有这次的交流机会。通过本校、全美国际教育协会以及当地学校的共同选拔，与他同去交流的学生共有四名，专业不同，都来自航天学院。

出发前，何滨在国内陪孙心妍过了她的二十岁生日。孙心妍生得晚，到年尾才真正长一岁，然后没过几天就是新年，又长一岁。二十岁的生日酒孙贺敏在国庆给她办了，到了正日子是何滨陪她在哈尔滨过的。

外面冰天雪地，他们在何滨租的小房子里待了一下午。何滨自己动手给她炒了几个菜。厨房里烟熏火燎。灶台边，何滨身上穿着T恤大裤衩，抄着锅铲炒青椒土豆丝。

孙心妍趴在沙发上，穿着浅色的家居服，撑着脸静静地看杂志。都是他的军事地理杂志，她只随意看看里面的飞机、武器插图，打发时间。

大二明显比大一课程多，加了几门专业课，临近考试季，医学生们都疯了，不分日夜地拼命啃书，这样的闲暇时光对孙心妍来说太过珍贵，可谁让今天是她的生日呢。

油锅里出香味了，何滨不急不忙地把青椒土豆丝装盘，回头看看倚靠在门边吸着酸奶的人。

“光会看，给我端过去。”他指派她。

孙心妍把菜端到桌上，三个菜了，围着中间的小蛋糕。

“何滨，别弄了，够吃了。”孙心妍叫他。

过了一会儿何滨擦着手出来：“几个菜？”

“三个了。”

“三个啦？我怎么记得才烧了两个……”

孙心妍：“……”

房间里被暖气烘得很热，不看外面感觉不到是冬天。两个人在餐桌边坐下，何滨把桌上的蛋糕拆开，插上蜡烛，用打火机点起火。他过去关灯，漆黑的屋子瞬间只剩下点点烛光。黄色的光晃在孙心妍脸上、映在她的盈盈目光中，安静温馨，令她看上去很美。

“祝你生日快乐……祝你生日快乐……”

孙心妍打断他：“好了，快别唱了，有点难听。”

何滨不以为意地笑笑。他看着她，她看着蛋糕，脖子上闪着很亮的一点，是他送的那条项链，她一直戴着。

静了两秒，何滨忽然说：“我不去交流了，好不好？”

说这句话不可能没有冲动的成分，但他和别人不一样，他是一个会践行冲动的人。

孙心妍说：“为什么不去？”

“我去了谁照顾你？”

“你在这儿也照顾不了我。你还是去吧，一年而已。”

何滨似玩笑似认真地说：“你说一句不想我去，我就不去。”

漆黑的发丝垂在脸颊两侧，孙心妍没出声，痴痴看着燃烧中的蜡烛。

片刻之后，她笑了下：“你准备了这么久，好好的为什么又不去了？不要开玩笑了。你不是还说要带我在美国玩的吗？”

以前她拼了命地把他往上拽，现在，她怎么可能去拖住他攀登的步伐。

蜡烛在火苗下一点点融化，何滨摸了下她的头：“好了，许愿吧。”

对着小小的蛋糕，孙心妍两只手交握唇前，轻轻闭上眼。

何滨在旁边像提醒小孩一样提醒她：“有三个啊，前两个可以说出来。”

孙心妍很淡地扬了下唇角，像是没有听到他的声音，睁开眼，一口气吹熄蜡烛。

何滨送孙心妍的生日礼物是最新的苹果手机：“等下帮你把卡装进去，再给你下点程序。”

孙心妍点头，把手机盒子拿在手里看看，没有拆开。像是过了一会儿才想起给他一个笑脸，笑着说“谢谢”。

“谢什么。”何滨揉了揉她的头。

何滨要先回家一趟再飞美国，那边一月中旬就开学。他走的那天下着小雪，孙心妍要送他去机场，机场离学校远，晚上回程不安全，他没让她去。

学校外边，两个人道完别，何滨把她抱进怀里。雪飘得太小，没人打伞，一落脸上就成了细小的水珠。孙心妍觉得，这个时刻她什么都能原谅他，哪怕他再也不回来。

何滨去过三次美国。两次是去参加夏令营，一次是去看NBA，总体来说，他挺喜欢这个国家。倒不是因为国外的天蓝，而是因为国强，处处彰显自信，他喜欢自信的感觉。

他一个人飞过去，所有手续都是自己办的。学校很大，坐落在旧金山，开学前一周他在学校周围转了一圈，拍了很多风景照。为了给孙心妍看，每到一处他都拍一张单人照。

有时候你说不清一个男人会在什么时间变成熟，也许是经历过某个时间段，也许是一瞬间。

何滨刚走的那段时间，孙心妍没觉得他去了多远的地方。尽管和她有十五个小时的时差，但他每天跟她联系，大多在早上跟她视频，孙心妍这边聊完差不多就熄灯。两个人视频聊天、互传照片。其中有一张是黄昏时，他站在峡谷上伸长了手臂用手机自拍的。画面里，何滨穿着简单的黑色夹克，眼睛被余晖刺得微微眯起，背后是夕阳照耀下的金色峡谷。

孙心妍盯着那张照片看了很久很久，看到最后，都觉得不像他了。

在这张照片中，她没有看到他身在异国的孤单，看见的是他在这情境下的淡淡豪情。异国他乡，何滨没有丝毫不适应，且如鱼得水。

每天睡前她会想何滨的样子，想着想着就把他的不好都忘了，只记得那些温暖和爱。可两个多月后，孙心妍有时会觉得这个人像是消失了，只剩下图像和声音，于是和他有关的不好又全部涌出来，让她心里发闷。

可不管她一个人时想什么，和何滨视频时她都是高兴的。最高兴的是听他随意谈起专业上的那些东西，她听不懂，却又有一种崇拜的、莫名欣慰的心情。

大二下学期，孙心妍有一件很开心的事。开学没过多久，学校批准了她的调宿舍申请，现在她和大三的学姐住一个宿舍，舍友关系不亲密却恰到好处，彼此间友善尊重。

何滨不在，随着专业课的增加，孙心妍整副心思花在学习上，没事就泡在图书馆，闲暇时间忙话剧社的活动。

学期过半，何滨喊她去玩。孙心妍说等五一长假，结果到了四月中旬，她签证还没办。知道孙心妍怕麻烦，何滨也不强求，说放暑假回来陪她去办。结果孙心妍还没放暑假呢，何滨突然跟她商量，说那边有个教授让他选修暑期课程，暑假里让他进实验室帮忙。

隔着屏幕，孙心妍看着里面的人，心中失望，却还是笑了笑，说："没事，你好好上课吧。"

"生气了？"何滨问。

近来他头发剪短了，脸上轮廓更清晰。

"没有。"

"真没有假没有？"他看着她笑，一副把她摸得清清楚楚的表情。

想了想，孙心妍看着他说："有一点点生气。"

何滨语气很宠溺地说："我现在老是说话不算话对不对？还是你过来吧，你暑假里又没什么事，机票什么我给你买好，等下列个单子给你，教你怎么搞签证，你跑跑腿就行。这边到处能看到海，很美，你绝对喜欢。"

孙心妍说："我再想想吧。"

"还要想什么？不想我？"

"那我回去先跟我爸说一下。"

"嗯，"何滨点头，"不行的话我给他打个电话，让他放心。"

放假回去后，孙心妍默默观察，发现爸爸和上次那个姚阿姨没联系了，她试探性地问他，孙贺敏说现在先不想这个事，等过两年再说。

去美国的旅游签证其实挺麻烦，像孙心妍这种年轻女学生很容易被拒签。何滨托陈彦其给她找了个旅行社代办，于是孙心妍被陈彦其推着一步步往前走。

表格申请、填写都还好，她没有收入，需要提供父母的工资情况、银行流水来证明家庭经济状况。

晚上，孙贺敏在书房里备课，拿茶杯喝水时瞄到孙心妍在门口：“妍妍，站门口干什么？”

“爸……”孙心妍走进去。

书桌上一沓小孩子的作业本，她随手翻了两本。每年暑假孙贺敏都不得清闲，天天去培训班给孩子上课。

孙贺敏看她欲言又止，问她什么事，孙心妍这才说了去美国的事。

孙贺敏沉默了很久，最后端起杯子喝了口茶：“太远了，你一个女孩子过去不安全。他叫你去的？”

“不是，我没去过美国，想去看看。”孙心妍停了停，说，“何滨说，想给你打个电话。”

“也好，你让他打吧，我跟他谈谈。”

孙心妍点点头，看看墙壁上的大钟时间：“那边有十几个小时时差，现在是早晨，我让他现在就打过来行吗？”

以前何滨很怕她爸爸，现在，孙心妍感觉他没那么怕了。孙心妍坐在旁边看着他们通话，目光中带着一丝紧张。

电话接通后，一直是何滨在说话，听着听着孙贺敏看了孙心妍一眼，表情严肃地站起来，走到窗边。他对何滨的语气不是很好，先是问了些他在那边的情况，然后问他怎么让她一个人去那么远的地方，又问过去了他怎么安排住宿、行程之类。

夏季的家中，孙贺敏穿得不像上班时候那么正式，身上是一件洗得有些发白的藏青短袖衫。他年纪大了，两鬓白头发多了。

孙心妍坐在书桌旁看着爸爸的背影，听他说那些处处维护自己的话，心里发酸。

电话打完，孙贺敏坐回来，看着孙心妍：“要哪些材料？”

“你的工资条，还有家里的银行流水、存款。”

“学校放暑假了，我明天去找会计问问。”

“不着急。”

孙贺敏又说：“他在那边要待多久？”

“一年。”

孙贺敏点点头，看着桌上的笔筒说：“等他回来让他到家里面来一下，我跟他谈谈。”

孙心妍点头。

“对了，正好有个事跟你说一下。”孙贺敏低头拉开抽屉，拿出几张宣传册。

孙心妍一看，是一些楼盘宣传册。

“这两年房价越来越高，我想给你买个小户型，你以后自己住还是陪嫁都好。”

孙贺敏把宣传册给她：“你先拿去看看，之前你还没放假我去跑了两家，万科的一个户型还不错，90平方米不到，两室一厅，南北通透。过两天我们一起去看看，看你喜欢不喜欢。”

“爸，我们这个房子的贷款不是还没还完吗？”

“这个用的是公积金，到时候你那个就办商贷，不影响。”孙贺敏说。

孙心妍没有表露心里的感动，想了想，说：“暂时不要买吧，我还有五年才毕业，放在那儿又没用。”

“都是期房，差不多也要两年才到手，你不住的话出租不就行了，到时候是你的资产，毕了业是自己住还是卖了都你自己看着办。”

“真的不用给我买，”孙心妍的指尖抠着宣传册的页角，她轻声说，“我不想你太辛苦。”

“辛苦什么，我这两年也存了点钱在手上，付个首付绰绰有余。女孩子自己有个房子，不管怎么样都多一分底气。你还小，再大点就懂了。”孙贺敏拍拍她肩，“好了，早点去睡觉，等你下个月从国外玩回来再说。”

孙心妍发现，去美国真的是很麻烦的一件事。等那些零碎的手续、资料办好，旅行社又来电话，要她去上海大使馆面签。

38℃的高温，柏油马路像是要化了。从银行出来，孙心妍走了一小段路，一身大汗地躲进新华书店。

书店里大多是小孩。上到二楼，孙心妍转了一圈，看到旅游类书籍，随手拿起一本《玩遍美国》。站着看了一会儿，忽然有人叫她。

“孙心妍。”声音清晰温和。

孙心妍回头。

右后侧的一栏书架旁，高高瘦瘦的男生穿着白T恤、牛仔裤，朝她微笑。

怔了下，孙心妍展露笑颜：“韩东？”

饮料店里有一股清甜的杧果味。韩东点完单过来坐下，看看坐在对面的女孩：“上次说在北京要请你吃饭，没想到今天这么巧。”

孙心妍不好意思地笑了下:“那次行程太赶了,我其实也挺想去北大看看的。”

“以后还有机会，下次去带你好好转转。”

孙心妍点头：“在北大的感觉怎么样，学霸。”

“什么学霸。”

她问得随意，韩东回答得却很真诚：“平时也是该上课上课、玩的时候玩，学校环境和老师都挺好的，平台、资源比较多，牛人也挺多。我有个舍友今年才十七岁。”

“这么小啊。”

韩东笑着点头，面容清俊，鼻峰高挺。因为环境的变化，他变得开朗不少。

“你学医学得怎么样？”

“我啊,没什么特别的,就是学医确实课比较多,期末的时候简直要疯了。”

“哈尔滨冷不冷？”

孙心妍点头：“第一年过去不适应，今年就觉得还好，反而我们这边比那边更冷点，他们那的暖气真的挺舒服。”

韩东笑了笑：“以后有机会去找你们玩。”

为了避嫌，他用的是“你们”。

孙心妍懂他的意思，笑着点头：“欢迎你，最好冬天来，很值得玩。我们学校虽然小，但是建筑都很有特色。”

晚上，孙心妍例行公事地跟何滨视频，告诉他要去上海面签的事。

“是不是英文交流，我怕他万一问出我听不懂的问题。”她在网上搜了下，有说中文有说英文的。

画面里，何滨背后有个男生拿着盆晃过去，又回来，盯着屏幕看看。孙心妍一直没怎么笑，看着变形的陌生脸孔，这才忍不住笑了下。

何滨把人轰走，言归正传：“你英语不是挺好的。说中文就行，不用说英语，到时候记得大方点，该怎么说怎么说。”

“知道了。”

“我让红旗陪你去？”何滨在那头打开一罐饮料，喝了一口。

“不用，这阵子他帮了我挺多忙。”

“跟他客气什么。”

“知道你们铁，别找他了，旅行社那边说面签很快，我上午去完就回来。”

何滨说：“那你在上海弄完了告诉我一声。”

“知道了。”

屏幕两头，面对面地，忽然都不说话。

何滨问：“累了？”

“还好。”为了签证，她最近跑了好多地方。

“累了早点睡，我正好也要出门。晚安。”

“晚安。”

七月底，一切手续办妥，孙心妍一个人坐上飞往美国旧金山的飞机。十几个小时的长途飞行中，她只短暂眯了一会儿。

下机前孙心妍去洗手间简单清理，看着镜中憔悴不堪的自己，化了个淡妆。

飞机快降落时，机场巨大的SFO标识穿透淡雾，在暖暖阳光下清晰显现。从登机桥走下飞机后，孙心妍跟着人流往外走。

四下里渐渐出现各种肤色的人，树立在各处的指示牌全部成了英文，各式各样的外语嗡嗡地钻入耳朵。

这就是美国了，这里有她最爱的人。孙心妍昏昏沉沉地想。

何滨等在出口处，悠闲地吃着个三明治。他身上松松垮垮地套一件纯黑色短袖衫，下面一条军绿色短裤，头发剃短后没有一点刘海，整个人又痞又精神。

人潮中，孙心妍拖着个大行李箱，一出来就看到他，站在原地不再往前。

两人隔空相望，何滨吊儿郎当地冲她眨了下眼，又竖起个大拇指。

孙心妍没好气地笑了。

他过去接她手上的行李，搂着她往外走："累了吧？"

"先带你去吃饭休息，这两天倒一倒时差。"

孙心妍说："去哪儿吃饭？我一点不饿，不怎么想吃。"

"那就先回去休息，我去买点吃的。"

走出机场，孙心妍跟着何滨上了他开来的车。

这是一辆旧的丰田轿车。他跟她说过，学校太大，他买了一辆二手车。

车在阳光灿烂的高速公路上飞驰，一个多小时后就来到了他的学校。何滨开车带她简单兜了一圈后，带她回住处。

学校周围的小旅馆，房间不大，干净整洁，飘窗外是一条宽阔马路，两旁种着高大的棕榈树。

孙心妍一进去就洗澡，何滨去买吃的。等他回来，孙心妍刚吹完头发出来。

"你买什么了？"

孙心妍头发半湿半干，披在肩上，身上穿一条纯棉T恤裙，小腿修长，脚上踩一双蓝白色夹脚拖鞋，脚趾白细，指甲上涂了绛红色的指甲油。

"比萨、热狗。"

何滨把东西摆上茶几，在旁边的休闲椅上坐下。他拉她手臂，让她侧坐到自己大腿上。

孙心妍有点嫌烦地"啊呀"了一声，按着他的肩要起来。

手伸到她腿弯下，何滨把她整个人抱到自己身上，搂着她腰："叫什么，抱一下都不能抱了？"

孙心妍刚洗过澡，身上很香，皮肤柔滑。

亲了下她的嘴唇，何滨捏她的腰：“不对啊，多长时间没见了，怎么看上去一点不想我？”

孙心妍痒得笑了一下，捉住他作乱的手：“不要闹，我累了。”

何滨哪里听她的，更加在她身上乱摸，孙心妍又痒又臊的，笑得眼睛弯弯的，躲他。

“想不想我？”他声音低下来。

他小腿上腿毛浓密，若有似无地碰着她的小腿。

午后阳光从窗外照进来，照得地板发亮。

静了一会儿，孙心妍慢慢抱住他脖子，额头轻抵上他的额：“不想。”

嘴唇惩罚似地被含住，何滨边亲她边呢喃：“我来看看到底想没想……”

孙心妍脸“唰”地就红了，身上像过电一样，她往外拉他的手。

何滨亲她泛红的耳朵，心里又烫又麻，孙心妍推他的头：“不要闹了，我要睡觉。”

何滨吮她的脖子：“宝宝……”

孙心妍因为时差有点恍神，被何滨一搅和，沉沉地睡了一下午，醒来的时候已经是黄昏，很深的黄昏。

屋子里满是夕阳余晖，白色的墙壁微微泛黄。

何滨背对着床，一个人坐在飘窗上抽着烟，看外面风景。他头发湿黑，像是刚洗过澡。孙心妍盯着他的背影看了一会儿，想到他刚刚伏在自己身上滴汗的样子，脸红心跳。

何滨听到床上动静，回头看看，孙心妍正在穿衣下床。

“醒了？”

“我睡多久了？”

手里拿着个烟灰缸，何滨看看表：“三个多小时吧。”

去卫生间洗了把脸，她走到他旁边坐下，往窗外看，一抹红霞隐在天际，成片的棕榈树披着霞光。

坐在飘窗上，孙心妍双臂抱膝，腿都遮在睡裙里，只露出半截脚面，有点孩子气。窗子开着一条缝，何滨拿烟的那只手一直放在外面。

他盯着她看看，忽然捏起她一只脚嘀咕：“涂的什么东西，古里古怪的。”

孙心妍踢开他的手，把脚缩回来：“关你什么事，就喜欢管闲事。”

孙心妍从飘窗上下去。

何滨在烟灰缸里把烟掐了，不紧不慢地下来，从背后一把抱住她。他手臂精壮，孙心妍被他抱得双脚离地，轻呼一声，他把她抱坐回窗台。

两只手撑在她身侧，他歪着头，盯着她眼睛问：“关不关我的事？”

孙心妍两只手推他肩，他纹丝不动。

他痞气地笑：“再跟我皮……”

窗外天光一点点暗下去，黄昏的最后一刻正在消失，孙心妍脸上有一片温柔阴影，她看着他，不动了。

何滨的脸探过来，他动情地亲了下她的鼻尖，又亲了下她的嘴唇。

金色光线斜射进来，勾勒出身体轮廓，他们成了逆光下的剪影。

孙心妍计划在这儿玩半个月。

何滨的学校很大，里面草坪特别多，称得上是辽阔。他开车带她慢慢在里面转，看到她感兴趣的地方再下来逛。暑假里学生不多，很多人喜欢坐在草坪上晒太阳聊天。

其实孙心妍最感兴趣的是何滨心心念念的实验室，谁想去了之后她反倒有点失望。那里面没什么特别高科技的东西，跟个普通的开放型办公室一样，都是电脑和屏幕。去的那天里面有两个学生，何滨跟他们简单聊了几句，孙心妍觉得他说英文的样子有点性感。

后来的几天，何滨带着孙心妍把周围几个景点都转了一遍。这是一座海港城市，跟何滨说的一样，有时路的尽头就是蓝色的海，像画一样，美得让人心旷神怡。

何滨开着车，问她：“喜欢这边吗？”

“还不错。”孙心妍的头发被窗外的海风吹得飘飞。

何滨："还不错？这里冬天不怎么冷，基本没雪。夏天就像现在这样，天天二十来度。你不是一直喜欢大海。"

孙心妍没说话，看看他。

"看什么？"

她不咸不淡地说："看你崇洋媚外。你继续。"

何滨笑了："我就是跟你介绍介绍。"

孙贺敏每天跟孙心妍视频，问她情况，有天晚上何滨还跟他聊了两句。

后来的几天何滨零零碎碎有些课，孙心妍陪他去上了两节，课上太多专业英语，她听不懂也懒得听。

在课堂上，孙心妍看见了沈明。那时候，孙心妍还都不知道沈明的名字，只知道她这个人。晚上何滨带她跟他几个同学一起吃饭，有人介绍说："这是沈明，跟我们一起过来的。"

沈明和孙心妍微笑。

一桌七八个人，都是中国学生，氛围还算融洽。他们喜欢聊太空宇宙的话题，什么星系、生命体、液态水，孙心妍插不进话，好在这种场合何滨话也不多，挺照顾她。

桌上聊得好好的，忽然有男生问："何滨，你转学的事怎么说了，材料弄了吗？我是 GPA 太低，还不知道怎么弄呢。"

孙心妍看向何滨，何滨显然也愣了下，说："哦，我还没定。"

男生问："你要弄得赶紧弄，不然时间来不及了，沈明你是不是申请写好了？"

沈明停下手上的刀叉，很坦然地说："我是找陈教授帮的忙，他很热心，你也可以找他。"

从国内大学转国外大学流程复杂，想转到加州的学校更是难上加难。暑假前，带何滨进实验室的教授问他们在国内的情况，后来聊到加州这边秋季的转学季，鼓励他们有想法可以大胆试试。事后他还特意跟何滨聊了聊，表示很看好他，可以帮他写推荐信。

走这样一条路，需要面对很多困难。他在本校签的交流协议是一年，这边收不收是个问题，本校放不放人也是问题。如果真能转成，学分转换后他可能需要多花一年才能毕业。再者，孙心妍还在哈尔滨……他一直在找适当的机会和孙心妍商量这件事。

“还可以这样转校吗？国内的大学也可以转国外？”回到宾馆，孙心妍放下背包，很平静地跟他探讨。

“可以是可以，比较麻烦，学校要求也高，成功概率小。”

“有可能转不成，所以你才没告诉我？”

“不是，想跟你商量一下再定。”

孙心妍靠在书桌边，垂下目光，不说话了。

何滨就知道她会是这种反应：“你要是不同意就当没这个事吧。”

“我没说不同意。”

静了一会儿，孙心妍的声音响起来：“我没有不同意，这是你自己的事。我从来没有不同意你做什么，你想去哪儿都可以，我不会拦你。”

其实她完全可以用他以前说过的承诺来狠狠打他的脸，什么陪她上学、把何陪妍带去哈尔滨、他一毕业就结婚……可这么做没有意义。

天高海阔，她不会拦着他往高处走。

“其实我有个想法……”何滨拉起她一只手，“妍妍，你想不想跟我一起过来，这边还有不少学校，你又一直嫌学医苦，正好可以换个方向，学个更轻松喜欢的。这边气候也挺适合你，你觉得呢？”

“现实吗？”孙心妍手指都僵硬了。

“什么是现实，什么是不现实，人就是要敢想敢做，只要你肯，我们两个一起想办法，没有办不到的。”

孙心妍抽出自己的手，抿了下嘴唇：“何滨，你做好你自己的安排就行了，不要安排我。我不想出国。”

“妍妍……”

“好了别说了，我头有点晕，想睡觉了。”

剩下的一周时间，孙心妍根本不知道自己是怀着什么样的心情在美国游玩，看什么都提不起劲。最后三天她哪儿也不肯去，总喊累，就想窝在宾馆看电视。何滨知道她有小情绪，拿她没办法，尽量哄着她。

临行前一天，何滨被叫去实验室，孙心妍跟着他去了，一个人坐在绿草坪上晒太阳等他。

学生在周围的林荫道上行走，有白人，也有亚洲面孔。过了一会儿，她看见一个人影从那头过来，是沈明。她穿着很简单的运动 T 恤、牛仔短裤，背着个单肩大包匆匆走向实验室。

两个小时后，几个学生一起出来，沈明跟何滨说着话，还伴有简单的手势，何滨点头，两个人像是在讨论什么。

孙心妍看着何滨跟他们道别，朝自己走来。

去拿车的时候，孙心妍问："沈明在你们专业里是不是挺厉害的？很少看到女生学这个。"

何滨："她家里搞这个的。"

孙心妍"哦"了一声。

那天下午，何滨带着孙心妍自驾游加州一号公路，路的一边是山，另一边就是蔚蓝的海湾。

车停在山顶上，他又跟她谈了学校的事。介绍转学的手续、这边的一些学校，让她认真地考虑。

"别劝我了，我来不了，也不想来。"

"不要总是把自己局限起来，觉得这个不喜欢，那个做不到。别什么都没做，就先把自己否定了。"

孙心妍忽然觉得有点讽刺，这个话多像她高中时候和他说的。

"可我就是做不到。"孙心妍呆呆看着海面。

"是你不想做。"

"不是所有人都和你一样，可以什么都不管，我出国我爸负担会有多重，你想过吗？"

何滨："我来供你。"

“你拿什么供，等你自己能赚钱了再说这种话吧。”孙心妍的头发被海风吹乱了，她眯了眯眼，“真的不要帮我考虑了，你有你的想法，我也有我的想法，我只想好好把学上完，以后进医院做个医生。你这么喜欢这个学校，如果真能转成功我只会为你高兴，你安心做你想做的事吧。”

相恋四年，彼此陪伴四年，孙心妍从不怀疑何滨对她的爱与忠诚，就像他相信她一样。

那时候他们才二十一岁，如果回头看，那些解不开的题，根本算不了什么。

可人只有走过时光，才有权利回头。

进入大三后，临床医学生的专业课丰富了。病理学、诊断学、内科、妇科、儿科都进入了课表。开学后，孙心妍给自己制定了时间表，整个人都充实了起来。

知道孙心妍暑假去美国玩，谭亚蕾让她帮忙带了几样化妆品。最近谭亚蕾对化妆品很热衷，想要在学校里做点小生意，拉孙心妍入伙。

正上着妇科课，谭亚蕾把进货目录给孙心妍看，问她觉得怎么样。

孙心妍翻了翻，说：“好像有点劣质啊。”

老师在上面讲着课，谭亚蕾对她翻了个白眼，低声说：“你当人人都跟你一样衣食无忧，五十块钱左右的东西是最好卖的。”

过了一会儿，谭亚蕾偏过脸跟她说：“我还准备再顺带着卖点卫生巾，价格稍微比超市里便宜一点，走量不走价。”

孙心妍没搭腔。

谭亚蕾追问：“你觉得怎么样？”

孙心妍回过神，一笑：“哦，挺好的呀，你真有商业头脑。”

中午在食堂吃饭，谭亚蕾兴奋地说自己的创业计划，孙心妍有点心不在焉。

“怎么了，魂不守舍的？”

孙心妍说：“可能昨天晚上没睡好，有点累。”

谭亚蕾：“你就是太娇气。等一会儿我去社里面玩，你还去不去？”

孙心妍摇头：“不去了，我下午回宿舍睡一下。”

孙心妍吃完饭没回宿舍，她去学校附近的药店买了一支验孕棒。

是的，孙心妍的例假一个多月没来了，按道理从美国回来的时候就该来了。她学医，对这方面很敏感，何滨也一直挺自觉，但她去美国那阵子，何滨有两次都是做到中途才戴。

买到验孕棒后，不知道是心理还是生理作用，孙心妍觉得自己有点头晕，下午的两节课都请了假。

在宿舍辗转反侧睡不着，很多事情像电影一样在脑子里走过场。按理说要早晨起来测最准，可心里像压着块石头，压得她喘不上气，身上猛盗汗。等宿舍的人走光后，她还是拿着东西进了厕所。

走廊外有几个女生走过，传来天真烂漫的打闹声。

孙心妍蹲在厕所里，脑袋嗡嗡的，屏息看着观察窗上的紫红色线条，等着时间一秒一秒过去。不知道过了多久，久到她手指都麻了，旁边没出现第二条线。某种意义上，这代表，安全了。

然而孙心妍没有一点劫后余生的轻松，反倒有一种被人抽筋扒骨的无力感。用垃圾袋把用过的东西收好，她从厕所出来，用肥皂仔细洗了手，又洗了脸。

那天晚上，何滨在网上等她视频，她电话没接，短信没回。

其实从美国回来后，孙心妍就经常跟他玩若即若离的把戏，短信隔半个小时回都是常事。何滨以为她是要任性，想着多哄哄就好。在何滨心里，从来不觉得真有什么能破坏他们之间的感情。但他也感觉得到，他们之间的状态越来越不好。

第二天上午孙心妍给何滨回短信，说自己手机有点问题，昨天送去修了。何滨那儿是半夜，却秒回了她一个电话。

手机振的时候，孙心妍心跳都停了一拍，走到阳台上，通了后何滨没开口。

孙心妍问："还没睡？"

他问："手机坏了，电脑也坏了？"

借口太拙劣，她自己都圆不了："没有，昨天校园网不怎么稳定，太累就没上网。"

太累就没上网？他从早上八点等她的消息等到夜里三点，结果她说因为太累了。

“你累什么？”

“我什么都累。”

不知过了多久，听筒里有打火机清脆的声响。

何滨点着烟走到宿舍外面，放缓了语气说：“行啊，说说看，到底是什么累。”

孙心妍说：“等你的电话等得累、办护照累、坐飞机累……”

“孙心妍，是你说没关系。我们之间有哪一件事我没问过你意见，是你跟我说没关系。”

“是我说的，但也许我一开始就说错、做错了。”

静了两秒，何滨忽然冷哼一声：“你做错什么了？”

“别再说了，何滨，我不想跟你吵。我们都冷静一下行吗？”

后来的几天，何滨没有主动跟孙心妍联系，孙心妍更没有找他。

一个星期后，何滨打电话过来时，孙心妍正在上体育课。她选修的是羽毛球，一轮刚打完，下场喝水，包里的电话响了。下午四点，他那边差不多是凌晨。擦擦脸上的汗，孙心妍走到体育馆外面接。

经过一个夏日的沉淀，校园里的树叶泛了黄，被树枝递向广阔蓝天。

开始谁都不开口，还是孙心妍先说了话：“你那边挺晚了吧，还没睡？”

何滨：“在干什么？”

“上体育课，刚刚跟人家打完球。”

刚运动完，孙心妍的语气有点轻快，传到大洋彼岸那头的深夜，显得有些突兀。

何滨是在宿舍外给她打的电话，他站在树下抽着烟，踢了踢脚边的小石子，问：“打得怎么样？你打球那么臭。”

“没有，我今天打得挺好的。”

孙心妍：“那个……我课还没上完，先……”

“妍妍，”何滨打断她，“这学期上完我就回来。”

顿了下，孙心妍说：“你不想转学了？”

“以后再说吧。”

“为了我吗？”

孙心妍的声音打破沉默：“何滨，我不要你为了我去违背心意放弃什么东西，我负担不起，也不想负担。”

何滨：“你什么意思？我要你负担什么了？”

孙心妍：“我这几天想明白很多事，也许不是所有东西都一定要有结果，你一直对我很好，我也特别谢谢你对我的那些好，它们是我这辈子最珍贵最想守护的东西，我不想让什么去破坏它们。更不希望某一天，我们变得讨厌对方。”

烟头被按熄在树干上，何滨听着她的话，轻轻一笑：“继续往下说啊……”

“何滨，我觉得好累。我不想再这么累，你也知道，我是一个没有大抱负的人，你……”

孙心妍还没说完，那头，何滨直接把电话挂了。

两天后，何滨再打来电话，孙心妍不接了。他给她发信息，微信上一条又一条，她压根不打开，每次只看到显示出来的一行字。

孙心妍在生活中屏蔽了何滨，在所有社交软件里把他拉进了黑名单。生活彻底成了三点一线，她每天在教室、寝室、图书馆间穿梭，闲暇时去话剧社和大家玩玩闹闹。

后来陈彦其来了个电话，他是个高情商的，只叙旧，问问她在学校的情况，快挂电话时才开导她两句，说何滨要急疯了，完了又站在她这头做和事佬：“你是该治治他，不过也不要完全不给他消息，至少让他知道你在学校是否安全。毕竟你一个人在这么远的地方待着，他不放心。”

孙心妍却恍然发现，没有何滨的日子，她感到意外的轻松。

不用去想爸爸怎么办、他的家里怎么办、他在做什么、他为什么不回消息……所有烦恼都伴着这个人消失了。

怎么会这样……明明是失去了，她却安心了。孙心妍这才发现，原来自己的心好狠。

一晃眼就是国庆长假。假期前孙心妍收到一条韩东的消息，他和几个同学假期要来东北玩。孙心妍假期正好不回去，成了他们的导游。

孙心妍领着他们在市区玩了几个有名的景点，借机散心。晚上她大方地要做东请吃饭。三个大男生嘴上答应，吃到一半就偷偷结了账。

第二天，孙心妍睡了个懒觉，九点多钟才起，醒来简单吃了点东西，接到韩东电话。他的几个同学去景点了，他没和他们去，想来她学校转转，问她方不方便。

医大校园内的建筑很有风格，主楼还是梁思成设计的，屋顶宽大，很中式。孙心妍带着韩东转了一圈，韩东一直和她聊医科，很感兴趣的样子。

孙心妍说："我们现在虽然大三了，其实也才刚刚接触专业上的一些东西，前两年都在打基础。"

韩东："你现在这个水平能不能帮人看病？"

孙心妍摇头："差远了。自己学医才知道成为医生的过程真的挺不简单，你们去医院看病要对医务人员客气点。"

韩东笑笑。

孙心妍说："对了韩东，你这次怎么没带你女朋友一起来？"

韩东在大学交了一个学历史的女朋友。

"她要在学校搞一个创业活动。"

孙心妍羡慕地说："她自己办的活动吗，感觉她好有能力。"

"她喜欢忙点事。"韩东说，"何滨他这学期交流要结束了吧？"

孙心妍很含糊地点了下头，看看时间："走吧，带你去一食堂，让你尝尝东北风味。"

到了食堂，孙心妍带韩东上了四楼，原本以为假期会没什么人，没想到四楼的人还不算少。孙心妍给谭亚蕾打了个电话，问她人在哪儿，要不要一起吃饭。谭亚蕾现在成天忙她的小生意，神龙见首不见尾。谭亚蕾说她去她男朋友学校了，晚上要是回来再找她。

挂了电话，孙心妍看看韩东，介绍道："我一个好朋友，她性格特别直爽，本来听说你来想来看看你的，不过今天她去找她男朋友去了。"

“看我干什么？”

“她说她高中时候最崇拜北大，就想看看北大的学生长什么样。”

食堂里闹哄哄的，韩东望着她身后的方向，表情慢慢变了。

孙心妍起初还没意识到什么，等她转过头时，人影已经立在餐桌旁，她怔怔地望着突然出现的何滨。

何滨的飞机是上午十点落的地。出机场后何滨打了辆出租车，跟司机报上医大的地址。在车上他点起烟，不死心地给孙心妍拨了个电话。

他还在她的黑名单里。

他知道她国庆不回家，到了学校后他先去的是她宿舍。

真心要找一个平时跟你亲密的人，不难。何滨在门口等了十来分钟就碰到了孙心妍在话剧社的一个好朋友。女孩子被他拦下来，他说手机没电了，请她帮忙打个电话。

女孩子见过他，站在门口就给他拨了，通是通了，只是响了两遍都没人接。

女孩上楼前说：“她可能没听见，我上去拿一下东西，等一会儿下来再帮你打一个吧。”

何滨又在门口站了一会儿，在手机上翻到谭亚蕾的电话。

谭亚蕾知道他们最近有点闹矛盾，只是不知道具体情况，看何滨这大老远地从国外飞回来，她觉得算是有诚心了，告诉他孙心妍正在招待老同学，让他去食堂看看。

哈尔滨的十月，温度只有几度。何滨一身夏装，黑色的polo衫、迷彩短裤，身上背一个黑色大运动包。

孙心妍的眼眶里一瞬间就涌了泪。

飞了十几个小时，何滨在飞机上一分钟都没有睡着过，下了飞机一刻不停地来找她。想象中，这十几天她跟自己一样痛苦、疲惫。结果呢？她有说有笑地跟爱慕者叙旧吃饭。

目光在孙心妍身上停留了一会儿，何滨皱着眉往旁边看了一眼，像是在克制情绪，又像是在找适当的词。再去看她的时候，他嘴角带着点讽刺的笑：

“是不是这样就不累了？”

孙心妍不说话。

“说话！是不是这样就不累了！”他突然冲她吼起来。

周围忽然静下来，食堂里的人开始朝这边张望。

孙心妍不开口，只是看着他。

“何滨，你……”韩东看不下去了，可他话音未落，何滨端起桌上的一个餐盘直接盖到了他头上。瞬间，油腻的菜掉了韩东一身。

周围的女生低呼出声，下一秒整个食堂安安静静，只剩不锈钢餐盘落在地上的清脆响声。

短暂的安静中，女生们目光一转，又是一阵惊呼。

孙心妍端起一碗汤直接泼到了何滨脸上。

何滨只在最初那一下时闭了下眼。再睁开眼，水珠顺着他的眉毛、鼻子、脖子慢慢往下滴。他没动，看着孙心妍。

孙心妍流着眼泪，觉得自己的心已经凉成了冰：“闹够了吗？这是我的学校……”

何滨看着她满脸的泪，声音忽然低下来，两眼通红：“妍妍，我们出去谈。”他抓住她的手腕，把她从座位上拽起来，往外拉。

“你放手。”孙心妍挣脱。

一动未动的韩东从那头冲过来，猛推何滨一把，何滨踉跄了下，松开差点被带倒的孙心妍，等不及站好，他扔掉身上的背包，抬起拳头就往韩东头上抡，韩东避让开，冲他挥拳，两个人很快地扭打在一起。周围的男生赶紧过来拉架。

孙心妍拽着何滨的一条胳膊把他往旁边拉，韩东一拳揍在他脸上。

“韩东！你别打他！”孙心妍哭着大叫着，可是太乱了，她的声音被淹没在一片嘈杂中。

这是医大十一假期里最大的新闻。在场的目击学生说，三号的时候，两个外校的男生为了本校的一个女生在食堂大打出手，一个是前男友，一个是追求者，泼得人满脸都是菜。后来食堂其他吃饭的学生把人拉开了，也不知道怎么解决的。

当天晚上，孙心妍班上就有人知道了这件事，私下开始八卦。假期结束后到了校，很多人旁敲侧击地问她怎么回事，孙心妍什么都没说。

后来，哈尔滨下了一场大雪。

孙心妍在下课的路上接到了何滨的电话，他就一句话：“你回我身边，我回国，就当什么都没发生过。”

孙心妍站在被雪堆白了的松树旁，沉默了一会儿，很平淡地说：“还是算了吧。”

何滨算是体验到了什么叫万箭穿心：“孙心妍，以前没看出来，你真是狠啊。”

孙心妍心头酸涩，却笑了：“两个人一起爬山，你越爬越高，我跟不上了，你不可能停在这儿一直陪我。”

“所以就要放弃？我们一起啊。”他近乎卑微地说。

“我不想往上走了，我不喜欢累。我根本不喜欢山顶，可是和你在一起，总是有很多山要爬。何滨，我一直相信，只要你想做的事你一定能做成，你不要拉我了，也许有一天你回头看，可能会庆幸现在做的决定。就停在这吧，好吗？”

孙心妍抬头，皑皑白雪覆盖着校园里的道路、苍劲的树木、高高的平顶楼，不怕冷的鸟在北国冬日的蓝天下飞翔，在远空化为黑点。

就停在这儿吧，停在这幅北国最美的画里。

何滨：“我再问你最后一次，你决定了？”

孙心妍：“我决定了。”

沉默了很久很久，电话里传来何滨隐忍的声音，不知道是哭还是笑：“不要后悔啊，傻瓜，我是真的爱你。”

冰冷的泪早已打湿面颊，颤抖的声音伴着唇边的白雾，孙心妍说：“谢谢……”

我不后悔，我只会感谢。

谢谢你的出现，谢谢你的呵护。

谢谢你送我的年少的梦，谢谢你陪我走过的路。

谢谢你，真的爱我。

第八章

所有的路灯都熄灭，天上还有星

年轻的爱情里，最怕的是什么？是赌气。

和孙心妍分手一个星期后，一天清晨，何滨在沈明的宿舍楼下吻了她。突如其来的吻，突如其来的表白，沈明却接受了。可这段爱情没有维持太久，一个月后，沈明在短信里向何滨提出分手。

何滨只回了两个字：好的。

后来何滨又交了几任女友，有的是他追的，有的是追他的。快毕业的时候，陈彦其带着女朋友去美国找他玩，那时何滨在学校里刚谈了一个大一的女孩，陈彦其第一眼看到那女生时差点愣住，跟孙心妍的气质太像了。

晚上，两个人在酒吧喝酒，陈彦其问他是不是还想着孙心妍。

何滨想了想，说："这一型比较合眼缘吧，这个正好碰到了，处起来挺有感觉的。"

"什么感觉？"

何滨笑笑，只抽烟，没说话。

虽然女孩子娇气，很依赖他，比他小几岁，很爱要小性子，一点不满意就跟他闹，但他对这种熟悉的感觉反而很享受。

酒喝到六七分醉，陈彦其说："怎么不再去找找，女人嘛，嘴上一套心里一套，说不定早就后悔了。"

良久，何滨说："红旗，你不知道，她心太狠。"

几年前，那通电话的最后，他发了狠地跟她说："孙心妍，记好你自己说的话，以后千万别说我没给过你机会。你以后发生什么都别来找我，别出现在我面前，我要是找你我是乌龟王八蛋。"

结果呢，分开第二年她生日那天，他喝得烂醉，稀里糊涂地给她打了一通电话。

接电话的是个男的，何滨心头狠狠地抽搐了下，整条手臂都发麻。那头的人操着浓重的口音问他是谁，他立马给挂了。

挂掉电话后，何滨连抽两支烟才冷静下来，想着一定是她把号码换了，旧号码又被回收放了出去。

那次之后，他再也不敢找她。

对，是不敢。

何滨意识到，他丝毫没办法面对孙心妍成为别人的女人，一想到就跟被人往心口捅了刀子一样。

与其这样，他宁愿选择逃避，和她再也不要有交集。

太狠了。

她对他太狠了。

银色的福克斯穿行在江城市中心，窗外，黑夜和霓虹灯纠缠在一起。

这些年，江城的城建变化很大，市中心新建了大的商业综合体，道路也拓宽过，夜间的马路畅通无阻。孙心妍这两年回来得少，于是每次回家都发现家乡变化了一点。

车在尚有六十秒的红灯前停下，孙心妍拉起手刹，看副驾驶上的人。

"怎么样，还好吧？"

头倚在车窗上，李笛眼皮半阖："有点想吐……"

晚上从学校出来，一伙人闹着去吃夜宵。席上陈彦其兴致高，不停地劝酒，李笛被他灌了不少。没办法，孙心妍只能开她的车把她带回酒店。

过完红灯，李笛实在撑不住，孙心妍在路边停车，扶她在阴沟旁吐。

夜色深深，四周被路灯映得昏黄。穿戴时髦的女人踩着高跟鞋，蹲在路边吐得几近虚脱，痛苦不堪。

孙心妍抚着李笛的背，轻声安抚："吐出来就好了，吐出来就舒服了……"

李笛吐完了，孙心妍去车里拿水给她漱口，又用剩下的水把阴沟边的呕吐物冲了冲。

回到酒店，两个女人洗漱一番，疲惫不堪地躺倒在床上。妆容卸掉，李笛脸上又有了以前的感觉。灯光刺眼，孙心妍关掉灯，李笛还睁着眼睛。

孙心妍："感觉好点没有？"

李笛说："好多了。"

孙心妍说："你又没酒量，干什么陪他们喝这么多。"

酒精作用下，李笛呼吸有些重，声音沙哑："大家多少年没聚了，高兴呗。"

过了许久，李笛忽然说："薛小燕居然要和顾峰结婚了，还挺意外他们俩处了这么多年。"

吃夜宵的时候大家聊到各自的情感状况，才知道班上有几个人已经结婚了，有几个正筹划婚礼。

薛小燕和顾峰是唯一一对修成正果的同学情侣。提到他们，大家首先想到的是李爱珍在班会课上放的那部早恋电影。没想到，这对小情侣走到了最后。

李笛陷在回忆中："上学的时候我看顾峰又黑又丑，还想薛小燕怎么眼瞎看上了他。现在想想，小时候好像经常看不起别人的感情，到头来自己才是最可悲的。"

孙心妍知道她喝多了，说："你可悲什么，你不是也快结婚了吗？其实班上很多人很羡慕你，一个人在深圳可以发展得那么好。"

李笛有男朋友，而且已经谈婚论嫁。

"你不懂。"李笛看向她，"我告诉你一件事。我高中时候喜欢红旗，大学时候和他表白过。”

没有惊讶，像是早有察觉，孙心妍问：“他怎么和你说的？”

“记得吗，大一的寒假，我们聚会，那天晚上我喝了点酒，后来我们一起去 KTV 唱歌。那天夜里，我给他发短信表白了。”李笛的声音像是浮在空气里般，虚无又缥缈。

“那夜我没睡，一直等他的回复。他第二天早上才回，说夜里睡着没看见，不好意思。”

后来，陈彦其回复的那条短信几乎被李笛一字不差地背了下来。

——不好意思，昨天夜里太累，醒了才看到你发的消息。你是一个非常可爱的女孩，我一直挺欣赏你的性格，还有你对朋友、对生活的态度，不过这个年纪谈感情不像小时候，要顾虑的比较多了，我们现在学校的距离也比较远，很难去好好培养感情。谢谢你对我的欣赏，未来一切都不好说，我要先起来找点吃的去了。

陈彦其就这么风轻云淡地给了她一张“好人卡”，后来的几年，他们再没见过面。

“你现在还喜欢他？”孙心妍问。

“高中时候我觉得他活得特别随心，这几年我才明白，其实他才是最现实的人，他一直很清楚自己要的是什么，仔细想想，他从来没做过任何越线的事。”李笛说，“妍妍，我以为自己跟高中比成熟了很多，但是我发现只要一看到他，我立马就又回到了当年。”

回到当年那段青涩时光，变成那个拿着雪糕呆呆看他潇洒背影的“傻丫头”。

李笛目光向上看：“妍妍你知道吗？这世上不是每个人都有初恋、都被人深深爱过，是，我快结婚了，但我心里很清楚，这辈子除了父母，我从来没被谁深爱过。很遗憾。”

说到最后三个字，酒劲下，李笛哭了，起先是无声的，后来变成闷声大哭。

是夜，李笛闹完就累了，睡着后还有些打鼾。孙心妍不知道自己是几点睡着的，迷迷糊糊醒来时，周围有声响。

李笛刚洗完澡，从厕所出来，擦着头发说：“醒啦，出去吃个早茶吧。”

李笛过去拉开窗帘，清晨阳光照耀下，她元气满满。

孙心妍起来洗澡，听见李笛在外面喊没衣服换，孙心妍让她在自己行李箱里挑一身。等孙心妍洗完澡出来换好衣服，李笛还没决定好穿哪件。

“你这些衣服都太素。”

“我又还没工作，怎么和你比。而且在医院实习都是套白大褂，穿什么都一样。”

李笛勉强换上一身，说：“你不能再这么懒，该打扮还是要打扮。我看医院里女医生还不是穿得都挺漂亮。”

孙心妍坐在床边笑笑，抬手腕看表：“别磨蹭了，你再不快点我们不是吃早茶，是吃午饭。”

李笛不急不忙地在镜前整理头发：“急什么，反正这两天又没什么事。”

李笛昨天喝太多，今天不是很舒服，车还是孙心妍开。坐在副驾驶上，李笛翻阅班级群里的聊天记录。

临近聚会，班级群很热闹，昨天一整夜都有人在说话。

手指滑动着屏幕，李笛忽然说：“李老师账户上多了十万块钱。”

“嗯？”孙心妍把着方向盘，“谁给的？”

李笛说：“不知道，他们正在讨论，捐款账号昨天才公布的，今天一大早就有人打钱进来，他们现在在查是不是我们班人打的……”

孙心妍看着前路：“也不一定是我们班的，很多学生毕业后都记着她的好。”

李笛感慨：“是啊，李老师真是很好，你记得吗，高中我发烧她特意过来送我去寝室……”

阳光洒满了五月的大地。

孙心妍过来时，李爱珍正坐在阳台上晒太阳。她一动不动地坐着，稀少凌乱的短发让她在金色阳光下看上去格外脆弱。

“难得回来，不去陪家里人聚聚，老往我这儿跑。”李爱珍语意调侃，笑容疲倦。

孙心妍有些调皮地一笑，从包里拿出一个黑色的笔记本：“昨天过来得太匆忙，忘记带了，这里面是我以前整理的一些肺癌治疗注意事项，还有饮食之类的保养方法，比较好的都重点画线了，有的很有效果，可以参考参考。”

李爱珍接过来，本子被翻得很旧，每一页都密布着秀气的手写字。

李爱珍目光中起先是有淡淡疑问，很快又转为欣慰之色，说：“差点忘了，你现在已经是个小医生了。”

“我离出师还早呢。”孙心妍不好意思地扬了下唇，目光自然地投向楼下。

楼下是一片停车场。

李爱珍把笔记本放在大腿上，跟她一起看着下面，手指细细摩挲本子的封皮。

“知道这下面能停多少车吗？”

孙心妍不知道她为什么这么问，侧过脸来。

“就这么一片小小的地方，最多的时候能停八十几辆车，到了晚上，这些车陆陆续续开走，早上又有新的开回来。”李爱珍脸上有一种格外宽容的笑，“我更年期到了，每天无聊的时候，就喜欢坐在这儿数车。”

孙心妍默然。

李爱珍说：“看着看着，就觉得这些车和你们这些学生一样，来匆匆去匆匆的，做老师的呢就始终坐在这个小阳台上，看你们来了又去。”

孙心妍温柔地笑了，觉得这个比喻很有趣。

“高中阶段是一个学生学习生涯中最重要的阶段，恰恰又是最容易叛逆的阶段。那时候你们成天跟我嚷着要自由、要民主。什么是自由啊，老师不管你们，让你们天天上网看小说、在家睡大觉这就自由了？这不是自由，这是虚度光阴。”

李爱珍说：“老师的一生默默无闻，但看见你们，我就觉得自己这辈子很骄傲。我只是一个最普通的中学老师，但是我的学生不普通，他们是律师、是医生、是工程师……是走遍世界各地的人。”

“李老师，知道我为什么学医吗？”孙心妍忽然问。

“你可能不记得，二〇〇八年的时候汶川地震，中午你过来给我们放新闻。

后来你哭了，全班人很多人也哭了。当时我想，以后我也要当个医生，救死扶伤。”

那是一颗懵懂的小种子，可就是这颗种子，误打误撞地掉入心田，如今一点点生根发芽，长成她人生中的大树，托起她的梦想。

十六岁的女孩，一晃眼就成了二十六岁的女人，心中充满感恩。

“李老师，所以我很感谢你。”

“你们这些机灵鬼啊，我真是老了。”李爱珍笑了，“你啊我是知道的，看着听话，心里主意其实大得很。那时候你和那个小何滨，让你们不要谈不要谈，你爸爸那么管你都不听。”

“对了，现在何滨怎么样了？我上回听谁说，好像去国外了。”

孙心妍唇边泛起微笑，轻轻摇头：“不知道，我们后来没联系了。”

“就说你们那时候年纪小，不懂事。”

李爱珍笑笑：“对了，孙老师这两年怎么样，还在韬光小学吧？你刚毕业那会儿我还在商场看过他一回。”

沉默了一会儿，孙心妍说：“我爸爸已经去世了。”

李爱珍心中微微震惊，看着她：“哪年的事啊？我记得他不比我大多少啊。”

手指不自觉地抠着包带上的一个搭扣，孙心妍抿了下唇：“有几年了，二〇一四年走的。二〇一三年年底查出来的时候已经是肺癌晚期，过了半年走掉的。”

李爱珍好一会儿没说出话来，最后长长一声叹息：“孩子，你也是不容易了。”

“这两年好多了……”孙心妍笑了下，“所以李老师你挺幸运的，查出来的时候比较早，接下来只要配合好治疗、保养得好，以现在的医学水平延长十几年、二十几年寿命都不成问题。”

李爱珍无所谓地摇头：“我发现的时候也不算早了，中晚期，再迟一点就动不了手术了。”

“生了病最重要的是心情，不要想太多，给自己太大压力。”

“我知道。”

孙心妍独自一人走出医院时已经快傍晚，马路上响着焦躁的鸣笛声，忙碌了一天的人们正在往家赶。茫然地在街头站了片刻，她给李笛打电话，问她要不要一起吃晚饭。

李笛被父母拖着走不开身，说陈彦其正好在群里喊人吃饭，让孙心妍去和他们一起吃。

孙心妍："那算了，跟他们有什么好吃的。"

李笛说："实在不行你等我一会儿，我在家装装样子陪他们吃几口，等下过来找你。"

孙心妍笑了："行了吧，你难得回来一趟，多陪陪他们……有电话来了，先不跟你说了。"

跟李笛匆匆说完，孙心妍接起来，说曹操曹操到，陈彦其在那头吊儿郎当地问："美女，人在哪儿放风，过来一起吃个小饭。"半小时后，陈彦其亲自开着辆老奥迪车来把孙心妍接去吃饭了。

饭还是在昨天的饭店吃的，人也几乎是昨天的人，一切像是复制了一遍。席间，大家都在讨论李老师的账户捐款。

才一天，陆续有不少校友捐款，稀奇的是上午有人打了十万，就在一会儿前，又有人打了十万。

"这只能说，咱们这些校友真是混得不错。"

"混得不错没用，还得有感恩的心。"

"是啊……咱们班长呢，不是说今天回来的？有没有人给他打过电话？"

"你看不看群啊，韩东不都说了，要再拖一天，改成明天的票了。"

"人家现在是金融人才，忙着呢！"

"谁不忙啊，看看人家庞燕，人家还是从澳洲飞回来的！"男生指指身边的女生。

女生爽朗地笑："我一个家庭主妇，你拿我和班长比也太看得起我了。"

大家全都哈哈大笑起来。

"动筷啊。"陈彦其往孙心妍的骨碟里舀了一小勺玉米虾仁。

“我一直在吃啊。”

陈彦其看她那个纤弱样，笑道：“都快瘦没了。还减肥？”

孙心妍：“我这种身材用得着减肥吗？”

陈彦其调侃地冲她竖了个大拇指：“辣妹子。”

孙心妍瞪他一眼。这人啊，永远没正行，转瞬想到李笛昨天夜里的话，她忍不住多看旁边人一眼。

就这么断断续续地联系着，他们认识快十年了。女孩子会喜欢他一点都不奇怪，只要他在的地方，场上的每个人他都会照顾到。

常有人问男女之间有没有纯友谊，兜兜转转，孙心妍发现她和陈彦其反而有了这样一段友谊，淡雅而真挚。

席间忽然有人问：“对了，这次小滨爷来不来？怎么一点消息没有？”

陈彦其很自然地接上去：“他来不了，参加南通的什么论坛去了。叫我明天吃饭的时候跟老同学们打个招呼。”

“南通那么近都不来？”

“谈合作项目去的，脱不了身。”

席上，两三道目光若有若无地朝孙心妍飘过来。孙心妍用小瓷勺吃着玉米粒，表情没什么变化。

班上绝大多数人都知道他们谈过，高中不清楚的，上大学后在校内网、QQ 空间也看到过他们给对方的留言，那种不动声色地秀恩爱，羡煞旁人。

后来，陆续有人知道他们分了，这对金童玉女一度是班上人聊天叙旧时的话题。

“小滨爷现在搞哪行啊？他当年可是咱们班最大的黑马。”

“航天材料，在美国弄了个公司，现在国内这一块也在发展，他正好过来看看合作项目。”陈彦其还像高中一样，充当何滨的新闻发言人。

男生们不禁点头，发出由衷的赞叹声。

“他结婚了没有？”有个不怎么知情的男生，兴头上忽然问出这么一句。

旁边的女生碰了下他胳膊。男生没怎么反应过来，有点莫名其妙地看看她。

孙心妍若无其事地端起杯子喝水，明亮的光线、纷杂的谈笑声中，她显得平淡而安静。

“结什么婚啊，这个年纪玩还玩不过来呢……”陈彦其说。

周围继续觥筹交错、嬉闹说笑……

刚放下的杯子，被孙心妍不知不觉地再次拿起，她又喝了一口。

喝水，是全世界最好的掩饰方式，它可以掩饰尴尬、紧张、慌乱和所有让人措手不及的情绪，为你静静腾出两秒的时光。

这两秒成了过去五年中，她唯一放任自己去想他的时刻。

一眨眼，五年了。

他最后说的话，他们都做到了。是的，谁也没联系过谁。

一想到他今年也是二十六岁，孙心妍就觉得怪异，有点难以想象他现在的样子，只记得那个幼稚的男生从十七岁开始就常把结婚挂在嘴边，于是她总觉得他会很早成家。

吃完饭一伙人去唱歌。一到 KTV，年轻人们更疯了，喝酒唱歌叙旧，闹个不停。

孙心妍一开始有点待不住，想走，结果两个女同学很热情地跟她聊天。原本是学生时代关系一般的人，谁想聊着聊着反而亲密起来，孙心妍跟着她们回忆了很多班上的趣事。

过了一会儿孙心妍发现有个谭亚蕾的未接来电，到外面回拨了一个。

谭亚蕾问她聚会聚得怎么样了，又跟她聊了聊医院里这两天发生的新闻，问她哪天回来。

孙心妍靠在墙边打着电话，只见一旁的包厢门忽然被推开。

陈彦其打着电话出来了。看她一眼，他有点匆忙地往走廊那头走去，像是有什么事要办。

跟谭亚蕾打完电话，孙心妍去洗手间洗了把脸，再看看时间，想着等一会儿可以走了。

然而等她再回到包厢时，里面不知道发生了什么。男士们全都站起来了，围着中间的一个人倒酒、发烟。女士们虽没那么激动，目光却也被深深吸引着，友好地笑着朝那人看。

男人穿着件剪裁简约的黑衬衣，身形高大潇洒，整个人透着商务派头。旁边有人热情地给他点火，火苗把烟点着了，听见门口动静，他转过头。

看着停在门口的孙心妍，何滨脸上的表情没什么变化，顿了顿，跟她点头示意了下。一秒的停顿后，孙心妍也轻轻和他点了个头。

重新坐回沙发，孙心妍端起面前的杯子喝水，面色平静。

那头，男生们的寒暄过了好半天才停息，纷纷入座唱歌喝酒。何滨断断续续地把在座人都敬了一圈，很多人跟他说恭维话。

不知道过了多久，孙心妍余光看到何滨朝自己走了过来。他头发剪得很短，不再是学生时代那种痞气的寸头，前面有很短的刘海，衬得面孔白净英俊。

“没喝酒？”

孙心妍摇头：“没有。”

何滨很自然地坐到她旁边，举杯：“敬你一杯。”

孙心妍端起面前的饮料，两人碰杯。

何滨把剩下的半杯酒一饮而尽。放下空杯，他把旁边的一个烟灰缸拖到面前，伸手弹了下烟灰，没有坐到旁边去的意思。包厢里的人像是注意到他们在那边叙旧，没人过来打扰。

音乐声明明很大，孙心妍却觉得这个小小的角落很静，静到能听见自己的心跳声。僵持了一小会儿，她先开了口：“我听红旗说你这次不来的。”

“南通那边有个会开始说要弄到晚上，后来议程改了。”何滨看她，“下了会就直接开车来了。”

孙心妍身上穿着一件素雅的米色毛衣，露出来的脖子和手腕一样白，上面没有饰品，干干净净的。

何滨问她：“乡下那边前几年拆了，你爷爷奶奶他们住哪儿去了？”

“我大伯把他们接过去照顾了，”孙心妍问，“何爷爷何奶奶呢？”

“跟我小姑他们去过了。”

孙心妍点头。

何滨看看她：“还上学呢？”

“啊？”

“你是不是要毕业了？”

“快了。”

“工作定了？”

“差不多了，我现在实习的医院挺想要我的。”她微笑。

“准备留哈尔滨？”

孙心妍“嗯”了一声。

沉默了下，何滨继续不咸不淡地跟她闲聊：“不怕冷了？”

孙心妍轻轻笑了下，说：“那边到处有暖气，现在回来过冬反而不习惯。对了，你一直在美国吗？”

何滨“嗯”了一声。

一对男女同学被推到前面合唱情歌，那是一首有年代感的老歌，所有人被逗得哈哈大笑。何滨和孙心妍抬头看去，也跟着淡淡地笑，两个人脸上都很平静。

一支烟抽完，何滨慢慢在烟灰缸里摁熄烟头，在那个红点彻底消失时，他忽然来了句：“这几年找过我没有？”

静了一秒，孙心妍低头，两眼盯着自己面前的杯子：“没有。”随即又抿了下唇，她听见自己的声音，“你找过我吗？”

嘴角轻轻一动，何滨像是笑了下：“那时候被你甩得那么狠，怎么找，估计你号码都换了。”

孙心妍脸上绽开笑容，何滨也笑。

男生们又在那边劝酒，喊着何滨加入战局。何滨拿着自己的杯子站起来，看看孙心妍：“你坐着，我去再跟他们喝两杯。”

孙心妍点头。

后来，何滨没有再过来跟孙心妍说话。散场时已是深夜，夜寒露重，男生们绅士地打车送女生们走。

孙心妍跟着何滨一起出来，何滨中途接到一通电话，像是生意上的事，他说着英文到旁边去接了。

远处一辆出租车亮着灯驶来，孙心妍伸手拦下，在路边打着电话的人走过来，把她拉开的车门又合上，弯身跟司机打了声招呼。

挂掉电话，何滨说："这么晚你一个人走不安全，代驾就要到了，我等下送你。"

"不用了，红旗还在上面，你去看看他吧。"陈彦其今天是彻底喝多了，后半场几乎都在睡。

"让他再睡一会儿，我送完你再来捞他。"

没过几分钟，何滨叫的代驾到了。

何滨坐在副驾驶，孙心妍坐后座，上车后他直接跟司机报出她家小区。说完像是才又考虑到什么，转过头问她："没搬家吧？"

孙心妍摇头。

车在路上飞驰。

这是一座没有夜生活的小城，过了午夜十二点，整座城只剩零星霓虹灯在半空闪烁，很寂寥。孙心妍像是累了，一路上头轻靠着窗，沿途的风景一点点熟悉起来。

刚刚那通电话似乎没打完，何滨上车后又在打电话。到了小区门口，孙心妍听见他忽然跟师傅说："开进去吧。"

孙心妍说："不用了，就在这儿停，我要在门卫那拿东西。"

"这么晚拿什么？"

孙心妍脱口而出："快递。"

何滨送完孙心妍再赶回来，只剩陈彦其一个人靠在大沙发上抽烟喝茶。音乐被他关了，屋子里很安静。

曲终人散的 KTV 包厢里一片片歪倒的酒瓶，地上有洒出来的酒水、散落的零食、瓜果皮，空气异常难闻。

“没喝多吧？”

陈彦其摇头。

何滨坐下，什么也没说，从桌上的烟盒里抽出一支烟，跟他一起静静地吞云吐雾。

不知过了多久，何滨徐徐地吐出一口烟，有些疲倦地笑了下：“红旗，你觉不觉得她长大了，像个大姑娘了。”

从 KTV 出来，何滨跟陈彦其在附近找了个酒吧续摊。

角落的沙发里，小桌子正中垂下一盏灯，灯光幽柔，两个年轻男人的脸陷在昏暗中。

断断续续地聊了几句，何滨又喝了两杯，疲惫地点起烟，背靠向沙发，向后仰了仰脖子。大脑像是陷在酒精里，又像是陷在回忆里，很多东西混乱不堪，弄得他胸口发闷，心里松一阵紧一阵。

“你说她后不后悔？”看着半空，何滨自嘲地笑了下，“以我现在的条件，她想要什么我满足不了。”

“也好几年了，怎么还过不去。”

“怎么过啊。红旗，我对她问心无愧，能给的都给了，能做的都做了。”当真有一丝愧疚，如今他可能还不会这么痛苦。

何滨的手指摩挲着烟盒的塑封，说：“这两年我好好想了想，其实她就是个假上进的人，高中时候是给她爸妈逼出来的，其实她很贪图安逸，一点点压力都受不住。”

陈彦其笑了下，没说什么。

吸了口烟，何滨在烟灰缸里弹烟灰：“我家情况你也知道，我真是最烦我老子那样子。跟她在一起之后，打从一开始我就想得很简单，这辈子就找她这么一个，两个人好好过，以后也给孩子一个好环境。”

何滨从小跟他爸过的是颠沛流离的生活，看着那些莺莺燕燕绕在他爸身边，他烦透了。但心里再烦，他也不去说什么，后来索性住校，眼不见为净。

何滨心思简单，性格乐天，其实，他是让自己去简单、去乐天。看不惯什么他就不看，不喜欢什么他就不接触，所以，他从没有回头的习惯。

孙心妍是他人生里的第一个梦想，也是她，毁掉了他最大的梦想。

过去几年，他很少让自己去想她。想到她那时候的决绝，就觉得是在被人拿刀子捅心脏，这颗心还是他自己双手端上去的。

"何滨，二〇一三年年底的时候，她找过我一次。"陈彦其看向对面的人，"在微信上。"

何滨喝酒的动作停了停，看着他："她找你干什么？"

陈彦其吐出一口烟，说："借钱。"

孙心妍找他借钱时，陈彦其很诧异，还当是遇到网络骗子，当即给她打了个电话，结果她是真的要跟他借钱。

认识这么多年，即便算不上深交，他还是知道她的性格的，问她是不是遇到了难事。孙心妍说她爸爸生病了，家里钱不够，想请他帮忙。

看这数额也不多，陈彦其只当救个急，没有问到底，答应了。

挂电话前孙心妍沉默了下，问他可不可以不要去跟何滨说。

那时候他们分手一年不到。

陈彦其笑着说："你这要求是为难我啊。"话虽这么说，他还是尊重了她的意愿。

半年后孙心妍就把钱还了，陈彦其也是那时候才知道，她爸得癌症走了。

这个事太大，陈彦其觉得不能不跟何滨说，然而在美国，他发现何滨过得挺滋润的，女朋友各方面条件也不错，试探了一下，发现他也没有再找她的意思。

这是他们的私事，陈彦其不想过多插手，把这事闷在了心里。

陈彦其在说，何滨在沉默。

静了一会儿，何滨淡淡地问："她跟你借了多少？"

"五万。"

"治癌症，这么点就够了？"

陈彦其没说话。他借她的时候看她反应挺正常的，只当是救急，哪知道是到了这一步。

回头再想，那时候她能借到他这儿，显然是能借的都借过了。

可就算是到了这种地步，她也没有找何滨，真是硬骨头，她记不得他的好，只记得他的仇，记他最后说的那句“发生什么都别来找我”。

夹着烟的手指不自觉地微微颤抖，何滨问：“她后来哪来的钱还债？”

“他爸在的时候不肯卖房子，人走之后应该是把房子卖了。”

其实具体的陈彦其不是很清楚，只知道，她现在回来都是住酒店。

“房子卖了？”何滨抬眼，点点头，点着点着却冷笑了下，“房子卖了，这次回来她住的哪儿？”

“锦江酒店。”

“锦江酒店……”

看着对面的人，何滨轻声跟着重复一遍，脸上的笑意还在，双眼却开始一点点泛红，声音轻飘飘地说：“陈彦其，我们认识几年？这就叫兄弟啊？她是我什么人，别人不知道，你不清楚？”

何滨额上青筋暴起，目光忽然狠起来：“你他妈知不知道我晚上把她送哪儿了？！”

陈彦其说：“何滨，在美国的时候我就问过你，要不要去找，是你自己不要找的。你们俩怎么样我管不着，我怎么样做，你也管不着！”

酒吧的台上有人唱着抒情的外国歌曲，寂寞的都市人在午夜这一刻寻找短暂的欢愉、灵魂的放空。

伴随着角落里“哐啷”一阵巨响，台子翻了，两个男人在洒了一地酒水、玻璃碴的地上扭打。

音乐还在继续，周围有女人吓得尖叫躲开，离得远的男男女女抽着烟静看好戏，三四个保安不知道从哪儿冲了出来…

小小酒吧的一角，顿时混乱不堪。

以为是醉鬼闹事，没有人知道，打架的两个是一对有十几年交情的好兄弟。

如果可以，他们都想回到从前，回到十七岁那个携手奋战的篮球场，在进球声中享受女孩子们的尖叫和欢呼，跳跃到半空中与队友击掌。

只可惜岁月轻狂，谁都要成长。

而什么是成长呢?

成长需要你适应环境，成长需要你克制喜怒，成长需要你在还不敢独行的时候松开一直紧牵的手，一边擦着眼泪一边自己往前走。

可前面是什么呢?

深夜，睡不着的孙心妍走到窗前，拉开窗。

孤独的春风找到人间空隙，温柔托起她的发丝。宽阔的道路被路灯映得苍黄，一直延伸至灰暗的尽头。

午夜的世界似灵魂出窍。

也许，前面什么也没有吧。

只是，你再也不会轻易害怕，再也不会轻易落泪。

所有的路灯都熄灭，天上还有星。

第二天上午，孙心妍醒来的时候才八点，梳洗一番后去外面买早饭。

她出了酒店，刚走出一段路，后面有车鸣笛。

起初没在意，那短促的声音再次响起，她回了头。在黑色轿车的挡风玻璃后，她看见了一张熟悉的面孔。

清晨的阳光太好了，把她的每一根发丝都照得清清楚楚。看着她坐上来，何滨没发动车，递给她一样东西。

芦荟酸奶。

孙心妍微微怔住，垂着目光轻轻一笑，接过来："谢谢。"

"不住那儿了，昨晚干什么不跟我说?"何滨问。

他穿的还是昨天的衣服，身上一股酒气，轮廓分明的脸上，右眉角有一处青紫色的伤。

孙心妍看着他多出来的伤口："你……怎么了?"

何滨说："没什么，撞到柜子了。"

“哦。”

气氛变得有点尴尬。

过了一会儿，何滨问：“还缺不缺钱？”

“啊？”孙心妍反应了下，说，“早就不缺了。”

何滨苦涩地一笑：“不缺，怎么连住的地方都没有？”

“是红旗跟你说的？”

“妍妍，我给你买个房子好不好，钱当是借你的，等你以后工作了慢慢还我……”

孙心妍捏了捏手里的酸奶，心里有些疼，忍了好一会儿才出声：“那个……是不是红旗把我说得太惨了。其实不是你想的那个样子。”

孙心妍笑了下：“我爸爸他走了之后，这边的房子就卖了。后来我手上还剩不少钱，我用那些钱在哈尔滨买了房子。我有住的地方。而且，我很快就正式工作了，上班之后更不会缺钱。”

孙贺敏查出来的时候就是晚期，家里人和他自己都不肯治，孙心妍坚持要治，明明就有通过治疗延长两三年甚至更长时间的例子，她怎么能让爸爸放弃呢。

治疗癌症的很多药物不在医保范围内，孙贺敏从治疗到去世，六个多月时间，总共用掉了二百三十多万。

“为什么不找我？”何滨问。

孙心妍动了下嘴角，像是笑了下：“哎，都这么久的事了。而且你都说了，以后不要找你，我也不太好意思。谢谢你，何滨，你的好意我心领了。”

何滨看着窗外，忽然笑了一声：“跟你说过那么多话，你只记住了这句。”

孙心妍出神地看着手上的酸奶。

不是只记住了这句，可这是最后一句，太难忘了。

靠在座椅上，何滨深吸一口气：“妍妍，其实我找过你。二〇一三年，你生日那天，我打你的电话，不知道什么人接的。你换号码了，对不对？”

孙心妍安静地低着头，没有说话。

二〇一三年，她生日那天吗？

那时候爸爸的病已经治了两个多月，天天咯血，她一边瞒着他给他用昂贵的进口药，一边四处筹钱。

学校里有教授说香港那边研发了一种“续命药”，效果很好，一支六万多，有这个条件的话可以试试。

后来，孙心妍辗转联系到卖方，一个人带着三十万去香港买药，在那儿待了两天。回程的那天是她生日，她一路匆匆地赶到机场才发现手机丢了，回来后又补办了电话卡。

他打她的电话了吗?

如果手机没有丢，她接到了他的那通电话，会怎么样?

安静在车厢内发酵。

不知过了多久，何滨说：“现在这么能干了，都会自己买房子了。”

孙心妍说：“不要看不起人，买个房子能有多难。”

“多少平方，在什么路段？”

“六十几个平方，靠着我学校，我没住，租出去的。”

“租多少钱一个月？”

“八百。”

何滨看看她：“妍妍，你长大了。”

这天，何滨找到陈彦其时，陈彦其刚从学校的教务处出来，他来帮他爸拿点东西。

五月的天空是浅蓝色的，两个男人不顾形象地坐在小礼堂背后的阶梯上，抽烟、喝可乐。

阳光闪烁，树叶泛着银光。

陈彦其说：“黄稚薇今天结婚，找了个法国人。”

何滨：“什么时候的事？”

“一个星期前，给我打了个电话。”

陈彦其笑了下，说：“她问我，对她有没有过想法。”

何滨眯着眼笑了下：“你怎么说？”

“我说有啊。她说那你想不想我结婚。我说不想啊。”

远在法国的黄稚薇在电话里笑了，接着她似玩笑似认真地说：“红旗，你来抢婚吧。”

几秒的停顿后，陈彦其笑着说：“稚薇，新婚快乐。”

黄稚薇轻笑一声：“你怎么一点没变，没劲透了。”

暖暖阳光下，漫长的、舒适的沉默。陈彦其碰碰何滨的肩：“哎，我是不是真的挺没劲？”

何滨：“我又没搞过你，怎么知道你有劲没劲？”

陈彦其一拳打在他肚子上，下一秒，两个大男人又打成一团。

这天中午吃完饭，孙心妍和李笛陪着几个刚到的女同学去医院看望李老师。去的时候病房里已经有了人，大家开心地叫起来：“班长你到了都不在群里说一声！”韩东是早上到的，一下火车就赶到了病房。

离开的时候，韩东问孙心妍：“有没有时间聊几句？”

孙心妍点头。

医院的花园里，韩东坐下，拂了拂旁边座位上的落叶：“有点脏。”

“没关系。”孙心妍坐下来。

“还在哈尔滨吗？”他看着她依然青春的侧脸。

孙心妍点头。

“打算在哪儿工作？还回不回来了？”

“不一定回来了。”

韩东笑了下，他穿着白衬衣、黑西裤，衣服袖口卷到肘处，整个人一如当年那样俊秀。

“我也挺喜欢那边的，还记得那年去哈尔滨，你带我们玩了挺多地方。”

孙心妍微笑：“一晃都好几年了。”

“你跟何滨，后来怎么样？”

“分开了。”

“虽然现在说有点迟，还是跟你说声对不起。”

孙心妍看看他：“不用道歉，你没什么做错的地方。”

韩东笑道：“喜欢人家的女朋友，算不算错？”

空气里有芬芳的植物气息，孙心妍眯眼笑了笑：“说真的，韩东，我从来没觉得你多喜欢我。”

韩东忽然说：“你知不知道我最喜欢什么运动？”

“乒乓球啊。”

全班、全年级都知道他喜欢乒乓球。那时候在学校，大家很喜欢去八卦学霸们的生活，总觉得他们和普通人不一样。韩东身上的标签就是爱打乒乓球。

韩东说：“其实，我初中时候最喜欢的是篮球。”

孙心妍看向他。

“刚上初中，经常和篮球队的人混在一起，你可能不知道，喜欢打篮球的最关注的是篮球鞋，经常一起讨论。有一天，有个队友忽然注意到我没穿篮球鞋，就问我，韩东，你这鞋怎么打球啊。我说，哦，今天忘穿了。”

人的好奇心是无止境的。

后来不知道怎么回事，整个篮球队的人一看到他就先看他的鞋。一开始大家是开玩笑地问，他总说忘记穿了，后来人家就问得越来越直接，问他到底有没有篮球鞋。

他当然没有。

很难想象，他家连一双最便宜的篮球鞋都没办法给他买。

当你清清楚楚地知道得不到一样东西时，你不会去疯狂地表达爱慕，反而会远离，甚至是自我催眠——我不喜欢。

“太自卑了，就跟自己说不喜欢篮球，后来就去学了乒乓球。”韩东笑了笑，“也是这几年工作了，条件改善了才能无所谓地说说这些。孙心妍，我高中时候真的很喜欢你，就像喜欢篮球一样喜欢。在你认识我之前，我就在贴吧看过你的照片，后来我们一起上家教，又分到一个班，看见你笑，我一整天的心情都会很好。”

时隔多年，听到这样真挚的告白，想到那些无忧无虑的岁月，孙心妍的眼睛泛红了。

“后来你跟何滨谈恋爱，我觉得他什么都不行，就是仗着家里条件好。追你的人那么多，我以为你肯定也看不上他，我就眼睁睁看着他追你，看他每天给你买零食、送礼物，接送你去上家教，直到有一天，我发现你真的跟他谈了，才知道什么都来不及了。”

韩东释然地笑了笑：“其实我一直有个疑问，那时候我要是跟他争，有没有机会？”

孙心妍说：“韩东，你知道我什么时候认识何滨的吗？”

“他是你们高一班上的转学生。”

孙心妍摇头：“不是的，我跟他很小就认识了，我们的爷爷奶奶是邻居。”

他们很小就知道彼此。

孙心妍回乡下时如果碰巧他也回来，两人有时会在院门外匆匆一瞥。她一直知道邻居家有个何滨哥哥，真正有深交是在八岁的暑假，他们刚好都在乡下过，天天在一起玩耍。

七八岁的小女孩早就知道什么是漂亮，什么是帅，大家都说他长得帅，喜欢跟他玩。他打小脾气就不好，对人特别不耐烦。

有一回他带了个打火机出来，说要带他们一起去防空洞探险。她看里面又脏又黑，怕得不肯进。他说，我不是带打火机了，你还怕什么。她还是不肯进。一伙七八个人等她一个，他说你不去就拉倒，自己回家玩。

小伙伴们全部进去了，她站在洞外大哭。

不知道过了多久，哭得昏天黑地的时候，有个声音说：“喂，你到底要怎么样啊，带你玩你又不敢，让你回家你又哭……”

透过模糊的泪光，面前是一张极度不耐烦的脸。

“何滨哥哥……”

最终，他点着打火机，牵着她的手把她带进山洞。打火机一灭她就叫，他说：“别叫别叫，你不能让我一直点着它，那得烫死我。”

于是她就不叫了。

他走在前面一点，她紧紧地握着他的手。

再后来他没被烫死，她反倒被他用热水烫了。

医院的病床边，他站在他爷爷奶奶和爸爸旁边，垂着头不看她，只含含糊糊地说了句“对不起”。

她看着他，说：“没关系。”

这是他们儿时的最后一次见面。

你第一次喜欢一个人是几岁?

女孩子是不是都这样后知后觉地早熟呢?

是的。孙心妍第一次喜欢上这个坏脾气却又心软的男孩，是八岁。

在一起的时候，他不知道问过她多少遍——会不会后悔?

怎么会后悔？何滨也是孙心妍的梦啊。

只可惜，梦不是生活。

她跟何滨相识于儿时，相爱于年少，这段感情开始得太早，早到大家根本不懂得怎么去爱。他们在对方身上投入太多，同时也索取太多，最终，两颗金子般的心都被岁月辜负了。

下午，2010 届高三十七班三十九个参加聚会的同学陆续赶到学校。

碧空如洗，从全国各地赶来的都市男女们成群结队地游览校园。

大家在大门口的喷泉处集中合影。女生在前，男生在后。摄影师拿三脚架固定住单反相机：“我用连拍，大家笑得自然点啊。”

好心情的男男女女们笑起来。

“一、二、三……茄子！”

一连串“咔嚓”“咔嚓”的快门声，阳光轻轻洒下来，为画面添上淡淡的金色滤镜，男人女人们真心而羞涩地笑着，在一个又一个瞬间中，一张张年轻的面孔退回到了那个最美好最稚嫩的年华。

晚上吃饭定在市区的一家酒店，一共四桌。

几十个人聚在一个包厢，不论男女，所有人的酒杯里都倒上了酒。

这是一个优秀的班级。在座的有医生、有律师、有设计师、有工程师、有公务员……走出包厢，各个衣冠楚楚。可齐坐一桌，又成了当年的顽皮学生。

好事的男生们挨个敬当年的女生们，女生们也不矜持，有那么几个酒量好的陪着他们一直喝。

高涨的气氛里，孙心妍看李笛又有一些放开来喝的意思，在她倒酒时说："好了，你别喝那么多。"

李笛脸色酡红："放心吧，我有数，不会喝太多。"

这边还说着话，有人拿着酒杯走到孙心妍面前："这一杯，我必须敬一敬咱们十七班的班花。孙心妍，敬你。"

大家起哄："好！"

孙心妍被弄得有点脸红，拿起酒杯，抿唇笑着。

男生跟她碰碰杯："我干了，班花随意啊。"

"不行不行，一起干了！"

"对，一起干了！"

杯子里是半杯红酒，孙心妍很爽气地干掉了，整个包厢里的人畅快大笑。

联系人、定时间、订酒店……整整筹备了近两个月的同学聚会，只有一顿饭这么短暂。

酒过三巡，人声鼎沸，酒不醉人人自醉。

何滨这边用手机回着一条工作上的短信，有人拿着杯子站到他面前。

他抬起头，愣了下，端起酒杯，站起来。

韩东看看他："敬你一杯。"

两个男人简单地碰了下杯，干了杯中酒。

有的人生来做不成朋友，但干了这一杯，他日再相逢，至少可以当个陌路人。

喝到最后，大家看见内敛的老班长韩东站起来，用筷子敲酒杯。

在职场打滚了三年的年轻男人，举手投足颇有风范。

包厢内的吵闹声渐止。

“今天非常感谢同学们不远万里地赶回来，一起参加我们的同学聚会。毕业七年了，我们这里还有好多人认识快十年。人生没有几个十年，也没有几个七年。我们曾经在一起度过了最好的三年，这次之后不知道什么时候能再相聚，祝愿大家家庭美满，前程似锦，永远不忘高三十七班！敬大家！敬高三十七班！”

酒杯碰在一起，大家齐呼：“敬高三十七班！”

劝君金屈卮，满酌不须辞。花发多风雨，人生足别离。

酒气混着热血涌上头，让人近乎落泪。

青春的大幕缓缓落下，他们最后一次返场，站在这明亮的舞台上，鞠上最后一躬。

散场的时候大多人都醉了，大家三三两两地抱团出发。

霓虹灯闪烁的街头，李笛在陈彦其旁边慢慢走着，陈彦其说：“他们都聚在门口打车，我们往前走点，跟他们岔开来。”

路上，陈彦其又随便说了两句无聊话，李笛一声没搭腔，只有高跟鞋踩在柏油路上的声音。

他看看她：“还行吧，没喝多吧？”

李笛摇摇头，又往前走了一段，李笛忽然叫住他：“陈彦其。”

“啊？”

李笛转身挡到他面前。她穿了高跟鞋，目光平视处是他的下颌。

四目相对，淡淡的酒气漂浮在他们之间。

陈彦其也喝了不少，只觉得忽然被人轻推一把，脚步微微一晃，又本能地稳住。

其实不是推，是抵。

女人的脑门抵在了他的左肩上。

这个肩膀宽厚而结实。李笛低着头，轻轻闭眼，在一切即将彻底结束的倒数中，她双眼湿润，在他肩头停靠了三秒。

陈彦其动也不动，让她靠着。

一。

二。

三。

结束了。李笛抬起头，像什么也没发生过，在夜色下十分美丽地朝他笑了笑："走吧……"

这晚，何滨把孙心妍送到了酒店楼下。他问她几号走，孙心妍说后天早晨。

"明天什么安排？"

孙心妍说："暂时还没想好。"

何滨掏出手机，按亮屏幕，递到她面前。

发光的屏幕上，一只雪白的大狗歪头看着孙心妍，眼睛黑黑，嘴角微微翘起，一脸幸福的模样。

孙心妍把他手机接过来，低头看着，喃喃道："它这么大了……"

何滨："快八岁了。"

"一直是彭琪照顾它？"

"嗯，拿它当宝。"

拇指在屏上摩挲了下狗狗的脸，时间到，屏幕黑了。盯着黑掉的屏幕静了一秒，孙心妍抿抿唇，把手机还给何滨。

何滨说："明天没事的话跟我去看看它？"

孙心妍想了想，点了点头。

回到酒店房间，孙心妍打开电视后去洗澡。洗完澡出来她看见有李笛的未接来电，一刻钟前打的。

孙心妍怕她已经睡了，在微信上回了一个问号，李笛很快回电话。

李笛说："怎么没接电话啊？"

孙心妍说："洗澡。"

李笛："妍妍，我明天的飞机很早，五点多就要去机场，来不及跟你去告别了。过两个月我结婚你一定要来啊。"

孙心妍有点感动：“笛子，我一定会去。”

曲终人散，即将面对的便是光阴和距离。

李笛动情地说：“高中的时候红旗有次跟我说，李笛，你不要整天围着孙心妍转，你要有自己的生活。我说我没有。其实那时候我确实是整天围着你转，因为在我的眼里你就是一个小公主。妍妍，生活肯定有不如意的地方，咱们什么都要往前看，幸福来的时候别放手，放了就没了。我永远祝你幸福快乐，你也要更勇敢，好吗？”

眼泪直冲出来，孙心妍用手背抹着：“我知道，笛子，我也祝你幸福。”

后半夜下了一场春雨，孙心妍半睡半醒，不知道自己到底想了什么，又做了什么决定。早晨醒来，班级群里很多人互相道别，很多人清晨就出发了，传来在车站候车的照片。

屏幕滑下去，全是“一路顺风”“前程似锦”这些字眼，令人心底怅然。

何滨的电话来了。

“睡醒没有？”

“醒了。”

“一起吃个早饭去？”

孙心妍走到窗前：“去哪儿吃？”

“你想吃什么？要不去吃小笼包？”

孙心妍想了想，说：“这么早就去打扰他们家，是不是不太好？要不下午再过去吧。”

“有什么不太好，我们自己的狗，还不是想什么时候看就什么时候看。”

孙心妍停了片刻，说：“那你出发吧，我在酒店等你，你到了再打我电话。”

“你洗漱好就下来，我在你楼下大堂了。”

何滨坐在酒店大堂的沙发上，打完电话十分钟后，他看着孙心妍从电梯里走了出来。

一字领的灰色薄衫配牛仔裙，色彩虽然不鲜妍，却比前两天的穿着显得俏丽了点。

彭琪的家还在那个别墅区，按了好几下门铃才有人来开门。

门内，少年高高的，瘦脸大眼，身上的T恤领子歪着，睡眼惺忪地摸着头，看着何滨叫了声“哥”。目光转到孙心妍身上，他愣了下，居然有点羞涩地叫了声“妍妍姐”。

一直被何滨念着长不高的小彭琪长成了帅气的少年，快跟何滨差不多高了，性格还和小时候一样讨喜明朗。

“你好，打扰你睡觉了。”孙心妍有点不好意思。

“没有，你们进来吧。”

何滨不怎么温柔地摸了把彭琪的头：“几点睡的，昨天就跟你说好了，叫你不要熬夜。”

“没有……我一大早就带何陪妍去拉过屎了，刚才睡了回笼觉。”

这边说着话，那边楼梯上快速冲下一个大白影子。

有人说，狗狗永远不会忘记它这辈子的第一个主人。为了生存，它会讨好每一任主人，但它会把自己的第一个主人永远放在心里。

何陪妍朝自己跑过来的时候，孙心妍简直要不认识它了。它比以前大了好多，不再是那个趴在她膝盖上的小狗狗，但何陪妍似乎还觉得自己是那只小狗，一个劲儿地摇着尾巴往她身上扑，嗷嗷叫着撒娇。

孙心妍笑着蹲下来，来回抚摸它，抱它的脖子。何滨在旁边看着她们，脸上带着满意的笑。

彭琪在一旁看着何滨，表情微妙。

彭琪是昨晚接到他电话的，说要带孙心妍来看狗。彭琪人小鬼大，小时候懵懵懂懂，后来何滨上大学，青春少男彭琪在一些蛛丝马迹里确定了他们的关系，又在些蛛丝马迹里知道他们分了手。

因为何陪妍的关系，彭琪一直记得这个小时候帮他假冒签名的“妍妍姐”。

这是旧情复燃？还真难得。彭琪纳闷地抓抓下巴，抱着讨好未来嫂子的心态，问：“妍妍姐，你喝什么饮料？”

“我不喝，谢谢。”

何滨看看他说：“你去给她倒杯白开水。”

“哦。”

少年懒懒地踩着拖鞋去了。

孙心妍坐在沙发上，何陪妍像是终于累了，像小时候一样整个趴在她腿上，奈何体积太大，于是后腿悬空挂着，嘴里还哼哼唧唧的。

何滨说：“这狗都要成精了。”

孙心妍摸着它的头：“它真的还记得我。”

它都八岁了，可她这个不负责任的主人只养过它一年。

何滨看着她：“它当然记得你，我们带它出去遛遛？”

经过昨夜的一场雨，小区里草木明净、道路整洁。孙心妍手里拉着牵引绳，何滨跟在她旁边走着。

何陪妍昂着头走在他们前面，看起来比人还高兴。

一路上两个人说着闲话，走着走着就到了何滨家那栋房子。

看孙心妍朝那个房子望，何滨说：“没人住，前两年卖掉了，不然就带你进去转转了。”

孙心妍没说什么。

两人一狗围着小区转了两圈，孙心妍的目光全在何陪妍身上，何滨的目光全在她身上。

他很久没见她这么开心。

中午临走时，彭琪从房间拿出一本相册给何滨，何滨接过来：“就一本？”

“就一本。”彭琪皱眉，有点不满地说，“别弄丢了啊，我就这一本。”

何滨拿着相册就朝他头敲下去。

彭琪及时闪躲开：“哥……”

车上，何滨把相册给孙心妍。孙心妍刚刚只顾着和何陪妍道别，根本不知道这是什么东西。

一翻开才发现，里面满满是何陪妍的照片，每张下面都有时间。

二〇〇九年至二〇一七年，每一年每一个时期的何陪妍。

孙心妍低着头，很慢很慢地翻着，纸页哗哗响，她根本舍不得看完。

这是何滨刚把狗给彭琪养的时候派给彭琪的作业，那时候何滨还是变着法子讨她欢心的小男友，计划等孙心妍过生日时配着礼物送给她。结果日子过着过着他就把这茬儿忘了，彭琪却把这作业坚持了下来。

何滨开着车，忽然问：“你想不想养，我让琪琪还回来。”

看着照片上何陪妍的笑脸，孙心妍说：“不用，它在这儿过得挺好的，琪琪跟它也很有感情了。”

她又能把它带去哪儿，带去哈尔滨吗?

她适应了七年的地方，何陪妍需要适应多久呢?

就让它留在那个幸福温暖的家里吧，留在真正爱它、有能力对它好的人的身边。

晚上他们回市区吃饭，吃饭的时候两人还是那样有说有笑，聊了近几年发生的事。

小小的包厢把鼎沸的人声隔离在外。

快吃完，孙心妍接到一通电话，是医院里带她的老师打来的，问她之前给一个病人的用药情况。孙心妍放下筷子，站起来走到更僻静的窗边回话，嘴里娴熟地冒出一些医学上的字眼。

何滨停了筷，转身看她的侧影，目光柔和。

孙心妍语调很轻，一只手搭在窗台上，头颈低垂着。薄薄的衣衫勾勒出身体的线条，淡蓝色的牛仔裙长及膝盖，露出修长的小腿，脚下是一双软底的黑色平跟鞋，能看见白皙的脚面。

打完电话，孙心妍回来坐下。

“明天几点的飞机？”何滨问。

“中午。”

孙心妍问：“你呢？”

何滨："我晚上的。禄口机场？"

孙心妍"嗯"了一声。

明天，他们一个从南京起飞，一个从上海起飞，中间又将隔着一个太平洋。

不知不觉间，桌上的菜没人动了，外面传来阵阵食客的笑声。

何滨低头，习惯性地在裤子口袋掏烟，烟掏出来还没点，他忽然又有些烦躁地在手心揉了。

孙心妍放在桌面上的手毫无预兆地被握住，手指微微动了下，反被握得更紧。

目光垂下，她听见何滨低声叫她的名字："妍妍……"声音轻而温柔，就像多年前一样。

静了一会儿，在何滨还没说出什么的时候，孙心妍抽出了自己的手。

看着桌上的菜肴，孙心妍说："何滨，其实……我看过你跟你女朋友的照片。"

分手后，他们之间所有的联系都断了，除了微博好友。

以前他们很少玩微博，几乎不发原创动态，何滨会转发点赞一些 NBA 的新闻，孙心妍从来不和他互动。

就在他们分手一年不到的时候，爸爸那时候刚被查出癌症，她在微博上看见了他放上去的和他新女友的合影。

女孩子眼睛很大，鹅蛋脸，长得很明丽。时隔多年，孙心妍依然记得，她身上穿着夏季的蓝白条纹露肩衫，微微笑着靠在他怀里，头顶抵着他的下巴。他头发剪得比以前更短，手松松揽着她的肩，目光冷而随意。

想过他会交女友，可当这一幕真正出现在眼前，孙心妍整个人像是被抽空了，什么都来不及想，泪如雨下。

所以，后来最难最难的时候，借钱借到没有一点自尊心的时候，她也没想过去找他。

这晚回到酒店，孙心妍在电视机旁的椅子上坐了很久。

看着放在手边的何陪妍相册，拇指摩挲两下，很想翻开，刚打开一点却又改变主意合上了。

把相册收进随身的背包，孙心妍整理行李箱。

手机突兀地振动起来。

“心妍，你还没走吧？”

“怎么了？”

老同学语气着急，孙心妍镇定地听那边说着，挂掉电话后迅速换了衣服下楼。

脸色刷白地上了出租车，她说：“第一人民医院。师傅，你稍微快一点。”

李爱珍突发多脏器功能衰竭，被送进了抢救室。孙心妍赶到时，两三个没走的同学已经早她一步到了，等候在抢救室外。

李爱珍的亲属都在老家，只有一个姐姐在这边照顾她。那是一个看上去有些苍老的妇女，坐在手术室外号哭着，两个学生在一旁安慰着她。

再旁边是同时在里面抢救的一个病人的家属，一个年轻的女人不顾形象地哭叫着坐在抢救室的门口。

孙心妍一看到那画面就险些落泪。那是只有经历过的人才能懂得的撕心裂肺。两个同学看见她，神色凝重地过来说明情况。

李老师术后耐药菌感染，医生开始时觉得问题不大，谁想到今天突发急性肾衰竭，人是下午进的重症监护室，晚上恶化成多脏器功能衰竭，被推进抢救室，已经一个多小时了。

坐在抢救室外的塑料椅上，孙心妍感觉有人坐在了自己身边。

“人怎么样了？”

看着同样匆匆赶来的何滨，她摇头：“还不知道。”

周围明明尽是哭声，这个角落却让人觉得格外安静。

坐在长廊上看着抢救室亮起的红灯，过了一会儿，孙心妍起身往外去。

人影单薄而脆弱，在眼前一晃而过，何滨静了静，解开衬衫领的前扣。

孙心妍站在入口处的不锈钢栏杆边，用手背抹掉眼泪。

没过一会儿，面前递来一张纸巾。她接过来擦了擦眼睛，忍着泪水，望向漆黑的夜空。

“不知道爸爸现在过得好不好。”一想到爸爸，眼泪就不争气地往下掉，孙心妍擦去泪，掩饰地笑笑说，“挺想他的。”

那时候，真的什么方法都用了，所有能够找到的方法，无论是道听途说，抑或是医学文献里的，所有所有。

香港真的很大，她谁也不认识。

导航内的香港地图不全，她慢慢地找地方，怕被骗，中途不停地和谭亚蕾打电话壮胆，结果买回去的四支药，用到第二支爸爸就走了，后来的两支一直冷藏在冰箱里，她又四处托人折价卖出去……

何滨把她揽入怀中，轻轻地抚摸她的头发："我想，他一定过得不错。有一个这么好、这么乖的女儿想着他，一定过得不错。一定不错……"

何滨咬了咬牙，觉得内心又酸又胀。

这是他护在心间、发过誓要一辈子好好善待的女孩，是他这一生最爱的女孩。结果她失去了最爱的父亲，一个人背井离乡，在那座冰雪之城度过了漫长的五年时光。

她难道没有在等他吗?

她一直在等他，只是，没有等到。

李爱珍是夜里三点出抢救室的，人从鬼门关前被拉了回来，送进重症监护室继续观察。重症监护室不让人进，几个学生帮她办好一些手续，筋疲力尽地坐在外面。

出了医院，几个学生互相道别，在深夜街头感叹世事无常。知道孙心妍和何滨都是明天出发，临走时祝他们一路顺风。

“早点回去，明天还要赶飞机，我跟廖凯过两天才走，这边我们看着，有什么情况随时在群里告诉大家。”

孙心妍："要辛苦你们了。"

女生最后嘱咐："没什么，你们早点回去吧。何滨你慢点开车。"

这个点的马路上车辆少到可怜，夜幕之下，只有寂寞黯淡的路灯光影。不长的一段路，何滨把车开得很稳，孙心妍一路望着窗外。

车在酒店门口停下，何滨拉起手刹。

街上一片清冷萧瑟，车里没有人动，没有人说话。

静了片刻，孙心妍膝上的手被男人的大手悄然覆盖住，那干燥温暖的感觉让人留恋。

“我走了，你路上慢点开。”孙心妍还是抽出了手。

何滨说：“明天几点出发，我送你去机场。”

“不用了。”

“几点？”

“早上九点。”

何滨点头：“回去就睡吧，不要多想什么。”

孙心妍点头，她打开车门，手却停在门把手上。何滨有所期待地看见她回过头，声音轻柔地对他说：“以后不要抽烟、少喝酒，过得健康一点。”

何滨说：“都没人照顾我，怎么健康。”

孙心妍笑了下，笑中有淡淡的宽容：“你为什么不能自己照顾好自己？”

何滨扯着嘴角笑了下，不再开玩笑地跟她点头：“上去吧，明早来接你。”

孙心妍点头。

然而第二天一早，孙心妍在天蒙蒙亮的时候就退了房。

偌大的机场，拖着行李箱的旅客大多面无表情，孙心妍办好托运，坐在座椅上休息。

有情侣在一旁的走道上拥吻道别，很多人朝他们张望，一对小情侣推着行李牵手从旁路过。

男孩子高高帅帅的，穿着件黑 T 恤，女孩子白衣黄短裙，清纯俏丽。她有些好奇地看着他们，被男孩子用手掌包着脸颊别过头。

“看什么，少儿不宜。”

“假正经，你平时看的那些东西才恶心呢……”

“我看什么了我？”

女孩脸一红：“你自己看了什么你自己知道。”

男孩的手捏住她小小的下巴，他歪嘴笑着：“我到底看什么了，我怎么不知道啊……”

女孩拍掉他的手：“你再说……”

男孩妥协：“好好好，不说不说了，想吃点什么，小猪……”

孙心妍的目光追随着他们，奈何人潮涌动，青春的身影很快消失在人海中，湮灭在时光中。

人生是寂寞的旅程，幸运的是，总有人与你相伴一段。

这一段长也好，短也好，真心便足够。

飞机飞翔在蓝天，将一些人带回家乡，又将一些人送去更远的地方。

孙心妍打开何陪妍的相册。

一张张相纸上，它从白色的小狗成为大狗，它在草地上打滚、在泳池里戏水，头顶着生日帽，在插着蜡烛的蛋糕前微笑，笑得好开心。

孙心妍弯起唇角，一滴泪悄然落下，晕在照片上，细白的手指轻轻抹去，她望向窗外，白云在蓝天中缓缓飘动，蓝天之下，夏日的阳光是璀璨的金色。

男孩骑着蓝色的细轮山地车，慢慢地跟在女孩身边。街巷里的风轻轻吹开女孩的碎发，吹荡衣摆，吹动两颗年少的心。

——你会一直喜欢我吗？

——我永远喜欢你。

（全文完）

我永远喜欢你。